江湾往事

叶 坚/著

中国言实出版社

图书在版编目(CIP)数据

江湾往事 / 叶坚著. —— 北京：中国言实出版社，
2021.9

ISBN 978-7-5171-3905-8

Ⅰ.①江… Ⅱ.①叶… Ⅲ.①长篇小说－中国－当代
Ⅳ.①I247.5

中国版本图书馆CIP数据核字(2021)第195737号

江湾往事

总 监 制：朱艳华
责任编辑：代青霞
责任校对：王战星

出版发行：中国言实出版社
　　　　　地　　址：北京市朝阳区北苑路180号加利大厦5号楼105室
　　　　　邮　　编：100101
　　　　　编辑部：北京市海淀区花园路6号院B座6层
　　　　　邮　　编：100088
　　　　　电　　话：64924853（总编室）　64924716（发行部）
　　　　　网　　址：www.zgyscbs.cn　E-mail：zgyscbs@263.net

经　　销：新华书店
印　　刷：杭州万星印务有限公司
版　　次：2021年10月第1版　2021年10月第1次印刷
规　　格：710毫米×1000毫米　1/16　19印张
字　　数：329千字

定　　价：68.00元
书　　号：ISBN 978-7-5171-3905-8

内 容 提 要

故事发生在上世纪八十年代末叶。

座落在江湾市小巷深处的"镜花苑"是凌婆婆家传的后花园,占地六七亩,儿子凌康胜在《江湾晚报》工作,因为家中住房面积小,婆媳关系十分紧张,凌婆婆想在后花园为自己搭建一间偏房,以此缓和家庭矛盾。住在大杂院里的乡镇企业厂长王阿之夫妇和住户陈阿毛一直在打着后花园的算盘,也想趁机在后花园盖自己的房子。陈阿毛给凌婆婆送猪肉,王阿之却大手一挥,答应给一笔钱,还通过凌康胜单位的领导给凌婆婆母子施压,凌康胜的妻子李爱娟也无事生非,在这个时候要与凌康胜离婚并提出分割后园,诸多矛盾交织在一起,不断激化,弄得凌康胜内外交困,走投无路,但他坚持正义,不甘堕落……最后,因为一位台商的到来,矛盾终于得到圆满解决,江湾市也真正步入了改革开放的快车道。

一

　　立夏过后没几天,从东南方向吹来的微风,让人明显地感觉到了炙热。马路上熙熙攘攘的人流中,已经出现穿着汗背心和短裤衩的男人,女人们则穿上了各式各样的裙子和花式短袖衬衫,花枝招展,成了大街上一道亮丽的风景。马路两旁的泡桐树刚吐露出嫩绿的枝叶,在燥热的微风中摇曳,为路人们蔽荫遮日努力做着准备。今年一定又是一个燠热难熬的夏天。

　　一九八七年初夏某天上午十点多,江湾市中兴路通往解放路的大街上,凌康胜骑着破旧的二十八英寸飞鸽牌自行车,"咯吱咯吱"奋力蹬着。他是《江湾晚报》社会部的记者,三十五六的年龄,国字型的脸型,两道浓浓的剑眉。虽然盛夏未到,但他已经穿着一件白色的短袖衬衫,粗壮黑黝的手臂,显出了他的健壮高大。他猫着腰,奋力蹬着自行车踏板,背部和额角上沁出了汗水。初夏午间的阳光直射在他身体上,热烘烘的。街道两边的高楼大厦鳞次栉比,机动车道上各种车辆川流不息,汽车的嘶鸣声和嘈杂的人声,响成一片。他个子又高,车技也不错,所以自行车骑得飞快,一辆接一辆地超过了慢悠悠地骑车的人群。在一个十字路口,他猛地捏住手把,伸出一条长腿迅速踮住地面,一个急刹车,这才没有闯红灯。

　　凌康胜心急如焚,他接到了女同事唐颖打来的电话,江湾市南坡乡发生了一起紧急事件,《江湾晚报》的领导要他们两人一起去采访,抓一条扎扎实实的社会新闻。唐颖是个非常泼辣的记者,她在电话里再三强调,"事件还在进行中,要快,要快……"她接着又说,"总编说,这个稿子今天一定要发的……"但他刚才采访的新闻也很重要,也很紧迫啊!江湾市民政局从贫穷山区接收来一批孤儿,今天上午在市福利院举行接收孤儿仪式,这是江湾市的一件大喜事、大善事。市委宣传部领导特别要求在当天的晚报上头版头条发出。凌康胜也是《江湾晚报》的资深记者了,如果不是南坡乡的稿子插一杠子,这篇福利院接收孤儿的稿件,在今天《江湾晚报》上见报是手到擒来的事情。但现在有点悬了,按照《江湾晚报》规矩,当天采访的稿子要在当天发出,一般到下午三点钟前就截稿了,下午四点左右印刷厂开印,五点半前就要把报纸送到读者手里。这条新闻,江湾电视台是一定要播的,电视台的《江湾新闻》晚上六点半播出,

《江湾晚报》当天的新闻必须赶在电视台播出前发出。新闻界同行竞争,也是十分激烈的。这篇稿子是要上头版头条的,通常情况下,《江湾晚报》的头版头条要闻都被新华社的通稿或者省里的重要消息占据,一年当中难得有几次机会上头版头条,这种机会凌康胜是一定要抓住的。而且有消息说,今年全国新闻系统将首次评定新闻技术职务,评职称是要讲政治条件、资历和业绩的,资历和业绩是有硬杠子的。按照他的条件,评个中级职称应该没有问题。如果能评上中级职称,在待遇上他就可以更上一层楼,特别是困扰多年的家庭住房问题也就迎刃而解了。他在政治和资历上都是有优势的,在业绩上也有过硬的条件,如果再把这两篇重量级的稿件抓到手,那些和他有差不多条件评中级的人就更无话可说了。

凌康胜双手紧握着自行车的车把,一条颀长的腿支着地面,双眼紧紧盯着前方十字路口的红灯。红灯一直亮着。穿过十字路口,向正南方向再骑一百米左右,就是江湾大厦。江湾大厦是座二十多层的高楼,矗立在中兴路的最繁华地段。它的左右,高高低低的许多大楼,都没有江湾大厦那样雄伟壮观,很有点鹤立鸡群的样子。《江湾晚报》就在这座大厦内,占据了四至八层的整整五个楼层。初夏快近正午的阳光,直射在江湾大厦铝合金窗棂和茶色玻璃上,反射出令人眩目的光芒。大厦华丽的大理石墙壁上,靠近屋檐顶端写着"江湾大厦"四个硕大无比的镏金颜体大字,四个字下面,是一溜字体小得多的公司或商店的名字。

凌康胜首先想到是交通工具问题。如果他和唐颖骑自行车,到南坡乡来去就得一个多小时,恐怕今天要发"接收孤儿"的稿子是有问题了;如果能搭电视台的汽车去,先发南坡乡抓拍的几张图片,文字写得简单一点,发个预发消息,追踪报道可以写得详细一点,这也是一个办法。报社里倒是有一辆轿车,但那是总编专用的,一般记者采访新闻,交通工具都要自行解决。让采访对象派交通工具,如果采写正面新闻还好说,这种负面的新闻就不好说了。时间问题主要在交通问题上,如果交通问题解决了,"接收孤儿"的稿子今天发出去是没有问题的。如果交通问题没有解决,那么去南坡乡只好缓缓……其次是内容,南坡乡发生了什么事?唐颖在电话里没有说,只是让他赶快回报社,看来一定是发生了重大的新闻,否则唐颖不会这么着急。终于亮起了绿灯,凌康胜一个冲刺,自行车就像箭一样地冲了出去。

唐颖,三十岁不到的年纪,已是《江湾晚报》颇具成就的资深记者。她身材窈窕,长发披肩,白皙的鹅蛋型面容,淡淡的柳眉,笔挺的鼻梁,樱桃小嘴,显得秀气而美貌。她很时髦地穿了一件乳白色的比肩拖地长裙,长裙的袖子很短,两条长长的莲藕似的手臂，十分诱人。这时候，她右肩挂着一只黑色的摄影包，站在大楼前高高的大理石台阶上，伸长脖子望着凌康胜那个正西方向，正午的阳光照射在她的靓丽的身段上，显得容光焕发，美丽动人。她发现凌康胜过了红绿灯，以百米冲刺的速度向她奋力骑来，立刻举起她那颀长的手臂，高声喊道："阿康，快一点……"

凌康胜听到喊声，用力一蹬又一个急刹车，自行车"的咕"一声，停在唐颖面前。

唐颖从台阶上跳了下来，三脚两步地跑到他跟前。因为走得急，肩膀上的摄影包差一点溜落下来，她连忙双手将摄影包抱在怀里。

凌康胜盯着唐颖秀丽的脸庞，急切地问道："南坡乡发生什么事了，这么着急？"他喘了一口气继续说，"福利院接收孤儿的稿件，今天要发出去的啊！"

唐颖不容置疑地说："我知道，你快把自行车停好！"

这时，从大厦旁边的停车场上驶过一辆乌黑的桑塔纳轿车，在他们面前戛然而止，凌康胜认识这是报社的唯一一辆轿车。驾驶员蒋明诚从驾驶室里伸出他理着平顶头的脑袋，对他们说："美女帅哥，快上车吧！"

在《江湾晚报》，凌康胜和唐颖确实称得上美女帅哥，一个高大英俊，风度翩翩，一个花容月貌，秀色可餐。蒋明诚四十多岁年纪，为报社领导开车已经近十个年头。他为人和蔼可亲，诚实可靠，也爱开个玩笑。对他的话，唐颖和凌康胜付以淡淡微笑。

唐颖快步走到桑塔纳轿车跟前，拉开车门，不由分说地说："快上车！"

凌康胜随随便便地将自行车停放在大厦台阶旁，又从车把上取下那只破旧的提包，快步走到轿车跟前，看着唐颖问道："什么新闻，这么急？"

唐颖说："南坡毛纺织厂发生职工哄抢集体财产的事件。汪总编要我们立即赶到现场抓一条社会新闻……今天总编开恩，我向他要车他爽快地答应了！"

说着她准备钻进轿车，凌康胜却一把拽住她的手臂问道："南坡毛纺织厂厂长是不是王阿之？"

唐颖美目兮兮地看着他说："哄抢还在进行中，去得及时兴许还能抓拍几张难得一见的照片……"见凌康胜还在犹豫，又说，"管他厂长是谁，快走吧！"

凌康胜迅速转动机灵的大脑，他想唐颖还真能干，交通工具解决了，而且又是哄抢集体企业的事件，这条新闻值得一写。唐颖不知道，如果厂长是王阿之，这条新闻就更应该好好地写一写了，因为这个王阿之是和他同住在"镜花苑"的邻居，平时趾高气扬，对人爱理不理的，每天轿车来轿车去，好像比市领导还要威风。过去对他也是爱理不理，最近不知道为什么，突然对他热络起来，还说："总编汪伟是他的老朋友，有事尽管吩咐!"在《江湾晚报》,他完全是靠真本事,不巴结领导的,他是一个有骨气的记者。南坡毛纺织厂是市里的先进典型,职工哄抢集体财产,当领导的一定在某一方面出了问题,所以,他一定要好好地挖一挖新闻的源头。凌康胜一半是被唐颖说服了,另一半却是被自己说服了。他正准备低头钻进轿车里,一个拖长了声音的男中音突然从大厦窗口里飘了下来:"阿康……阿康……"凌康胜抬头循声向大厦的窗口望去,第四层楼的一扇窗户敞开着,凌康胜看到一个青年男子的橄榄型脸盘,正伸出在窗口外,向他叫喊着。这个男青年也是凌康胜的同事,和唐颖差不多年纪,叫陆钦铭。

凌康胜大声应允着:"小陆,什么事?"

陆钦铭大声回答说:"阿康,你的电话,家里的……"

唐颖皱起眉头反感地说:"这个人真讨厌,每次都是关键时刻敲潮烟,阿康别理他!"

陆钦铭见凌康胜有点犹豫,不依不饶地追了一句:"阿康,我不骗你!"

凌康胜心里一酸,这个电话必须去接,家里一定又有什么烦心事了。他低下头对坐在车厢里的唐颖说:"小唐,我去去就来!"还未等唐颖回答,已经转身跑进大厦。凌康胜飞快地登上电梯,不一会,就到了四楼他的办公室。陆钦铭手里拿着话筒站在电话机旁,两只小眼珠定定地看着他走近,举起话筒说:"阿康,你媳妇和你妈又吵架了……"

凌康胜接过话筒,对着话筒喊了声:"妈……"

"打电话的是个男人,不是你妈……"陆钦铭说。

电话里却传来一个老年妇女的声音:"阿康,妈没有事……"

凌康胜又叫了一声:"妈……"

电话里,凌婆婆说道:"阿康,今天是你康伯母二十周年忌日,中午你记得早点回来啊!"

凌康胜说:"妈,我知道了!"

陆钦铭个子不高,和凌康胜站在一起足足相差半个脑袋,他仰起脸看着凌康胜说:"明明是一个男人的声音,怎么会是你妈呢?"

凌婆婆说:"阿康,妈没有事,你好好工作,别记挂妈。纪叔叔也是多事,妈不让他打这个电话,他非要打……妈就顺便和你说一声,中午你早点回来啊!"

凌康胜还想说什么:"妈……"

凌婆婆在电话里却说:"好啦好啦,你好好工作,妈把电话挂了!"电话搁下了,话筒里响起了长长的"嘟——"的声音。

陆钦铭说:"那个男的明明说,你妈坐在家门口伤心痛哭,周围邻居怎么劝也不行,他就给你打了这个电话……"

凌康胜没有放下手里的话筒,眉头紧锁,一脸痛苦的表情。早上来上班时,妻子李爱娟就没有好脸色给他看,他估计妻子又在无端骂他母亲了,母亲坐在"镜花苑"大门口伤心痛哭,邻居纪耿直看不过去,就给他打了电话。母亲和妻子的矛盾由来已久,矛盾的根由主要是为了住房问题。凌康胜一家四口住在"镜花苑"一间狭长的披屋里,凌康胜和李爱娟没有孩子时还好说,夫妻俩加上母亲,一家三口还勉强挤得下,自从有了女儿小萌,小萌一天天长大,已经不适合与父母亲挤在一起了。李爱娟提出来,让母亲住到她妹妹家里去,阿姨家在乡下房子非常宽敞,母亲的床腾出来给小萌睡,但母亲不愿意去。母亲说,这个披屋虽小毕竟是她的,她住到乡下阿姨家像什么样子? 其实,妻子要母亲住到乡下阿姨家,只是无事生非的一个借口。

凌康胜家里的矛盾,报社里尽人皆知。陆钦铭见他眉头紧锁,说:"阿康,你家里有事回家去吧,南坡乡我和唐颖去……"

在办公室的一侧,靠墙放着与唐颖和陆钦铭同样大小的两张办公桌,一张是社会部主任席宏北的,另一张则是凌康胜的。电话机就放在席宏北办公桌上,凌康胜站在席宏北身旁打电话。席宏北正低头翻看一篇稿子,他将目光从稿子的字里行间移到陆钦铭瘦小的脸上,笑笑说:"小陆你省省力气吧! 你去,唐颖保证打回关!"

席宏北五十多岁年纪,头发已经斑白,秃顶。因为秃顶和白发,一年四季,无论春夏秋冬,他都戴着一顶鸭舌帽。他圆圆的脸型,因为岁月的浇铸,也因为长年累月的脑力劳动,那些横的竖的、粗的细的皱纹早早爬上他的额头。在《江湾晚报》,他的资历要比总编辑还深得多。他毕业于"文革"前的大学新闻专业,是货真价实的科班出身,大学毕业后分配到边缘地区,改革开放后才举家迁回老家江湾市。虽然到《江湾晚报》时间并不长,但他懂得世故人情,地方小报编辑记者一身兼,出去采写稿子回来编排版面,社会部四五个人,每个人的公事私事、家庭琐事都装在他的脑子里。年轻人城府浅,大事小事不是挂在嘴上就是挂在脸上。陆钦铭暗恋唐颖,但唐颖心里却没有他,对此他心明似镜,所以才说了这么一句话。

凌康胜放下话筒转身就走。既然妈说没有事,那就先去了南坡乡再说。唐颖等急了又会救命似的喊叫起来,他刚刚走出办公室,楼下的唐颖就"阿康……阿康……"地叫了起来。

二

凌康胜的家住在城郊接合部一个叫"镜花苑"的院子里。

"镜花苑"新中国成立前是中国银行江湾分行行长康华良的别墅,规模很大,占地足有十来亩,房屋占了三分之一的面积,其余则是花园。整座院子分前后两进三出,第一进是两个侧厢,中间一个四十多平方米的天井,第一进和第二进之间两边也是侧厢,中间也是四十多平方米的天井。第一进和第二进房子都是两楼两低的楼房,第二进房子后面就是个六七亩土地的花园。第一进前面的侧厢是佣人们居住的,中间的侧厢是厨房和厨师居住的。新中国成立后,康华良被定性为资本家,而且是不法资本家,要被依法查办,但康华良逃跑了,只留下妻子丁素琴和两岁的儿子康丁贤。江湾市实行私房改造时,康华良这座房子被市房管会充公,分配给一些城市居民,一些值钱的财物也都由街道分配给了当地的居民,只给康氏母子留下一些简单的生活用品,和"镜花苑"第一进靠大门左边那个侧厢,也就是二十多个平方米。凌康胜的父母亲都曾是康家的佣人,父亲是康华良的司机兼园丁,母亲沈云姑则是康家的侍女。房管会分配给沈云姑母子第二进楼房一楼一底的房子,她不要,坚持要康氏母子对面那个侧厢,但提出那个花园归她和康氏母子共有。凌康胜的母亲沈云姑倒不是看中那个偌大花园中的奇花异石,和别具一格的景色,而是为纪念已故的丈夫凌庚荣,使他曾经在这里洒下的汗水不至于荒芜破败。她的这个要求被房管会接受了,并在土地证和房产证上写得明明白白。现在,花园中的奇花异石已被勤劳朴实的凌婆婆改造成一畦一畦的菜地,绿油油的瓜果蔬菜,正在阳光雨露下茁壮成长。

虽然"镜花苑"的房产只有一小部分留给原来房子的主人,但格局基本没有变化。正面高高的围墙中间是两扇漆黑的大门,那狮子头形状的门环把手,已经被人磨得油光铮亮,大门上方是"镜花苑"三个颜体大字。整座别墅坐北朝南,大门口是一条不算宽阔的马路,因地处城郊,鲜有汽车进出,也算是闹中取静吧。"镜花苑"的两旁,则是七高八低参差不齐的平房或简单的楼房,改革开放后,临街的房子开起了水果店、杂货店、小吃店……"镜花苑"附近比过去热闹多了。

给凌康胜打电话的纪耿直,也是"镜花苑"的住户。他理个小平头,头发已经花白，个子不是很高，但很健壮，去年刚刚退休，原是市电机厂的一个车间主任。修个普通的家用电器、桌椅板凳是他的拿手好戏，他助人为乐，有谁需要他帮助，他有求必应。今天上午，他见凌婆婆坐在康丁贤家门口号啕大哭，就给凌康胜打了电话。此时，凌婆婆正和他一前一后从一家杂货店走出来。凌婆婆眼泪汪汪，撩起衣襟擦了擦眼角。

纪耿直说："你哭得这样伤心又为什么事，是不是爱娟又和你吵了？"

凌婆婆紧追几步说："纪叔叔，今天是康少奶奶二十周年忌日……"

凌婆婆说的康少奶奶，就是康华良的妻子、康丁贤的母亲丁素琴，一九六七年因想不开自尽了。

纪耿直说："丁贤的母亲已经死了二十年，你还念念不忘，你真是个有情有义的人！"

凌婆婆说："我给少奶奶忌日的酒菜已经准备好，中午你也一起来吃饭吧！"

纪耿直说："那倒不必了。"

说话间两个人就到了"镜花苑"大门口。在凌婆婆家门口聚集了许多人，见凌婆婆和纪耿直走进来，流露出同情和愤愤不平的表情，将凌婆婆团团围住，七嘴八舌地问起来。凌康胜母亲在这座院子里住的时间最长，为人和蔼可亲，所以大家都尊称她为凌婆婆。这些人都是"镜花苑"的住户，其中有陈阿毛、人称阿之嫂的王阿之老婆金月琴，还有一位脸上得了白斑病的中年妇女天生他娘。

陈阿毛问纪耿直说："阿康说回不回家？"

纪耿直摇摇头说："没有。"

陈阿毛立即愤愤不平起来："他娘整整哭了一个上午，怎么能不回家看看呢？"

阿之嫂用眼角瞟了一下陈阿毛："阿康这孩子也真是的，怎么没有一点孝心呢？"

天生娘说："你们别狗咬耗子，多管闲事了。阿康没有来，一定是有要紧的事！"

陈阿毛家和王阿之家分别住在"镜花苑"第二进的同一座楼内，王阿之家住在楼上，陈阿毛家住在楼下，两家常常为一点鸡毛蒜皮的事大打出手。王阿之就是南坡毛纺织厂的厂长，按理王阿之是农村户口，是没有资格租用城里公房的，但几年前，王阿之想方设法从房管会弄到了这间房子。两家都觊觎着"镜花苑"的后园，梦想在后园里建造一幢属于他们的房子，暗中较着劲。阿之嫂说话貌似附和陈阿毛，实际上也是针锋相对，不怀好意的。

凌婆婆没有理睬他们，走进自家的屋里。房子的面积不是很大，二十几个平方米,东西走向,分成里外两间。里间是凌康胜夫妻的卧室,外间紧靠东面墙壁用竹榻搭成一张床铺,一张千补百纳的蚊帐挂在上面,这就是凌婆婆的卧床。西面的墙壁有扇窗户,窗户下面是锅盆瓢勺,是凌家一家四口的简单的厨房。当时城里千家万户烧火做饭,普遍使用的是煤球炉子。因为住房狭窄,住户都会合理利用户外的公共场所,点燃煤球炉子做饭烧菜,"镜花苑"的住户也是如此。晨曦初露,住户们就会从家里拎出煤球炉子,在院子里生火,把院子弄得烟雾腾腾。凌康胜和康丁贤住在平屋,跨出门就是院子,在院子里生火做饭有得天独厚的条件。今天是康丁贤母亲二十周年忌日,凌婆婆早早地在康家生好了炉子,做好了一桌酒菜。自己家没有生火做饭,所以显得有点冷清。当时房管会分给凌婆婆要宽敞得多的房子,但她只从情感上考虑问题,没有想到凌康胜要娶妻生子,所以才落到现在这种捉襟见肘的地步。凌婆婆端起屋子中间一只大脚盆,走到门口,脚盆里是乱七八糟的衣裤,不仅有李爱娟的袜子、短裤和她女儿的裙子,还有凌康胜的衬衫。凌婆婆把脚盆放到地上,从旁边拎起早已放在那里的一桶水倒进脚盆里,又拖过一把小椅子放到屁股底下,坐下来开始搓洗衣服。这些脏衣服都是李爱娟上班前放在这里的,因为凌婆婆为给康丁贤的母亲做忌日,整整忙了一个上午,还没有来得及洗。

刚才站在凌康胜家门口议论的人群,一点没有离去的迹象,还继续你一句我一句地议论着。

陈阿毛是一家食品店卖肉的小老板,三十多岁,圆圆的脑袋,圆圆的鼻子,圆圆的下巴,全身除了圆的没有一点棱角。五短身材,一米六不到的个子。整个身体胖墩墩、肉乎乎、油光光的,算是"镜花苑"里最有油水的人。改革开放以后,他承包了食品店,挣得瓢盈罐满,早已成了万元户。他不仅在"镜花苑"首屈一指,就是在整个街道,也算得上是富裕户,说话一副财大气粗、腰缠万贯的模样。俗话说"好汉无好妻,懒汉娶花枝",别看陈阿毛其貌不扬,妻子印萍萍却长得十分漂亮,年纪还比他小了七八岁。陈阿毛常常吹嘘自己的老婆如何年轻漂亮,楚楚动人,却不知"红颜祸水"的道理,多少有趣的故事,将发生在印萍萍的身上,当然这是后话。阿之嫂金月琴也是三十多一点年纪,和王阿之育有一子,孩子的户口在乡下,和爷爷奶奶一起生活。这一带城乡有一个习俗,嫁了人的女人往往会冠以她丈夫的姓名,年长的称她为阿之老婆,年轻的称她为阿之嫂,幼小的孩子则称她为阿之妈妈。在"镜花苑"里,人们统称她为阿之嫂,反而将她姓名给遗忘了。阿之嫂是土生土长的农村妇女,在城里生活多年,一些习气已经被城里人同化了。她个子高挑,身材苗条,黑黝的肤色已经褪去,变得白皙而富有弹性,是一个美人胚子。她文化程度不高,性格泼辣外向,做事情要与人争个高低。在这个院子里,其他人一般不会与她发生争执,但遇到了陈阿毛,就会与她争个面红耳赤,你死我活。

时近正午,热烘烘的阳光逐渐移向院子正中,刚才由凌婆婆的哭泣而引发的话题还在继续着。

天生娘说:"凌婆婆,以后衣服就让爱娟自己洗吧,你也该享享清福了!"

凌婆婆叹了一口气说:"我反正没有事,闲着也是闲着。"说着仔细地将脚盆里混放在一起的衣服,一件件放到旁边的脸盆或篮子里。然后先男后女,先上衣后裤子,依次洗起来。

纪耿直叹了口气,摇摇头说:"这个爱娟真是不像话,你不洗衣服也就罢了,连把衣服分开也不会,懒得快生蛀虫了!"

天生娘说:"爱娟要让凌婆婆到乡下去住,要是真的去了,家里垃圾要堆出大门外了!"

纪耿直说:"父母天地心,儿女无良心!"说着转身走了,他住在"镜花苑"最后一进。

阿之嫂却话锋一转说:"凌婆婆,还是分开过的好,现在的年轻人喜欢独立生活,老年人夹杂在一起磕磕碰碰的事就多。我们家阿之说,老年人和年轻人之间有一条什么沟……"

陈阿毛抢着说:"叫代沟,一代与一代之间的沟!"

阿之嫂继续侃侃地说:"对!叫'袋'沟。年轻人有一只'袋',老年人有一只'袋',这就有了矛盾。凌婆婆,你家对面丁贤家的事情就要少得多……"

天生娘接过阿之嫂的话茬:"不是一只袋子和另一只袋子的关系,代沟是指一代人和另一代人之间的隔阂……"天生娘毕竟是城里人,初中毕业,算是个有文化的人,她纠正了阿之嫂的说法,然后又愤愤不平地说道,"爱娟也太过分了,回家像个少奶奶似的,还常常为一点小事情大吵大闹……"

天生娘这么一说,触动了凌婆婆许多心酸往事。她不停地搓着衣服,又哭泣起来:"要不是为了阿康和他的孩子,我早就和少奶奶一起去了啊……"

阿之嫂说:"丁贤没有娘,丁贤家却是很和睦啊……"

陈阿毛轻蔑地看了眼阿之嫂,阴阳怪气地说:"丁贤娘是服毒自杀的,难道你也要凌婆婆服毒自杀?"

凌婆婆叹了口气说:"是啊,多来多去就是多我一个人!"

对阿之嫂的这句话天生娘也很反感。她说："阿之嫂，话是不能这么说的。贤德妻子夫祸少。丁贤嫂多少贤惠，再加上凌婆婆像对待亲儿女一样对待他们，丁贤嫂就很知足了！"

阿之嫂自知她的话引起了凌婆婆的不快，连忙解释说："凌婆婆，我说的不是那个意思，我是说凌婆婆要是一个人过，就不会有这么多的麻烦事了！"其实，阿之嫂心里想着另一件事情，不能当着陈阿毛的面直说，但她又不会转弯抹角，所以说成了这个样子。

天生娘说："现在房子这么紧张，小青年结婚要房都很困难，你让婆婆住到哪里去？"

陈阿毛摆出一副欲言又止的样子说："这个我有办法？"

阿之嫂急于想知道他的办法，问道："什么办法？你还想让凌婆婆住到乡下去？"

陈阿毛摇摇头说："哪能呢……"

天生娘也急于想知道陈阿毛的办法，如果真的如他所言，能给凌婆婆找个安身立命之处，岂不是好事一桩，所以她也很关心地问道："到底什么办法？快说！"

陈阿毛却卖起了关子说："这……"

三

轿车很快驰出市区，进入了崎岖不平的乡间土路。

江湾市是个内陆城市，地处丘陵地带。南坡乡在江湾市南面，轿车一直往南行驶，土路两旁是一望无际的田野，水稻田中的稻禾尚未抽穗，在微风中摇曳着，绿油油的。

唐颖抱着摄影包，连衫裙把她丰腴的胸脯匝得紧紧的，她向凌康胜身旁靠了靠说："刚才电话是你妈打来的？"

凌康胜双眼平视着前方，说："是邻居打的！"

"邻居打的电话，是为你家里的事？"

"有一点。"妻子李爱娟和母亲闹矛盾是家常便饭。一般的情况下邻居是不会打电话的，今天问题一定是很严重了，但他又想不出是什么问题。

"你就别装了，还有一点呢？"唐颖哈哈地笑起来，"你这个人的心事全都写在脸上了！脸色忧郁，心事重重……"

"等你结了婚就知道了，清官难理家务事。"凌康胜反唇相讥。

"这我知道，但我要是不结婚不是就没有家务事了吗？"唐颖说，"你那个老婆也是身在福中不知福，有你妈这样的好婆婆还不满足，老是鸡蛋里挑骨头……"

唐颖对凌康胜家中的事了如指掌，但话又说回来，俗话说："三糟媳妇婆养成。"李爱娟挑肥拣瘦的毛病，还不是母亲养成的？刚结婚那会儿，李爱娟还帮助母亲做饭烧菜，洗洗衣服。但母亲却事事都抢着自己做，连李爱娟的短裤、袜子也给她洗了。久而久之，就变成现在这个样子。母亲也是好猫管三家，好狗管三村，自家的事忙得还不够，还常常去忙康丁贤家的事，这又引来李爱娟的不快。母亲曾经为康家做过佣人，这不假，但这已经是几十年前的事了。凌康胜也提醒过几次，母亲却说康家对她恩重如山，要知恩图报，康少奶奶不在了，康丁贤家的事她不能不管。母亲带大了康丁贤的儿子小斌，也带大了他的女儿小萌，母亲确实是个有情有义的人。

唐颖见他不作声了，将樱桃小嘴凑到他耳边，神秘兮兮地说："我得到一个确切消息，可能对你缓解家庭矛盾有一点作用……"

凌康胜听说对他缓解家庭矛盾有作用就来了精神，问道："什么消息？"

"评定技术职称的工作马上就要开始了……"

凌康胜大失所望："这个消息还用得着你来说吗？还弄得神秘兮兮的。"

唐颖露出不屑的神气说："我们《江湾晚报》在城东的那幢家属宿舍快竣工了，据说伸手要房的人太多，僧多粥少，狼多肉少。这次分房就要与评定职称结合起来，优先考虑评上中级职称的员工，办公室已经在搞方案，按资历、按业绩、按职务……论资排队。你妻子与你母亲的矛盾还不是因为房子问题，你要是评上个中级，矛盾不是缓解了吗？"

评职称和盖家属宿舍这两件事，他是知道的，但办公室正在做方案他还是第一次听到。他突然想起刚才他在大厦里，遇到新闻部的邵敏敏，她两眼红红的好像刚刚哭过。邵敏敏对他说，这次分房子和评职称挂钩，她也想分一套房子。她在新闻部当记者，总编却让她去报社图书室当管理员，问他总编这样做合理不合理，他随口说了句不合理。看来唐颖说的话是真的，报社领导和办公室已经有动作了。凌康胜弄不明白了，邵敏敏在新闻部当了三四年记者，怎么让她去了图书室？是不是与分房子和评职称有关？自己可不能遇到类似的情况，被临阵踢出局外啊！

轿车驶上一座简易的石板桥，连接石板桥的是一条土路，往前行驶一百来米往右拐弯,是一条能行驶两辆卡车的乡村机耕路,一边则是长势很好的水稻田,有些农民正在田间劳作。和机耕路并行的是一条五十多米宽的河流,河水混浊墨黑,散发出一股刺鼻的难闻气味。江湾市是江南地区纺织大市,乡镇企业蓬勃发展,印染厂、纺织厂遍地开花,又不注意环境治理,形成污水横流,浓烟滚滚,环境污染十分严重。

唐颖又向凌康胜靠了靠说:"我给你透露一点本报内部消息,全报社共有二十个中级和副高名额,人事科已经排过队分过类。按资历、业绩和行政职务分成了两类,一类是钢杆类,另一类是蜡烛类。像汪总编、席宏北这些资历深、业绩丰、职务高笃定能评上中级以上的人,被称为钢杆类,这样的人全报社共有十五名。脚里脚外,可评可不评的被称为蜡烛类……"

凌康胜急切地问道:"你我属于哪一类?"

唐颖摇摇头说:"蜡烛类!"

凌康胜不服地说:"怎么你认为我会是蜡烛类?你我都是名牌大学毕业,文凭是一等一的,我也从事新闻工作七年多了……"

唐颖反问道:"按理说,你我文凭过硬,从事新闻工作的年龄也够格,但你有职务吗?像你我这样的蜡烛类,全报社共有八名,名额却只有五个,八名战将,五个名额。"

蒋明诚回过头来看了一眼唐颖,插言问道:"我们普通员工房子怎么分?"

唐颖说:"这个我还真的不知道。我的猜想,普通员工主要根据工龄了……"

凌康胜说:"老蒋在报社工作多年,分个中套应该是没有问题的。"

蒋明诚说:"那也未必,报社加上印刷厂像我这样的员工没有上百名也有几十名,我们报社造了几幢宿舍?还不是两幢,近五十套住房,能不能轮到我也是个未知数。"

凌康胜沉思地说:"看来评职称加上分房子,又是一场血与火的混战……"

唐颖说:"你说对了,是权术、心术和战术的混战。"

四

南坡毛纺织厂坐落在南坡乡南坡村边缘的一个交通要道上,由原来王氏宗族的祠堂改建而成。王氏是南坡村的大姓,全村两百多户人家半数以上姓王。南坡毛纺织厂是改革开放的产物,王阿之原是生产大队会计,因他头脑灵活,村民们推荐他当了厂长。他先在村民中集资了一部分款,又从银行贷了一些款,从一些大型纺织厂购置了一些替换下来的织机。说是毛纺厂主要还是以纺织绦纶布为主,开始只有十几名职工,后来逐渐扩大,有了四十多台织机,职工也增加到两百多人,现在的厂房和办公楼也是后来扩建的。原来的祠堂还保留着,做了库房。南坡毛纺织厂门口不远处就是那一条晴天尘土飞扬、雨天泥泞不堪的乡村土路,正对面就是那条污秽混浊、五十多米宽阔的河流。毛纺厂外销的产品或进来的原料,就是通过门口的土路和河道,或车或船来完成的。

　　建厂初期由于政府大力扶持,发展顺利,生产形势尚好,工人的工资虽然不高,还能按时发放。但从前年开始,产品销路不畅,开始拖欠职工工资。在哄抢事件发生以前,已有一年多没有发工资了。整理车间职工王松友,因家中老父住院需要钱,向王阿之要求补发工资,王阿之说厂里没有钱。已经到期的集资款,厂里许多职工去讨要,王阿之也说没有钱。职工们不知道是从什么地方得来的消息,说王阿之贪污了公款,企业马上就要破产了,这种具有很强煽动性的消息,一下惹恼了村民和厂里的职工。

　　这天早上,职工们三五成群地聚集在一起,有的发议论发牢骚,也有的在窃窃私语,已经无心上班。王阿之坐着他的桑塔纳轿车进入厂里,心高气傲地从车里钻出来,又旁若无人地走进办公室。早已等候门口的王松友和几名职工,立即把他堵了个水泄不通。

　　王松友三十多岁年纪,瘦高个子,长长的脸膛,黑黑的皮肤。老实巴交,胆小怕事,如果不是父亲住院急需用钱,他绝对是不会出头向王阿之讨要工钱的。

　　王阿之昂首阔步走进办公室时,身后紧跟着一个又瘦又高的中年男子,他是南坡毛纺织厂的主办会计兼厂办公室主任王枢枢,原来是大队仓库保管员,因为踏着尾巴头会动,见毛辨色,对王阿之言听计从,王阿之把他视为心腹。他又是初中毕业生,在农村也算是高学历了,头脑灵活,计谋又多,所以重大问题,王阿之一般都会与他商量,有人讨好他,称他为"小诸葛"。早上,他见厂长办公室门口聚集着许多人,估计一定有事情发生,所以王阿之走进办公室时,他也跟了进来。

　　王松友哀求说:"王厂长,我爹住院急需要钱,你把去年的工资发给我吧!"

　　王阿之见这么多职工进了他办公室,围住了他,心里窝火,态度生硬地说:"我早和你说过了,厂里没有钱,你自己想办法吧!"

王松友的同伴王友生是个火暴脾气，见王阿之这种态度就看不下去了，说："厂里职工有困难，不找你找谁？"

另一名职工王童生也说："松友是向你讨要属于他的工钱，又不是向你借债！"

在现实生活中有这样一种人，当他的社会地位比较低微时，做人比较本分、比较低调，一旦有了钱或得了势，就会盛气凌人，不可一世。王阿之就是这种人，在大队当会计时也算老实本分，建厂初期也是事必躬亲，平易近人。穿戴也与做大队会计时并无二致，常常戴一顶在农村非常流行的乌毡帽，上身穿着农村裁缝做的圆领无肩、对襟一字扣的中式服装，下身穿的是不用皮带纽襻、尿尿处不开口的裤子。这种裤子颇具地方特色，俗称"团团裤"。但不久，企业有了较大规模的发展，他的整体形象就有了颠覆性的变化。乌毡帽早已不知去向，取而代之的是那种在城里领导干部中非常流行的大背头，而且常常擦得油光锃亮。他的"团团裤"也被束之高阁，代之而来的是一套做工讲究的深蓝色混纺西装，脖子下面系着一支猩红色的领带。最可笑的是他不伦不类的普通话，引起了群众的不快。

王友生说："厂里不是没有钱，有钱为什么不给？"

王阿之非常干脆地回答说："没有钱！"

王松友几次向王阿之讨要工钱都碰了钉子，王友生和王童生是给王松友打抱不平的。王友生在车间当班组长，为人耿直，敢作敢为，爱打抱不平；王童生虽然没有王友生那样豪气冲天，侠肝义胆，但也为人正直，见不得龌龊小人。他们见王阿之态度恶劣，早已怒从心起。

王枢枢抬起头来看着大家，息事宁人地说："算了算了，厂长说了，厂里没有钱。"

王友生马上反击说："不是厂长说说厂里没有钱就没有钱的，厂里实际上是有钱的！"

在场的职工马上大声附和说："对！厂里是有钱的，快把工钱发给我们！"

王童生喊道："厂长说没有钱这好办，我们把织好的布拿去卖了一样可以变成现钱！"

职工们马上喊叫起来："对，抢布啊！"

王阿之大怒，一拍桌子："你们敢！"

这时候，厂区里突然有人大声喊道："厂里不发工资，我们抢布去啊！"

王友生振臂一呼："走啊，抢布去啊！"

在办公室里的职工便乱纷纷地向车间里跑去……

五

当凌康胜他们的车子快到南坡毛纺识厂时,哄抢事件已经有点时间了。村民们从四面八方,蜂拥而至,场面十分混乱。

蒋明诚用力按着喇叭,汽车嘶鸣着,飞快地向前驶去。唐颖从摄影包里取出摄影机,做好拍摄的准备。许多跑向毛纺织厂的村民被飞速行驶的车子超越过去,有些村民背着雪白的布匹从工厂方向跑过来。远远望去,工厂大门口聚集着许多人,有人在阻拦,有人背着布匹从里面挤出来,有人要挤进去,场面乱哄哄的。电视台的记者早来了,小张肩上扛着摄像机,跟在主持人小文后面,寻找着采访对象。他们的车子就停在离工厂大门口五十来米的地方,蒋明诚将车子在电视台车子旁边停了下来。凌康胜从手提包里取出微型录音机,他要录一些嘈杂的人声做背景材料。车门一开,唐颖一个冲刺冲出了车子。

凌康胜对唐颖说:"你抓拍照片,我去了解情况!"说毕很快就融入人群中。

唐颖拍摄了几张员工围堵在厂门口的照片,又抓拍了肩膀上扛着白布的村民,就在人群中寻找起凌康胜来。凌康胜非常机警,他比唐颖早来《江湾晚报》工作,经验比她丰富多了。他不仅英俊潇洒、聪明能干,更重要的是他知道博人眼球的新闻眼在什么地方,所谓"外行看热闹,内行看门道",这也是她愿意与他合作的原因。

聚集在厂门口的村民越聚越多。四乡八村的村民听说南坡毛纺织厂濒临破产,如果破产将一分钱也得不到,赶快来抢夺一些财物作为补偿,唯恐自己吃亏,"捞了温草就是虾",就是这种心理状态。

厂长办公室门口也聚集起许多村民。此时厂长办公室的门紧闭着,一些愤怒的村民紧握拳头拼命地擂着大门。

办公室内,王阿之脸色凝重,手里拿着电话机,声嘶力竭地喊着:"茅乡长,你快派公安干警过来,厂里的财物快被人抢完了……"还没等王阿之再说第二句,电话机里传来了"嘟——嘟——"的声音。

刚才王友生喊了一声"走,抢布啊……"拥挤在办公室里的人一窝蜂地都出去了。他们一走,王枢枢就关好了房门,王阿之给乡政府茅乡长打电话。王枢枢冷静地站在他的旁边,见他打好电话就问道:"茅乡长说派公安干警吗?"

"这么大的事,茅乡长能不管吗?"刚才还趾高气扬,现在却已六神无主的王阿之,近两年来他对厂里职工态度越来越恶劣,但态度再差,大部分员工还是安分守己的,他没有估计到会发生哄抢事件。他不无担忧地说:"这样一来,厂里元气大伤啊……"

王枢枢神秘兮兮地说:"我倒认为这未必是件坏事!"

王阿之一惊:"此话怎么说?"

"企业亏损已经不再是你的责任了!"

"为什么?"

王枢枢正想说什么,办公室外的人群发生了骚动,有人把门敲得像擂战鼓一样。

"王阿之,你出来,你平时胆大如虎今天怎么胆小如鼠啦?"

"王阿之,你总是要面对群众的,这样躲着总不是事情!"

王阿之和王枢枢静听了一会儿,听出是王友生和王童生的声音。

王阿之说:"刚才我看见《江湾晚报》的记者凌康胜也来了……"

王枢枢忧心忡忡地说:"职工哄抢的事在报上一登,我们的名誉就扫地了!"

王阿之在鼻子里轻轻哼了一声说:"登报,我才不怕呢!"

办公室外职工们的喊声继续着:"王阿之,你还我的集资款……"

"王阿之,你天天公款吃喝,没有钱,你吃喝的钱是从哪里来的?"

办公室外的人越喊越凶,门也越敲越响。

王枢枢说:"你还是出去见见他们吧,心里不做亏心事,半夜敲门不吃惊!"

"出去和他们说什么?"

"说什么?就说你没有贪污,可以查账!"

办公室外,也有几个职工模样的人在维护秩序。一位上了岁数的老职工站在人群中间,恳切地说:"大家都是乡里乡亲的,有话慢慢说……"

唐颖在办公室附近找到了凌康胜,他正在和王松友、王友生几个人交谈。凌康胜见唐颖走过去,就对他们说:"今天就了解到这里,以后需要了解什么,我再找你们!"

唐颖一脸油汗,乳白色的连衣裙此时也是一块黑、一块白,污秽斑斑,那双乳白色的漂亮的高跟鞋,也不知去向。凌康胜看看她的光脚丫,又看看她的裙子,笑着说:"你怎么搞的,弄成这个样子?"

唐颖抬起她的光脚板,对着凌康胜晃晃说:"穿着高跟鞋不方便,我干脆把它脱了!"她又低头看着自己全是污秽的连衣裙,笑起来,"想获得有价值的东西总是要付出代价的,这点代价算不了什么!"

凌康胜想,唐颖说得对,有价值的东西都是要付出代价的,这篇职工哄抢集体财产的报道,可以写出不同凡响,难得一见的好文章。于是他说:"我再去采访一两个村民,再去采访王阿之,把哄抢的原因弄清楚。你照片拍得怎么样?"

唐颖说:"我已经拍了一些,还要再拍一些。"

这时有个中年妇女抱着一大堆碎布片,匆匆忙忙地从工厂里走出来。一位满头银发、满脸皱纹的老太太孤零零站在工厂大门旁抽泣着,嘴里絮絮说着:"我的两千元集资款,是从自己的嘴里一点一点省下来的啊……"

那个中年妇女走近老太太说:"吉婆婆,哭是没有用的,还是去拿一点东西来实惠!"

吉婆婆说:"就是拿了整匹白布有什么用,我又没有销路!"

凌康胜和唐颖立即走到她们身旁,唐颖抓紧时间拍摄了吉婆婆和那个中年妇女的照片。凌康胜问道:"老婆婆和大妈也是来抢厂里的东西?"

中年妇女说:"厂里已经一年多没有发工资了,集资款的利息也两年没有发了,不抢一点东西补偿一下,怎么行?"

吉婆婆说:"这个厂办起来,有一部分是村民的集资,集资时说好的利息两厘,我钱不多,只集了两千元,开始利息是每年发的,从前年开始一分利息也没有发过,我的两千元钱,是一分一分从我这个孤老太婆嘴里省下来的啊……"

凌康胜还想再继续问下去,响起了警车急促的警笛声。

六

凌婆婆终于把衣服洗好了。她在洗衣服时天生娘也没有闲着,已经帮她搭好了晾衣服的三脚架。凌婆婆把盛上衣的篮子和盛裤子、袜子的水桶,端到三脚架跟前,天生娘就帮她一件件地晾起来。陈阿毛和阿之嫂也跟着走了过来。

天生娘问陈阿毛说:"你说吧,有什么办法能让凌婆婆过上安稳日子?"

阿之嫂鼻子里哼了一声,轻蔑地说:"他能有什么好办法?"

陈阿毛见阿之嫂小瞧他，忍不住把心里想的话说了出来："到'镜花苑'后园给凌婆婆造一间房子，不是什么问题也解决了吗？"

天生娘说："这个办法好，我也想了许久，凌婆婆不愿意去乡下，到外面找房子又要花钱，阿康单位里暂时又没有房子分，到后园造间房子倒是最合适不过的！"

阿之嫂一心想着占有整个后园，心里着急起来，连忙说道："你省省吧，建房子城建局会批吗？这个办法不可行！"

陈阿毛说："城建局不批，你不会想办法？……"他打的也是如意算盘，如果凌婆婆在后园建了房，他就可以到城建局申请也在后园建房了。

说到钱，天生娘就犯难了，她皱皱眉头说："钱？凌婆婆哪来的钱？"

阿之嫂想，陈阿毛的办法是个好办法，但他的办法要是成了，她的愿望就要成为泡影，所以立马反对。她说："干土打不成高墙，没有钱盖不起瓦房。凌婆婆没有钱，拿什么来建房？"

陈阿毛很仗义，他说："这个我来想办法！"

阿之嫂反唇相讥："别狗戴帽子充好人，你铁公鸡一只，肯吗？"她为争取天生娘和凌婆婆的支持，话锋一转说道："我家阿之也考虑到凌婆婆处境的困难，这样老是吵架总不是事情。前几天还对我说，要给凌婆婆在外面找间房子……"

陈阿毛听阿之嫂说他是狗戴帽子充好人，早已怒火中烧，怒不可遏地说道："谁狗戴帽子充好人啦？你说清楚！"

阿之嫂也耍起泼来，双手叉腰怒目圆睁，一步一步地迫近陈阿毛，气势如虹地说道："你说呢！你听不出来啊？"

陈阿毛也不示弱，说："你是黄鼠狼给鸡拜年，没安什么好心！"

性格温和的天生娘见这对冤家又真刀实枪地干了起来，连忙一把扯住阿之嫂的一只胳膊，说道："好啦，好啦！大家都是左邻右舍的，有什么架好吵！"

凌婆婆抖了抖手里的湿衣服挂到三脚架上，扭过头来对阿之嫂和陈阿毛没好气地说道："你们别吵啦，我是哪里也不会去的，死也要死在我自己的屋里，你们都别费心了！"

凌婆婆这么一说，陈阿毛和阿之嫂话说不下去了。陈阿毛恶狠狠瞪了阿之嫂一眼，嘴巴里吐出一个字："哼！"气呼呼地走了。

阿之嫂在陈阿毛背后啐了一口说："哼，万元户，什么东西！"

天生娘知道，王、陈两家的矛盾由来已久，对凌婆婆的后园也各有图谋，便笑着说:"你的钱比他多得多,那你算个什么东西?"其实,她也非常看不惯阿之嫂挖空心思想占别人的便宜,又得理不饶人的那副样子。

天生娘这么说,阿之嫂显然不高兴了,但她不便发作,只得强颜欢笑地说道:"天生娘真是说笑话了,我们哪里有钱啊!阿之虽然是厂长,但那厂是公家的,我们阿之领的也是死工资,我是个农民又在城里吃闲饭……"

这时候衣服晒好了,天生娘帮助凌婆婆把水桶、篮子搬进凌婆婆家里。阿之嫂见话已经说到这个份上,再说下去也没有意思了,也就不再说话,回到自己屋里去了。天生娘见凌婆婆的衣服已经晾好,情绪也已经稳定,也准备告辞回去,凌婆婆却叫住了她。

"天生娘,你先别走!"

天生娘从嫁过来那天起,就一直住在这里,也是"镜花苑"的老住户了。天生娘有一男一女两个孩子,大的是女孩叫天明在读初中,小的是男孩叫天生在读小学,丈夫在外地工作,一年到头难得回来一次。她已经四十开外,中等身材,圆圆的脸,长得慈眉善目。十年前得了"白斑病",脸上出现了白一块黄一块的斑纹。她住在"镜花苑"最后一幢一楼一底的房子里,婆婆在世时,帮衬着她抚养两个孩子。前几年婆婆过世,凌婆婆就接替了她婆婆的一部分职责,有事无事都要到天生家里看看,有事帮上一把,无事问寒问暖。所以,天生娘与凌婆婆亲密无间,感情非同一般。今天上午,凌婆婆坐在康丁贤家门口号啕大哭,纪耿直以为凌婆婆是受了儿媳李爱娟的气,百般劝说,急急忙忙给凌康胜打了电话,其实是张冠李戴,帮了一次倒忙。天生娘知道今天是康母二十周年忌日,凌婆婆号啕大哭,一是对逝者的追悼,二是也为出心中忧闷之气,所以她没有过多劝解,只是帮助凌婆婆做了不少事情。

凌婆婆看看天色还早,距离儿孙们吃午饭还有段时间,就叫住了天生娘。凌婆婆从屋里走出来,对天生娘说:"你跟我来!"说毕,率先向"镜花苑"后园走去。天生娘不知道凌婆婆要干什么,默默地跟着她。

两人穿过第一进中间的庭堂,来到第二进的庭堂,打开一道门就是"镜花苑"的后园。后园门是虚掩着的,凌婆婆一推,门就开了。里面是个六七亩地的园子,别有洞天。园子四周用青砖围了起来,又有高大的水杉树包围着,园子中间零星地种植几株桑树和桃树。大片肥沃的土地上,种植着瓜果蔬菜。南瓜藤蔓在阳光下显得妖娆可爱,挺拔的豆角一副趾高气傲的神情,绿油油的丝瓜倒挂在竹棚上卖弄风姿,整畦整畦的油菜绿得冒油……紧靠墙根处,有一口六角形的水井,水井上面是一座古色古香的亭子。园子里原来还有用太湖石堆砌的假山,和一些奇花异草,怪石珍木,都被当作"封资修"毁坏了,唯有这座水井完好地保存了下来,水井的四周还有石砌的栏杆,四周方方正正的地基,全部用青石板砌成。在水井的一端,在一块不成型的石头上,雕刻有不知道出自哪个名家之手的"自在泉"三个狂草大字。水井清不见底,就是在大旱之年,河道干涸,此井也是源流不断,永不枯竭。打开后园的一道边门,便有一条清澈的小河出现在眼前。现在这条小河已被污染,变得污浊不堪。据说三十多年前,凌康胜的父亲就是在这条小河里投河自尽的。

过去的后花园,现在只能称为菜园子了。因为园子比较大,种植的蔬菜比较多,凌婆婆就挨家挨户地分给四邻八舍。四邻八舍也非常友好,像纪耿直、陈阿毛,甚至阿之嫂都会出手相助,施肥、浇水、锄草,哪家哪户只要有空都会来帮一把。而翻地、施肥、浇水等重一点活,张阿珍和天生娘基本上全包了。所以,这个园子管理得这么好,也有他们的一份功劳。

走进园子,凌婆婆说:"天生娘,你要什么菜自己拔……"

天生娘说:"婆婆,你辛辛苦苦种植的蔬菜,我怎么好意思吃呢?"

凌婆婆走到园子中间说:"刚才阿毛的话,我想想也有道理。现在小萌长大了,和她父母睡已经不合适,和我睡,我的床小也睡不下。阿毛说在这里搭间房子也是一个办法,反正我也活不了几年。天生娘,你说这间房子搭在哪里好?"

凌婆婆把天生娘领到园子里来,原来是为了搭建房子的事。凌婆婆想和天生娘先商量,房子能不能搭建?搭建在哪里好?她不敢随便和人乱说,唯恐事情还未办成,弄得满城风雨、横生枝节。

天生娘说:"建应该是好建的,自家的地皮城建局会批的。"但建在哪里合适?她看着这么大的一个园子,思索着,真有点老虎吃天难下口了。天生娘想了想说道:"建在园子中间,孤零零的,显然不合适,和原有房子靠在一起,可以省道墙,但那里的住户可能会有意见,一是挡住了他们北面的窗户影响采光,二是新造的房子坐南朝北,一年四季见不到太阳,盛夏酷暑、三九严寒,要么热死,要么冻死……"天生娘绕过地上的菜畦,走到东面的围墙下,凌婆婆也跟过来。天生娘指着东边围墙边的土地说:"那就建在这里吧!门朝东开,可以见到早晨的太阳,南面再开一扇窗户,太阳也能照进屋子里了!"

凌婆婆点点头表示赞成:"这里好,房子造得大一点,能放下一张双人大床,阿康和丁贤他们两家的儿女,也可以和我一起睡了!"

天生娘说:"到时候我到城建局去问一下,要办什么手续,可以批几个平方米?"

七

　　警笛声"呜哇呜哇"响成一片。警车风驰电掣般地飞驶而至,卷起的尘土漫天飞舞,在凌康胜的车子旁边戛然而止,车门一开,冲出三四个手持警棍的警察。三五成群的农民,抱着布匹或背着桌椅板凳,正从工厂里跑出来,见到警察迅速地躲避着。警察们大声呵责着:"放下东西! 快放下东西!"村民们四处逃散。但四乡八村的农民还在源源不断地赶过来……

　　厂门口人头攒动。这时候,出现了一群干部模样的人,其中一位是南坡乡的茅乡长,他身材魁梧,穿戴整齐。手持警棍的警察是南坡派出所的,他们接到乡长的电话立即在所长的带领下,开着警车赶来了。但他们的到来并没有产生多少效果,场面乱纷纷的没有得到控制。他们手中的警棍不能随便袭人,很快就融入到乡干部阻拦群众的队伍里。派出所所长龚贵民挤到茅乡长和王阿之身旁,两只眼睛睁得铃铛般大小,注视着人群中的每一个人。

　　王阿之早已从办公室里出来,愁眉苦脸,似乎完全没有了主意。王枢枢也站在旁边,他镇静自若,不动声色,注视着被围堵在厂门口的村民和职工。王松友一脸苦相,他为父亲治病讨要工钱,没有料到会发生这样的事情,他担心会给自己带来灾难性的后果。王友生满面怒容,义愤填膺,他憎恨王阿之对待职工那张六亲不认的嘴脸。改革开放刚刚开始,村民们没有其他收入,许多家庭的生活来源全指望在这家乡镇企业上,没有了经济收入,让村民们怎么活? 不闹腾一下,给一点颜色看看,王阿之还不知道天高地厚。但他知道这次哄抢事件是因为他的一句话而引起的,他做好了承担一切后果的准备。他敢作敢为,敢于担当,所以在农民兄弟中享有很高的威望。王童生的脸色相对平和一点,表面上若无其事地站在人群中间,但心里也有点忐忑不安,毕竟这件事因王松友而起,他注视着事态的发展。

　　凌康胜见南坡乡的茅乡长也来了,马上从人群中挤到他的身旁,茅乡长礼节性地与他握了握手,简单地寒暄了一下。唐颖不知从什么地方弄来了一把椅子,一会儿登上椅子,一会儿又从椅上跳下来,从不同的高度拍着照片。凌康胜的文字报道一定会不落窠臼,配上她的新闻照片,图文并茂,相得益彰,这篇文章上省报也是没有问题

江湾往事

的。如果能登上省报,她也就多了一份评定职称的筹码。她也渴望着这次职称评定能评个中级。分一套属于她的房子,哪怕小套也行。

王阿之带着哭腔喊道:"看看都抢成什么样子啦!茅乡长,你叫我今后怎么办啊?"

茅乡长高高地站在一块石头上,大声斥责说:"都什么时候了,你哭喊有什么用?平时趾高气扬的威风哪里去啦?"

厂里的职工都是农民,他们见厂长被乡长斥骂,吵吵闹闹、嘈杂不堪的场面顿时安静下来。

茅乡长威严地大喊道:"快把抢去的东西还回来!"

派出所所长龚贵民说:"你们知不知道哄抢国家财产是有罪的,把抢去的东西退回来!"

王童生说:"南坡毛纺织厂的财产也是我们南坡村村民的!"

王童生这么一说,马上引起了村民们的共鸣:"对,南坡毛纺织厂的财产也是我们村民的!"

人群中有人喊道:"我们要吃饭……"

"还我们工资,还我们集资款!"

王阿之说:"厂里没有钱,工资怎么发,集资款怎么还?"

王童生说:"厂里没有钱,你们吃吃喝喝的钱哪里来?你说清楚!"

有员工说:"前几年厂里生产一直很好,钱都到哪里去了,是不是你贪污了?"

王阿之说:"这几年市场不景气,产品滞销……"

王友生说:"大家静一静……"

吵吵闹闹的人群立即安静下来,大家屏住呼吸等着王友生说出下文。

"现在茅乡长也来了,我们把问题向乡长反映一下吧!"王友生说,"王厂长,你说没有钱,去年年底你还从乡长手里拿了一万元的生产经营奖?你说,这是怎么回事?"

王友生的话很快得到众人响应:"对啊,这是怎么回事?说说清楚!"

王阿之辩解说:"去年拿的生产经营奖是前年的,今年生产一直不好……"

王友生说:"前年的奖金,你不是说前年就亏损了吗?"

"对啊!你不是说前年就亏损了啊!"

王童生说:"松友爹爹生病住院,要领工资去给爹爹看病,王阿之就是一分钱也不给,全厂职工工资付不出,付一个人的工资总可以吧?"

王松友说:"我去找了他三四次,每次都是苦苦哀求,他总是一副冷冰冰的脸,三言两语把我打发了……"

人群中又有人高呼:"厂要倒闭了,抢东西抵债啊!"

"抢啊……"

人群再次发生骚乱,像是大海里的波涛向工厂内涌去,乡干部和几名警察根本阻挡不住滚滚的人流。

茅乡长见这乱纷纷的局面也无计可施了,说:"凌记者智足多谋,你给我想想办法啊!"

凌康胜不假思索地说道:"补发工资!"

王枢枢见村民和乡干部、警察混在一起,扭成一团,害怕混乱场面难以收场,就给王阿之出主意:"再这样下去就要出人命了,按凌记者的办法办吧,先把工资发给他们……"

王阿之哭丧着脸说:"钱呢? 那么多钱到哪里去弄?"

王枢枢说:"贷款,让乡里作担保!"

茅乡长看了看凌康胜和王阿之,眼前这种局面,不补发工资是绝对不行了,如果事态再继续扩大,有人受伤,或者出了人命案件,作为乡长罪责难逃。他下了决心,提高声音说:"大家静一静,王厂长有话要说……"

乱纷纷的人群顿时安静下来,等着王阿之说话。

王阿之战战兢兢地说:"我去贷款,乡政府作担保,给大家补发工资,我贷到款马上就把工资补发给大家,大家可以放心了吧……"

满以为村民得到补发工资的承诺就会散去,但王阿之的承诺仿佛没有起多大的作用。只有少数村民准备离去,大多数村民仍然站着不动。

茅乡长看着这个乱纷纷的局面,完全没有了主张,对身旁的凌康胜说:"凌记者,你见多识广,再给我想想办法。"

凌康胜想,现在村民们的要求已不仅仅是补发工资这么简单了,补发工资只是表面现象,根源还是王阿之的腐败问题。村民怀疑他有严重的经济问题,激起了公愤,如果不把他的问题审查清楚,不给村民们有个交代,村民们是不会罢休的。从大局出发,只有这个办法也许能控制这个局面。但是让王阿之知道审查他的主意是他凌康胜出的,王阿之岂不要恨死他。毕竟大家都是邻居,抬头不见低头见。

江湾往事

023

凌康胜只得将嘴附在茅乡长的耳边,低声说道:"只有将王阿之隔离审查,才能平息民愤! 但你不能说这个主意是我出的。"

茅乡长立即就明白了,转身对身旁的两位乡干部低声说:"把王阿之带离现场!"

两位乡干部脸色严峻地走近王阿之说:"王厂长,请吧!"

王阿之吃了一惊:"什么事……"

其中一位乡干部说:"到了乡政府,你就知道了!"

王枢枢见两位乡干部神色不对,也吃了一惊:"你们不会搞错吧?"

王阿之僵持着不肯走。茅乡长向他使了个眼色,王阿之好像明白了,好像又不明白,只得跟着两名乡干部从人群中挤出去。见王阿之被带离人群,茅乡长义正严辞地大声喊道:"乡亲们,王阿之被隔离审查了,你们可以散了,把抢去的布匹交回来,乡里就不再追究了!"

村民们陆续地散去。

在回城的路上,蒋明诚问凌康胜:"小凌,这篇报道你准备怎么写?"他在新闻单位工作多年,对新闻的写作也挺感兴趣。

凌康胜说:"我还得好好想一想。"

唐颖说:"企业的主人哄抢企业的财产,这样的新闻不要说我们报社从未发表过,就是省报也从来没有发表过。阿康是应该好好想一想,这篇稿子怎么写。"

蒋明诚叹了口气说:"如果你们依实写,这样的新闻恐怕是很难发出来的。"

唐颖问道:"为什么?"

蒋明诚说:"王阿之和我们汪总编的关系,你们知道吗?"

凌康胜说:"知道,两个人的关系很好!"

蒋明诚说:"岂止是关系很好那么简单,恐怕他们有过命的交情……"

唐颖不以为然:"王阿之与总编关系我不知道,也不想知道! 不过我知道,要得到有价值的东西都是要付出代价的!"

时间已经接近中午,轿车在洒满阳光的乡村道路上奔驰着。

八

　　快吃中饭时,康丁贤骑着自行车,车前坐着儿子小斌,一路打着铃声缓缓驶来,在"镜花苑"大门外停了下来。他的身后紧跟着凌康胜的妻子李爱娟,李爱娟也骑着自行车,车前坐着女儿小萌。康丁贤把儿子从自行车上抱了下来,李爱娟跳下自行车也抱下了女儿。小斌和小萌一落地,立即就像两匹脱缰的小野马,蹦蹦跳跳地跑进大院内。

　　李爱娟中等身材,不胖不瘦,一副精明强干的模样,下巴尖尖的,额角显得比较大,脑门上像顶着一个包,圆圆的,在太阳光的直射下,亮晶晶地反光,两边的脸颊像陡峭的山壁,像是被刀削过那样平整。她梳着长长的马尾发辫,走起路来会左右摇摆,很是好看。她算不上是美女,但从形态上看还算顺眼。她三十多岁年纪,在一家百货公司做供销员。九年前,她和凌康胜在山区的一个生产队里插队。有一年,她坐船回城,因河水暴涨,翻船落水被凌康胜救起。此后,她见凌康胜仪表堂堂,一表人才,便一见钟情。结婚以后,她生下了小萌,第二年,也就是一九七七年,国家恢复高考。凌康胜以他的聪明才智,考上了北京大学新闻系。凌康胜上大学读书,李爱娟基本上在娘家居住,偶尔回来,凌康胜不在家,凌婆婆对她言听计从,百依百顺,久而久之,李爱娟有了娇气的坏毛病。凌康胜大学毕业回来,孩子逐渐长大,原有的房子越来越狭,她看着婆婆不顺眼,造成了现在这种不可调和的矛盾。

　　小斌飞快地跑到凌婆婆跟前,凌婆婆正站在自家门口的水槽旁边,低着头洗蔬菜。小斌一把抱住凌婆婆的腰,亲昵地喊道:"奶奶,我回来啦!"

　　凌婆婆将湿漉漉的双手在围裙上擦了擦,转过身来,一只手拍拍小斌红扑扑的脸,又抬起另一只手擦着自己的眼睛说:"奶奶已经做好饭了,祭拜过你奶奶后就吃饭!"

　　小萌与小斌年龄相仿,但女孩子显然要比男孩子懂事多了。她见凌婆婆在抹眼睛,稚嫩的脸上的笑容马上消失了,双手抱着凌婆婆的身体说:"奶奶,你又哭啦?"她下意识地朝身后看了一眼,见她母亲正看着她,本来想说"是不是妈又惹你生气了",话到嘴边又缩了回去,改口说道,"奶奶别洗了,该吃饭了!"

　　凌婆婆一只手握着小斌的手,另一只手则握着小萌的手说:"小斌、小萌跟奶奶来!"

　　小斌和小萌高高兴兴地跟着奶奶向康丁贤家走去。

　　康丁贤从自行车上取来一只手提包,走向自己家里。早上,奶妈说今天是他生母逝世二十周年忌日,让他和妻子张阿珍中午早点回来。他走进屋子,墙壁正中挂着母亲的遗像。母亲方方的脸盘,慈目善眉,一双眼睛温和地看着他。遗像下一张八仙桌上,整整齐齐地放好了一桌子的菜肴。虽然物资比较紧张,大多数副食品需要凭票才能买到,但奶妈还是想了许多办法,桌子上有鱼有肉。桌前已经放好了一对插好蜡烛的烛台,旁边放好了要焚烧的纸钱,现在就等着点燃桌子上的那对蜡烛,祭祀仪式就正式开始了。康丁贤将手提包放在靠墙的一张小桌子上,回过头去看着对面凌康胜家。此时,凌婆婆正一手一个领着两个孩子,往他家里走来。康凌两家关系不同寻常,康丁贤母亲在世时,奶妈也常常把他们家的事当作自己的事来做,凌康胜比康丁贤晚出生一个多月,康母奶水不足,常由凌婆婆来喂养,康丁贤是喝着凌婆婆的奶水长大的,因此康丁贤叫凌婆婆为奶妈。康母是富贵人家出身,不怎么会做家务,康家的家务由凌婆婆全包了。康丁贤结婚生子以后,虽然张阿珍干家务也是一把好手,但凌婆婆还是要来帮一把,小斌也是凌婆婆一手带大的。张阿珍和康丁贤成亲以后,从来没有见过自己的亲婆婆,他们的婚事也是凌婆婆一手操办的,张阿珍就把凌婆婆当作亲婆婆一样看待。张阿珍是农民出身,朴实厚道,当李爱娟与凌婆婆发生矛盾时,她一定站在凌婆婆一边,但这样反而使凌婆婆处境十分尴尬。

　　凌婆婆领着孩子走进康丁贤的家,康丁贤马上迎上来,亲亲热热地叫了一声:"奶妈!"

　　康丁贤长得也是牛高马大,虽然营养不良,面有菜色,但精神饱满,方方正正的脸型和他母亲极为相像。他戴着一副近视眼镜,从镜片的厚度来看,至少四百度以上。虽然天气已经很热,但他还是在衬衫外面加了一件打了补丁的中山装,下身是一条黑色的长裤。一望而知,这是一位教书先生。

　　两个孩子见桌子上放着这么多好吃的东西,非常开心。小斌伸手要拿桌子上的供品,凌婆婆轻轻将他的小手打掉,说道:"等祭拜过你奶奶后再吃!"她一边往桌子上的空酒杯倒着酒,一边对康丁贤说:"丁贤,你点上蜡烛,祭祀你娘!"

　　康丁贤擦着火柴点燃一支蜡烛,然后又用蜡烛点燃了另一支蜡烛。

　　凌婆婆又对小萌说:"去把你妈叫来,说今天是康奶奶忌日,让她也来拜一拜,也请她到丁贤叔叔家吃饭！"

小萌马上一蹦一跳地出去了。

李爱娟回到家见婆婆没有烧中饭，正要骂人。小萌跑到她跟前说："妈，你又要骂谁？"

李爱娟说："谁光吃饭不做事，妈就骂谁！"

小萌说："妈，我是只吃饭不做事的人，我的事都是奶奶做了，你就骂我吧！"

纪耿直一手拿着碗，一边吃饭一边走过来，笑着说："小萌是个懂事的孩子，有的大人分不清好坏，小萌却分得很清楚！"

小萌高兴地笑着说："谢谢纪公公夸奖！"

李爱娟知道纪耿直在说她，就不高兴了，指桑骂槐地斥责小萌："要你'好猫管三家'，你还不赶快给我回家！"

小萌说："妈，奶奶说，今天中饭到小斌哥哥家吃……"

纪耿直笑着说："爱娟，我知道你是在骂我，我这么大年纪了不和你计较，要和你计较的是你要对婆婆孝顺一点。你婆婆今天忙了一个上午，给你洗好了一脚桶衣服，又准备好了你康婆婆忌日的酒菜……"

天生娘闻声也走了过来，附和着说："是啊，这样好的婆婆，你打着灯笼哪里去找？"

阿之嫂、陈阿毛也走了过来。

阿之嫂说："阿康嫂发脾气，总有发脾气的道理……"

陈阿毛说："我知道，小萌长大了，和父母亲睡在一张床上不方便，阿康嫂想让凌婆婆到乡下去住，凌婆婆又不愿意……"

天生娘说："阿康嫂，你也用不到再和婆婆闹矛盾了。婆婆说了想在后园造一间房子！"

阿之嫂和陈阿毛异口同声问道："凌婆婆什么时候说的？"

天生娘回答说："今天上午，她让我去城建局问问手续怎么办。"

陈阿毛跃跃欲试地说："我在城建局有熟人，我替婆婆去问。"

阿之嫂露出一副不屑的神色说："有熟人也不一定办得好事情！"

陈阿毛还想说什么，这时候，康丁贤走过来对李爱娟说："爱娟，今天是我妈逝世二十周年忌日，我们一起去吃饭吧！"

小萌拽着母亲说："快去吧！奶奶说你也要去祭拜一下康奶奶……"

李爱娟和凌婆婆的矛盾也就是房子的矛盾,这是"镜花苑"里人所共知的事实,现在没想到婆婆会同意在后园搭建一间简易的住房。她心里一亮,这个办法好,既可以解决婆婆的住处问题,婆婆还可以继续帮她做家务,真是个两全其美的好办法。李爱娟不禁喜上眉梢,看来最近和婆婆的争吵还是卓有成效的。

康丁贤家里,两支红色的蜡烛已经点燃,黄色的火苗扑闪扑闪地跳跃着。凌婆婆站在祭桌前,面对着康母的遗像,双手合十,一边弯腰拜着,一边口中念念有词。康丁贤恭敬地站在她身旁,眼泪汪汪地盯着母亲的遗像。凌婆婆见李爱娟和小萌走进来,说道:"爱娟,今天是康奶奶逝世二十周年忌日,你来拜一拜……"

凌婆婆让开了地方,李爱娟走过去,有点不情愿地双手合十弯腰拜了几拜。她对康母是没有感情的,与凌康胜结婚时,康母已经去世,反倒是对康丁贤充满了敌意,因为凌婆婆关心康丁贤一家,对自己家就必然分心,而且每次她与婆婆发生矛盾,无论婆婆对与不对,那个乡下女人张阿珍,总是站在婆婆一边。

这时凌康胜拎着一只手提包,一脸油汗,急匆匆地走进来,喊道:"妈,我回来了!"

凌婆婆正在擦火柴,准备点燃地上脸盆里的纸钱,说道:"阿康,你来得正好,快来祭拜一下康伯母!"

小萌捉住凌康胜的手臂喊了一声:"爸爸……"

凌康胜把提包交给李爱娟,站到李爱娟让出来的位置上,也双手合十,谦卑地弯腰拜了几拜。康丁贤走近他说:"阿康弟,等会在我家一起用餐。"

凌康胜拜毕说:"好!"

小萌也上来拜了几拜,接着凌婆婆就弯下腰,点燃了地上脸盆里的纸钱。纸钱慢慢地燃烧起来,火焰蔓延开来,脸盆里只剩下了一堆闪烁着火星的白色灰烬。这些白色的灰烬又随着缕缕青烟,慢慢地升腾起来,随风飘散……

九

人与人的关系,往往要在患难之中才显示出真情来。凌婆婆十五岁开始在康家"镜花苑"里做佣人,先在康华良母亲身边做贴身丫环,丁素琴嫁过来不久,康老太太见凌婆婆做事勤快,又老实本分,性格温和,容易和人相处,把她许配给康家轿车司机兼园丁的凌庚荣。丁素琴是大户人家的千金小姐,只会绣花绘画,吟诗赋词,不会料理家务。康老太太去世后,凌婆婆就成了丁素琴的贴身丫环,两人年龄相仿,丁素琴身边事无巨细都是凌婆婆一手操办,两人情同手足,亲如姐妹。两人婚后各生下了一个儿子,这就是康丁贤和凌康胜。丁素琴奶水不足,凌婆婆又视康丁贤为己出,每次都是先喂足了康丁贤后再喂凌康胜,凌康胜常常饿得哇哇大哭。

后来,康华良继承父业,担任了中国银行江湾分行的行长。新中国成立后,康华良被列为不法资本家,因觉得在劫难逃,在一个风雨交加的夜晚,他只身拎着一只提包,带着一些金银细软,离开了江湾市,不知去向。凌庚荣因只是康华良的伙计继续在银行留用,但一直受冷遇,闷闷不乐,又性格内向,不善言辞,便整日酗酒无度,回到家里也不言不语,只是唉声叹气。有一天他喝得酩酊大醉,一夜未归,凌婆婆和丁素琴四处寻找,在紧靠"镜花苑"后园的小河石坎上,发现了他的一双布鞋和喝剩的半瓶老酒。有人怀疑他投河自尽了,也有人认为他喝醉酒掉到河里淹死了,但人们沿着小河一路寻找,也没有找到他的尸体。凌婆婆和丁素琴找了一段时间也就不找了。其实凌庚荣的离去,凌婆婆是知道的。凌庚荣对她说:"康老爷走了,他在生意上是一把好手,但生活上却缩手缩脚……"凌婆婆问道:"那怎么办?"凌庚荣说:"他要我和他一起去……"凌婆婆迟疑了一会儿,就豪气冲天地说:"那你去吧,这里有我!"于是凌庚荣制造了投河自尽的假象。这个假象连丁素琴也被蒙在鼓里,男人走了女人们还要生活下去,凌婆婆对丁素琴说:"我们一定要把这两个孩子抚养成人。"丁素琴开始变卖家产,换一点微薄的收入维持两家的生计。凌婆婆则将后花园中的许多花草移到一处,腾出许多地方种植蔬菜,两家的蔬菜基本可以自给自足。后来凌婆婆又学会了一门手艺,就是为锡箔店矸纸。所谓矸纸,就是制作冥品的半成品,然后用这种半成品再加工成各种纸钱。

凌庚荣失踪,凌婆婆哭了几场,又按当地人的习俗,做过了"五七"道场,以后就再没有人提起。康华良就不同了,他是江湾市大名鼎鼎的人物,街道办的工作人员隔三差四来找丁素琴,要她交待康华良的去向。

一个冬季的一天,丁素琴被街道办的章月芬早上叫去,到晚上还没有回来。那时康丁贤和凌康胜还只四岁左右,凌婆婆把两个孩子哄睡着了,撑着雨伞顶着斜风细雨,到街道办寻找丁素琴。街道办坐落在一条长长的弄堂内,凌婆婆一进大门,就被看门老头拦住了,老头问道:"你有什么事?"

凌婆婆问道:"大伯,有个叫丁素琴的还在不在这里?"

看门老头摆出一副审视人的势态,问道:"你是她的什么人?"

凌婆婆见他这样威严,心里慌了神:"她是、是、是我的东家……"

"什么东家?"看门老头哈哈笑起来,"现在已经是新社会了,东家早被打倒了!"

凌婆婆心更慌了说:"有个叫丁素琴的女人,上午出来一直没有回家,是不是还在这里?"

看门老头这才"哦"了一声,说:"丁素琴,有一个,这事要等章组长来处理!"

凌婆婆知道,章组长就是经常到"镜花苑"来询问康华良下落的章月芬,是街道专案组的组长。她二十岁左右年纪,细高个子,梳着两根小辫子,双眼皮,鹅蛋脸,很年轻也很漂亮,说话慢条斯理的,一副老练持重的样子,让人望而生畏。凌婆婆小心翼翼地说道:"哪,我找章组长!"

看门老头回答说:"她要很晚才能回来,你还是回去吧,丁素琴什么时候回去是不一定的……"

凌婆婆眼泪汪汪地恳求说:"老伯,求求你,让我见丁素琴一面吧!"

老头有点不耐烦了:"你怎么这样烦人,让你回去你就回去,丁素琴不能见!"

这时一股穿堂风刮进来,冷嗖嗖的。因为冷,老头哈着双手,走进了旁边的一间屋子里。凌婆婆站在过道里,冻得瑟瑟发抖。此时天已经全黑,厅堂天花板上高高吊着一盏电灯,也是灰蒙蒙的,刚才的斜风细雨变成了细细的雪花。不知过了多少时候,章月芬终于来了。她披着一件厚厚的棉斗篷,撑着一把油布雨伞,一进门就"啪的啪的"在门槛上敲了几下雨伞,把雨伞上的雪花打掉。凌婆婆一步上前,喊道:"章组长,你来啦!"

章月芬没有想到过道里会有人,吓了一大跳,抬头看是凌婆婆,厉声斥责道:"你怎么会到这里来?"

凌婆婆像个做错事的小学生,连连认错,说:"我吓到你了,对不起!"

章月芬没有理会她的道歉,把雨伞收起来放在门边,问道:"是来看丁素琴的吧?"

凌婆婆连连点头说:"是的,是的……"

章月芬鼻子里哼了一声说:"我听说丁素琴的家务全是你做的,孩子也是吃你的奶长大的……"

凌婆婆老实巴结地说:"少奶奶对我也不错!"

章月芬问:"你知道,康华良到哪里去了?"

凌婆婆搓着双手说："我不知道,我知道早就告诉你了!"

章月芬又问:"丁素琴知不知道康华良到哪里去了?"

"我不知道她知不知道!"

"你跟她关系很好,是不是?"

为了暖和一点,凌婆婆不停地跺着双脚,回答说:"她是我的东家。"

章月芬笑了笑继续说:"你的话,她一定会听的?"

凌婆婆肯定地点了点头说:"是的!"

"那好!"章月芬说道:"你问一下丁素琴,她老公跑到什么地方去了?"

凌婆婆毫不犹豫地答应道:"好!"

凌婆婆跟着章月芬走到一间用铜锁锁着的房门跟前,打开房门,屋子里黑灯瞎火的,章月芬顺手拉了一下门边的拉线开关,高高地吊挂在天花板上的那盏电灯,立即亮起来。凌婆婆一眼看见坐在墙角椅子上,抱着双肩龟缩着的丁素琴。

凌婆婆扑上去,失声喊道:"少奶奶,你……"

丁素琴一把抓住凌婆婆的手,凄惨地说:"妹妹,我真不想活了……"

凌婆婆叫丁素琴少奶奶,丁素琴却把她当成自己的亲姐妹,所以叫妹妹。

章月芬严厉地说:"我们党的政策是'坦白从宽,抗拒从严'。你如果自绝于人民,那就是抗拒到底!"

凌婆婆搓着丁素琴冰冷的双手,问道:"少奶奶,他们是不是问老爷的下落?"

"是,是啊! 可是我实在不知道啊!"

凌婆婆说:"章组长,今天就先让我们回去,我慢慢地劝说她,让她说出康老爷的下落……"

章月芬斩钉截铁地说:"不行,今天非让她说出来不可!"

丁素琴有气无力地说:"妹妹,你回去吧,家里还有两个孩子……"

凌婆婆突然坚决地说:"章组长,这样吧,今天你让我把少奶奶领回家,我想办法劝说她,明天一早我来告诉你老爷的下落!"

章月芬将信将疑地说:"真的? 明天可是最后的期限!"

凌婆婆不知从哪里来的勇气,竟然信誓旦旦地说:"要是她不说,你怎么处罚我都行,枪毙也行! 要是不信,我写一张保证书给你。"

章月芬矜持了一会说:"好,明天上午你来告诉我!"

章月芬拿出一张纸,凌婆婆是个文盲,她只好伏在写字台上代写了保证书,然后念了一遍,凌婆婆在上面盖了手印。保证书是这样写的:"我一定在一九五二年一月十三日早上上班前,告诉章组长康华良的去向,如逾期不报,甘愿承受法律制裁。沈云姑。"

章月芬将保证书放进抽屉里,挥了挥手说:"你们走吧!"

丁素琴还想说什么,凌婆婆拉着她迅速地走了。

第二天上班前,凌婆婆冒着凛冽的寒风,踏着厚厚的积雪,早早地来到了街道办事处。昨天夜里下了一场大雪,开始只是霏霏小雪,后来越下越大,纷纷扬扬地飘起了鹅毛大雪。早上起来,不仅地上白了,连屋顶也全白了,银装素裹,雪花飞扬,很是好看。凌婆婆加了一件夹衣,依然冻得瑟瑟发抖。章月芬办公室里生着炉火,炉子上的水壶"吱吱"地冒着热气,屋里屋外已是两个明显的世界。凌婆婆双手将一张折叠得很整齐的纸条递给章月芬,恭顺地垂着双手站立在她的旁边。

章月芬展开纸条,三个用毛笔竖写的隽秀柳体小楷"交代书"赫然入目,接着是自右到左,排列整齐的隽秀柳体小字,如行云流水,龙飞凤舞,让人赏心悦目,落款"丁素琴"的签名更是隽永端庄。交代书是这样写的:"愚夫康华良已经于公历1951年11月24日潜逃于香港,至于在何处落脚,民妇确实不知。这是愚夫在出逃前告知民妇的,至今信息全无。如果民妇得知愚夫在香港的落脚处,一定如实奉告。"

章月芬看完交代书,心想这个沈云姑还真有点办法,她一直想让丁素琴说出康华良的下落,丁素琴死活也不肯说,现在终于知道了康华良的下落。她抬起眼帘,见凌婆婆恭恭敬敬地低头站着,心想沈云姑绝不敢说假话哄骗她,也只好暂时相信了。

章月芬站起来说:"我就信你这一回!你要知情不报,以包庇窝藏罪论处!"

凌婆婆说:"要罚要剐全由你!"

丁素琴的难关总算过去了,以后章月芬对康华良下落也就很少问起。

☩

已是中午时分,火辣辣的太阳高悬中天,张阿珍飞快地蹬着一辆28英寸的大自行车,从"镜花苑"前面的一条马路上骑过来。自行车的车架和手把上,挂着夹着大包小包的东西。她在离市区十多里路的乡镇企业服装厂工作，平常中午是不回家的，今天特地请假赶回来。她梳着一头齐耳短发，穿着圆领的衬衫和黑色的长裤，虽然在城市里生活多年，但还是一身中规中矩的农村妇女的打扮，因为车子骑得又快又急，天气又热，此时她已经大汗淋漓，汗流浃背。突然她的身后响起轿车的喇叭声，自行车的后轮被杵了一下，心里一慌，连人带车倒在地上，大包小包散落了一地，有鱼有虾，还有一些鸡蛋和南瓜、豆角、小白菜等蔬菜。

轿车停住了，王阿之大摇大摆从轿车里走来，骂骂咧咧："找死啊！马路中间是骑自行车的吗……"

张阿珍趴在地上"啊唷啊唷"地喊着。王阿之一看是张阿珍，连忙弯下腰扶起自行车，说："丁贤嫂，怎么是你？什么事车要骑得这么快？要不是遇到我……"

张阿珍从地上爬起来，弯腰捡着地上的大包小包说："今天是我公婆二十周年忌日，我是赶回来祭拜的……啊唷，痛死我啦！"

她摇摇晃晃地将大包小包勉强放到自行车上，王阿之也来帮一把，康丁贤和凌康胜听到喊声，也从"镜花苑"里走了出来。

康丁贤搀扶住妻子，凌康胜盯着王阿之的脸，说不出话来。王阿之笑嘻嘻地说："阿康，怎么不认识啦？"

凌康胜问道："你不是被隔离审查了吗？"

王阿之笑着说："这要感谢你的好主意，否则哄抢事件到现在还不一定解决得了呢？"

凌康胜心想，王阿之把个好端端的企业弄成这个样子，乡政府应该组织力量好好查一查，怎么前门进去后门就放了呢？"隔离审查"反倒成了他的"金蝉脱壳"之计。这是怎么回事？

王阿之说："阿康，你晚上到我家里来一趟，有些事我和你具体说说……"说完，气昂昂地走进"镜花苑"。

凌康胜把张阿珍的自行车推进院子，康丁贤拎着大包小包走进家里，凌婆婆早已等在门口，接过康丁贤手里的东西。

张阿珍走进屋里，见供桌上还点着蜡烛，知道凌婆婆还在等她，就跪倒在供桌跟前，连磕了几个响头。祭拜之后，张阿珍和康丁贤动手撤掉供品。凌婆婆也要动手，张阿珍说："婆婆，你忙了一天，已经很累了，你歇着吧！"她快手快脚，一下子就把东西都撤掉了。康丁贤和凌康胜抬起一张大圆桌套在小方桌上面，凌婆婆整理好张阿珍从乡下带来的东西。凌婆婆和张阿珍忙碌时，李爱娟只是站在一旁看着热闹。张阿珍招呼大家坐下来吃饭，她让凌婆婆坐在上首，凌康胜和康丁贤坐凌婆婆的两侧，她让小萌坐在凌康胜和李爱娟之间，又让小斌坐在康丁贤旁边，自己则站着给凌婆婆夹菜，给两个孩子盛饭，又给凌康两兄弟倒酒，给李爱娟夹菜。忙完这一切才在小斌旁边坐下，端起饭碗，往自己嘴里扒了一口饭。

凌婆婆说："我有件事和大家说一下，看这事能不能办成。"

张阿珍说："婆婆，有事吃完饭再说吧！"

康丁贤也说："奶妈，你先吃饭……"

李爱娟显得有点不耐烦地说："有事就赶快说！"

凌康胜不知道母亲会说出什么事，心里也十分着急："妈，什么事你说吧！"

凌婆婆很平静地说："现在小萌已经长大，我和阿康他们住在一起不方便了，我想在后园搭一间简易的房子，到那里去住……"

康丁贤说："奶妈，在后园搭建房子是要城建局批准的……"

凌婆婆说："我已经让天生娘去城建局打听手续要怎么办了。"

凌康胜说："妈，到城建局打听用不到天生娘，我给城建局打个电话就够了！"

凌婆婆说："你忙你的，还是让天生娘去打听吧！"

李爱娟说："我听阿毛哥和阿之嫂说，他们好像有更好的办法，不用到后园搭建房子。"

康丁贤说："他们有什么好办法，请爱娟问问清楚……"

李爱娟说："到时候我问问他们。"她知道，陈阿毛和王阿之都在打后园这块地皮的主意。他们对她说过，他们都能帮助解决凌婆婆的住房问题，如果这事能成，对她有极大的好处，至于什么好处他们没有说。至于他们为什么对后园这么感兴趣，她也不得而知。

凌婆婆说："我只是让天生娘去城建局问一问。"

张阿珍说："婆婆如果一定要建，我让我乡下的兄弟来建，材料我们乡下也有一些。"

凌婆婆说："这个到时候再说……"

凌婆婆还未说完，小斌就抢着说："奶奶要到外面住，我和奶奶一起住！"

小萌也抢着说："我也要和奶奶一起睡……"

小萌还未把话说完被她母亲狠狠地捏了一把，痛得她叫起来："妈，你怎么捏我？"

李爱娟没好气地说："就你多事！"

凌婆婆说："好啦好啦，大家赶快吃饭吧。"

十一

明晃晃的阳光从一尘不染的玻璃窗外射进来，把办公室照得亮堂堂的。唐颖和陆钦铭的两张办公桌，面对面紧靠窗口的墙壁。唐颖低着头专心致志写着稿子，陆钦铭不时抬头看一眼她漂亮的脸蛋，又低下头用碳水黑笔画着她的肖像。

凌康胜拎着一只黑色提包从外面急冲冲地走进来，他将提包往自己的办公桌上一丢，社会部主任席宏北正低头看稿子，吃惊地抬起头看着凌康胜。

凌康胜气愤地对唐颖说："小唐，你说这件事气愤不气愤？"

唐颖被他说得丈二和尚摸不着头脑，问道："什么事，惹得我们大记者这么生气？"

凌康胜说："王阿之被释放了！"

唐颖也吃了一惊，说道："什么？王阿之被释放啦？"

凌康胜说："隔离审查的主意是我出了的，我反倒成了王阿之的帮凶！"

陆钦铭说："你们知道不知道，王阿之和我们总编的关系？"

唐颖说："王阿之和总编的关系尽人皆知，没有什么大不了的。"

陆钦铭说："我估计你们的稿子，头发丝吊秤砣，悬啊！"

凌康胜问："小唐，稿子写好了吗？"

唐颖把手中的稿子理了理，交给凌康胜："你看看吧，行不行？"

唐颖是摄影记者，照理南坡毛纺织厂的稿子应该由凌康胜来写，因为民政局的稿子晚上也要发出，凌康胜怕来不及，唐颖就主动请缨接受了撰写南坡毛纺织厂的稿子。凌康胜接过稿子，一个触目惊心的标题立即出现在他的眼里，唐颖隽秀的钢笔字也很赏心悦目。这是篇消息稿，主标题是"企业主人哄抢企业财产，南坡毛纺织厂发生哄抢事件"，副标题是"企业无力支付员工工资，员工无奈抢企业财产抵工资"。全文也就千把字，把南坡毛纺织厂拖欠职工工资，诱发哄抢事件的起因叙述了一下，最后说乡政府出面干预，才使事态平息下来。署名是本报记者凌康胜、唐颖。凌康胜随即把稿子还给唐颖，嗾了嗾嘴，意思是让坐在他对面的席宏北签发。唐颖接过稿子走到席宏北跟前，席宏北接过稿子看了一眼就放到桌子上，低头看别的稿件了。

凌康胜从手提包里取出几张稿纸，递给坐在对面的席宏北："席主任，这是我上午采访的民政局接受外地孤儿的稿子,请过目!"

席宏北接过稿子,看了一眼,随手在稿件上签了自己的大名,又把稿件还给了凌康胜。唐颖见状着急起来,说道:"席主任,我这篇稿子晚上也要见报的,你赶快看一下吧!"

席宏北摘下眼镜拿在手里。他摘下眼镜,就露出两只很大的眼袋,那双本来充满睿智的双眼现在深沉而又混浊,他抬起满是皱纹的脸,看着唐颖说:"这篇稿子你还是直接请汪总编签批吧。"

唐颖吃了一惊:"我们去南坡采访了汪总是知道的,还给派了车呢!"

席宏北说:"这我知道,但这样的稿子你还是请他直接批吧!"

唐颖求救地看着凌康胜说:"这怎么办? 要是审批晚了今天晚上就见不了报了!"

凌康胜从她手里拿过稿子,抬起手腕看了看表,三点不到一点,按截稿时间还来得及。这时电话铃响了,席宏北拿起电话听了一会儿,就对凌康胜说:"我有点事出去一下。"说着从墙上挂钩里取下他的手提包走了。

凌康胜拔出钢笔套看着稿子沉思着,不一会儿,他拿定了主意,笔移墨出,在稿子上写了几个字,然后对唐颖说:"席主任不批是很正常的,你先看看我这样改行不行?"

唐颖接过稿子一看。主标题没有修改,只是副标题改为"厂长王阿之被隔离审查",并在报道的结尾增加了这么一句话:"具体情况本报将会继续予以披露。"又把两个人的署名改成了"本报记者"。

唐颖手里拿着稿子,满脸疑问地看着凌康胜,问道:"你不是说王阿之已经出来了吗,怎么还说是被隔离了呢?"

凌康胜说:"在哄抢现场,王阿之不是当场被宣布隔离审查了吗?"

陆钦铭看着唐颖满腹狐疑的脸,从她手中拿过稿子。

"阿康,你疯啦,"陆钦铭说道,"刚才这样温吞水似的稿件,席主任都不敢批,火药味这么浓的稿子汪总编会批吗? 你这不是在给自己设置障碍嘛!"

凌康胜笑起来:"你们只知道汪总编与王阿之关系好,但不知道他们为什么这么好?"

陆钦铭摇摇他的小脑袋说:"好就是好,哪里还有为什么呢?"

凌康胜又笑起来,讥讽地说:"你不是说学过辩证法吗?"

陆钦铭不明其意,说道:"废话! 我在大学读了四年书,辩证唯物主义和历史唯物主义是我的主修课程。"

凌康胜说："辩证唯物主义的核心是什么？就是透过现象看本质……"

唐颖说道："阿康，你别卖关子，有话就直说吧！"

凌康胜说："汪伟与王阿之的关系从表面看是不错，但背地里好像暗藏杀机，最好的反面就是最大的仇恨。如果我们发些不痛不痒的批评文章，汪伟肯定不会同意，如果我们给王阿之致命一击，那就是另一回事了……"

凌康胜这么说不是空穴来风，有几次他在汪伟面前提到王阿之，汪伟总是露出一副蔑视的神情，眼神里透露出一丝不易被人捉摸得到的仇视，而与王阿之谈及汪伟，王阿之往往是洋洋自得，给人一种没有我王阿之哪有他汪伟今天的那种神情，凌康胜断定他们两人之间可能有着不可告人的秘密。损害一点王阿之名誉，这样的报道汪伟根本不会批，如果是对王阿之灭顶之灾的报道呢？汪伟也许求之不得，汪伟同意他们去采访南坡毛纺织厂哄抢事件，原因也许就在这里。

唐颖想了想说："说得有点道理！"

她拿过稿子走出去，突然又转回身对凌康胜说："我们今天没有版面了，没有版面文章怎么发？"

凌康胜也一筹莫展，扬了扬手里的稿件说："这篇民政局的稿件，今天是一定要登出来的。要是南坡毛纺织厂的稿件明天再登，那是明日黄花了……"

"这怎么办呢？"唐颖紧蹙秀眉，束手无策。

陆钦铭拍拍自己的脑门，出人意料地说："对了，我有一篇文章是第一版的，也是千把字的……"

唐颖快言快语："是不是把你文章撤下来，换成我们的？"

陆钦铭说："鄙人正有此意。"

唐颖高兴得手舞足蹈说："这真是太好啦！"

凌康胜笑着说："这是爱情的力量！"

唐颖轻轻骂了一句，拿着稿子飞快地走出去，突然又转回来，跑近陆钦铭，在他的腮帮上亲了一口。陆钦铭刚刚要转身回到自己的座位上，没有想到唐颖会来这一下，一时喜不自胜，一只手抚摸着唐颖吻过的地方，呆呆地看着唐颖消失的背影。

凌康胜哈哈大笑起来，揶揄地说："小陆，这就是投其所好的结果！你给她送瓶香水，画个肖像什么的，还不如这样效果好！"

陆钦铭走到自己位置上坐下来，不好意思地说："那是那是，老兄在这方面经验丰富，对小弟可要耳提面命，多多指教哦！"

"你别总是剃头担子一头热。做事要适销对路,方能博得芳心。"凌康胜说,"我教你八个字'投其所好,滴水穿石'。"

陆钦铭似懂非懂地"哦"了一声。

唐颖来到五楼汪伟的办公室,敲了几下门。

一个带着娘娘腔的男子声音喊道:"进来。"

唐颖推门进去,这是一间五六十个平方米的办公室,宽敞而明亮。一式的红木家具,真皮沙发。一进门抬头就看见墙上挂着一幅巨幅匾额,也不知道是哪位名人的手迹,内容是我国新闻界老前辈邵飘萍的名句:"铁肩担道义,辣手著文章。"巨幅匾额下面,则是一张特大的老板桌和一把老板转椅。汪伟整个身体埋在椅子里,右手指夹着一支香烟,他的对面坐着一位衣着暴露的青年女子,上身穿一件背心衣,下身则是一条蓝色的超短裙,大概是因为怕热,黑发高高地绾了起来,形成了一个塔尖似的发髻。唐颖想,她唐颖的思想可够解放的了,但她比她还要解放。汪伟见唐颖进去,马上坐直身体,顺便将手指夹着的烟蒂在烟灰缸里弹了弹。

坐在汪伟对面的女子站起身来说道:"我的事你要多放在心里,早点给我办好!"

汪伟点点头说:"这个自然。"

女子站起来走了出去,此人不是别人,是办公室的莫娜娜。她个子不高,二十几岁的样子,有一张漂亮的鹅蛋脸,眼睫毛长长的,嘴唇涂得红红的。因为姓莫名娜娜,同事们背后叫她"摸奶奶",也有的叫她"小摸""大摸",还有的叫她"老摸",虽是玩笑但总是不怀好意。她与唐颖迎面相遇,点点头算是打了招呼。报社里风传她与总编汪伟有一腿,但谁也没有真凭实据。

唐颖在莫娜娜坐过的位置上坐下来,将稿件递过去。

汪伟一脸富态,上唇和下唇光滑得没有半点胡须,头发梳得油光锃亮,一丝不苟,说话带点娘娘腔,声音好像是从嗓子眼里冒出来似的,又尖又清脆。他中规中矩地穿着长袖衬衫,系着猩红色的领带。汪伟从桌子上拿起眼镜戴好,接过唐颖手中的稿件说:"王阿之的厂被职工哄抢啦?"

"是的,报道我们已经写好,想在今天的晚报发出去。"

汪伟低头看着稿件说:"王阿之被隔离审查了? 这个事实没有错吧?"

"我和阿康亲耳听见茅乡长当着全厂职工的面宣布的。"

"哦,你们都是报社的老记者,知道文责自负的道理,这一点应该不会错。"汪伟脸上露出一丝不易让人觉察的笑容,深深吸了一口烟,长长地吐出来。汪伟面前顿时云遮雾罩,让人云里雾里地看不清他的脸。凌康胜说得没有错,表面上汪伟和王阿之称兄道弟关系不错,实际上王阿之的存在像恶梦一样缠绕着他,看到王阿之被隔离审查,不由暗暗高兴。王阿之贪污的事他早有耳闻,现在巴不得他进去了永远不要出来,把牢底坐穿。

汪伟很快就在稿子上签了字,把稿子交还给唐颖。凌康胜料事如神,看来他真的把汪伟和王阿之深层次的关系琢磨透了。关于汪伟和王阿之的关系,唐颖也听报社的同仁说过一些。汪伟是老三届的高中生,高中毕业后到南坡乡南坡村插队落户,他的师父正是王阿之的父亲。在农村两个年头,汪伟就被推荐上了大学。据说,汪伟上大学,王阿之和他的父亲帮了忙。大学毕业,汪伟分配在本市一家企业工作,后来调到市委宣传部,没有几年工夫,就被派到《江湾晚报》当了副总编辑,不久又担任了副社长兼总编辑。王阿之说汪伟能平步青云,全是仰仗了他和他父亲的帮助。这话传到汪伟的耳朵里,他只是轻轻地哼了一声,没有否认,也没有肯定。为什么他对王阿之既怕又恨呢?这里面深层次的原因,大家就都不知道了。唐颖听汪伟说"文责自负",就明白他是在给自己留下推卸责任的后路,他想置王阿之于死地,但又不敢明火执仗。唐颖这样想着,离开了汪伟的办公室。

十 二

落日的余晖泻在王阿之家门前长长的走廊上。走廊上堆满了各种各样的杂物,坛坛罐罐,破桌破椅,乱七八糟的。走廊本来就不算宽畅,就显得更加狭窄了。今天中午,王阿之请凌康胜来一趟,凌康胜就踏着落日的余晖,走了上来。

凌康胜路过陈阿毛家门口时,陈阿毛正光着一个膀子,汗流浃背地在门口自己搭建的灶间炒菜。他一见凌康胜登上走向王阿之家的楼梯,便慌慌张张地跑进屋里。

印萍萍抱着一只毛色全白的哈巴狗,悠闲自得地坐在桌子旁吹电风扇。陈阿毛说:"阿康到王阿之家去了,一定是去商量建房的事情……"

印萍萍轻描淡写地说:"让他们商量吧,有什么好紧张的!"

陈阿毛说:"你不是想在凌婆婆家后园建别墅吗?我想听听他们说些什么。"

印萍萍说:"是啊,谁不想让自己的住房宽敞一点。"

陈阿毛说:"我在外面炒菜,你去看着一点,我来听听他们说些什么?"

印萍萍抱着哈巴狗站起来,很不情愿地走出去说:"我可是不会炒菜的,炒糊了我不管。"

陈阿毛抬头看了一眼楼板。因为是砖木结构的老式楼房,楼板全是木板铺成,年深月久,楼板之间的缝隙有的已经很大,陈阿毛从墙角拿来一根白色的PPC管,挑了一处楼板之间缝隙比较大的地方,将PPC管对着那条缝隙,侧着耳朵听着PPC管的另一头。从王阿之家传过来的声音立即放大了许多。

正在楼梯拐弯处炒菜的阿之嫂,见凌康胜朝他们的房间走来,就大声喊道:"阿之,阿康兄弟来啦!"

王阿之笑容可掬地来到门口恭候,这会儿他把西装脱了,只穿了一件汗背心,嘴里叼着一支玉烟嘴,侧过身体把凌康胜让进房里。还未等凌康胜落座,王阿之猛地吸了一口香烟,又吐出长长的烟雾,发起牢骚来:"阿康,有人说我有十多万存款,要是有钱,我还住在这种地方,你看这房子小得连屁股也转不过来……"

房间小是小了一点,二十几个平方米,前后隔成了两间。前面靠走廊半间,是吃饭间兼坐起间,后面半间是夫妻俩的卧室。紧靠走廊的窗口放着一张小方桌,江湾人俗称"独立金鸡"。靠门口的地方放着一只脸盆架,小方桌对面的墙边是一只立式凉柜,也就是放菜肴碗具的柜子。楼上的人家做饭炒菜一般都会在走廊上的公共地方,所以,一些锅碗瓢盆和一只煤球炉子都放在家门口楼道的转弯处。房间是用纤维板隔开的,根本没有隔音,紧靠纤维板放着一张折叠床,这是在乡下读书的孩子进城时的睡床。房子年久失修,楼板之间的缝隙已经很大,走路时脚步稍微重一点,就会发出"咯吱咯吱"的响声。

凌康胜刚刚在小方桌旁坐下来,阿之嫂端着一碟肉丝炒豆腐进来。她放下碟子笑嘻嘻地说:"阿康兄弟,今天晚饭就在我们家里吃吧!"

凌康胜连忙推辞说:"不、不,我和阿之哥说件事就走!"

王阿之从碗柜里取出两只酒杯一瓶酒,将一只酒杯放在凌康胜面前说:"今天哥俩痛痛快快地喝两盅,这瓶二十年陈的绍兴加饭,还是五年前一个朋友送给的,我一直舍不得喝!"

凌康胜还想推辞,王阿之已经在酒杯里倒满了酒。

"阿康弟,我有件事和你商量,"说着他端起酒杯,举了一举说,"喝!"

凌康胜端起酒杯抿了一口。

阿之嫂又端着一碟西红柿炒鸡蛋走进来，关切地说："阿康兄弟，今天上午你妈哭得好伤心，我们好多人怎么劝也没有劝住。鸡是越斗越熟，人是越斗越生。爱娟和你妈生活在一起很别扭，总得想个办法解决……"

凌康胜摇摇头说："目前我还没有办法，让我妈住到我姨母家去，我妈不同意，也不合情理。"没有想到阿之嫂竟然关心起他母亲的问题来，母亲中午已经说过想在后园搭建房子的事，不知道阿之夫妇会有什么主意，他倒是想听听。他说，"我娘倒是说，准备在后园搭一间房子和我们分开住。"

阿之嫂说："这件事我也听天生娘说了，但那样也不合适！"她看了一眼老公说，"你阿之哥倒是有个两全其美的办法，你们不用花一分钱，出一分力，就能把事情办好……"

凌康胜问道："什么办法？"

王阿之说："我们厂要在市区开家商店，没有地方做仓库，想征用你们后园这块空地，我家房子与你家的房子调一调，再送你们一个小套，这样你妈的住处也就解决了，你的房子也有了。你妈和你爱人分开住矛盾会少很多。"

凌康胜想，阿之夫妇已经在打他们后园的主意了，恐怕不是做仓库那么简单，要他们后园那么大的一块地皮恐怕另有用处。于是他说："这个主意好是好，但那个后园是我妈和丁贤哥共有的，我的问题解决了，丁贤哥也有住房问题，他会不会同意？"

阿之嫂又说："你阿之哥也想周全了，也送他们一个小套，再把丁贤嫂安排到他们在市区的商店里工作，这样丁贤兄弟房子也有了，丁贤嫂也用不到风里来雨里去的往乡下跑了。这样两全其美的好事，丁贤兄弟应该会同意的。"

凌康胜说："不知道我妈和丁贤哥会怎么想……"

王阿之说："那你就回去和他们商量一下，我也是看在邻居的面子上，想帮助你们解决眼前的困难。"他又端起了酒杯说道，"来，喝！"头一仰，一大口酒落到了肚里。

王阿之和凌康胜的话，断断续续地从PPC管里传到陈阿毛的耳朵里，他听到了王阿之要用他们现在的住房，和一个小套换凌婆婆的后园，建仓库的话却没有听全。

这时，印萍萍端着一碟黑乎乎的东西走进来，陈阿毛吓了一跳，吃惊地问："你这炒的是什么菜？"

印萍萍答道："肉丝炒茄子啊！"

陈阿毛无可奈何地"唉"了一声说："把菜炒成这个样子，也只有你！"

印萍萍理直气壮地说:"我不是对你说过不会炒菜,炒糊了我不管。"她弯腰从地上抱起哈巴狗,亲了一口说,"宝贝,是不是?"她又问道,"你听到什么了?"

陈阿毛压低了声音说道:"王阿之想用他们的房子和一个小套换凌婆婆的后园……"

"先下手为强,后下手遭殃,我们不能眼睁睁地看着王阿之把后园抢走!"

"蟹有蟹路,虾有虾路。建房是要街道和城建局批的,你在城建局不是有熟人吗? 街道的章月芬我挺熟,你去找城建局的熟人,我去找章月芬……"

"凌婆婆这里怎么办?"

"这个我来想办法。"陈阿毛稍停了一会儿,突然一拍油光光的脑袋兴奋地说,"我也可以来个落手快!"

楼上,王阿之和凌康胜把酒言欢,转换了另一个话题。凌康胜端起酒杯抿了一口,问道:"你今天上午被乡政府隔离审查,怎么审查好啦?"

王阿之哈哈笑起来说:"我的事情是秃子头上的跳虱,明摆着的,还用得着审查啊?"

凌康胜这就不明白了,据厂里职工说,王阿之贪污这么严重,乡政府难道不掌握? 不审查就释放,是不是乡政府在包庇他? 还没有等凌康胜想明白,王阿之说道:"中国的农民好对付。只要吓唬一下,再给点小恩小惠,一切纠纷就了结了。上午的事情很简单,我到乡政府以后,陪乡长吃了一餐饭就回来了。倒是那个领头的王友生,没有十天半个月的工夫是出不来的……"

凌康胜又问道:"你虽然没有被审查,但问题总是应该解决的,否则农民还要闹事。"

王阿之说:"上午乡长答应作担保,下午我去了信用社,已经和他们说好了,再贷款十万元先付清工人工资。至于集资款只好暂时放一放,企业有困难总得职工来承担。"

凌康胜想起那个吉婆婆眼泪汪汪地向他诉说集资款的事,说道:"吉婆婆也有两千元集资款,像这样的困难户,是不是应该考虑把集资款和利息一起发给他们?"

王阿之说:"他们有困难,工厂也有困难。再说那个吉婆婆还有生产队照顾呢!"

凌康胜说:"农民们对钱看得很重的,他们可以为了一分钱和你拼命!"

王阿之不以为然地说:"我刚才不是说了,中国的农民好对付,厂里职工已经拿到了工钱,暂时可以缓解一下矛盾了。"此时酒过三巡,王阿之保养得很好的脸上泛起红光,他颇为得意地继续说,"再说,要是真的把我打倒了谁来收拾这个烂摊子,那么多银行贷款找谁还? 最后吃亏的还不是他们!"

王阿之的这番宏论,过去凌康胜也听人说过,乡政府领导也可能出于这种考虑,没有将王阿之隔离审查。

王阿之突然话锋一转说:"上午的事,你们报社准备怎么报道? 你说给我听听……"

上午的新闻已经赶在下午四点前,排版印刷了。凌康胜还专门去看了小样,民政局接收孤儿的报道登在《江湾晚报》第一版上,用了通栏大标题,非常醒目。在这篇报道下方,就是关于南坡毛纺织厂哄抢事件的报道,标题是竖排的,用了特大号的字体:"企业主人哄抢企业财产,南坡毛纺织厂发生哄抢事件",副标题也很触目惊心:"厂长王阿之被隔离审查"。凌康胜估计,这篇报道不仅在江湾市会有轰动效应,就是在省内外也有一定的震撼力。新闻记者就是要报道有轰动效应的新闻,这也为他和唐颖评定职称提供了强有力的业绩依据。

凌康胜从裤袋里取出当日的《江湾晚报》,递给王阿之。王阿之展开报纸,脸色骤变,双眼瞪得比核桃还大,他一拳头狠狠地打在桌子上,碗筷猛烈地跳动起来。

阿之嫂正好端了榨菜鸡蛋汤走进来,吃惊地问道:"什么事发这么大的脾气?"

王阿之指着报纸火冒万丈地说:"我明明没有被隔离,怎么说我被隔离了呢?"

阿之嫂拿起报纸看了一下标题,也大吃一惊说:"啊! 汪伟怎么敢出你王阿之的丑?"

"阿康,中午你不是看见我回来了吗? 怎么说我被隔离了呢?"王阿之用手指敲着桌子,没有好气地说道,"这不是闭着眼说瞎话吗?"

凌康胜掩饰地说:"我回到报社时,汪总编已经签发了稿件,报纸已经印出来了。"

阿之嫂懊恼地说:"这篇报道一登,你王阿之就名誉扫地了,这可怎么办啊?"

王阿之气恼地说:"我要汪伟登一则《更正》!"

凌康胜摇摇头说:"登《更正》,没有那么容易吧?"

王阿之问道:"错了,怎么能不更正?"

凌康胜说:"我们报社从来没有登过《更正》,你的名誉更正了,报社的名誉就丧失了。"

阿之嫂恶狠狠地说:"汪伟现在翅膀硬了,到我们头上拉屎拉尿啦!"

王阿之瞪了妻子一眼说:"你别说啦,我心里有数!"

十三

一盏破旧的台灯旁，康丁贤坐在一把老式的靠背藤椅里，专心致志地写着文章。张阿珍坐在一张行军床上，借着台灯昏暗的光亮纳着鞋底。她身旁放着一把破旧的芭蕉扇，不时地拿起扇子，给床上的儿子小斌扇扇。小斌稚嫩的脸红扑扑的，此时睡得正香。康丁贤眼前的写字台上，堆满了一大堆书籍和一些稿件，他一会凝眉细想，一会飞笔疾书。夜已经很深，院子里已经没有一点光亮，四周万籁无声。

张阿珍停住手中的针线，抬头看着康丁贤全神贯注写作的脸，爱怜地说："你在学校里忙得还不够，回到家里还写啊写个不停，结果是退稿一大堆，还不如早点睡……"

康丁贤习惯地扶了扶鼻子上的近视眼镜，放下手中的笔，顺手拿起桌上的一本绿皮封面的书，对妻子说："喏，这本叫《流浪汉》的书，你看过没有？"

张阿珍摇摇头，笑起来说："没有，我一个农村妇女哪会去看这种书？"

康丁贤兴致勃勃地说："这是美国作家威廉·肯尼迪的成名作，威廉·肯尼迪写成这部小说后，没有一个出版社肯出版，先后退稿十三次，最后由于诺贝尔文学奖获得者、著名作家索尔·贝娄的推荐，才得以出版，出版后第三年便获得了美国麦克阿瑟基金会奖，奖金二十六万四千美金。威廉·肯尼迪从此步入文学殿堂，身价百倍。过去无人问津的退稿，也成了出版社争相出版的宠物。"

张阿珍有一半听不懂，但她把二十六万四千美金记住了。她打趣地说："好，你赶快写！二十六万美金我不想，只要这部书能出版我就心满意足了。"

康丁贤侧回身体重新坐好，轻轻地叹了口气说："我没有威廉·肯尼迪的天赋，也写不出那样震撼世界的作品，但我的一部十万多字的长篇小说快写好了，阿康答应我推荐到《江湾晚报》去连载……"他的目光里充满了无限的企盼与希冀。

张阿珍停下手中的活，深情地看着丈夫充满希望的脸。她从丈夫手中接过稿子，仔细地翻看着。她虽然识字不多，但丈夫遒劲的笔力，隽秀的字体她是非常熟悉的，只见稿纸的顶格写着两个很大的笔力雄健的柳体字：希望。"希望，你希望什么？"她问道。

"'希望'是小说的名称，说的是一个穷困潦倒的知识青年，脚踏实地，自我奋斗，最后获得成功的故事。"

张阿珍把稿子还给丈夫,笑起来说:"这个穷困潦倒的知识青年,不就是你嘛?"

康丁贤文绉绉地说:"是我,非我也。"

张阿珍又哈哈地笑起来说:"是我非我,是什么意思啊?"

康丁贤很认真地说:"就是说,小说中的主人公有我的影子,但又不完全是我……"

张阿珍说:"这样我就明白了,这里面有你自己的故事,也有别人的故事。"

康丁贤赞赏地说:"是这么回事。"

张阿珍说:"难得你有天一样高的志向。小说你尽管写,成和不成对你都是一种锻炼,即使出版不了,留下来给子孙后代看看也是好的。"

康丁贤对妻子的理解与支持表示欣慰:"那是,那是。"

张阿珍看着康丁贤这副老实巴交的模样,想起了第一次和他相识的情景……

1968年年底,大队部来了一批城里的知识青年到她们平阳乡陶塔村插队落户。十七岁的张阿珍还不知道插队落户是怎么回事,就从家里跑去看热闹。她父亲是生产队的小队长,已经早早来到大队部迎接这批知识青年。这一天天气很冷,她穿着厚厚的棉衣棉裤还感觉冷冰冰的,天灰蒙蒙的像是要下雪了。她来到大队部时,大厅里已经聚集了许多人,人头攒动,人声鼎沸。人群中有各小队的社员,也有知识青年本人,还有送他们来的亲属。一位剪着齐耳短发的中年妇女站在一块石墩上,身边则是一群穿着各式棉衣棉裤、衣衫整洁的男女青年,他们或提或背着各式包袱,仰起脖子听着那个中年妇女说话。在这群青年旁边则是衣衫褴褛、单衣薄裳的农民群众,张阿珍的父亲,就夹杂在这个农民群体里面。这位正在说话的中年妇女就是江湾市龙山街道的章月芬,是专程送知识青年下乡来的,这是张阿珍第一次和她见面,与康丁贤结婚后,与她打交道的机会就多了。章月芬穿着厚厚的棉袄,披着花式的羊绒围巾,双手戴着绒线手套,拿着一个笔记本,正滔滔不绝地说着,说的无非就是战天斗地、建设新农村之类的豪言壮语。说着说着,她突然停了下来,目光像探照灯的光束射向了大厅的一个墙角。张阿珍看到一位青年男子背靠墙壁,坐在自己带来的背包上,聚精会神地阅读一本厚厚的书籍,这个知青虽然衣衫破旧,但是干净整洁。

章月芬吼道:"康丁贤,你怎么不听我的讲话,在看什么破书?"

康丁贤怯生生地站起来,举起手中书籍说:"这不是破书,是经典书籍!高尔基说,书籍是人类进步的阶梯……"

章月芬跑过去,从康丁贤手里一把夺过书籍,正要往下掷,人群中有一位女学生大叫起来说:"章主任不能掷,那是高尔基的名著……"

章月芬说:"什么高尔基低尔基的……他还敢与我顶嘴!"

章月芬高高地举起书正要掷到地上,说时迟那时快,张阿珍一个箭步冲上前去,从她手中将书夺了下来。张阿珍不知道对方的官有多大,反正在生产队里是她父亲说了算,而且这个女人这样不讲理,好好的一本书敢往地上掷。她毫不客气地说道:"你这个人怎么这样不讲理,书是让人读的,不是让你乱掷的……"她虽然文化程度不高,但已经初中毕业,也算是个回乡知识青年。

章月芬见她手中的书被人夺走,但仔细一看是个当地的回乡青年,也不便发作,就说道:"你知道他是谁? 一个五类分子的狗崽子,不愿意思想改造,还要追求名利……"

张阿珍翻了翻书籍,是高尔基的长篇小说《母亲》。她听老师说过高尔基是苏联无产阶级文学大师,他的许多的著作被奉为中国青年学习的经典。她还想说什么? 父亲走过来,从她手中拿过书还给了康丁贤,对章月芬说:"章主任,别和她一般见识,还是说说这些学生的政治条件,让各家各户把知识青年领走吧!"

章月芬说:"其他学生政治上没有问题,只有这位康丁贤,他父亲是个大资本家,已经逃到国外,应该算是反革命分子,康丁贤也就是反革命分子子女……"她说错了,把香港说成了国外。

社员们乱纷纷地点着知识青年的姓名,领到自己家里去了。最后大队部里只有章月芬、张阿珍父女和不多的几个人,知识青年中只有康丁贤孤伶伶的一个人了。章月芬假惺惺地对康丁贤说:"贫下中农都是有觉悟的,都不愿意收留五类分子的子女。"

康丁贤说:"没有人肯收留我,我就回家去……"

章月芬笑起来说:"你想得美,你的户口早已迁到了这个村里,你还想回去?"

张阿珍拎起康丁贤放在地上的包袱,对父亲说:"爹爹,他们不要他,我要他!"张阿珍见康丁贤身材魁梧,仪表堂堂,成分差有什么关系,只要思想不差就行,脑子一冲动,对他产生了同情与怜悯。

章月芬说:"好,有人肯收留,我们街道的知识青年算是全部落实到位了。"又对康丁贤说,"你要虚心接受贫下中农的再教育,做一个新时代的好农民!"

张阿珍父亲从女儿手里接过康丁贤的包袱,拍拍他的肩膀说:"走吧,到我家里去。我家虽然没有你们城里条件好,但粗茶淡饭还是有的!"

康丁贤住进了张阿珍的家里。那几天北方冷空气南下，天寒地冻，队里安排康丁贤与张阿珍掘荸荠。张阿珍和社员们有经验，脚上裹着厚厚的袜子穿着雨鞋，戴着厚厚的手套拿着铁锹，才下到荸荠田里。康丁贤穿着一双棉鞋和一双薄薄的袜子，手上只戴着一副线手套，也到了荸荠田里。平常时候，荸荠田有水养着，此时气温零下五六度，烂泥地结了厚厚的冰。张阿珍和社员们看着荸荠田这层厚厚的冰，心里也是一阵发怵，但为了挣工分，只得踩着厚厚的积冰下到荸荠田里。康丁贤见自己脚上的棉鞋虽然旧，却是很干净的，便脱掉棉鞋和袜子，整整齐齐地放在田塍上，拿着铁锹下到荸荠田里。荸荠田的积冰触到他的脚底，锥心刺骨，双脚发麻，但他还是坚持着。张阿珍在他的旁边挖着荸荠，突然发现康丁贤赤着双足，不由大吃一惊，掷掉手中的铁锹，俯下身摸着康丁贤的双脚说道："你怎么这样傻啊！我们穿着厚厚的袜子，穿着半筒雨鞋，还冷得浑身发抖……"

康丁贤的双脚冻得失去了知觉，他上下牙打着战说："奶妈做鞋不容易，我不能把棉鞋弄脏了……"

这是张阿珍第一次从康丁贤嘴里听到"奶妈"这个称呼，后来每说到"奶妈"，康丁贤就双目放光，肃然起敬，让张阿珍感觉到这个"奶妈"一定和他关系非同寻常。几年后，张阿珍来到康丁贤家见到了这位"奶妈"，才知道康丁贤穿的衣服和鞋子都是"奶妈"一手操持的，他是喝着"奶妈"的奶水长大的。

张阿珍父亲也在荸荠田旁边劳作，听到女儿大呼小叫便走了过来。见康丁贤赤着双脚，双脚已沾满了烂泥，冻得通红，说道："你这个孩子怎么这么老实，怎么赤着足下地了？"

康丁贤说："奶妈说，到了农村要好好劳动，才会有出息的机会！"

张阿珍父亲说："你奶妈说得对，只有好好劳动才会有出息，但要做好防冷保暖工作啊！"

他让一个小伙子把康丁贤背到河埠，用河水洗干净他的双脚，才让他穿上棉鞋。第二天，康丁贤的两只脚肿得像馒头，棉鞋根本穿不进去，只好在家里休息。张阿珍取笑他说："你是个十足的傻瓜，傻乎乎的，这么冷的天会光着脚下到荸荠田里。"张阿珍父亲却批评女儿说："丁贤是个诚实孝顺的孩子，宁可冻伤自己的脚，也不肯弄脏奶妈给他做的棉鞋，又不肯放弃积极劳动的机会，恐怕我们农村的孩子也不一定有这种心思……"这次挖荸荠劳动不光给张阿珍父女留下深刻的印象，也给全大队的人留下了深刻的印象……

张阿珍想起当年丈夫飒爽英姿的脸，那一头密集的黑发，现在眼角已经爬上了鱼尾纹，头发也变得稀疏，还夹杂着几根白发，明显地变老了。

突然，康丁贤举起双臂伸了个懒腰站起来，兴高采烈地说："阿珍，我的小说写好了，明天就让阿康弟看看，他答应过我的，小说先在他们的晚报上连载……"

十 四

康丁贤挑灯夜战时，王阿之家也不平静。王阿之得知《江湾晚报》上刊登了他们厂哄抢的消息，还说他被隔离审查，十分生气。他感觉自己不仅是汪伟的莫逆之交，还是汪伟的救命恩人，汪伟怎么可以在他的背后捅刀子。王阿之还沉得住气，阿之嫂就沉不住气了，骂骂咧咧地要找汪伟论理。夫妻俩商量了一下，决定给汪伟打个电话，要求他立即在《江湾晚报》上登个更正，挽回影响。

电话很快就打通了，汪伟好像睡下了。王阿之简要地说了哄抢事件，然后软中带硬地说："我明明没有被隔离审查嘛，怎么说我被隔离审查了呢？"

汪伟说："我问过凌康胜和唐颖，他们说亲眼看见你被乡政府带走审查的啊！"

王阿之口气生硬地说："你们这是失实！"

报纸失实可是个大问题，汪伟当然不能承认。他说："你真的没有被乡政府带走审查？"

"这个你就不要管了，反正我没有被隔离！"王阿之加重了语气说，"你要立即给我登更正声明！"

汪伟对王阿之这种命令式的口气很反感，但又不便发作，毕竟他有把柄捏在人家手里，只好冷冷地说："我们没有失实，刊登更正声明没有道理！"

王阿之想，汪伟毕竟是报社领导，而且"隔离审查"也是乡长当众宣布的，刚才的口气过于生硬，于是口气缓和了许多，恳求地说："我请你帮个忙总可以吧！"

阿之嫂听出两人说话的口气有点不对，不耐烦地说："怎么？他不肯登更正声明？"

王阿之连忙捂着话筒说："你说话不会小声一点？"

阿之嫂更来气了："这个更正声明他到底登不登？"

王阿之说:"我这不正在和他说嘛!"他拿开捂着话筒的手继续说,"汪总编,到南坡来采访的是阿康和一个女记者,你就让那两个记者更正一下,不就行了?"

汪伟说:"你被隔离了又被释放了,这总得有个理由啊!"

王阿之有点不耐烦了,说:"你脑子很灵,你想个理由吧!"

阿之嫂伸手去夺王阿之手中的话筒说:"我来对他讲!"但夺了几次王阿之就是不给。

王阿之捂着话筒,对妻子吼道:"你不要捣乱!"

汪伟问道:"旁边是谁在说话?"

王阿之说:"孩子他妈。"

阿之嫂又说:"他不同意是吧?那好,我把他的事见见阳光……"

王阿之连忙又捂住话筒斥责说:"你别胡来!"

阿之嫂只好放弃争夺,气呼呼坐在一旁说:"当初就不应该帮他这个忙!"

王阿之牢牢捂着话筒,生怕把声音传过去。他斥责道:"妇人之见,你懂什么?"

汪伟可能也悟出了什么,强硬的态度软化了不少,用商量的口气说:"能不能等两三天,让我想个万全之策,不伤老鼠不伤猫……"

王阿之想不能把人逼到绝路上,要给人留有余地,如果真的把问题揭露出来,对谁也没有好处,于是他点头说:"更正声明晚登两三天没有关系,但一定要消除读者对我及我们企业的不良影响。"说完他就把电话搁下了。

阿之嫂急切地问道:"怎么样,他答应啦?"

王阿之回答说:"他答应了,更正声明两三天后登出来!"

阿之嫂说:"什么?还要两三天啊!"

王阿之说:"你别得寸进尺了,两三天就两三天吧!"

十五

这个时候,凌康胜悠闲自得地躺在床上看电视节目。凌、康两家的卧室基本相同,双人床旁边放了一张单人小床,双人床和小床之间放着一张写字台,这也是凌康胜挑灯夜战的场所。写字台上放着一台12英寸的黑白电视机,三门大柜、五斗柜和马桶见缝插针放在能放的地方,因为东西比较多,房间里显得特别拥挤。李爱娟此时正搂着女儿躺在小床上,轻轻地拍着女儿的肩膀,哄她睡觉。

电视台的讯号不是很好,只有江湾电视台和江湾电视台转播的中央台、省电视台的信号稍微好一点。电视机还没有普及,只有经济条件稍微好一点的家庭才有,凌康胜是搞新闻的,中央及省市的新闻他必须要看的。他看着省台的电视新闻,心里却想着上午王阿之他们厂的那篇报道。

上午的报道,他是使用了一个"反间计"。他知道,汪伟和王阿之的关系,实际上是一种"口里叫哥哥,背后摸家伙"的关系,他估计汪伟一定有什么把柄掌握在王阿之手里。有一次,凌康胜去汪伟的办公室,王阿之正在对他拍桌子,见凌康胜进去,王阿之脸上才浮起笑容。当时,凌康胜就想,王阿之充其量不过是个乡镇企业的厂长,而汪伟还是个处级干部,他凭什么向汪伟吹胡子瞪眼? 有人认为,汪伟在王阿之的村子里插过队,王阿之对汪伟有恩,所以才敢对汪伟这样肆无忌惮、不留情面,凌康胜却认为事情并没有这么简单。傍晚,从王阿之老婆的口中,坐实了凌康胜这些想法……

女儿小萌睡着了,李爱娟立即从小萌床上像兔子一样蹦了过来,她对婆婆态度不好,对丈夫还是不错的。她将脸趴在凌康胜的胸脯上,一只手搭在他肩膀上,又将身体压在他的一条大腿上,柔声细语地问道:"你刚才到王阿之家做什么去了?"

凌康胜关掉电视机和台灯,屋子里立即陷入一片黑暗。近段时间,因为李爱娟对自己母亲态度不好,凌康胜对她不冷不热。他爱理不理地说:"我们晚报今天登了他们厂的报道……"

"怎么,他们又上报纸了? 登的什么?"

"他们厂的财产被职工哄抢了。"

"哦,这种事情并不奇怪,现在有的企业拖欠职工工资,职工哄抢企业财产抵债的事情经常发生。"李爱娟从凌康胜身上翻下来,仰面躺着,"这很正常,王阿之的企业这么点屁大的事都上报纸,一定靠的是与汪伟的关系吧?"

说起凌康胜和李爱娟的婚姻,还有一段动人的故事。凌康胜和李爱娟都是老三届,凌康胜高中毕业,李爱娟初中毕业,两个人都在离江湾市区二十多里的山区插队。1973年春季有一天,李爱娟乘坐一艘小划船从插队的山村回到城里来,因连续下了几天暴雨,河水暴涨,小划船行驶到一个山坡拐弯处时,撞到岩石上,小船侧翻,十几个人全部落水。这一天,凌康胜骑着自行车,从插队落户的村子往城里赶,正好碰到,连衣服也来不及脱,一个猛子跳入激流滚滚的江水中。他使尽全力拼命朝着落水的人群游去,看见前面有两只高举着的手,正在渐渐沉入江底。凌康胜发现溺水者是个女的,有长长的头发。他用一只手抓住溺水者的头发,往上一提,另一只手抓住对方背部的衣服,将她的脑袋托出水面,然后用尽全身力气,把她拖上了岸。这个女人就是李爱娟,凌康胜让她坐在自行车上,把她送到城里家中。李爱娟的父母听完女儿的叙述,对凌康胜千恩万谢。第二天,李爱娟在她父亲的陪同下,拎着大包小包来到凌康胜家中答谢。此后李爱娟有事无事总要到凌康胜家中看看,如果凌康胜不在,李爱娟就主动帮凌母做些家务,那时李爱娟对凌母恭敬孝顺,说话也很投机。如果凌康胜在家,李爱娟会在他家中待的时间长一点,甚至待到深更半夜。凌康胜因舍己救人,也被共青团江湾市委树为青年模范标兵,不久被抽调到江湾市粮机厂工作。一年之后,李爱娟也从农村抽调到市百货公司,不久他们就结婚了……

李爱娟又把脸侧过来问道:"他们还和你说了什么?"

凌康胜说:"他们还说到了我们后园的那块地。"

这才是李爱娟最感兴趣的事,她又侧过身趴到凌康胜身旁,问道:"他们怎么说?"

"王阿之的厂想在我们后园盖一间仓库……"

"我们的后园总不能白要吧,他们给我们什么好处?"

"把他们住的房子和我们住的房子对调,再给我们一个小套……"

"就这些?"李爱娟吃惊地问道。

"是啊……"

"这不行,我们太亏了!"李爱娟说道,后园这么大只给一个小套,王阿之也太会占便宜了。

十六

凌康胜坐在办公桌前,低着头专心致志看一部厚厚的稿子。这部稿子就是康丁贤刚刚完成的长篇小说《希望》,早上康丁贤亲手交给他的。席宏北戴着老花眼镜坐在他的对面,漫不经心地翻阅着当天的报纸。唐颖坐在自己的位置上,低着头写着她的稿子。陆钦铭不在,办公室只有三个人,十分安静。不一会儿,唐颖稿子写好了,又仔细地看了一遍,走到席宏北面前把稿子交给他。在席宏北看稿子的空隙间,唐颖走到凌康胜跟前,伸手从他手中拿过稿子,两个隽秀柳体字"希望"映入她的眼帘。唐颖看了看作者姓名,顺手翻到扉页,轻轻地念了出来:"题记:曲折、挣扎和拼搏,组成了一个人希望的交响乐……"

唐颖一泓清水似的秀目带着惊讶,看着凌康胜英俊的脸,问道:"康丁贤是谁?"

凌康胜说:"我的一位异姓兄弟。"

唐颖说:"不看稿子内容,光看作者手迹就可以断定,这肯定是一部好作品。"

凌康胜说:"几章看下来,这部小说确实感人肺腑,扣人心弦。他叙述了一个动人的悲怆故事……"

唐颖问道:"你怎么还有这样一个兄弟,我怎么没有听说过?"

凌康胜说:"此人是个无名鼠辈,你知不知道都无关紧要,现在最要紧的是把这部作品发表出来,这才是硬道理。"

唐颖翻着手里的稿件问道:"能不能让我先睹为快?"

凌康胜说:"康丁贤要我推荐给本报连载,你快点看吧!看好了我交给总编,让他看看能不能在本报连载!"

"好的!"唐颖拿着稿子说。她回到自己的座位上突然又说,"阿康,我和你换个位置!"

席宏北疑惑地问道:"好好的坐着,换什么位置?"

凌康胜调侃地说:"那个位置不是很好吗,让小陆天天面对面看到你。"

这时候,席宏北办公桌上的电话机响了,他拿起电话。

唐颖好像早有准备,她将自己抽屉里的东西已经放在一只纸板箱里,搬了过来,放到凌康胜的桌子上,口气强硬地说:"搬!"

不管凌康胜同不同意,又蛮横地将他的抽屉拉开,将他的东西一件一件拿出来放到桌子上。凌康胜没有办法,只好老老实实地将自己东西搬到唐颖原来的座位上。

席宏北搁下电话,对凌康胜说:"阿康,总编让你去一下他的办公室。"

凌康胜收拾好抽屉,和唐颖交换了办公桌的钥匙,说:"总编一定是和我商量南坡毛纺织厂后续报道的事。"

唐颖说:"那好,你们商量好了和我说一下,我们再继续合作!"

凌康胜走进汪伟办公室时,汪伟正低着头看稿子。见凌康胜走进来,他抬起发福的脸庞,放下手中的笔,向自己对面的椅子作了一个请的手势。他从桌子上拿起一盒香烟抽出一支,点燃,美滋滋吸了一口,又美滋滋将烟雾吐出来,烟雾在他眼前升腾起来,遮住了他的半个脸庞。

凌康胜在对面的椅子坐了下来,等着汪伟开口。

"王阿之昨天晚上给我打了电话,说你们的报道是失实的!"汪伟说。想起昨天晚上王阿之的电话,他心里窝着一肚子火,王阿之对他飞扬跋扈,他老婆更是蛮不讲理。但这也难怪,真是一失足成千古恨,谁叫自己做事这么不小心,把柄抓到了这种小人手里呢!

凌康胜假装吃了一惊说:"这怎么会呢?"

汪伟说:"王阿之没有被隔离审查,你们却说他被隔离审查了。"

凌康胜信誓旦旦地说:"王阿之被隔离,是茅乡长当着乡亲们的面宣布的。"

"他隔离了,怎么晚上还给我打电话?"

"这我就不知道了。"

"中午王阿之回家时,你还看见他了!"

"我看见了这没有错,但我以为他是回家来拿东西,还要继续隔离的;如果他是被放出来的,那么放出来的理由是什么?"

汪伟居高临下,不容置疑地说:"既然我们的稿子失实了,那就登一则更正启示!"

凌康胜棱角分明的嘴角,立即露出了不满的情绪。他说:"要更正也得让乡政府更正,说明释放王阿之的原因。"

汪伟说:"新闻记者必须尊重事实,尊重法律,知错必改,有错必纠!"

凌康胜说:"茅乡长当众宣布王阿之隔离审查,又把他放了,这是在欺骗群众!"

汪伟说:"我们不能把责任推到乡政府的头上!"

凌康胜说:"应该问问茅乡长是怎么回事。"

汪伟心想这一定是茅乡长耍了什么花招,欺骗了群众,说:"你说的也有一定道理,但我们无权追究乡政府的责任!"

凌康胜说:"但也不能把责任往我们身上揽啊!"

汪伟知道,凌康胜是个背着牛头不认账的人,以他的名义刊登更正启示估计比登天还难。他想出了一个两全其美的办法,说:"我也不强人所难。那篇报道是以本报记者的名义发的,更正启示就以本报记者的名义发吧,这样对你们也没有什么损害。我们新闻人就是要有这种勇于改正错误的精神!"

凌康胜说:"我保留我的观点。"

汪伟说:"这次失实报道的责任,暂时就不追究了。"

凌康胜想,以本报记者的名义发更正启示,这样也好。他还得考虑连续报道怎么搞,还要调查清楚乡政府释放王阿之的真实原因,还要把领头的王友生问题搞清楚,争取早点把他放出来。

凌康胜临走时,汪伟说:"更正启示你就别管了,我让别人去写。"

<h1 style="text-align:center">十 七</h1>

陈阿毛把买来的几袋水泥用手拉车拉到"镜花苑"大门口,"镜花苑"门槛高,手推车进不去,他只好一袋袋地往里背。昨天晚上听了王阿之和凌康胜的对话,感觉到后园即将成王阿之的囊中之物,他想出"落手快"的办法,把凌婆婆要搭建房屋的材料先拉进来,在后园放好。今天他先拉水泥,以后再拉砖块。

初夏的阳光照在陈阿毛的光膀子上,热辣辣的。他在肩膀上搭了一块毛巾,背起一袋水泥,直奔凌婆婆家的后园。陈阿毛把水泥袋放在亭子里,又快步走出园子,背起第二袋水泥。

就在这个时候,阿之嫂从家里走出来,看见陈阿毛背着水泥袋走进来,从楼上跑下来站在路中间,拦住陈阿毛问道:"阿毛兄弟,你这是做什么? 是给自己建房啊?"

陈阿毛抬起头见是阿之嫂,不耐烦地说:"没你的事,走开!"

阿之嫂见陈阿毛态度这么蛮横,以为他已经把凌康胜家后园的事搞定了,要是这样,她和阿之就是老鼠跳进糠箩里,一场高兴一场空,算是白费心机了。一定不能让陈阿毛这件事办成功,她挡住陈阿毛的去路,恶狠狠地说:"是你挡了我的道,还是我挡了你的道,你要弄清楚!"

陈阿毛想绕过阿之嫂走过去,但他往东,阿之嫂也往东,他往西,阿之嫂也往西,就是挡着路不让他过去。

陈阿毛把水泥袋放到地上,气势汹汹地说:"你想干什么?"

阿之嫂也不示弱:"不干什么,走路啊!"

吵闹声惊动了左邻右舍。凌婆婆第一个走出来,见两个人像要打架的样子,一把拽住陈阿毛的胳膊说:"邻里邻舍有什么好吵的,大家气耐耐,就什么事情也没有了。"

陈阿毛告状说:"凌婆婆,你给我评评理,我好好地背着水泥袋走路,却被她挡住了!"

"镜花苑"的住户纷纷走出来,纪耿直说:"阿毛兄弟,你是不是要把水泥袋背到凌婆婆家后园去啊?"

凌婆婆吃了一惊:"阿毛,你背水泥到后园做什么?"

陈阿毛想,事情还没有开始就给阿之嫂发现了,只得老实说出背水泥的目的了:"凌婆婆,你不是说要在后园搭建一间房子吗,我给你把水泥和砖块都买好了,这样你要几时搭就几时搭,方便多了!"

凌婆婆听说水泥是给她搭建房间用的,心里着急起来,说道:"别别,我这个房间搭不搭八字还没有一撇,怎么能让你阿毛去买水泥呢?"

天生娘也说:"凌婆婆让我去城建局问问建房要办什么手续,我还没有去问过呢。"

凌婆婆说:"阿毛,你的水泥我不能要,你留着自己用吧!"

阿之嫂阴阳怪气地说道:"那是癞蛤蟆想吃天鹅肉,居心不良啊!"她感觉到她的目的达到了,也就扭着屁股爬上了自己家的楼梯。

陈阿毛心里窝着一团火,吼道:"谁居心不良啦? 你说清楚!"

纪耿直息事宁人地说:"阿毛,你少说一句吧! 凌婆婆现在还没搭建房屋,就是搭建也用不到你花钱费力的。"

天生娘也说:"我刚才看见你有一袋水泥已经背到后园去了……"

凌婆婆着急地说:"阿毛,你的情谊我心领了,快把你那两袋水泥背回去吧!"

陈阿毛一顿足,无可奈何地说:"好,好!"他只好把刚才放在地上的那袋水泥,又背回到"镜花苑"门口的手推车上。又气呼呼地走到"镜花苑"后园,背起刚才放在地上的一袋水泥,一边骂阿之嫂多管闲事。

阿之嫂见她略施小计,就把陈阿毛的阴谋诡计暴露在光天化日之下,心里很是自鸣得意,见陈阿毛喋喋不休地骂她,心里又火了起来。

两个人开始对骂起来。纪耿直和天生娘,一个对着一个劝解着,纪耿直和天生娘心里明白,阿之嫂是仗着她丈夫是乡镇企业的头头,而寻衅闹事,扪着蝗蜂来叮手,错主要在她身上。虽然陈阿毛未经凌婆婆同意运来了这么多水泥,尽管居心叵测、图谋不轨,但从表面上看,他也是助人为乐,这一点应该受到表扬的。

凌婆婆对天生娘说:"都是我要在后园搭建屋子惹的祸!"

天生娘说:"婆婆,你也不要自责,阿之嫂和阿毛兄弟都有自己的小算盘,不能怪你。"

凌婆婆说:"我听阿康说,他今年如果评上个中级职称,单位里就能给他分房子,我的房子问题也就解决了,后园的房子就不建了,你也不用到城建局打听办什么手续了。"

天生娘说:"要是阿康能在单位分到房子,这就好了!"

纪耿直说:"我听说单位里评职称竞争很激烈,阿康能不能评上还说不定呢。"

阿之嫂和陈阿毛听到这个消息,立即不吵不骂了。

陈阿毛心想,这件事情看来真是很复杂了,这个后园归属于谁,鹿死谁手还不一定呢!

陈阿毛瞪着阿之嫂,心里也是恨得要死,真想打她一个大巴掌。

十八

办公室里静悄悄的只有陆钦铭一个人。他坐在自己的办公桌前,全神贯注地低着头写东西,不一会儿写好了,仔细地看了一遍,认真地将稿纸折成一个方块,然后站起来走到他对面的办公桌前,将纸条塞进中间的抽屉里。他不知道这桌子已经易主。他的这个举动像是个第一次行窃的小偷,诚惶诚恐。他迅速地走回自己的办公桌前,拎起桌子上的手提包走出去,刚走到门口,正好与席宏北、凌康胜和唐颖迎面相遇。陆钦铭像是做了什么亏心事似的,匆匆地和他们点了点头,与他们擦身而过。

席宏北一见陆钦铭,叫住他说:"小陆,你别走,我有文件要传达……"

陆钦铭稍微停留了一下,说:"我有点急事,马上回来。"说着很快就走了。

凌康胜看着陆钦铭匆匆离去的背影,满腹疑虑地说:"他今天是怎么啦?慌慌张张、猥猥琐琐的!"

唐颖说:"他本来就是贼头狗脑的。"

他们走进办公室,在各自的位置上坐下来。

席宏北说："根据总编说的条件，人事科进行了分类排队，全报社只有二十名评聘中高级技术职务的名额，可是要求申报中高技术职务的人却有近三十名，真是僧多粥少……"

原来，席宏北刚刚开完报社评定技术职务会议，他要传达会议精神，所以刚才他要陆钦铭不要离开，但陆钦铭还是走了，只好个别向他传达了。报社的这次会议实际是个打招呼会议，全国新闻界评定技术职务还是第一次，只能做好，不能做坏。总编汪伟传达了市委宣传部对这次职称评定的意见及部署。工作分三步走，第一步是学习文件，提高认识；第二步是摸底调查，自报公议；第三步是评定公布和聘任。汪伟还公布了评定初级、中级和副高的基本条件。因为江湾市属于地市级城市，暂不具备评定正高职务的条件，《江湾晚报》最高的职称也就是副高。在《江湾晚报》能评上副高的编辑记者也是凤毛麟角，可能只有汪伟和席宏北这样职务高、资格老的人，才有条件申报，而且副高以上要到省里去评，更是难上加难。中级职务的条件相对宽松一点，大学毕业从事新闻工作五年以上，在省级以上新闻单位发表新闻作品两篇以上，在省级新闻理论刊物上发表论文两篇以上，拥护四项基本原则，服从领导，政治可靠，没有重大政治错误和重大的失实报道……

席宏北说："大家掂量掂量自己的资格，估计能评上个什么职称，就申报个什么职称。"

凌康胜感觉这次评个中级不能说是十个指头抓田螺——十拿九稳，但把握还是有的。他80年大学毕业，已经工作七年以上，在省级以上新闻单位及理论刊物发表的新闻稿件和论文已有十篇之多，评个中级名正言顺。他同意席宏北的意见，所以一声不吭听席宏北说话。

但唐颖好像并不同意席宏北的说法，直言不讳地说："什么资格不资格，我先报个中级职称再说，能不能评上，就像鲤鱼跳龙门要看自己的能耐了。"唐颖的条件比凌康胜要差一点，大学毕业五年还差几个月，在省级以上报刊上发表的文章也在两篇以上，属于可评可不评，所以才这样说。

席宏北说："申报什么职务得审时度势，慎重考虑。这次评审技术职务是一次性的，申报中级评不上，就连评初级的资格也失去了，要等到下一年了。"

凌康胜说："这个职称评定实在是太重要了，不光待遇问题，还是对你能力的一种认可。"他说着拉开自己的抽屉，一个折得方方正正的字条，端端正正地放在抽屉里。他展开来，"亲爱的颖"几个隽秀的钢笔字，映入他的眼帘。他立即猜测到这是谁的杰作,看到落款,果然是陆钦铭。他把字条折好放进手提包里,以便在适当的时候交给唐颖。

唐颖见他偷偷地笑,问道:"阿康,你笑什么?"

"没有什么,"凌康胜扯开话题说,"席主任,你准备申报什么职称?"

席宏北说:"准备申报副高,我在新闻单位工作三十多年了,申报个主任编辑应该没有问题吧?"

凌康胜:"你比我们总编的资格还要老,申报主任编辑应该没有问题。"但他想,你席宏北从外地调到《江湾晚报》也有五六年了,还从未在省级以上的新闻理论刊物上发表过有分量的论文,也没在本报发表过亲手撰写的新闻稿件,更不用说在省级以上的新闻刊物上发表有分量的新闻作品了。有些有分量的作品都是由他和唐颖撰稿,席宏北署个名而已,每次署名还是第一作者。尽管如此,这个马屁还得拍,因为席宏北不仅是报社的评委,也是市里的评委,要想评上职称,他这一票是不能少的。另一方面,他申报副高在中级职称中也少了一个竞争者,何乐而不为呢?

唐颖也随声附和道:"席主任德高望重,评个副高名至实归。"

唐颖也学会拍马屁了,话说得席宏北心里很舒服。他在新闻单位工作了好几十年,今天终于有盼头了。

这时,陆钦铭提着一只手提包走进来,他举起右手喊了声:"大家好!"突然惊呆了,问道:"阿康,你怎么坐在小唐的位置上?"

凌康胜哈哈大笑起来:"小陆,别大惊小怪的,唐颖和我换位置啦!"

陆钦铭一脸的尴尬,脸一下红到了耳根:"这、这……"

凌康胜说:"你别担心,你的东西我保证交给你的那位'亲爱的'……"

陆钦铭只得在凌康胜对面坐下来,嘴里支支吾吾不知道说着什么。

席宏北说:"小陆,我们正在传达报社技术职务会议精神,有机会我和你说一说……"

陆钦铭说:"评职称的事我还是知道一些的,现在评审工作还没有开始,许多人已经磨刀霍霍,大家为了评个职称,可能会争得你死我活。我与世无争,资历又浅,就报个助理吧!"

席宏北举起大拇指,说:"人就是要有自知之明,小陆聪明,实在聪明!"

凌康胜知道,陆钦铭虽然也是大学本科毕业,但在基层工作时间太久,到报社才四年时间,评个助理足足有余,评中级还差一点。这个人虽然仪表一般,但心地善良,不会玩弄阴谋诡计。他一直在追求唐颖,唐颖却不理不睬。陆钦铭各方面的条件并不差，和唐颖还是蛮般配的，像刚才那样的字条，据凌康胜所知，陆钦铭不知写了多少张，唐颖看都不看就掷到了纸篓里。

席宏北继续说："申报什么职称合适，大家可要想清楚，马上就要填表格了。"

傍晚下班时，凌康胜和唐颖从电梯里走出来，唐颖把凌康胜拉到大楼僻静处，从提包取出厚厚一叠稿子，说："阿康，这部小说写得不错。很感人，很吸引人，也挺有人情味，我花了两个晚上就读完了。"

凌康胜说："我兄弟很会煽情，你一定感动得枕边也湿了……"

唐颖说："那倒不至于，不过写得真的很不错。小说叙述了一个年轻人几经挫折，几经磨难，奋发图强而最终成功的故事，这是个励志故事，可以激励青年们自强不息，奋发努力，这正是我们主流媒体的主流思想，如果在我们《江湾晚报》上连载，一定会有许多的读者。"她把稿子交给凌康胜又说，"你和总编好好说一说，让这部小说尽快与读者见面……"

凌康胜从她手中接过稿子放进手提包里，又从里面取出一个方纸条，诡秘地说："谢谢你对我兄弟作品的肯定，我这里也有一幕人间喜剧正在上演。"他把字条递给唐颖。

唐颖从凌康胜手中接过字条，打开字条，看到"亲爱的颖"几个字，惶惑地说："这是你给我的情书？"

凌康胜哈哈大笑起来："我还没有这个勇气，追求女人是要有勇气的。"

唐颖拆开字条，看清了落款，娇好的脸立即拉长了，将字条揉成一团，要塞进靠墙的烟灰筒里，说："哼，搞什么鬼名堂？"

凌康胜夺过字条说："这个鬼名堂可是你自己搞的，字条是人家塞在我的抽屉里的啊！"他把字条揉平，塞进她的手提包里，"你对人家也太不尊重了！"

唐颖捂住脸笑起来。

凌康胜却严肃地说："你别笑，不管怎么说，你对小陆总得有个答复吧。"

唐颖坚决地说："我的态度就是四个字，'置之不理'。"

凌康胜说："其实小陆是个很好的男人，能力不错，业务水平蛮高的，对人也很实在，就是相貌稍微差一点。我们江湾人有句老话，叫作'会挑挑情郎，不会挑挑钱庄'，你们郎才女貌其实是蛮般配的！"

唐颖不屑一顾地说："这是你的审美观，每人有每人的审美观点，道不同不相为谋，你省省吧！我不听！"说完自顾自走了。

十九

一阵清脆的电铃声响过,安静的校院内顿时喧哗起来。康丁贤手里拿着课本从教室里走出来,学生们见了他纷纷向他点头致意:"康老师好!"康丁贤点头回礼:"好!"

学校传达室的老师傅走过来喊道:"康老师,有你的电话!"

康丁贤一边答应着,一边快步跑向传达室。他拿起电话,传来凌康胜浑厚的男中音:"喂,是丁贤哥吗?"

"阿康弟,是我!"

凌康胜说:"汪总编看了你的小说要和你好好谈谈,你的稿子有希望啊!"

康丁贤手里握着话筒,感动得两行热泪从他的眼眶滚落下来,说:"弟弟,我知道了……"

离开传达室,康丁贤自言自语道:"这部作品耗去了我十年心血,是用我的血、我的汗水、我的生命写成的,是我的苦难、我的挫折、拼搏和抗争的真实写照。十多年的努力没有白费,成果马上就要显现。"他感到一阵伤痛,想起了自己苦难的岁月……

知识青年上山下乡运动开始了,康丁贤是"黑五类"子弟,铁定要下乡去支农的,凌康胜是"红五类"子弟,可以在城里支工。但凌婆婆说服儿子把招工的指标让给了康丁贤,这时,正好远在乡下的江湾市机械厂招工,凌婆婆就给康丁贤报了名。

当康丁贤拿到招工《介绍信》,高高兴兴地回到家里,一进门,就举着《介绍信》兴奋地对母亲和凌婆婆说:"妈,奶奶,我要去工厂做工了,我可以养活你们了!"

母亲接过《介绍信》仔细地看着,但她还是很冷静地说:"儿,你的工作其实是阿康弟的,你要好好工作,不仅要养活我,还要养活你的奶奶,还有阿康弟……"

凌婆婆说:"你从小体弱多病,干不了农村的重体力活,阿康身体比你好,还是让他去支农吧,不要记挂家里,妈妈由奶奶和阿康照顾,你放心去上班吧!"

第二天上午,康丁贤就拿着《介绍信》去乡下的市机械厂报到了。康丁贤一早来到公交车站等车,这是春天的一个早上,红彤彤的太阳升起不久,大地沉浸在一片霞光中,春风从东边吹过来,暖洋洋的。人逢喜事精神爽,他唱着革命歌曲,耐心地等候着那班开往市机械厂的公交车。尽管公交车迟迟未来，但康丁贤显得特别的耐心。这时，在车水马龙的人流中，他看见两个女人向他跑过来，她们一边跑，一边高举着手向他喊叫着。他认出其中一个女人是街道办事处的章月芬，另一个是居委会主任。在她们的身后，也有两个女人拼命地跑着，那是他的两位亲人，一个是母亲，另一个是奶妈。母亲和奶妈年纪毕竟大了一点，跑得上气不接下气，跌跌撞撞的，但她们拼尽全力地跑着，她们好像在呼喊着什么，但一时又听不清楚。康丁贤不知道发生了什么，目瞪口呆地看着，去市机械厂的公交车驶过来了，康丁康背着行里，一会儿看看母亲和奶妈，一会儿看看公交车，心急如焚。

章月芬和居委会主任离他越来越近，章月芬边跑边大声喊着："康丁贤，你等一等！"

母亲看来是跑不动了，是奶妈搀扶着她。

公交车缓缓地开进车站，停了下来，车门打开，人们拼命地往前挤。康丁贤听见母亲在喊："丁贤，你快走啊！"

章月芬也喘着粗气在喊："康丁贤，你不能走，你的《介绍信》有问题！"

章月芬的这句话，康丁贤听清楚了。他从衣袋里摸出《介绍信》，仔细地看起来，红色的"介绍信"几个字非常显明，抬头用钢笔工工整整写的"江湾市机械厂"几个字，也很清晰。《介绍信》末尾居委会的大红印章也是真真切切的。怎么会错呢？

康丁贤一只脚踏着汽车的踏板，侧着身等着母亲和奶妈。

车上的人催促着："你上不上啊？"

凌婆婆边跑边向康丁贤做着让他快走的手势："丁贤，快走！"

但章月芬还是捷足先登，喘着粗气说："康丁贤，你把《介绍信》给我看看……"

康丁贤把《介绍信》递给章月芬，傻乎乎地说："《介绍信》没有错啊！"

章月芬一把从康丁贤手中夺过《介绍信》，捏在手里。这时母亲和奶妈也赶到了，母亲见《介绍信》已经在章月芬的手里，挣脱奶妈的搀扶，不顾一切地扑上去，想从章月芬手中把《介绍信》夺回来，章月芬一转身，母亲扑了个空，差点扑到地上，幸亏奶妈一把抓了住了她，才没有跌倒。

章月芬轻蔑地说："'黑五类'子女想支工，我们'红五类'子女还轮不过来呢！"

凌婆婆说："丁贤的支工是阿康支工指标换来的，你把《介绍信》还给我！"

章月芬说："凌康胜支工权利是你们自己放弃的，这个支工指标我们街道收回了！"

母亲突然慢慢地倒下去，双眼紧闭，口吐白沫，昏厥过去。康丁贤失声喊道：
"妈……"

康丁贤的支工被取消后，不久下乡支农去了。母亲回到家里一蹶不振就病倒
了。凌康胜也下乡支农去了，家里只有母亲和奶妈两个人，尽管有奶妈精心照料，母
亲生病总是不见好转。康丁贤每次从乡下回来，看着母亲躺在床上，那张蜡黄的脸让
他忐忑不安，担心受怕，唯恐有一天会出事。

康丁贤担心的事终于发生了。这一天天气很好，春暖花开，气温也由冷转暖。奶
妈出去上街买菜了，母亲从床上爬起来，手里拿着一根绳子，又随手拿了一把小凳子，
一步一踬，摇摇晃晃地从家里走出来，向后园走去。刚才趴在地上打盹的大花猫，见
母亲出去了，马上从地上跳起来，叫了一声"咪喵……"紧跟着母亲出来。母亲到了后
园，呆呆地伫立在那里。后花园经过私房改革，已经成了凌、康两家的菜园，原来满目
的花草盆景，奶妈已经改种瓜果蔬菜了，一畦畦，一垄垄的瓜果蔬菜长势很好。母亲
心里却不是滋味……母亲将手里的绳子抛过树枝的枝丫，用力拉了拉，弯腰从身旁拿
过刚才一起带来的凳子，登上凳子，把绳子打了个绳圈。母亲双眼凝视绳圈，泪水从
她凹陷的眼眶里流了出来。大花猫在她脚下一声声叫着。母亲踮起脚把脖子伸进了
绳圈里……

二 十

凌康胜和康丁贤肩膀挨着肩膀，亲密无间地说着话，从大楼外面走进来。天气太
热，凌康胜把短袖衬衫的扣子都解开了，敞开着胸脯，露出里面白色的汗背心。康丁
贤却中规中矩地穿着白色的衬衫，扣子扣得严严实实的，他的额角沁出了汗水，不断
地用手帕擦拭着。凌康胜说："哥，总编说你的小说写得不错，他只看了四天就看完
了，很吸引人！"

在电梯里，康丁贤高兴地问道："在你们报上连载有希望了？"

凌康胜说："我想是的。你的小说在晚报上连载，马上就会有出版社与你联系，和
你商量出版事宜。你很快就出名了，你可以写第二部、第三部……"

康丁贤喜形于色,显得十分开心。

电梯很快就升到了五楼,凌康胜和康丁贤从电梯里走出来,在挂着一块总编牌子的门前站住了。凌康胜弯起食指敲门,里面响起中气很足的声音:"进来!"

凌康胜推进门去,康丁贤这是第一次与汪伟见面。凌康胜介绍之后,汪伟离开老板椅向康丁贤走过来,握住他的手,笑着说:"小康啊,你小说写得不错。人也是玉树临风,仪表堂堂啊!快请坐!"自己率先来到大板椅旁边的沙发上坐了下来。

凌康胜在汪伟旁边的沙发上坐了下来,康丁贤显得有点拘束,搓着双手也坐下来,不好意思地说:"哪里哪里……"

汪伟说:"小康啊,你的小说写得不错。小说叙述了一个非常动人的故事。文字也很不错,当然要在报上连载,个别地方还得作些调整、修改一下……"

康丁贤恭谦地说:"那是那是,请编辑老师多指教……"

汪伟拉腔拉调地说:"指教谈不上,不过,在我们提出修改意见之前,我有一点要求。"

凌康胜对这种酸不拉儿的话很反感,说道:"我兄弟是个乡下人,你有话直说吧!"

汪伟说:"小康,不瞒你说,我们报社经费比较紧张,你那篇小说,每天登一千字要登好几个月,如果我们刊登广告的话,一千字的广告费就要好几千元钱呢!"

说话听声,锣鼓听音。凌康胜听了汪伟的话不禁皱起了眉头,康丁贤则是一头雾水,张大了嘴巴等着他说下去。

汪伟说:"对于报社的广告费用,你能不能补偿一点……"

康丁贤吃了一惊:"怎么个补偿法?"

凌康胜一听汪伟的话心里就来了气,心想,刊登连载小说还要收费,汪伟是不是有意给他们出难题,就忍不住说道:"汪总编,登小说要收费,可能还是我们报社的独创吧?你说吧,我兄弟这部小说连载要收多少费用?"

汪伟显得很痛快:"这样吧,小康,你去找个单位,连载这部小说赞助费五千元。"

康丁贤感到很为难,他哭丧着脸说道:"我一个教书匠,到哪里去弄这五千元钱?"

刊登文学作品要收赞助费,凌康胜还是第一次听说,但他又想不蒸馒头蒸口气,这五千元钱不妨去试一试。于是他安慰康丁贤说:"你先别急,这件事我们不妨试试……"

从汪伟办公室里走出来,康丁贤情绪一落千丈,像是欠了人家的阎王债,愁眉苦脸。两人走进了社会部办公室,席宏北、陆钦铭和唐颖都专心致志地低头忙各自的事情。唐颖第一个抬起头来,她没有见过康丁贤,但她估计进来的这个人就是康丁贤。她笑嘻嘻地对凌康胜说道:"这位就是大作家康丁贤吧?"

她站起来,搬过来一把椅子让康丁贤坐,康丁贤站着不坐,萎靡不振地说:"我⋯⋯什么大作家!"

唐颖说:"你别谦虚了,你的小说写得不错。"

凌康胜哈哈笑起来说道:"你以为小说写得好就是作家了?"

陆钦铭满腹狐疑地说:"除非作家除了写小说,还要有其他附加条件?"

席宏北说:"你们以为做个作家这么容易吗? 首先要把作品发表出来⋯⋯"

唐颖不屑地说:"这不是废话吗?"

席宏北说:"哎,这怎么能说是废话呢? 我说首先是要有发表过的作品,这是从水平层面说明你已经具有作家的能力;其次是要加入作家协会这个组织,这是从组织层面承认你是作家。仅仅出了一部小说还是不能称为作家的,只能算个业余爱好者⋯⋯"

唐颖说:"哇,当个作家这么难?"

康丁贤情绪低落地说:"我恐怕连这个业余爱好者也做不成了⋯⋯"

唐颖问道:"阿康,这是怎么回事?"

凌康胜说:"总编说,我兄弟的小说在本报连载,要付五千元赞助费,这五千元赞助费我兄弟怎么拿得出,这不是被扼杀在摇篮中了。"

席宏北说:"虽说连载小说收取赞助费不太合理,但报纸杂志和出版社这样做也有它的道理。"

唐颖说:"席主任,你刚才说的作家必备条件里,还要加上一条,这就是还必须具备拉赞助和广告的能力,是不是?"

陆钦铭说:"我听说过拍电视剧要拉赞助,没有听说过连载小说也要拉赞助。我替电视剧组拉过赞助,阿康,你们也不要这么悲观⋯⋯"

凌康胜哈哈笑起来,说道:"小陆,你有办法?"

唐颖也笑起来说:"小陆,你有这个能耐,那就帮帮阿康的兄弟吧!"

席宏北说:"拉赞助是要回报的,电视剧可以在片尾写上赞助单位名称,小说里怎么写?"

陆钦铭说:"可以在刊登连载小说时,写上'本小说由某某单位赞助登载'字样⋯⋯"

席宏北也立即说:"这不行,这不符合规矩。"

凌康胜问:"什么规矩?"

席宏北说:"刊登文学作品是不准拉赞助的,而且报社广告部也不允许你拉赞助连载文学作品,如果真有单位肯出钱,这个单位只好做无名英雄了!"

唐颖说:"不为名不为利,这个无名英雄谁肯来做?"

陆钦铭说:"老天不会辜负苦心人的,只要用心去找,好心人总能找得到的!"

席宏北说:"小陆,你省省吧!还是把精力放在新闻采访上,写出高质量的新闻稿件为评定职称打好基础。"

凌康胜见席宏北话中有话,就说道:"小陆,谢谢你的好意,拉赞助的事我们还是另想办法吧!"

二十一

傍晚下班时,在《江湾晚报》大楼底层的大厅里,陆钦铭左顾右盼地等在电梯门口,一脸焦虑不安的样子,抬头注视着电梯顶端屏幕上升下降的数字。这座大楼并排安装着四座电梯,下来的电梯门一开,熙熙攘攘地出来许多人。唐颖从人群中挤出来,因为热,脸庞显得红扑扑的。陆钦铭一步上前,捉住她的一只手腕,把她拉到大厅的旮旯处。

唐颖不耐烦地喝道:"你放开我!"

陆钦铭神秘兮兮地说:"我找你有事。"

"是不是又给我塞情书?"

陆钦铭讪讪一笑,不好意思地说:"哪能呢!"他拉开自己的手提包说,"喏,今天的《江湾晚报》上刊登了你们的一则更正!"

唐颖警觉起来:"什么更正?"一把从陆钦铭手中夺过报纸看起来。

陆钦铭把头凑过来,指点着报纸说道:"下午我到印刷车间看小样,顺便拿了一份,没有想到上面登着你们的更正,这件事你和阿康知道不知道?"

唐颖仔细地阅读着,口里念着:"本报五月十一日第一版关于南坡乡毛纺织厂遭哄抢的消息,其中厂长王阿之被隔离审查一事,纯属失实。特此更正。本报记者。"

　　唐颖的脸色迅速地变化着,白皙的脸容渐渐地泛起一朵红晕,平和的眼神像是渐渐燃起了一股烈焰。

　　陆钦铭注视着报纸,没有留意到唐颖脸部表情的变化,他继续说道:"小唐,这可是件大事啊!你知道,对于记者来说失实是件严重的事件,现在正是评职称的节骨眼上,追查起来是要被取消评定资格的……"

　　唐颖已经认识到问题的严重性,声音颤抖地说道:"我去找阿康问个明白!"说完,自顾自地走了,陆钦铭像只呆鸡似的站在那里不知所措。

　　唐颖绕到大楼背后,从自行车棚取出自行车,一撩腿蹬上车子,猛一蹬踏脚骑上自行车道。因为已是下班时间,马路上车流如织,人潮如涌,唐颖向着凌康胜家中奋力骑去。凌康胜下午和电台、电视台的记者一起去采访市电器厂的产品鉴定会,回来已经很晚,直接回家去了。凌康胜家住在西边。唐颖迎着夕阳前进,一股燥热的热风迎面吹来,脸上热烘烘的。唐颖心想,这么大的事凌康胜知道不知道?如果知道,为什么不告诉她;要是不知道,这个汪伟胆子也太大了,怎么可以这样自说自话,独断专行!她和凌康胜原来说好的,南坡毛纺织厂的事还要搞连续报道,把哄抢事件的内幕揭个底朝天。现在遇到这样一个问题,这个深度采访还搞不搞?怎么搞?这个深度采访是有风险的,还必须有胆有识。她倒不怕冒风险,所谓风险,无非就是牵涉到技术职务的评定问题,虽然她也达到了评定中级的资格,但对能否评上没有凌康胜那样有着过高的期待。

　　唐颖到凌康胜家时,凌康胜还未回家。唐颖把自行车停在"镜花苑"的大门外,还未跨进院子门槛,就听见一个青年妇女声嘶力竭地责骂声。

　　"你这个小死尸这么不听话,不到一天时间,就把新换上的衣服弄得这么脏!"

　　唐颖走进院子,只见李爱娟正准备给女儿小萌洗澡。李爱娟把小萌的衣服随手掷在地上,身旁放着一只大脚盆,脚盆里已经装了半盆凉水,小萌已经被她母亲脱得只剩下一条裤衩了。其实被李爱娟扔在地上的小萌的衣服还是很干净的。

　　李爱娟大声喊起来:"热水怎么还不拿来,是不是想把小萌冻死啊!"

　　凌婆婆拎着一壶水从屋里走出来,将壶里的热水倒进脚盆里,脚盆里立即升腾起一股淡淡雾气。凌婆婆蹲下身体用自己青筋暴突的手试着水温,然后伸出双手去抱小萌说:"小萌,奶奶给你洗澡……"

　　她的手还未碰到小萌的身体,李爱娟也伸出一只手,在凌婆婆的手背上重重地打了一下,厉声说道:"走开!"

凌婆婆吃了一惊,但马上平静下来,她拎起刚才放在地上的水壶,慢慢地站起身来。李爱娟对婆婆老大不敬的动作,正好被刚刚跨进大院门槛的唐颖看在眼里。

凌婆婆刚要起身离开,又发生了戏剧性的一幕。小萌突然拉住凌婆婆的衣袖说道:"我要奶奶洗!"

凌婆婆停住了脚步对小萌说:"奶奶屋里在炒菜,你让妈妈洗吧!"

小萌硬是拉住凌婆婆的衣服不放,说道:"不嘛,我要奶奶洗!"

李爱娟伸手在小萌的屁股上打了一巴掌,骂道:"你这个死丫头,怎么这样死心眼!"

小萌挨了打,"哇"地哭了起来,凌婆婆连忙放下手里的水壶来哄小萌。没有想到李爱娟却一把推开了她,怒气冲冲地说道:"你来洗,饭谁做啊?"

凌婆婆说:"饭已经做好了,还有一锅红烧肉正在用慢火炖呢……"

唐颖和李爱娟是第一次见面。李爱娟见一个非常漂亮的女人向她走来,吃惊地瞪大了眼睛。凌婆婆见到唐颖也直起腰来说:"唐姑娘,你来啦? 阿康还未回来呢!"

小萌见来了客人,马上懂事地不哭了。

李爱娟仔细地端视着唐颖。此时的唐颖全身皆白,白色的连衣裙子,一双白色的凉鞋,白如莲藕的手臂上挎着一只白色的小包,仿佛是一朵白色的云彩慢慢地向她飘过来似的。凌婆婆叫她唐姑娘,她马上就明白了,她多次听人说过,凌康胜在单位里有一位非常漂亮的同事,而且与凌康胜的关系也非同寻常。今天得见果真如此,她的心里一种说不出的滋味油然而生。

唐颖听说凌康胜还未回来,不由自主地抬起手腕看了看手表,已经快六点钟了,凌康胜一定有事耽搁了,应该马上就会回来的。她说道:"伯母,不要紧,我稍等他一会儿就行了!"

凌婆婆从屋里拿出一把小椅子放到她的脚边说:"请坐,要不在我们这里吃饭吧!"

唐颖很从容地在小椅子上坐下来说:"伯母,我稍微坐一下,阿康可能马上就要回来了,我有要紧的事和他说。你忙你的吧!"她也仔细端详起李爱娟来。在她看来,李爱娟并不漂亮,一张苹果似的圆脸庞,虽然还算过得去,只是她好像在生气,脸庞有点扭曲显得很难看了。也许女人与女人之间有一种排他性,她想,如果她是凌康胜的话，是绝对不会娶李爱娟的，更何况她对婆婆这种老大不敬的态度。

李爱娟被她看得有点不好意思起来，无话找话地问道："你找阿康有什么事？"

唐颖说："没什么大事，报社登了一则道歉启示，有些事我来问一下阿康。"

李爱娟说："我听阿康说，你们报道了南坡毛纺织厂职工哄抢事件……"

唐颖点点头说："是啊！"

李爱娟说："我们和王阿之是邻居，抬头不见低头见，你们出了他的丑，让阿康怎么向王阿之交代啊？"

唐颖心里"咯噔"一下，心想："报道王阿之厂里的事连她也反对，怪不得这几天凌康胜一点儿讯息也没有。这份更正启示，他应该是知道的。看来南坡毛纺织厂这把火也烧到了凌康胜的家里。凌康胜家本来就够乱的了，现在又增加了几分内乱，事情就难办了。唐颖说，"这个分寸阿康应该是会掌握的……"

李爱娟淡淡一笑说："他会掌握什么分寸？他现在要评职称，能不能评上还是一个未知数，我们要房子却是火烧眉毛的事。不像你，一人吃饱全家不饥，我们还指望王阿之帮忙呢！"

唐颖又吃了一惊，凌康胜有什么事要王阿之帮忙的？既然他有求于王阿之，怎么非要报道南坡毛纺织厂的哄抢事件呢？唐颖不明白了，于是她问道："你们指望王阿之什么事？"

李爱娟倒也不隐瞒，直率地说："房子啊！我们要王阿之帮助阿康评上中级，王阿之还答应给我们一个小套，还答应帮助丁贤嫂解决工作问题……"

唐颖心想，看来凌康胜和王阿之不仅仅是邻居关系这么简单，这中间还有着利益关系。任何人事关系，一与利益关系沾边这关系就复杂了。王阿之是个非常精明的人，他不会轻易授人以鱼，其中必有利益上的交换。她还想再问个为什么，这时从大院外传来一阵自行车的铃声。噘着小嘴的小萌兴奋地叫起来："爸爸回来喽！"

唐颖不由自主地从椅子上站了起来，目光炯炯地注视着大门口。

凌康胜把自行车端过高高的门槛，刚在自家门口放好，一抬头看见唐颖，也吃了一惊，问道："你来啦？"

唐颖走近凌康胜，从手提包里取出一张报纸，递给他说："今天的《江湾晚报》登载了一则更正，这件事你知道吧？"

凌康胜翻看了一下报纸，随后就把报纸还给了唐颖，漫不经心地说："知道。"

唐颖有点生气地说道："你知道，怎么不对我说？"

凌康胜又轻描淡写地说："汪伟是以本报记者名义发的这则更正,关我们什么事?"

这时候,李爱娟给小萌洗好了澡,她就高声喊道:"吃饭啦!"

唐颖收起报纸放进手提包里,恨恨地说："你真是聪明一世,糊涂一时!"说完头也不回地走了。

二 十 二

张阿珍骑着她那辆除了铃不响什么都响的自行车,车后载着大包小包,飞快地从马路上骑过来,快到"镜花苑"门口才跳下车。她手脚麻利地将自行车停好,从自行车后座上取下两只已经捆绑在一起的袋子,一只袋子里装的是萝卜,另一只袋子里装的是南瓜。她提着两只袋子直奔凌康胜家中,把萝卜和南瓜"哗啦"一下倒到地上。然后分成了两份,一家一半,将分开的南瓜和萝卜分装进两只袋子里,一只交给凌婆婆,另一只自己拎着,说:"婆婆,萝卜是我刚从地里拔的,南瓜也是刚从瓜棚里摘的……"

凌婆婆心疼地说:"阿珍,你从娘家载着这些蔬菜回来,要走十多里山路,太辛苦了。以后别再带了,婆婆在后园自己会种的。"

张阿珍拎着袋子往自己家里走去,回过头来说:"婆婆,没事的!"

凌婆婆在她身后说:"丁贤今天回来闷闷不乐的,是不是遇到什么不顺心的事了?"

张阿珍把一袋萝卜南瓜拎进家里,见里间屋里透露出一丝微弱的台灯光亮,她将袋子放在门边旮旯处就走了进去。康丁贤赤膊躺在床上,手里翻看着他的长篇小说《希望》,一脸的愁苦。儿子小斌坐在写字台前做作业,见到张阿珍叫了一声:"妈!"

张阿珍摸了一下小斌的脑袋,眼睛看着康丁贤,问道:"这是怎么回事,怎么像个霜打茄子似的……"

小斌哭丧着脸说:"爸爸的小说发不出来!"

"怎么回事?"张阿珍走到床前急切地问道。

康丁贤从床上坐起来,把手稿放在写字台上说:"《江湾晚报》总编要我赞助五千元钱,五千元让我到哪里去弄?"

张阿珍看着丈夫愁眉苦脸的样子,很是心痛,说:"看你愁成这个样子,何必呢?难不成活人会给尿憋死啊!"

康丁贤说:"一分钱逼死英雄汉,何况是五千元呢!"

张阿珍说:"钱是死的,人是活的,你不会想办法?"

康丁贤瓮声瓮气地问道:"你有办法?"

张阿珍说:"婆婆已经给我们烧好饭了,吃了饭再说吧!"

小斌立即放下手中的笔站起来,兴高采烈地说:"吃饭喽,奶奶一定给我们做好吃的喽!"

也就是唐颖拿着《江湾晚报》找凌康胜的这个傍晚,王阿之拎着手提包从院子外走进来。他在凌康胜家门口停留了一下,见小萌在门口玩耍,问道:"你爸呢?"

小萌喊道:"爸爸,王伯伯叫你!"

凌康胜端着一只饭碗从家里走出来,嘴里含着饭含糊其辞地问道:"王厂长什么事?"

王阿之颐指气使地说:"阿康,你吃完饭到我家里来一趟!"说毕头也不回地走了。

凌康胜点了点头说:"好!"

王阿之真是一肚子的牢骚,他明明和汪伟说好了的,更正主要说明两点:一是他没有被隔离审查,二是他没有贪污公款。第一点是说了,第二点却是含糊其词,让人疑窦丛生,给人一种错觉是南坡毛纺织厂的财务有问题,他王阿之有贪污嫌疑还要审查。他快步走进自己的家里,阿之嫂已经炒好菜,正一碗一碗地往桌子上端。见王阿之一脸怒容地走进来,将一碗韭菜煎豆腐放在桌子上,一双秀目紧盯着王阿之那张猴头刁精的脸。王阿之把手提包往桌子一放,摘下领带、脱掉衬衫,往旁边小桌子上一掷,从手提包里取出一张报纸,递给阿之嫂,懊恼地说:"前天晚上我和汪伟说得好好的,不仅要更正我被隔离的消息,还要更正我侵吞公款的嫌疑。你看这份更正都说了些啥?"

阿之嫂接过《江湾晚报》,一目十行读起来,也是满腔怒火地说道:"我们老百姓看新闻有时就是正面新闻反面看,你说没有的事,老百姓一定会认为是真的。这个更正一登,明天老百姓一定会议论纷纷,说你王阿之侵吞公款被隔离审查了。"她气恼地把报纸往桌子上一掷,"这个汪伟是越来越不像话了!"

王阿之端起饭碗,往嘴里扒了一口说:"我让阿康到家里来一趟,问问他这究竟是怎么回事?"

阿之嫂说:"这个汪伟就是不见棺材不掉泪,你还得给他看看你的厉害!想当年他是怎样跪在你面前苦苦哀求的!"

王阿之狠狠地瞪了阿之嫂一眼说:"妇人之见,你不要动不动给他看厉害,这个汪伟我还是有用处的,要是他垮了对我一点好处也没有,你要想清楚!"

阿之嫂露出一筹莫展的神色问道:哪你说怎么办呢?"

王阿之说:"我要他做深刻的检查!"

天色渐渐暗淡下来,高高悬挂在楼板下的那盏十五支光的电灯,显得灰蒙蒙的。康丁贤家和王阿之家也就是走过一个天井,再爬一层楼梯的距离,但康丁贤却感觉好像是要走到天边那样的路途遥远。他一步一颤地慢慢走着,走过天井,又一步步登上楼梯。他还从来没有低三下四地为五斗米折腰,就是下乡支农最艰难的岁月,他也没有求之于人,但今天却要为五千元钱向这个平时趾高气扬的邻居折腰了。报社总编说刊登他的小说需要五千元赞助费,在他认识的人当中,也就只有王阿之有这个能力。刚才吃饭时张阿珍对他说:"宁可碰过,不可错过,你和阿之哥商量商量,说不定阿之哥肯出这笔钱。"康丁贤就是受到妻子的鼓励,破天荒第一次到王阿之家来碰这个运气。

康丁贤刚刚登上楼梯的第一个踏步时,楼下的陈阿毛就看见了,他蹑手蹑脚地紧跟在康丁贤身后。

康丁贤来到王阿之家门口,弯起两个指头轻轻地敲着门。

门开了,是阿之嫂。阿之嫂又惊又喜地说:"是丁贤兄弟啊!哦,快进屋!"

康丁贤站在门口,腼腆地问道:"阿之哥在吗?"

"在啊!"阿之嫂连忙说。

王阿之见是康丁贤也立即站起来笑脸相迎:"丁贤弟,快进来!"

康丁贤走进屋子,阿之嫂又是搬椅子让座,又是倒茶请喝,忙得让人莫名其妙。

康丁贤在王阿之的对面坐了下来。王阿之知道康丁贤一定是有求于他,所以先不开口,紧盯着康丁贤嗫嚅的嘴唇,等着他开口说话。

陈阿毛蹑手蹑脚走过来,将耳朵紧贴住门板,想听听他们说话的内容。上次凌康胜到王阿之家里来,陈阿毛是在自己家里用PPC管窃听,听得不是很清楚,所以他这次直接在门外窃听了。陈阿毛关心的是康丁贤找王阿之是不是与地基有关,他猜测,康丁贤找王阿之一定有求于王阿之。他已经从李爱娟嘴里得知,康丁贤想到《江湾晚报》上连载他的小说,总编提出要五千元赞助费,康丁贤来找王阿之是不是与这件事有关?

康丁贤说:"阿之哥,我有一件事想请你帮个忙,不知道方便不方便?"

阿之嫂好像猜透了他的心思说:"你对阿之还这么客气,没有什么方便不方便的,说吧,什么事?能帮助办的你阿之哥一定办!"

王阿之也笑着说:"说吧,什么事?"

康丁贤终于大着胆子说出来:"是这么回事,我有一部小说想在《江湾晚报》上连载,《江湾晚报》总编提出要五千元的赞助费……"

阿之嫂刚要开口说什么,王阿之摇摇手阻止了她,说:"你让丁贤兄弟说下去。"

康丁贤说:"阿之哥要是能帮助出这五千元钱,我康丁贤将没齿不忘,感激不尽……"

陈阿毛心里一惊,果真是为了钱的事,他提起了精神。

王阿之皱起眉头,叹了口气说:"五千元也不是个大数目,照理丁贤弟有困难,我帮助也是应该的,但是我们厂现在遇到了一些困难,也需要大批资金。前两天《江湾晚报》还登载了我们厂职工哄抢集体财产的新闻,就是因为厂里已经一年多发不出工资了……"

康丁贤感到不好意思,抓了抓头皮说:"这条新闻我看到过,阿之哥有困难那也就算了!"他站起来想离开。

陈阿毛心里一惊,这不就是五千元钱嘛!他有,他帮他解决,那块地基不就是他的了吗?他心里暗暗庆幸王阿之头脑既简单,四肢也不发达。他庆幸康丁贤腼腆得像个大姑娘,话没讲尽就要离开。他也庆幸自己有个聪明伶俐的头脑,还有一个发达健全的躯体。他不由得自鸣得意起来,见康丁贤要离开,也准备转身离开。

王阿之阻止了康丁贤:"丁贤弟,你别走,你听我说,我们厂目前遇到资金上的困难这是事实,但你的五千元钱不是没有办法解决的。"

康丁贤听王阿之这么一说,心里不由得升起一丝希望,重新在椅子上坐了下来。

陈阿毛见王阿之说有办法解决,解决五千元钱肯定是有条件的,看他提什么条件。

王阿之拿腔拿调地说:"我们企业现在资金紧张,每一分钱都必须用在刀刃上,用在发展企业上……"

康丁贤点头表示赞成:"企业要生存,发展是硬道理。"

王阿之说:"我们要发展企业,拓展经营……"

从门缝隙里透露出来的光线,照在陈阿毛油光锃亮的胖脸上,形成一条狭狭的鲜亮的线条。陈阿毛时而将耳朵贴住门缝倾听,时而又侧过脸将眼睛对住门缝观察,所以这条线条不断地变幻着。王阿之说发展企业,拓展经营,虽然是空话套话,但这是提条件的开场白。康丁贤这个书呆子,只知道舞文弄墨,人情世故一窍不通。陈阿毛仔细听着,不知道王阿之会开出什么条件,他要与他争一争。

王阿之说:"我们厂最近准备扩大业务,计划在市区开设一家商店……"

陈阿毛心里一喜,王阿之说要在市区开设商店,还不是想用凌婆婆的后园做条件,这个条件已经是公开的秘密,他早就想好了应对的策略。

初夏节气,蚊子开始肆虐,蚊子围着陈阿毛的脑袋转悠着,有一只蚊子钻进陈阿毛的鼻孔里,陈阿毛忍不住打了两个响亮的喷嚏。

王阿之听到屋外的动静,马上停止了说话。阿之嫂估计到这是怎么回事,突然将门用力往外一推。陈阿毛猝不及防,像只皮球似的从楼板上滚落下去。阿之嫂和王阿之走出门来,只见一个胖乎乎、肉团团的肉球,从楼板上向下翻滚着,一直滚到了天井里。阿之嫂站在楼梯口,双手叉腰,哈哈大笑起来。陈阿毛从地上爬起来,拍了一下屁股,朝王阿之夫妇狠狠瞪了一眼,转眼间就不见了。

阿之嫂骂道:"我就知道,是这个杀千刀的屠夫……"

王阿之拍拍妻子的肩膀说:"算啦,我们又没有做见不得人的事,他想听就让他听吧!"

康丁贤坐在原来的位置上,满脸疑惑地看着王阿之夫妇走进屋里。

"什么事?"他问道。

阿之嫂怒气冲天地说道:"那个杀猪的,在外面偷听!"

王阿之重新坐下来,说:"丁贤弟,我们继续说自己的事,要解决五千元赞助款,我倒有个想法……"

康丁贤问道:"什么想法?"

王阿之说:"我刚才不是说,我们厂要扩大经营范围,拓展业务吗?"

阿之嫂急忙附和道:"是啊!他们厂要在市区开一家商店。"

王阿之点点头说:"对!"

阿之嫂又说:"这是个千载难逢的机会,阿之他们准备在市区开家商店,还要造一个储存货物的仓库……"

康丁贤丈二和尚摸不着头脑,问道:"阿之哥他们开店造仓库,这与我有什么关系?"

王阿之笑起来说:"我们就不兜圈子了,直截了当地说吧,我们要造仓库,就需要一块土地,你们家的后园是最合适不过的……"

康丁贤恍然大悟,原来他们打的是后园的主意。后园的事必须经奶妈同意,后园是奶妈的命根子,奶妈对他有哺育之恩。奶妈如果不同意,此事万万行不通。

王阿之见康丁贤沉默不语,仿佛看穿了他的心思,他说:"当然啰,后园这块土地得你奶妈作主,但我给你打声招呼,也请你做做你奶妈的工作。"

阿之嫂也说:"阿之他们征用你们那块土地,也不是白征用,是有条件的。"

康丁贤问道:"什么条件?"

王阿之说:"五千元现金我们厂里马上付给《江湾晚报》,你的小说立马就可以和读者见面了,你马上就可以出人头地,扬名于世。我们再给你和阿康每家一个小套,另外你妻子阿珍调到城里的商店里,这样阿珍用不着风里来雨里去乡下城里来回跑了……"

康丁贤想,王阿之提出的条件确实很诱人,他和奶妈一家都住在狭小的侧厢里,夏天像待在火炉里,冬天又像躺在冰窖里,还有自从阿珍和他结婚以后,终年累月,风里来雨里去的,上班要骑十多里山路的自行车,阿珍多次提出来给她调个城里的单位,那怕郊区也行,可是他一个无名鼠辈哪有什么办法? 王阿之提出的这些条件真是得天独厚,对别人来说也许是求之不得。但他仔细想想,后园是他康家最后一份产业,偌大的一座"镜花苑",只留下了这么个后园,也是奶妈放弃自己分到大房子的待遇,向房管处求爷爷告奶奶,千恳万求才留下的。即使他同意,奶妈也是不会同意的。想到这里,他摇摇头说:"不行!"

阿之嫂说:"怎么不行,你是怕你奶妈不同意?"阿之嫂拍拍他的肩膀,又柔声细语劝说道,"丁贤兄弟,你别榆木脑袋不开窍啊! 你想想,这么优惠的条件,你打着灯笼也是找不到的。我们是邻居才开出这样的条件,要换成别人,我们才不会这么傻呢!"

王阿之也劝说着:"我知道,丁贤兄弟一时答应不下来,这也没有关系,我们建仓库、开商店的事不急,倒是你登载小说的事有点急,你回去和凌婆婆好好商量商量,听听她的意见,也许凌婆婆会考虑你们的住房条件,考虑阿珍的辛苦,会同意的呢!"

阿之嫂还想说什么,这时响起了"笃笃"的敲门声。

王阿之喊道:"请进!"

进来的是凌康胜,他吃了一惊,问道:"哥,你怎么也在这里?"

康丁贤站起来说:"我有点事找阿之哥聊聊,现在聊好了,我走了!"说着向门外走去。

阿之嫂在他的身后叮咛一句:"丁贤弟,你好好想一想!"

陈阿毛像滚肉球似的,从楼上滚到了楼梯底部,痛得龇牙咧嘴。他从地上爬起来,自知理亏,只好忍气吞声,一瘸一拐走进自己的屋里。他那如花似玉的老婆,抱着一只哈巴狗正靠窗口坐着,悠哉悠哉地吹着电扇,见陈阿毛鼻青脸肿,狼狈不堪的模样,不由得放声大笑起来。

陈阿毛气呼呼地瞪了她一眼,说道:"你别坐山观虎斗,也不知道相帮一下,你不是认识城建局的那个鲁科长吗?"

印萍萍不屑地瞟了他一眼说:"是啊,怎么又想打人家的主意了?"

陈阿毛说:"刚才丁贤到王阿之家,是向王阿之拉五千元赞助款。"

印萍萍问道:"这与城建局有什么关系?"

陈阿毛说:"丁贤向王阿之拉赞助,王阿之提出要征用丁贤家的后园。"

"什么?五千元赞助款想要丁贤家的后园?"

"不、不,你听我说,"陈阿毛见印萍萍没有理解他的意思,连忙打断她的话,"王阿之说,如果丁贤同意征用他们家的后园,不光给五千元赞助款,还给两个小套,再安排丁贤嫂在城里工作……"

"丁贤同意啦?"

"没有!"

"这不就结了,你找城建局的鲁科长有什么事?"

"我是怕丁贤现在不同意,要是和凌婆婆一说,凌婆婆同意了呢!为了住房的事,爱娟常常找凌婆婆的麻烦,还有丁贤嫂在乡镇企业工作路这么远,凌婆婆最心疼的就是丁贤嫂,所以从这两个方面考虑,凌婆婆也许会同意……"

印萍萍也一心想着在后园造幢别墅,现在看起来她的希望要落空了,不由着急起来:"那怎么办?你的愿望不是要落空了吗?"

陈阿毛说:"所以我要你去找城建局的鲁科长。"

印萍萍说:"我找他做什么呢?"

陈阿毛说:"造房子批地基,首先要经过居委会街道这一关,然后经城建局批准,城建局鲁科长这里你去打声招呼,不要把地基批给王阿之,要批给我。街道章月芬这里我熟,我去打通关节……"

二十三

这天夜里,《江湾晚报》总编汪伟辗转难眠,气愤难忍。

在宽敞、典雅、富丽堂皇的卧室里,一盏很豪华有气魄的吊灯,把卧室雪白的墙壁照射得朗若白昼。汪伟穿一件乳白色的绣花睡衣,手里拿着白色的象牙烟嘴,一支带过滤嘴的香烟刚刚点燃,他狠狠吸了一口,又将烟雾从嘴里吐出。他在卧室里焦躁不安地来回走动着,这种恶劣的心情,缘于刚才王阿之的一个电话。电话里王阿之要他彻底承认错误,以报社的名义发表一篇检讨性文章。他和王阿之争论了半天,王阿之却把电话撂了。再打王阿之的电话,王阿之就是不接,直气得汪伟火冒万丈。

他的妻子,一个娇小的、面容标致、打扮入时的女人,背靠床头坐在被窝里,翻看当天的报纸。被丈夫晃来晃去晃得头昏脑涨,气恼地将报纸往床头柜上一掷,说道:"你晃什么,王阿之一个电话把你弄成这个样子,真可笑!"

这个女人叫古爱爱,是江湾市一位领导的千金。汪伟能有今天的地位,她也有一半功劳。汪伟大学毕业分配在江湾市钢铁厂负责宣传工作,古爱爱则在这家厂里负责统计工作。因宣传工作需要,汪伟经常要与她接触,从她那里获取一些数据。汪伟知道古爱爱的身世以后,经常有事无事找她谈天说地。古爱爱喜欢看些闲书,有时候也写些文章向广播报纸投稿,但从来没有发表过。汪伟是学中文的,写作是他的本行,所以古爱爱和他志趣基本相投。汪伟是通讯员,稿件有被优先录用的优势。汪伟投其所好,每写一篇文章都要请她过目,然后也署上她的大名,得了稿酬汪伟也全数给了她。这样一来二往,两人产生了感情。在古爱爱帮忙下,汪伟离开工厂调入市委宣传部,不久两人就喜结连理,汪伟从此平步青云,步步高升,直到现在《江湾晚报》总编辑的地位。虽然汪伟在外面威风八面,但在家里还是惧怕古爱爱的。目前他最惧怕就是这两个人:一个是王阿之;另一个就是古爱爱。王阿之掌握着他不可告人的秘密;古爱爱却掌握着他的锦绣前程。

汪伟见妻子不高兴了就停止转悠,走近床头柜,将手中的香烟在烟灰缸里掐灭,浮起笑容说:"这个王阿之就是不像话,我是看在他父亲推荐我上大学的份上,能谦让的就谦让,能客气的就客气,他却得寸进尺。他说那篇报道说他被隔离审查是失实,我就登了一份更正声明，没想到他得寸进尺，还要我登检查，你说气人不气人？"

古爱爱似乎看穿了汪伟和王阿之的关系，并不是他所说的那么简单。她说："别的乡镇企业厂长见了你总是低三下四，点头哈腰的，只有这个王阿之在你面前耀武扬威，不可一世的样子，你好像有什么把柄掌握在他的手里？"

妻子的追问，汪伟当然是矢口否认。他连忙说："我会有什么把柄掌握在他的手里？他就是那种得理不让人的人。我们在报道南坡毛纺织厂哄抢事件上有不当之处，我们已经做了更正，给足了他面子，但他还是抓住不放，要我们做检查，真是岂有此理！"

"他对你这种横蛮无理的态度，我看到已经不止一次了。一个晚报的总编，怎么怕一个乡镇企业的厂长？怕成这个样子，这不正常啊？！"

真是一失足成千古恨。汪伟想，要不是那场因风华雪月而引发的人命案件，他何以成风箱里的老鼠两头受气，日子过得胆战心惊呢？现在后悔已经晚了，最现实的问题是，他该怎么处理这件事情？他处于左右为难的境地，如果答应王阿之的要求，在报纸上刊登检查，新闻失实的严重性不仅会惊动市委宣传部的领导，也可能惊动市委分管领导，到那个时候，不仅仅是他报社领导做个检查那么简单。现在正是评定技术职称的关键时刻，失实对于新闻工作者来说，是个说有多严重就有多严重的问题。不要说凌康胜和唐颖不会同意刊登这个检查，就是他也不会同意！这个失实报道也会牵涉到他。要是不登这个检查呢？王阿之是绝对不会善罢甘休的。王阿之的态度蛮横，让人忍无可忍！他不怕王阿之告发他十多年前的那件事，因为那会两败俱伤，王阿之因为包庇同样会受到法律的制裁。这种赔本的买卖，他王阿之是绝对不会做的。现在，汪伟有点怪自己当时太冲动了，南坡毛纺织厂发生哄抢事件，他想趁机敲打一下王阿之，让他以后对他不要那样猖狂，也想趁机造造声势把他送进监狱里去，最好查实他的经济问题判个无期，永世不要出来。现在看来，他还是想得太简单了，做事太冲动了，他就不应该派记者去采访，不要去捅南坡毛纺织厂这个马蜂窝。但事到如今，也只有往前走了……

古爱爱继续问道："这件事你准备怎么处理？"

汪伟在床沿上坐下来说："我再找凌康胜他们谈谈，听听他们的意见！"

古爱爱说："你是想让他们作检查是不是？我看你死了这份心吧！我看了南坡毛纺织厂哄抢事件的报道，乡长当众宣布王阿之隔离审查，这是记者所见所闻，他们并没有失实。后来王阿之被放出来，这是乡政府耍的一个计谋，欺骗了群众。这个更正声明本来就不应该登,这是其一;其二,南坡毛纺织厂哄抢事件的报道,仅仅是开了一个头,必然还有后续报道,你别低估了凌康胜和唐颖这两个人的能耐……"

这真是"嫁屠夫翻肠子,嫁秀才做娘子"。丈夫汪伟在宣传单位工作,古爱爱也深谙宣传工作方面的许多套路,至于汪伟在社会上和报社的人际关系,她古爱爱也了解个八九不离十。她也深知凌康胜和唐颖的水平在她丈夫之上,且为人正直。现在听汪伟说和凌康胜、唐颖谈过以后再说,她马上猜出汪伟是要凌康胜他们在报上刊登检查,便心直口快地说:"你是想让凌康胜和唐颖把责任全部承担下来吧?"

这个女人好厉害,一下子看穿了他的心思,但他一时又不敢说,也不能说。汪伟想了想,反问一句:"你说呢?"

女人对一些敏感问题反应总是很快的。古爱爱想也没有想一下马上说道:"你别痴人说梦了,本来就没有失实的报道,要说他们失实,这于情于理是怎么也说不过去的。如果是我,这个检查我也是不会做的,更何况是凌康胜和唐颖呢!"

汪伟也知道,要让凌康胜和唐颖作检查是很难的,但是不刊登这份检查,王阿之这里恐怕也很难交代。究竟怎么办好?汪伟拿不定主意。

古爱爱继续说:"这件事情你要把握好分寸,既不能引火烧身,又要全身而退,否则会把你弄得鸡飞狗跳,焦头烂额!"

不愧是领导的女儿,这个女人还真挺有心术,汪伟想,但是在这件事情上想出一个既不伤老鼠又不伤猫的万全之策,谈何容易?突然他灵机一动计上心来,说:"我有一个办法,反面文章正面做……"

古爱爱不解其意,问道:"什么反面文章正面做,越说越悬乎了。"

汪伟说:"过几天我让凌康胜他们再去采访一次,报道南坡毛纺织厂通过整顿,生产蒸蒸日上,欣欣向荣的形势。"汪伟以为这个绝妙主意一定会得到古爱爱的认同,没想到古爱爱却嗤之以鼻,一脸不屑的神气,说:"我以为是什么好办法,原来又是一个下三滥手法……"

汪伟见妻子这副神气,心中不服,问道:"怎么不行?"

"你们的报道本来是不失实的,现在却真的失实了!"古爱爱说,"南坡毛纺织厂前几天刚刚发生过职工哄抢事件,报道里已经说得明明白白,清清楚楚,这家企业管理混乱,财务漏洞百出,因此引起职工不满,可没有几天工夫,一下子就管理得井井有条,扭亏为盈了。谁信呢?"

"这个你就不懂了,善意的谎言是没有人会去揭穿的。"

"但你这个谎言是破天荒的谎言,只能适得其反。"

汪伟担任总编多年,这些道理他比谁都清楚,但事到如今,只有出此下策。他停顿了一下说:"我的这篇报道,不是马上就发,要过一段时间看看王阿之厂里实际情况再说。"

古爱爱不信,说:"王阿之这家厂已经是烂摊子一个,要在短时间内扭亏为盈,是不现实的。"她看了一眼汪伟又说,"你还是好好处理好你与王阿之的关系,不要老是像有把柄掌握在他的手里那样,让他在你的面前耀武扬威的!"

汪伟心想,古爱爱看问题还挺敏锐,要是没有把柄掌握在王阿之手里,他哪里肯让王阿之牵着鼻子走。这个深藏在他心中的秘密,是不能有半点蛛丝马迹暴露在古爱爱面前的。汪伟主意已定,明天先和凌康胜、唐颖商量一下,先把王阿之这颗心平定下来。他揿灭烟蒂,钻进被窝,对妻子说:"我怎么会有把柄掌握在他的手里呢?!"

二十四

关于技术职务评定工作,报社召开了一次员工大会。总编汪伟在会上宣读了市委宣传部的文件,公布了市里评定技术职务领导机构成员的名单。市里成立了初级和中级评审小组,报社也成立了技术职务评审小组,汪伟是报社评审组的组长,也是市里初评委和中评委副组长。高级技术职务则要到省里去评定,但要经过市里中评委的推荐。汪伟还在会上宣布了评定各个级别技术职务的基本条件。汪伟在会上号召大家要正确对待这次技术职务的评定,也要正确衡量自己阅历、学历及工作能力,准确地申报技术职务。他还要求大家不要小看技术职务评定中的业务总结,通过业务总结可以对自身的新闻采编业务来个认真的总结,把新闻采编水平提高一步。会议一结束,编辑记者们就根据自身条件,纷纷对号入座,胆大的往前靠一靠,胆小的则往后缩一缩。

这一天快下班时,凌康胜和唐颖坐在社会部那对木质沙发上,商量南坡毛纺织厂的后续报道。部主任席宏北则坐在办公桌前,看《专业技术职务申报表》,他不仅是报社的评审小组成员,也是市里初级评委和中级评委成员。根据他的阅历、学历和业务能力，评个副高是十个手指捉田螺手到擒来的事，但他做事说话向来小心谨慎，他仔细地阅读着《专业技术职务审报表》，每一行每一栏都看得很仔细。

太阳已经偏西，阳光从雪白的粉墙上反射回来，照射在办公室每一个人的脸上，显得神采奕奕，精神焕发。前几天唐颖穿的是曳地长裙，今天上身穿一件粉红蝙蝠衫，下身穿粉红色的短裙，脚上穿的也是一双粉红色的凉鞋。凌康胜的穿着就随便多了，头发蓬松，好像早过了应该理发的时候却没有理，上身穿着长袖的白色衬衫，两只袖口直挽到胳膊肘，下身穿一条黑色的长裤，因为热，他将两只裤脚管绾到了膝盖处，露出两只毛茸茸的腿肚子。天气渐热，别人早已入时地穿上凉鞋，他还穿着一双黑色的大头鞋。

唐颖低声问道："你为什么同意刊登更正声明？你不知道后果吗？"

凌康胜说："汪伟说更正声明是以本报记者的名义刊登的，与我们无关，我也就同意了。"

唐颖说："恐怕没有这么简单，你知不知道这里有猫腻？"

凌康胜说："这就管不了那么多了，以本报记者的名义登更正声明，其实也不需要我们同意，总编有这个权利！"

唐颖好像被凌康胜说服了，换了一个话题说："南坡毛纺织厂的后续报道还搞不搞？"

凌康胜看了一眼席宏北，低声说："搞，当然要搞！"

席宏北是社会部主任，记者外出采访必须和他打招呼，但只要理由正当，他一般是不会反对的。对南坡毛纺织厂的深度报道也是如此，但深度报道因为是篇负面报道，有些细节还不能让他了解得太详细，否则他怕祸及自身，也许会提出反对意见，所以凌康胜小声地对唐颖说。

"那怎么搞？"唐颖问道。

"职工哄抢集体财产，一定有深层次原因。"凌康胜说，"我们要多找些群众了解情况。"

"对！我也这样想。"唐颖赞成地点点头。

凌康胜想了想说："我们先去找他们乡长，然后再去找会计，找领头的那几个人，打破砂锅问（纹）到底……"

唐颖点头表示赞成说："不入虎穴，焉得虎子。"

这时陆钦铭一头热汗，风风火火地走进来，他走到席宏北跟前，神秘兮兮地说："席主任，我今天得到报社的一个特大新闻！"

席宏北却很严肃地对他说:"小道消息不许传播!"

陆钦铭本想讨好席宏北,没有想到碰了一个不软不硬的钉子,脸色阴沉下来。凌康胜站起来和他招呼:"小陆,什么特大新闻,席主任不愿意听我们愿意听!"

陆钦铭马上转过身来说:"新闻部的邵敏敏被调到报社图书馆去了……"

凌康胜走到自己的位置上坐下来说:"前几天我遇到邵敏敏,见她双眼红红的,好像刚刚哭过,说她被调到了图书馆,我因有采访任务,没有细问……"

唐颖也走回自己位置,问道:"小陆,你消息灵通,敏敏为什么被调到图书馆?"

"具体情况我也不知道,"陆钦铭说,"我估计小邵一定是把什么人给得罪了……"

凌康胜说:"小邵为人随和,会得罪谁呢?"

陆钦铭说:"这就不得而知了,从小邵这件事里我突然想到一个问题。"

凌康胜和唐颖不约而同地问道:"什么问题?"

陆钦铭说:"你们对南坡毛纺织厂的报道,就适可而止吧!"

凌康胜和唐颖对视了一下,凌康胜问道:"为什么?"

陆钦铭说:"你们可能也会踩到'地雷'。"

唐颖竖起柳叶眉,问道:"何以见得?"

席宏北也说:"小陆的话有一定道理,你们就好自为之吧!"

"王阿之与汪总编的关系在我们报社尽人皆知。"陆钦铭摆出一副深谙内幕、消息灵通人士的架势说,"他们俩可以说是'莫逆之交'……"

凌康胜不以为然地说:"我和王阿之同住在一个院子里,这个情况我比谁都了解。"

唐颖问道:"既然他俩是莫逆之交,汪伟为什么还派我们去采访南坡村的哄抢事件呢?"

陆钦铭说:"世界上什么事情最简单? 什么事情又最复杂?"

唐颖说:"人的头脑最简单,人际关系最复杂。"

陆钦铭却说:"人的头脑最复杂,人际关系最简单。"

唐颖问道:"那依你的看法,南坡毛纺织厂这件事,简单在哪里? 又复杂在哪里?"

凌康胜只是笑咪咪地看着陆钦铭,看他怎么回答,似乎有意要看陆钦铭的笑话。没有想到陆钦铭没有被唐颖的问题难倒,他接着说:"人与人之间关系过于密切,必然会走向事物的反面,矛盾也由此产生。汪总编让你们去采访哄抢事件,他想了解哄抢事件的真实情况,当得知王阿之被隔离审查,他就毫不犹豫地签发了。如果王阿之没有被隔离审查这个新闻事实,这篇新闻稿件也许就胎死腹中了。管中窥豹,略见一斑,余下的问题你们自己去想吧!"

凌康胜暗暗吃了一惊,他特别强调王阿之被隔离审查,就是为了让汪伟签发这篇报道,他这个想法还从未向人透露过,他不能把自己的想法让人估摸得太透彻,连忙说:"小陆,你别胡说!"

席宏北说:"小陆,你今天说的有些道理,但这些东西你不要去多想。做人嘛,只要学习一样东西就够了……"

席宏北不轻易和人谈论自己的真实思想,今天却说起了做人的道理,唐颖不禁好奇地问道:"席主任,什么东西这么重要?"

席宏北见唐颖对他的问题感兴趣,一时兴起,兴致勃勃地说:"一个字'忍'!"

唐颖追问一句:"席主任,你这个'忍'字作何解释?"

席宏北说:"'忍'是人的一种境界,'忍'也就是冷静地思考问题,不过激,不冲动,不锋芒毕露,咄咄逼人……凡事三思而后行,能忍则忍,能让则让……"

唐颖仿佛是明白了,长长地"哦"了一声。

席宏北说:"所以,你们对南坡毛纺织厂的报道,要适可而止……"这时,桌子上的电话机响起来,他拿起话筒听了一会儿,就对凌康胜和唐颖说,"总编让你们两位去一下……"

凌康胜和唐颖起身走向门口时,陆钦铭向他们笑笑,意味深长地说:"麻烦来啦!"

二 十 五

汪伟刚刚说出检讨两个字,凌康胜就"噌"地从沙发上站起来,大声说道:"检讨?凭什么叫我们检讨?"

唐颖虽然反应没有像凌康胜那么激烈,但也是一副老大不高兴的神色,说:"要我做检讨,我不做!"

对于凌康胜和唐颖的这种反应,古爱爱昨天晚上已经说得很清楚,要凌康胜和唐颖对南坡毛纺织厂进行正面报道,古爱爱认为也是不会同意的。凌康胜和唐颖不同意检查,在他的意料之中,他昨天想了一个晚上,如果能让他们在报纸上公开检查,这是好事一桩,王阿之达到目的,也就心满意足了。看起来,他是向王阿之做了退让,但退让只是权宜之计,退一步,是为了进两步。记者对报道失实作了检查,他也没有了责任,这对于他来说,是一种最理想的处理方式。但他知道,凌康胜和唐颖一定会竭力反对,那么他为什么还会提出要他们作检查呢? 这是一种试探性的,也是为他的下一步工作做铺垫,这也是他作为领导的一种工作方法。

汪伟将身体紧贴在舒适的大板椅上,又轻轻地吸了一口香烟,噘起嘴唇对着空中,一圈一圈地吐着烟圈。那烟圈开始只是小小的,浓浓的,到空中以后,慢慢地扩散开来,烟圈变大了,然后变成了薄薄的烟雾。他将手中的香烟在烟灰缸里弹了弹,慢条斯理地说道:"我们的报道是失实了的,王阿之明明没有被隔离审查,却说被隔离审查了。隔离审查对于一名干部来说意味着什么? 那就很有可能丧失政治前途……"

唐颖沉不住气了,反驳说:"南坡乡茅乡长当众宣布王阿之被隔离审查,我们亲眼看见王阿之被乡政府带走的。我们的稿子没有失实,以本报记者名义发的更正声明,我本来就不同意!"

汪伟脸色严肃起来,用手指敲了一下办公桌说:"上次的更正声明是以本报记者名义发的,责任也就由本报承担了。但更正声明刊登以后,读者不满意,南坡毛纺织厂的员工不满意,王阿之本人就更不满意了……"

汪伟继续说:"南坡毛纺织厂这几年对我们报社的支持特别大,每年在我们报社投入的广告也有好几万。几万,对一家乡镇企业来说,不是一个小数目! 这样的关系户我们不能得罪……"

凌康胜说:"如果要检查的话,那就应该由南坡乡政府向我们作检查,是他们在作假!"

汪伟说:"阿康,王阿之当天中午回家来,你不是碰到了吗?"

凌康胜坦然地说:"碰到了。"

汪伟自以为抓到了凌康胜的把柄,说:"这不就得了,你明明知道人家根本没有被隔离审查,到了傍晚发稿时你还要报道说王阿之被隔离审查,这不是失实又是什么?"

凌康胜淡淡一笑,反击说:"我们相信当地政府,乡长说隔离审查,这绝不会是儿戏,我在中午看见了王阿之,那也可能是王阿之从隔离审查中请假回家拿东西呢。"

汪伟一时无言以对。古爱爱说凌康胜决非等闲之辈,智商、能力和水平都在他之

江湾往事

上,他感觉到了一种威胁,以后在工作中他必须处处设防了。

汪伟摆出一副息事宁人的态度,说:"既然两位都不愿意作这个检查,那么我们能否换一种思维,以另一种方式来思考问题呢?"

凌康胜和唐颖不约而同地问道:"什么思维?什么方式?"

汪伟将烟蒂在烟盔缸里熄灭,用嘴吹一下乳白色的象牙烟嘴,烟嘴"嘘嘘"地响了两声,汪伟把烟嘴放到桌子上,说道:"南坡毛纺织厂对我们报社的支持挺大的,我们新闻媒体对他们要保护,要支持,要为他们正常的经营活动保驾护航,这也是符合有关政策的。"

凌康胜和唐颖耐着性子洗耳恭听。

汪伟说,"我考虑到公开承认报道失实,对上级、同行和我们自己来说都不是一件好事。这个检查我们可以不做,吃一堑长一智。我看是不是这样,我们搞一个追踪报道?"

凌康胜问道:"这个追踪报道怎么搞?"

唐颖也不明其意,问道:"是不是深挖细查,找出职工哄抢事件的真相?"

汪伟摇摇头说:"不,这个追踪报道要换一个角度。"

凌康胜恍然大悟,他把汪伟的话前后联系起来,已经明白了他的良苦用心。他不由自主地一拍大腿,心中暗暗叫好:"正合我意!"

唐颖还傻乎乎地问道:"什么角度?"

还未等汪伟开口说话,凌康胜就抢着说道:"汪总编的意思是,报道南坡毛纺织厂经过整顿以后发生深刻变化……"

汪伟说:"就是这个意思!"

唐颖说:"这怎么行?南坡毛纺织厂的混乱局面不是一天两天能够整顿好的,而且王阿之的经济问题也没有搞清楚。这篇报道怎么写?"

凌康胜和唐颖两人的反应和昨天晚上古爱爱的猜测一模一样,汪伟早有思想准备,他耐心地做着思想工作:"这篇报道不是现在就发,过一段时间再发。我们新闻机构不仅有披露新闻事实的权利,也有监督、督促报道对象纠正错误的权利!"

唐颖不服地说:"但这要建立在事实基础上,这不是弄虚作假吗?"

凌康胜见唐颖不同意汪伟的做法,心里不安起来。他想,汪伟要他们报道毛纺织厂经过整顿后的新气象,他们正好可以利用这个幌子,对王阿之深查细究,于是他说:"总编这个主意挺好,这样既给王阿之留了面子,也给我们自己留了面子,这比我们公开承认错误强多了,而且这个方法其实也是我们新闻媒体惯用的手法……"他向唐颖眨了眨眼睛说,"小唐,你说呢?"

汪伟不知道凌康胜有自己的小算盘,喜笑颜开地说:"既然阿康这么说,那就这么定了!"

唐颖还想说什么,凌康胜拉住她的胳膊站起来说:"小唐,不看僧面看佛面,我们还是回去好好商量一下如何落实汪总编的指示吧!"

一走出汪伟的办公室,凌康胜就哈哈大笑起来。

唐颖被他笑得莫明其妙,责怪地说:"让你去做这种违背良心的事,你也笑得出来?"

凌康胜低声说:"我们不是要调查南坡毛纺织厂哄抢事件的真相,调查王阿之侵吞公款的事吗?这不是一个极好的机会?!"

唐颖说:"虽然方法相同,目的却相反,我们最后怎么向总编交代?"

凌康胜说:"骑驴看唱本——走着瞧啊!"

这时候已经是下班时间,报社的广播里响起了下班的乐曲,落日的余晖从西面楼道的窗口里射进来,把整个楼道映得通红一片。凌康胜和唐颖走进自己的办公室。办公室门开着,席宏北已经离去,陆钦铭的对面坐着邵敏敏。邵敏敏两眼红红的,陆钦铭一脸的严肃。凌康胜和唐颖走进来,邵敏敏立即站起来。凌康胜示意她坐下,问道:"什么事这么不开心?"

凌康胜这么一问,邵敏敏嘤嘤地哭起来。

唐颖走近邵敏敏,抚摸着她的肩膀说:"有什么伤心的事,可不可以和我们说说?"

陆钦铭说:"还不是为被调到图书馆的事伤心!"

邵敏敏个子不高,小巧的身材,但相貌娇好,鹅蛋脸,笔挺的鼻梁,薄薄的嘴唇,头发剪得短短的扎成一束。初夏天气渐热,她上身还穿着一件白色的长袖衬衫,下身穿着黑色的西式长裤,有点老气横秋的味道。即便如此,她还是人见人爱的那种相貌。她大学毕业到《江湾晚报》也有三四年,为人随和低调,和同事相处融洽,水平虽然不算很高,评个助理应该是没问题的。但这次工作调动,心灵上的压抑和挫败感却使她难以承受。她是大学新闻系毕业的,专业对口,也爱新闻记者这份工作。邵敏敏重新坐下来,凌康胜搬来席宏北的椅子,坐到了陆钦铭旁边,唐颖则搬过自己的椅子坐到了邵敏敏身旁。

凌康胜问道:"你在新闻部一直干得好好的,怎么把你调到图书馆去了呢?"

邵敏敏说:"我也不知道啊!"

平时都是凌康胜嘲笑陆钦铭,这回轮到陆钦铭嘲笑他了。他笑着说:"阿康,你真是聪明一世糊涂一时,敏敏要是知道个中原因,还会这么伤心吗?"

凌康胜立即反唇相讥,说道:"将敏敏调到图书馆总有一个原因,这个原因小邵可能不知道,也可能知道……"

唐颖也嘲笑凌康胜,说道:"小陆说的没有错,敏敏要是知道个中原因,还至于这样伤心吗?"

凌康胜说:"我是说这个原因有明摆着的,但也有隐性的。明摆着的理由汪伟不说,那隐性的理由,只有敏敏好好想一想了,找到问题的根源才能对症下药!"

邵敏敏说:"隐性的? 我也想不出来啊! 我没有地方得罪人,也没有做错什么事啊。"

凌康胜说:"你仔细想一想,是不是为评职称的事?"

邵敏敏摇摇头说:"不可能! 我评个助理就心满意足了。我听人说,助理是不用指标的,也没有竞争的,报上去就能评。"

陆钦铭说:"我就是怕和人竞争才要求评助理的。"他笑着对凌康胜和唐颖说,"你们两位就等着刺刀见红吧!"

凌康胜说:"我不像你这样颓废,不战而败,该争的还得要争!"

邵敏敏低头抽泣着,唐颖拍拍她的肩膀说:"敏敏回去吧,回去晚了你妈要记挂的。你先在图书馆上班,我们一起帮你想想办法,能不能再调回新闻部或者其他采编部门。"

邵敏敏情绪很低地说:"只要不让我离开采编部门,到哪个部门都行!"

二十六

清晨,风和日丽,阳光普照。正是上班上学的时间,大多数人都出去了,"镜花苑"里静悄悄的。李爱娟抱着一大叠衣服袜子掷进门口的大脚桶里,推着自行车准备去上班,陈阿毛拎着一只蛇皮袋急匆匆地走进来。

陈阿毛拦住李爱娟,举起手里的蛇皮袋在她面前晃了晃,蛇皮袋上几滴血渗出来,陈阿毛说:"阿康嫂,你要的蹄髈,我给你送来了!"

李爱娟吃了一惊,莫明其妙地问道:"我没让你买蹄髈啊!"

陈阿毛把蛇皮袋塞过来说:"不是,是我送给你的!"

李爱娟向后倒退着,连连摇着脑袋说:"我怎么能要你的蹄髈呢?无功不受禄啊!"

陈阿毛见她不肯收,直接走进她家中,把蛇皮袋放到灶台上,李爱娟放好自行车也跟进来。陈阿毛将一张大嘴巴凑近她的耳朵鬼头鬼脑地说:"我告诉你一个秘密。"

"什么秘密?"

陈阿毛指指对面康丁贤家,低声说:"丁贤同意啦!"

"什么事丁贤同意啦?"

"那个后园,被阿之五千元搞定了!"

"五千元钱,这怎么可能?"

"昨天晚上丁贤到阿之家里,阿之说出五千元给丁贤登小说,丁贤把后园让给他……"

李爱娟还是不信:"那绝不可能!"

陈阿毛却说得有板有眼:"俗话说,耳听为虚,眼见为实。我既耳听又眼见,哪会有假!"

李爱娟瞪大了双眼,还是露出了半信半疑的神情。

陈阿毛见李爱娟已经被他说动,立即趁热打铁地说:"当然阿之还答应了一些其他条件。阿之出五千我出一万,再把我住的房子也让给你们,我只要后园的一半……"

李爱娟摇摇头说:"丁贤就是同意了,我家老太婆也是不会同意的。"

"你这个人怎么这样傻,"陈阿毛说,"我们邻居都看得真真切切的,难道你们会感觉不到?凌婆婆对丁贤两口子比对你们两口子还要好。如果丁贤同意凌婆婆保证也会同意!"

陈阿毛的话戳到李爱娟的痛处,她想到婆婆对她不公正的待遇,生气地说:"破雨伞里戳出,这个死老太婆神魂颠倒,丁贤好像是她亲生的,我们像是淘生的。"

"所以落手要快,"陈阿毛见他的话起到了效果,继续说,"我给你一万元钱,再把我的房子也给你们,你把后园三分之一让给我!"

李爱娟心里想,条件够优惠的了,一万元钱差不多可以向房管会买一套中套房子了,而给陈阿毛的只不过是一块空地,也就是几百个平方。如果真像陈阿毛说的,康丁贤五千元钱转让那个后园,她可以提出来一万元钱转让给陈阿毛。陈阿毛的话是真是假,现在一时还难以分辨,再说阿康单位马上就要评职称了。据阿康说,这次他可以评个中级,分配到五六十个平方米的住房,相当于一个大套,有一万元钱到账岂不是好事一桩。这一万元钱,她可以添置一些电器设备和木制家具,可以添置几件时尚的衣服。你看那个唐颖穿得多摩登多时尚,她打扮一下也是不会输给她的。

陈阿毛见李爱娟动了心思,继续说:"你是怕凌婆婆不同意?"

李爱娟说:"我有这个顾虑,那个老的只会听丁贤那两口子的话,我的话她不会听!"

陈阿毛一拍油光光的大手说:"你傻啊!那个后园是你们两家共有的,你婆婆要转让,没有你的同意哪里行?你想想办法啊!时间不早了,你也该上班了,我的肉铺里只有一个店员,我也该回去了!"说着转身快步走了。

李爱娟想把那只蹄髈还给他,向前追了几步:"喂……"

陈阿毛早就一溜烟地跑了。

二 十 七

凌康胜和唐颖骑着自行车来到南坡乡政府时,乡政府大门口已挤满了南坡村的村民和南坡毛纺织厂的职工,有一些乡干部与派出所民警在维持秩序。人们高声喧哗着,村民和毛纺织厂职工见凌康胜和唐颖推着自行车走进来,认出他们就是发生哄抢事件时来采访的记者,纷纷让开了道。

凌康胜和唐颖是来采访茅乡长的,昨天就联系好了,没有想到乡政府门口聚集着这么多人。王松友和王童生见到他俩马上挤到他们面前。凌康胜问道:"什么事情聚集这么多人?"

王松友说:"王友生被他们关了好几天了,我们要求乡政府赶快放人!"

王童生说:"王阿之没有事,王友生却有事了!"

一位村民说:"两位记者给我们评评理,凭什么抓了王友生,放了王阿之?"

另一位村民说:"我们要求立即释放王友生,追查王阿之的经济问题!"

凌康胜也吃了一惊,他们放了王阿之,却不放王友生,这有点说不过去,但又不能把话明说了,只好说:"怎么回事,等会我问问茅乡长。"

茅乡长正在会议室里开会,凌康胜、唐颖到会议室门口时,会议刚好结束,派出所所长龚贵民和几个乡干部从会议室里走来,茅乡长站在会议桌前整理本子和文件,见他们进去,就招呼他们坐下。大概今天有接待任务,茅乡长白色短袖衫外面,端端正正系着一支粉红的领带,灰色的仿毛华达呢西裤,像是第一次穿,有棱有角,白色短袖衬衫整整齐齐地塞在西裤里。茅乡长一头浓密的黑发,典型的娃娃脸,胡须也刮得干干净净,显得年轻又精神,与上次毛纺织厂哄抢事件中头发散乱、衣冠不整的形象,判若两人。

采访的目的,昨天电话里已经说清楚了,茅乡长也早有准备。凌康胜正要开口问话,茅乡长像是看穿了他的心思似的,抢先说道:"王友生的问题搞清楚了,今天上午就把他放了!"

唐颖问道:"拖欠职工的工资发放了吗?"她打开了手提包里一只小巧的录音机。

茅乡长说:"王阿之向银行贷到款以后马上就发放了,集资款还要过一段时间才能退还。"

简短的几句开场白以后,采访进入了正题。凌康胜提出两个问题:一是南坡毛纺织厂什么时候能恢复正常生产;二是王阿之有没有经济问题,乡里准备怎么处理。第一个问题属于汪伟要求报道的内容;第二个问题汪伟没要求,是凌康胜和唐颖私下商量的。茅乡长不愧是领导,说起话来滔滔不绝,滴水不漏。关于第一个问题,他说,职工们得到了被拖欠的工资以后,部分车间已经恢复生产,因为缺乏原材料和资金,有些车间一时还难以恢复生产。凌康胜问哪些车间没有恢复生产,茅乡长回答说,纺织车间有一些线纱进不来,只好等待。企业进入正常生产状态,还需要一段时间,我们乡政府一定会督促企业搞好生产。那么资金为什么会短缺?茅乡长分析主要有两个原因:一是企业货款一时收不回来,有些三角账成了死账、赖账;二是企业发展速度过快,得不到银行及时贷款,一些原材料进不来,造成企业停顿这也是很正常的。凌康胜问有哪些死账赖账,茅乡长说,这要具体询问毛纺织厂总会计王枢枢。至于王阿之有没有经济问题,目前谁也不能下结论。具体说到王阿之的品行问题,茅乡长个人认为,这个同志魄力是有的,就是有时候胆子过大,物极必反,譬如在扩大再生产规模上,像我们这样中等规模的企业,而且刚刚起步,本应该稳打稳扎,步步为营,但是王阿之急功近利,超前冒进。依照南坡毛纺织厂的生产能力,从目前情况来看,进十台织机即可,但王阿之却进了二十台,而且这二十台织机都是别的厂换下来的二手货。

这些机器在保质期内生产正常,过了保质期不久却故障频出,为维修这些机器企业花去了不少资金,据王枢枢说,用于维修这些机器的资金足可以购买二十台新织机。具体问到王阿之购买的是哪家企业的织机时,茅乡长说这要问王枢枢。看来,说茅乡长官僚,他把南坡毛纺织厂的问题说得头头是道;说他不官僚,遇到一些具体的实质性问题他又说不上来。问到如何调查王阿之的经济问题时,茅乡长沉思良久说,乡政府有这个打算,但目前是稳定大局为重,还不能公开对王阿之进行调查,毕竟王阿之是市里著名的企业家,在省里也是挂了号的,银行贷款要依靠他,企业的生产也要依靠他。虽然此人有不少缺点,特别是经营管理上不讲究方式方法,简单粗暴,动辄训斥员工,扣发员工工资。对于王阿之经济问题的调查,还要看合适的时机。

和茅乡长谈了两个多小时,也没有问出什么实质性的内容。凌康胜想,采访只好暂告一段落。

凌康胜和唐颖推着自行车走出乡政府,边走边商量下一步的采访计划。他们打算先到毛纺厂采访王阿之,主要采访他下一步的打算,如何使企业正常生产。凌康胜说,他们采访王阿之及乡干部的事,王阿之马上就会和汪伟通气,向王阿之提的问题,不要给他看出破绽,要使他感觉到是来做正面报道的。

唐颖笑笑说:"你年纪轻轻,却是老谋深算……"

凌康胜说:"这是灵活机动的工作方式……"

两个人就这样有说有笑地走进厂里。厂里已经整理得井然有序,厂区内再也看不到一块小小的布头,地面也打扫得干干净净,从外貌来看,管理上确实有了很大的进步。但偌大的厂区里空荡荡的没有几个人,安静得不是一家正在生产的企业。他们来到厂长办公室,厂长办公室大门紧闭,敲了一会儿门,没有人应答,他们决定先去找总会计王枢枢。

总会计室就在厂长室旁边。门开着,里面聚集着一大堆人在七嘴八舌地说着什么,听起来好像是来讨债的。王枢枢见是《江湾晚报》的记者,马上从被围堵着的人群中挤出来,把凌康胜和唐颖领到里面一间装潢豪华的接待室。王枢枢个子很高,比凌康胜还高出小半个头,他西装革履的显得很有精神。他好像知道他们的来意,把他们领到沙发旁边就站着不动了,灵活机巧的眼睛在凌康胜和唐颖的脸上扫来扫去,等他们说话。凌康胜是个急性子,见王枢枢没有让座,只好站着,见王枢枢不说话,只好自己率先说话了。他说今天是根据《江湾晚报》的要求来采访的。王枢枢说今天很不巧,王厂长有事不在家。凌康胜说,正因为王厂长不在,我们才想找你谈谈。"谈什么?"王枢枢问道。凌康胜知道这个王枢枢是个脑袋灵活的人,人们都说他踏着尾巴头会动。"我们刚才看到你们厂里生产秩序正常,一切都是井井有条,你们的生产管理恢复得不错啊!"凌康胜有意给他戴顶高帽子,看他的反应。王枢枢一脸的微笑恭谦地说:"哪里!哪里!""我们想采访一下你们这么快就恢复生产的经验,另外我们也想采访一下你们目前的财务情况……"王枢枢不由得支吾起来:"这个嘛,你们最好采访王厂长……"大概唐颖不太同意凌康胜提出的问题,未等王枢枢把话说完,就插言说:"你们不是进了二十台织机,这些织机是不是老出故障,现在这些织机状态如何?"说到这个问题,王枢枢的脸色发生了一些变化,红涨起来,说:"这个问题,你们最好去采访王厂长……"唐颖紧咬不放:"你是厂里的主办会计,情况应该是最了解的。"王枢枢的脸上浮起了笑容说:"今天我没有时间,你们看见外面有许多人等着我,采访下一次吧!"这个人确实踏着尾巴头会动,唐颖这么一说,他完全明白了他们的来意,如果他接受采访,有不少问题,他还得和王阿之商量好对策,才能回答,现在毫无思想准备还是干脆拒绝的好。凌康胜见王枢枢有逐客的意思,只好对唐颖说:"既然王会计这么忙,那么我们另抽时间吧!"

在毛纺织厂采访一无所获,两个人推着自行车从厂里出来。时近中午,太阳躲在厚厚的云层里,天像是要下雨又不肯下的样子。

两人就在毛纺织厂旁边一家面店里坐下来,叫了两碗肉丝面,凌康胜说:"我们总不能这样空手而回吧,应该再找些人采访一下。"唐颖想起王友生今天放出来了,可以去采访他,也许能得到一些具体的材料。她说:"在上次哄抢事件中,王友生是领头的,说王阿之贪污公款他也喊得最起劲!"凌康胜同意她的想法。吃好面,凌康胜向面店老板问明王友生的住处,两人就推着自行车,向王友生家走去。穿过几条弄堂,又拐过几个弯,他们来到一排东倒西歪的平房跟前。

凌康胜在一间关着的门前放好自行车,敲了几下门,隔壁屋里走出一位七十多岁的老人,说:"别敲了,屋里没有人。"

唐颖问道:"王友生到什么地方去了,您知道吗?"

屋里走出一个七八岁男孩,悄悄说:"阿姨,友生叔叔可能躲到亲戚家去了。"

凌康胜问道:"他为什么要躲到亲戚家去?"

小男孩说:"早上友生叔叔回到家里,马上跟进来两个人……"小男孩招招手,意思让凌康胜弯下腰,凌康胜顺从地弯下腰,把耳朵对着小男孩的小嘴。小男孩说,"那两个人叫友生叔叔少管厂里的闲事,否则有他好看的!"

唐颖说："这是明摆着的威胁！"

凌康胜问道："友生叔叔现在会在什么地方？"

小男孩说："不知道。"

那老人叹了口气说："会不会去了城里亲戚家，他上午一回来，老婆就和他吵架，说他不该多管厂里的闲事连饭碗也丢掉了！"

唐颖问："他被厂里开除了？"

"是啊，厂里出了那么大的事，厂里和乡里都说是他领的头，开除他还是轻的呢！"老人摇摇头说，"这孩子……"。

凌康胜看着唐颖，第一天采访出师不利，基本一无所获，下一步该怎么办？凌康胜想起一个人，对唐颖说："那个吉婆婆你记不记得？"

唐颖说："怎么不记得，就是那位小脚老婆婆。"

凌康胜说："就是她，我们去采访一下她，看能不能从她那里得到一些新闻线索？"

小男孩听说他们要去找吉婆婆，指着东头也关着门的那间屋子说："你们要找吉婆婆吗？吉婆婆就住在那间屋子里，今天一早她拎着一篮子鸡蛋进城去了，说是卖完鸡蛋还要去讨两千元钱……"

凌康胜有点迷惘，抬起头看着阴沉沉的天空，天像是要下雨了。第一天的采访受挫，他心里很不是滋味。

二十八

凌婆婆从菜市场回来，刚刚跨进"镜花苑"大门，陈阿毛就从后面追上来，口里喊着："凌婆婆……凌婆婆……"

凌婆婆转过头来看着他说："阿毛，什么事慌里慌张的？"

陈阿毛看着凌婆婆的篮子，里面静静地躺着几只茄子、几块豆腐干，还有几条活蹦乱跳的小鲫鱼，其他就什么也没有了。

陈阿毛说："凌婆婆，你也太节省了，你们家四口人挣钱的有两位，怎么吃得这么节省？"

凌婆婆说:"一家不知一家事,我们家虽然有两个挣钱的,能用的也就是阿康那份工资。"

陈阿毛说:"爱娟挣的钱,还不是你凌家的?"

凌婆婆苦涩地笑笑说:"谁说不是呢!"

其实,陈阿毛对凌康胜一家的情况知道得一清二楚的。李爱娟刚嫁过来时,还是个知识青年,后来有了工作,凌婆婆让她自己挣的钱自己存起来,需要时拿出来补贴家用。开始时,李爱娟偶尔拿出一点来贴补家用,后来有了孩子,就再也没有把工资交给凌婆婆。小萌一天天大起来,家庭开支也就越来越大,靠的全是凌康胜一个人的工资,生活就比较拮据了。陈阿毛这样说,一是为了套近乎,二是他也是有目的的。凌婆婆拎着篮子走进自己家里,发现灶台上放着一只蹄髈,吃了一惊。

陈阿毛跟了进来,笑着说:"这是我孝敬你的!"

凌婆婆拎起灶台上的蹄髈:"我怎么能接受你的孝敬,你拿去吧!"想把蹄髈塞给陈阿毛,陈阿毛连连后退说:"你权当把我当成是你的儿子,这不就行了?"

凌婆婆说:"我哪能有你这样有钱的儿子呢,你拿回家自己去吃吧!"

早上陈阿毛送蹄髈故意避开凌婆婆,如果直接送给凌婆婆,保证碰钉子。李爱娟是个贪财的人,送给她,她保证会收,果然李爱娟客气了一下就收下了。但地基的事最后的决定权还是凌婆婆,连康丁贤也全听她的,所以他送了蹄髈还得让凌婆婆知道。

陈阿毛说:"早上我送蹄髈来时婆婆不在,是阿康嫂收的,阿康嫂知道这件事。"

凌婆婆坚决不肯收,陈阿毛只好打出李爱娟的牌子,是李爱娟收下的,看你怎么办?

陈阿毛这么说果然灵验,凌婆婆不出声了。她是个非常随和的人,与李爱娟的矛盾完全是由李爱娟挑起的,凌婆婆是能让则让,能忍则忍,实际上李爱娟对她这种恶劣的态度,也是她惯的。她一味的退让,主要考虑到儿子凌康胜能安心工作,因为她知道凌康胜的脾气,凌康胜是个孝顺的孩子,如果知道母亲受了委屈,肯定会和妻子大动干戈,凌婆婆以为这样做,会换来家庭的和睦相处,平安无事,但事与愿违。

陈阿毛见凌婆婆不出声,心想凌婆婆已经接受了,于是又说:"这只蹄髈,猪是今天早上刚刚宰杀的,挺新鲜的。"

凌婆婆说:"既然是爱娟收的,那就谢谢你啦!"凌婆婆知道无功不受禄的道理,陈阿毛不会凭白无故地送只蹄髈来,以后的事情只有随机应变了。

陈阿毛说:"我来帮你拔毛,今天中午爱娟阿康他们回来就可以吃了!"

凌婆婆从灶台上拿来一只脸盆,将蹄髈倒进脸盆里,放到水槽里,拧开自来水龙头。这时她发现地上还放着满满一脚盆的衣服,她知道这是李爱娟分配给她的今天的任务。

陈阿毛说:"婆婆,猪毛还是我来拔,你先洗衣裳吧。"

凌婆婆连忙阻止说:"不用,不用,还是我自己来吧!"

这时纪耿直拎着一只菜篮子走进来,他见陈阿毛站在凌婆婆的身旁,又看看凌婆婆在拔猪毛,开玩笑道:"到底是肉店老板,近水楼台先得月,这只蹄髈一定是阿毛老板帮助买的,什么时候也替我买一只?"

陈阿毛很痛快地说:"那还不方便,你纪大哥随时吱一声就行!"

凌婆婆拔着猪毛转过头来对纪耿直说:"这是阿毛送的!"

纪耿直说:"送就不必了,我花钱买!"

天生娘也拎着一只菜篮子走过来,挤到凌婆婆身旁,调笑地说:"这么好的一只蹄髈,在市场上就是有钱也买不到的。阿毛师傅,要是方便的话,也给我买一只!"

陈阿毛连忙说:"好说好说……"

阿之嫂也拎着一只菜篮子从外面走进来,看了一眼凌婆婆手中的蹄髈,向陈阿毛瞟了一眼,阴阳怪气地说:"黄鼠狼给鸡拜年,不会安什么好心……"

陈阿毛一听阿之嫂又在指桑骂槐,怒不可遏斥责道:"你……"

阿之嫂和陈阿毛遇到一起就要吵架,尤其是阿之嫂动不动就要挑事,邻居们都看在眼里。纪耿直为人秉直,喜欢仗义执言,见阿之嫂又来点燃导火索,连忙将话题转移,对凌婆婆说:"婆婆,你不是要我拉些砖头和水泥,搭建房子,现在还拉不拉?"

凌婆婆知道,阿之嫂和陈阿毛是为她家后园这块地基明争暗斗,她想他们该偃旗息鼓死了这份心,就说:"我暂时还不需要,谢谢你,纪伯伯!"她又转脸对陈阿毛说,"前几天你拉来的几车砖头,还堆在园子里,你也拉走吧!"

天生娘说:"凌婆婆,你要建房子的事,我已经去城建局问过了,手续很麻烦的!"

凌婆婆扫了一眼陈阿毛和阿之嫂,然后把目光盯在天生娘脸上,话中有话地说:"我说你们都别忙碌了,这个房子我暂时不想建了,谢谢你们!"

纪耿直听出了她话中的意思,说:"凌婆婆说得对,阿康单位里马上就要分房了,何必再花这种心思呢!"

天生娘也说:"是啊,既然阿康单位里有房子分,凌婆婆就别花这种心思了!"

凌婆婆和纪耿直、天生娘说的话,阿之嫂好像感觉是针对她的,马上就产生了一种抗拒情绪,很不开心地瘪了瘪嘴,气呼呼地走了。陈阿毛感觉要表达的意思已经表达,也转身走了。

　　天生娘说:"婆婆,这只蹄髈细毛真多,地上还放着一脚盆衣服,要不猪毛我来替你拔,你先洗衣服?"

　　凌婆婆说:"不用,我慢慢拔吧!天生娘,你忙你自己的事吧!"

　　这时一位老太太手里拿着一张字条,干瘦的手臂上挽着一只竹篮子,从大门外走进来,看见天生娘就问:"阿姨,我想问一下王厂长家是不是在这里?"

　　天生娘问:"哪个王厂长?"

　　这位老人正是南坡村的吉婆婆,她迈着三寸金莲,颤巍巍地走到天生娘跟前。她的满口牙齿已经脱落,说起话来走风漏气,耳朵还有点背。她没有听清天生娘的问话,重复了一句:"哪个王厂长?"

　　天生娘感到有点好笑,问道:"你不是在问王厂长吗?"

　　纪耿直从吉婆婆手中接过字条,看了一眼,说:"是找王阿之的。"

　　纪耿直知道吉婆婆耳朵有点背,对着她的耳朵大声问道:"你是找南坡毛纺织厂的厂长王阿之,是不是?"

　　吉婆婆这回听清楚了,点点头说:"是啊是啊,他家是不是在这里?"

　　纪耿直说:"你跟我来!"

　　吉婆婆跟在纪耿直后面,唠唠叨叨地自我介绍着。她说,她姓吉,村里人都叫她吉婆婆,是一个孤老,丈夫很早就去世了,无男无女,是个五保户,生产队里管口粮,不管油盐酱醋,所以她养了几只鸡鸭,生下蛋来卖钱来购买油盐酱醋,今天早上她拿着二十几个鸡蛋十几个鸭蛋,在自由市场卖了三元多钱,顺便来问问王厂长,她的集资款什么时候可以还了。这时纪耿直才明白,吉婆婆来找王阿之是为集资款的事。纪耿直问她一共有多少集资款,吉婆婆说有两千元,这钱是她从牙缝里一点一点省下来的,说好的每年给两分利,前几年利息每年都发,从前年开始,一分钱利息也没有发过。听人说厂里欠了许多钱,工人工资前几天造了反才发的,还是向银行贷款才发的。她要把这两千元钱要回去,否则又要打水漂了。

　　说话间就到了王阿之家的楼下,纪耿直"阿之嫂,阿之嫂"地叫起来。阿之嫂正在楼道拐弯处洗菜,看见纪耿直身旁站着吉婆婆,脸色顿时大变,怒斥道:"你、你来干什么?"

纪耿直没有想到阿之嫂这样态度对待吉婆婆,抬起头看着站在楼道上的阿之嫂说:"吉婆婆来问一下她的集资款什么时候还给她,你发什么脾气?"

吉婆婆立即一把眼泪、一把鼻涕地哭起来:"阿之媳妇啊,你不能翻脸不认人啊!那两千元钱我是亲手交给阿之的啊!"

阿之嫂居高临下,大声说道:"你要集资款请到厂里去要,怎么要到我家里来了?"

吉婆婆哭着说:"厂里哪里找得到王厂长的人啊!"

纪耿直也感觉吉婆婆到王阿之家来讨集资款有点不太合适,就劝她说:"厂里的集资款是一定会还给你的,你还是先回家去吧!"

吉婆婆说:"村里的人都说企业要倒灶了,我怕我的两千元钱打水漂啊!"

纪耿直安慰地说:"不会,厂里亏了还有乡政府,乡政府不会不管的。"

吉婆婆说:"乡政府他们和王阿之是一伙的!"

阿之嫂一听吉婆婆的话说得这么难听,顿时怒气冲天,大骂起来:"这个死老太婆,你这种态度,你的集资款就是不能还!"

吉婆婆突然双眼上翻,口吐白沫,身体一软,往地上倒去。纪耿直连忙将她抱住,喊起来:"快,吉婆婆晕过去了……"

纪耿直的喊声和阿之嫂的斥骂声,惊动了大院里的左邻右舍。邻居们纷纷围了过来,凌婆婆扑上来捏住吉婆婆的人中,一边喊着"吉婆婆,吉婆婆……"一边对纪耿直说,"快把她抬到我床上,让她躺下……"

众人七手八脚将吉婆婆抬到凌婆婆的床上,不一会儿,吉婆婆缓过气来,有气无力地说着:"我要我的两千元钱,那是我的活命钱、保命钱……"

凌婆婆倒来一杯水,一边喂吉婆婆喝水,一边安慰说:"老姐姐,你别气急,这两千元钱是一定要还给你的。你放心好啦!"

纪耿直也安慰说:"吉婆婆,你别急,要是乡里解决不了,我们就去找市里……"

吉婆婆喝了几口水,神志清醒了,坐直了身体,握住凌婆婆的一只手说:"你们都是好人,你们知道我这钱是怎么来的?是我一点一点攒了十几年,才攒了这两千元钱……"

凌婆婆说:"老姐姐,你就放宽心吧!做人要凭良心,凭道德,阿之兄弟也知道你这两千元钱来之不易,一定会还给你的!"

这时候,阿之嫂像是突然从地里冒出来似的,站在吉婆婆跟前,态度也来了个一百八十度的大转弯,和颜悦色地说:"凌婆婆说得不错,我们家阿之是有良心有道德的人,他也知道你的甘苦,这两千元钱不会赖你的!"

阿之嫂这么一说,众人连忙附和说:"阿之嫂说得不错!"

纪耿直说:"吉婆婆,这回你该放心了吧!阿之嫂已经表态,你的钱是一定会还给你的!"

阿之嫂立即顺水推舟地说:"大家都散了吧,这里没有事了!"

天生娘知道阿之嫂的心思,她知道这么多左邻右舍围着吉婆婆,怕吉婆婆说出对王阿之不利的话来影响不好,所以要人群尽快散去。一些人陆续散去了,屋子里没留下几个人。

阿之嫂对吉婆婆说:"已经快中午了,吉婆婆,你还是快回去吧,你的事我一定告诉阿之,让他赶快帮你解决!"

吉婆婆说:"王厂长中午总要回来吃饭吧?我要当面对他说。"

阿之嫂不耐烦地说:"他什么时候中午回家吃过饭?这会儿不知道死到哪里去了?"

天生娘也劝说道:"吉婆婆,阿之哥中午一般是不回家吃饭的,你还是先回去吧!"

吉婆婆也有犟脾气地说:"今天我一定要等王厂长的一句话,我的集资款到底什么时候还?"

阿之嫂火了起来,说:"你要等你就等吧,这里没有人管你饭!"说毕,抬腿走了出去。

吉婆婆被阿之嫂这么一说,站起来说:"我到外面去等……"话还没有说完就打了个趔趄,差一点跌倒。

凌婆婆和天生娘又相帮着把吉婆婆扶到床上,让她躺好。

凌婆婆说:"你这副样子哪里也不能去,今天中饭就在我家里吃。你躺着不要动,我做饭去,等会儿孩子们回来要吃的!"

说着走出屋子,天生娘也跟着走了出来。她看看水槽中蹄髈的细毛还没有拔完,就说:"婆婆,你这样拔细毛,中午恐怕是赶不上吃了。这样吧,你先做饭,猪毛我替你来拔!"

凌婆婆不让她拔:"你自己家里事也挺多的,你去忙你的吧!"

天生娘说:"蹄髈还是给我吧!你赶快做饭,要是吃饭迟了,爱娟又要说你了!"

吉婆婆坐起来说:"是不是拔蹄髈的细毛?我有办法。"说着想站起来。

天生娘连忙说:"吉婆婆,你先坐着,你说我做!"

吉婆婆说："你把蹄髈放到火上烧一下,把毛烧光就行了!"

天生娘说："好,我来试试。"说着从凌婆婆手中接过蹄髈,见窗口下的炉火烧得正旺,就拿掉放在上面的水壶,把蹄髈放在炉火上烤,细毛燃烧起来,屋子充满了一股淡淡的焦煳味。不一会儿,蹄髈上的细毛就被烧光了,用自来水冲洗了一遍,一只雪白的蹄髈就这样弄清爽了。天生娘又帮凌婆婆把蹄髈切碎,放进大钢精锅里,放好水加一些调料,在炉子上煮起来,就回到自己家里去了。不一会儿,屋子里飘逸起阵阵肉的香味。凌婆婆一边做家务,一边和吉婆婆闲聊。不一会儿,饭也烧好了,菜也做好了。门口的一堆衣服来不及洗,她想,衣服只好下午再洗了,就把做好的菜一分为二,把一份送到对面康丁贤家,又给康丁贤煮好米饭,因为康丁贤和儿子中午是要回来吃饭的。凌婆婆做好这一切已经快中午了。在等候凌康胜一家和康丁贤父子回家吃饭时,凌婆婆坐在吉婆婆身旁拉起了家常。吉婆婆诉说着自己的身世,人生有三苦——幼年丧父、中年丧妻、老年丧子,吉婆婆这一生三苦算是都遇上了,她年轻时守寡,老来又无子无女,到快寿终正寝时两千元的活命钱却收不回来。

这时候,院子外响起了自行车铃声,小萌一阵风似的刮了进来,见屋里有生人停住了脚步,目不转睛地看着坐在床沿上的吉婆婆。

凌婆婆马上捉住小萌的手说："叫奶奶!"

小萌叫了一声："奶奶好!"

吉婆婆说："好乖的孩子!"

小萌回来了,李爱娟也肯定回来了。凌婆婆在桌子上一边放着碗筷,一边对吉婆婆说："你就在我家里吃便饭吧!"

吉婆婆说："怎么好意思呢,还是让我回去吧!"

小萌很懂事,拉着吉婆婆的一只手不让走："奶奶就在我们家里吃饭吧。"

这时候,门口突然响起物品撞击的声音,凌婆婆脸色大变,她已经预计到这是怎么回事了。小萌反应快,立即跑到门口。李爱娟手里拎着一只提包,满脸怒容,一脚踢掉放在门口墙角的一只破瓦罐,破瓦罐撞到墙根上,碎了。她又在脚盆上踢了几脚,一边踢一边骂骂咧咧地说着："一个上午都干什么去了,连衣服都没有洗……"

小萌跑到母亲跟前,捉住她的一只手说："妈,你别发脾气了,家里有客人!"

李爱娟骂道："什么狐朋狗友……"

李爱娟操桌掼凳的声音传进屋里,吉婆婆问凌婆婆："外面那个女的,为什么发这么大的脾气?"

凌婆婆摇摇头说："是我的儿媳妇,她在埋怨我那桶衣服没有洗。"

吉婆婆似乎看出事情的端倪,长长地叹了一口气。

凌婆婆走到门口,眼泪汪汪地对李爱娟说："拔了一个上午的猪毛,衣服还来不及洗,下午一定洗好……"

李爱娟还是气不打一处来,说："这些衣服我们明天要穿的,你让我们娘儿俩光着身体去上班去上学啊?"

这时吉婆婆从屋里走出来,手里拎着她那只空篮子,很凶狠地看着李爱娟说："你别身在福中不知福!"转脸又对凌婆婆说："妹子,你有儿有女,看似比我有福气,我无儿无女看似比你苦,可是我苦虽苦,但不会淘这种恶气……妹子,你是个好人,多保重,我走了……"

吉婆婆摇摇晃晃向大门口走去,凌婆婆看着她的背景渐渐在视野中消失,回想起她的话,心中突然泛起一股不知是甜还是苦的滋味。她突然对着陈阿毛的住处,大声喊着："阿毛,阿毛……"

陈阿毛应声从自己家里跑出来,迅速地站到凌婆婆面前,问道："婆婆,你叫我?"

"是我叫你!"凌婆婆吩咐说,"你就到后园给我搭一间披屋吧!"

陈阿毛高兴地应允道："知道啰!"

二 十 九

邵敏敏的事,一直像块石头压在陆钦铭的心头,他想帮邵敏敏的忙,但他无职无权,人微言轻,也不知道邵敏敏究竟犯了什么错误,或者得罪了何方神圣。俗话说,宁可碰过,不可错过,他决定去找汪伟碰碰运气。这天上午,陆钦铭忐忑不安地走进汪伟的办公室。

汪伟正低着头看文件,见他走进来,做了一个请坐的手势。陆钦铭拘谨地在他对面的椅子上坐了下来。汪伟放下手中文件,和蔼可亲地说："小陆,是不是为评职称的事来找我?"

他摇摇头说："不是。"职称对于他来说,眼前还不是最重要的,因为根据他的条件评个助理是一点问题也没有的,报社员工评定职称争夺的目标主要是中级职务,所以他可以置身事外。

汪伟纳闷了,问道:"哦,那你有什么事来找我呢?"

陆钦铭心里突然像有一只小兔子似的"突突"跳了起来,他为邵敏敏来求情,人家也许会想他是不是正在和她谈恋爱。因为他孤身一人,邵敏敏也名花无主,虽然他和凌康胜、唐颖说起做人的道理来头头是道,但为一个姑娘来求情,他还是大姑娘坐轿头一遭。他这样一想,心里就更加紧张起来,脸上也泛起了红潮。他说:"我想替邵敏敏求个情,能不能不让她去图书馆?"

汪伟哈哈笑起来,问道:"怎么,你们俩好上啦?"

汪伟这么一说,陆钦铭心里更紧张了,连忙矢口否认:"不、不……"

汪伟问:"邵敏敏不去图书馆又能去哪里?"

"她说,只要能让她从事新闻采编,在报社的哪个部门都行。她毕竟是大学本科毕业,不搞采编是浪费人才!"陆钦铭终于大着胆子说了这么多,把要表达的意见都表达了。但仔细一想,后面这句话有点批评总编的意思,估计总编会生气。他盯着汪伟丰满的逐渐发福的脸,心里更紧张了。

但汪伟没有生气,脸上还浮起一丝笑容,和颜悦色地说道:"调动邵敏敏的工作,并不是我一个人的意见,是报社领导集体决定的。"

汪伟这么一说,陆钦铭心里凉了半截,但他还是心有不甘,说:"能不能让她到社会部来工作,社会部不是还有一个编制吗?"

汪伟轻轻地"哦"了一声说:"此事你不说我倒是忘了……"

汪伟站起来说:"小陆,社会部的编制报社领导会考虑的,你已经尽到一个做朋友的责任了!"

陆钦铭从汪伟的办公室出来,想着是不是通过他在宣传部的熟人去疏通一下呢。有时候找上级领导比找下级更容易成功。他这样一路想着就来到了五楼的报社图书馆。图书馆里空荡荡的,只有邵敏敏一个人低着头,伏在办公桌上不知写什么。

图书馆打扫得干干净净,一排排高大的柜子放得整整齐齐。图书馆有两个编制,如果没有什么追求,只为图个清闲,在图书馆里工作不失是一个好的选择。但对邵敏敏来说另当别论,她在记者工作岗位好几年,做事认认真真,踏踏实实,也写过一些引人注目的稿件,这次评定技术职务,评个助理应该是没有问题的。

陆钦铭在邵敏敏对面坐了下来,他看看她,又看看她正在写的那张纸,纸上画的是一只似狗非狗的动物。没有几天的工夫,她明显地消瘦了,精神沮丧,神态萎靡。

陆钦铭说:"我去找过汪总编了……"

邵敏敏轻轻"哦"了一声。

"他说,你的工作是报社领导集体决定的!"

"……"

"我说,你是不是去找找市委宣传部的领导?"

"……"

"你不敢去找,我去找……"陆钦铭说着,又补充一句,"我不怕他们!"

眼泪从邵敏敏秀丽的眼眶里涌出来,她从自己的座位站起来,向他走来,他也不由自主地站了起来。邵敏敏走到他跟前,突然一把紧紧地抱住了他,陆钦铭清晰地感觉到了她剧烈的心跳。

陆钦铭一时手足无措,自出娘肚皮,他还从来没有和一位姑娘这样拥抱过,刚才他感觉到邵敏敏剧烈的心跳,现在他感觉到了自己的心也在剧烈跳动。

陆钦铭推开邵敏敏,说:"别这样,敏敏!"

邵敏敏轻声哭了起来:"小陆,你帮帮我!"

陆钦铭说:"我帮你,我一定帮你!"

三十

一缕和煦的阳光从窗外射进来,照射在凌康胜的办公桌上。今天凌康胜来得特别早,送好小萌上学,来到办公室还早,他就拿出康丁贤的小说翻阅起来。小说确实写得不错,故事很曲折也很生动,在晚报刊登是最合适不过的。但总编提出来要五千元赞助款,赞助单位还不能在报纸上透露,也就是说要人家白白送给报社五千元钱。现在是商品社会,谁来干这种傻事?凌康胜找了几个单位都不愿意出这笔钱,有些单位虽然愿意出这笔钱,但提出要以新闻作为回报,或以广告形式加以回报,这样做又不符合总编的意思,用新闻做回报,更有违新闻工作者的职业道德。相对来说,他作为一名新闻记者,比起康丁贤一个穷教师的能量确实要大得多,人脉也要广泛得多,他都办不到,康丁贤怎么办得到呢?凌康胜绞尽脑汁,却束手无策。

楼道上响起嘈杂的人声,不一会儿,唐颖和陆钦铭各自拎着手提包走了进来。唐颖见凌康胜正在翻看康丁贤的小说,随口问道:"怎么样,赞助单位找到了吗?"

凌康胜摇摇头说:"哪有这么容易!"

唐颖在自己的座位上坐下来,不停地用她那把精致的小扇扇着,又转头问陆钦铭:"小陆,你不是也答应帮忙吗?怎么样,找到赞助单位了?"

陆钦铭说:"这几天我正忙着邵敏敏的事,还没有腾出时间去找赞助单位呢!"

凌康胜见陆钦铭说得很认真,知道他也是真心想帮忙,就说道:"我先替康丁贤谢谢你的好意,但是我想还是算了吧,此事比较难办。"

唐颖打趣地说:"敏敏的事也挺重要,小陆,你还是先帮敏敏的事吧!"

陆钦铭说:"敏敏的工作难度不亚于丁贤兄的赞助,甚至更难!"

凌康胜问道:"小陆,看来你已经碰过钉子了?"

陆钦铭心中的女神是唐颖,但他不忌讳帮助邵敏敏。他相信唐颖是一个正直的人,他乐于助人还会引起她的好感。于是毫不掩饰地说道:"不瞒你们两位,我确实为敏敏的事去找过汪伟,找过报社其他领导,也找过宣传部领导……"

凌康胜问道:"结果怎么样?"

"最后还得找汪伟……"陆钦铭说,"我发现调动敏敏的工作其实就是汪伟决定的,其他人都是在推脱……"

唐颖说:"其实在图书馆也是不错的……"

陆钦铭对唐颖的话表示赞同:"是啊,我也这么想,但敏敏却不这样想,她热爱新闻工作,在大学读的也是新闻专业,她记者做得好好的,突然调动了工作,这对她在心灵上是个极大的打击。"

唐颖说:"想想也有点道理。"

陆钦铭说:"但我始终弄不清楚,汪伟为什么要突然调动邵敏敏的工作。"

凌康胜说:"你不会直接问问邵敏敏?她应该知道其中的原因。"

陆钦铭说:"我问过,但她怎么也不肯说,只是抱着我哭得很伤心……"

凌康胜和唐颖一听,不由得吃了一惊:"啊!你们两个……"

陆钦铭见自己脱口说出这事,脸上不觉一热,嘴上却说:"这有什么奇怪的?她一定是受到极大的委屈,但又不敢直说!"

凌康胜想想也对,陆钦铭冒着受牵连被误解的风险去帮她,使她感激涕零,这也是人之常情。

陆钦铭说:"是什么原因促使汪伟调动她的工作,而且态度这么坚决,这个原因我一定要把它弄清楚。"

凌康胜说:"要想弄清楚这个问题,只有两个人知道内情,一个是邵敏敏,另一个则是汪伟。要是这两个人都不肯说,那你真是寡妇死了独生儿,一点希望也没有了。"

"天无绝人之路,只要肯下苦功去做,办法总是有的。"陆钦铭突然话锋一转,问道,"敏敏的事谈完了,说说你们调查王阿之的事吧,还顺利吧?"

凌康胜摇摇头说:"也不顺利!"

唐颖说:"我发现,王阿之的事和邵敏敏的事一样,都讳莫如深,深不可测!"

这回轮到陆钦铭吃惊了,他问:"此话怎么讲?"

唐颖说:"我们找了好几个人,不是找不到人让你吃闭门羹,就是推三阻四不肯与你交谈,要么就是云里雾里和你扯些无关紧要的事……这不就是讳莫如深吗?"

陆钦铭问:"你们还准备调查下去吗?"

凌康胜说:"那是肯定的,我们要商量一下下一步的调查方案。"

这时,席宏北拎着手提包走进来。平常往往是他最先到办公室,今天却足足晚了半个小时。他似乎遇到了什么不痛快的事,一落座,就宣布了一条消息:"今天我们部里要来一名新同志,希望大家团结一致,友好相处……"

"谁?"三个人都露出了吃惊的目光看着席宏北,异口同声地问道。

席宏北摇摇头说:"来了大家就知道了!"

席宏北从手提包里取出一篇稿子,在手里扬了扬说:"小陆,你写的这篇稿子,总编退回来了,他要你好好看看你写的是什么东西。"

陆钦铭从席宏北手中接过稿子,瞪大眼睛问道:"这样的报道我不知写过多少篇了,从未被退回过,这次是怎么回事?"

凌康胜从陆钦铭手中拿过稿子翻了翻。这是一条会议新闻,这种新闻几乎天天都有,写会议新闻是记者的基本功。这篇新闻是讲全市计划生育工作会议的,会议总结回顾了去年全市计划生育工作的情况,对今年的计划生育工作作了部署,分管这项工作的市委副书记出席会议并讲了话。在凌康胜看来,陆钦铭这篇报道中规中矩,并无不妥,他把稿子还给陆钦铭回到自己的位置上。

席宏北说:"正因为你做了多年记者,是新闻战线的老同志,所以总编对你严格要求,总编说,你没有抓住最主要的东西,倒是把不重要的东西大写特写……"

陆钦铭见席宏北不高兴了，也就不再作声，低着头看着自己的稿子。席宏北扫视一下办公室里的三个人，咳了一声，说道："我知道你对总编的批评不一定服气，但我要对你说，人生中有许多难忍之事，比如功名啦，利益啦，尊严啦，如果你凡事都要争个高低，讨个公道，问个明白，你这一辈子永远别想安生，坎坎坷坷，磕磕碰碰，永无安宁可言。难得糊涂，这是对待难忍之事的最好方法。世上有许多学问，但这门学问，凡是想有大成就者都必须学习掌握，特别是你们这些年轻人……"

席宏北似乎话有所指，办公室里一时空气有点严肃起来。

席宏北说完，站起来向门口走去，边走边说道："今天上午我要去开一个职称评定会议，你们想评职称的，抓紧时间把业务总结写好。"

席宏北人一走，陆钦铭就把稿子往桌子上一摔，骂道："他妈的，这是汪伟的打击报复……"

三 十 一

这段时间，因凌康胜和唐颖对南坡毛纺织厂要进行后续报道，席宏北也就不再派给他们其他任务了。凌康胜和唐颖一门心思地做着采访的准备工作。第二次采访碰了软钉子，接下来怎么搞，他们一时还拿不出一个具体的方案。因为采访目的和汪伟的要求大相径庭，这就给采访增加了许多困难。两个人讨论了许久，最后从茅乡长的话里受到启发，茅乡长说王阿之从一家厂进了二十台二手纺织机，一年以后就老出故障，光维修费就花去了不少。这批机器王阿之是从哪家厂进的？这里面有没有猫腻？他俩准备先去调查这二十台机器的进货单位，但这家单位在什么地方，和王阿之一起去的还有谁，他们又一无所知。两个人最后商量先找那个王友生。

这回凌康胜和唐颖没有去厂里，而是直接到了王友生的家里。王友生的家门畅开着，门口坐着一位老太太，头发全白了，手里捧着念佛珠，口中念念有词。凌康胜和唐颖进去，她没有将脸转过来，只是看着前面问道："是谁啊？"

看样子老婆婆眼睛瞎了，凭听觉感觉到有人走进了她的家门。

凌康胜说："婆婆，我们是友生的朋友，是来找友生的。"

老婆婆看来是王友生的老娘，她问道："友生不在，你们找他什么事？"

唐颖问道："我们想向他打听点事，友生现在在什么地方？"

说是打听事情，老人警觉起来，问道："打听什么事？你们对我说也一样。"

凌康胜说："婆婆，我们想直接找友生谈谈，友生到什么地方去了？"

老婆婆说："我也不知道啊！"

这时候，吉婆婆迈着小脚，摇摇晃晃地走过来，一见是凌康胜和唐颖，说道："是《江湾晚报》的记者啊，你们上次在厂里采访过我。"

唐颖说道："吉婆婆，是我们！"

吉婆婆说："上次你们在晚报上说王阿之被隔离审查了，第二天怎么又更正了？"

唐颖说："这是我们领导的意思。"

吉婆婆有点生气了，说："王阿之会骗人，乡政府会骗人，看来你们报社也会骗人！"

唐颖笑了笑，解释说："吉婆婆，你别生气，不是我们报社骗人，是报社后来听说王阿之没有被隔离才登了更正，我们今天来就是为了进一步了解南坡毛纺织厂的经济问题……"

听说是来了解南坡纺织厂的经济问题，老婆婆脸上立即露出惊恐的神情，连忙说道："你们要查王阿之的经济问题，你们去找别人吧，我们友生什么都不知道。"

说到查王阿之的经济问题，把老婆婆吓成这个样子，老婆婆一定是受到了什么惊吓。唐颖耐心地解释说："老婆婆，你不要怕，我们只是向王友生问一些情况……"

吉婆婆问道："查清了王阿之的经济问题，我的两千元集资款是不是能还给我了？"

凌康胜慷慨地答道："能啊，当然能啊！"

吉婆婆快言快语地说道："好，只要能把我的两千元集资款还给我，我就告诉你们友生去了什么地方……"

老婆婆听说吉婆婆要告诉他们王友生的下落就着急起来，对吉婆婆骂道："你这个死老太婆，你不知道有人告诉我家友生，要是友生再敢说一下厂里的事，就打断他的脚骨。友生给人打断了脚骨你养活我们全家啊？"

凌康胜问道："婆婆，你知道是谁恐吓友生吗？"

老婆婆不耐烦地说："毛纺织厂的事你们别来问我家友生了，友生什么也不知道。"

看来今天的采访又要碰钉子了，正在凌康胜和唐颖感到百般无奈时，吉婆婆却说："你们跟我来……"说完，她就走出了王友生家。

凌康胜和唐颖向老婆婆告别,跟着吉婆婆来到她家门口。吉婆婆说,王友生被王阿之开除了,他知道厂里不少情况。建厂初期,王友生和王阿之走南闯北,亲如兄弟,跑过不少地方,后来两个人不知道为什么闹翻了。他可能知道南坡毛纺织厂会亏损到现在这个样子的原因,现在和他老婆在城里建筑工地上做小工。吉婆婆说的这处建筑工地就在市区繁华地段,很容易找的,凌康胜和唐颖决定回城以后就去找。

这次采访虽然没有见到王友生,但是从吉婆婆口里还是了解到一些情况。至少他们知道,王友生确实知道一些内情,是一个突破口。因为有了一点小小的收获,凌康胜和唐颖骑自行车时心情特别开朗,凌康胜吹起了口哨,唐颖则浏览着马路两边的风光。乡村公路右边是一望无际的田野,左边则是潺潺流动的河流。由于农村实施包产到户,整片的土地被分割成数十成百的小块田地。又因为种植的农作物各不相同,这些田地形成了五颜六色、色彩斑斓的奇特景观。乡村土路上,稀稀拉拉难得见到几个人影,汽车更是难得一见。这时候,前面出现了一辆手扶拖拉机,开手扶拖拉机的人可能是个新手,拖拉机东倒西歪,摇摇晃晃的,对着凌康胜和唐颖横冲直撞地开过来。两人猝不及防,慌忙避让,拖拉机似乎已经失控,唐颖失声惊叫起来,可她往左避让,拖拉就往左开;往右避让,拖拉机就往右开。慌乱之中,唐颖将自行车手把歪向河岸那边,拖拉机紧追不舍对着她开了过来。

凌康胜跳下自行车,站在路旁大喊:“小唐,快跳下自行车,快……”

惊慌之中,自行车夹住了唐颖的裙子,自行车七扭八拐,快速向河岸冲去,那辆拖拉机完全失控了一般,对着唐颖的自行车冲了过去,一头撞到了唐颖自行车的后轮上,只听见“轰”的一声,唐颖连人带车被撞到了河里。凌康胜大吃一惊,飞跑过来,一个猛子扎到河里。前几天刚刚下过几场大雨,河水暴涨,水流湍急。唐颖落入河中,又不会游泳,很快就沉入河底。凌康胜一边大声疾呼“救命”,一边观察四周,岸边连一个人影也没有,刚才那个开手扶拖拉机的农民,早已不知去向。

凌康胜长吸一口气,朝唐颖落水的地方深扎下去,水下却没有捞到唐颖,也没有发现她的身影。凌康胜浮出水面,正在惊惶失措时,距离他三四米的水面上,突然浮起一块白色的衣裙,接着河水中出现两只挣扎着的细长手臂。凌康胜拼尽全力双手向前一扑,双脚用力一蹬,游到正在水中乱抓乱蹬的唐颖身边。凌康胜身材魁梧,水性又好,他一只手紧紧抱住唐颖的细腰,一只手划动河水,游向河岸。河岸是个坡度不算陡的沙滩,凌康胜几乎是半抱着唐颖上了岸。此时凌康胜已精疲力竭,瘫倒在河岸上。唐颖不知道是有意还是无意,往上一蹿,将整个身体趴到了凌康胜身上。她的酥嘴香唇紧紧贴住凌康胜胡子拉碴的嘴巴,柔软的胸脯紧紧贴在凌康胜宽阔的胸脯上,颀长而白皙的手臂,紧紧搂着他的脖子不放……凌康胜感觉到了唐颖急促的呼吸和剧烈的心跳。

明晃晃的太阳高悬天际,不知什么时候河岸上传来了脚步声……

三　十　二

当康丁贤提着大包小包走进办公室时,其他老师还没有来上班。康丁贤将一只大一点的提包放在桌子上,小提包放在桌子底下。大包里装的是他昨天晚上批改好的学生作业和今天要上的课的备课笔记。他是语文老师,担任着五年级和六年级两个班的语文课,还担任着一个班的班主任。他非常热爱这份工作,面对活泼可爱、天真烂漫的孩子,他就忘记了一切烦恼。因为时间还早,他从大提包里取出了长篇小说《希望》,随手翻了几页,一股辛酸不由得涌上心头。为了部作品,他整整花费了十年时间。十年中,他没有少熬夜,也没有少犯错。有一年初夏,班上的学生正在午休,孩子们伏在桌子上甜甜地做着他们的梦,坐在讲台上正在打盹的他突然号啕大哭起来,孩子们被他的哭声惊醒了,他才知道自己的失态。原来他梦见小说主人公的母亲因为受不了生活的煎熬,上吊自杀了。这个情节与现实中他的经历相似,所以他伤心落泪。

面对一大沓稿子,康丁贤心里一阵辛酸。五千元钱,弟弟阿康都弄不到,让他到哪里去弄? 那个漂亮女记者说得不错,没有利益交换谁来做这种亏本的买卖! 看来十年的心血要付之东流,但他还真的心有不甘。

他从小说主人公母亲的惨死,很快联想到了自己母亲的惨死,又一股无名的辛酸袭上心头。那天,等奶妈和他见到母亲时,母亲已在自家后院的香樟树上上吊身亡。奶妈抱着母亲哭得天昏地暗,他也像天塌地陷似的伤心欲绝。奶妈抱着母亲呼天抢地哭喊着:"少奶奶,你不该这样,这个苦日子一定会到头的啊!"奶妈坚定地相信,这个苦日子一定会到头的,她对未来充满希望,希望有一天他们的生活会有天翻地覆的变化。但无论他和奶妈怎么呼喊,无论奶妈怎样说着充满希望的话,母亲还是永远

107

和他们分别了……

　　老师们陆续走进了教室，康丁贤将小说放进那只大提包里，今天上午他有两节语文课，第一节就是他担任班主任的那个班。他看了看放在办公桌上的那只马蹄铃台钟，离上课时间还有五分钟，他弯腰从桌子底下拿起那只小手提包，又从桌子上拿起讲义夹就走出了教师办公室。

　　在五年级一班教室里，小学生们像是刚刚出笼的小鸡叽叽喳喳地吵闹着，五六个男学生围着讲台。孩子们大部分赤着足，衣衫褴褛，其中一个脸色黝黑、身体壮实的小男孩，手里拎着一只活蹦乱跳的老鼠，老鼠脖子上挂着一只小铃铛，老鼠拼命地挣扎，发出清脆的叮当声。小男孩将它塞进一只黑色的拉链包里，迅速拉好拉链，将提包在讲台上放好。这时有个男孩低声说道："来了！"乱纷纷的教室立即安静下来，孩子们规规矩矩地坐到自己的位置上。

　　康丁贤一条腿刚刚迈进教室，上课的铃声就响了。同学们参差不齐地站起来，喊道："老师好！"

　　康丁贤走到讲台中间，把手提包放到讲台上，抬头看着满脸稚气的孩子们，认真地说了一句："同学们好！"他看着学生们坐了下去，就翻开手中的夹子，放到讲台上说道："我们现在上课！"

　　这时孩子中发出了"窃窃"的笑声，康丁贤被笑得莫明其妙。他发现了桌子上那只黑色的提包，提包里像有什么东西在蠕动着，他伸手拿过提包拉开拉链，从包里钻出来一只老鼠。老鼠先是伸出头，绿豆似的眼睛惊恐失措地四处张望着，突然一个鱼跃从包里跳出来，从讲台蹿到地上，因为脖子上系着铃铛，"叮叮当当"的声音在教室里响成一片。学生们哄堂大笑，捉老鼠的喊声此起彼伏。有几个学生离开座位去捉慌忙逃窜的老鼠，教室里乱作了一团。

　　康丁贤大吃一惊，但马上就镇静下来。他定了定神，也顾不得师道尊严，浑身震怒，提起刚才藏着老鼠的那只手提包，在讲桌上猛烈地敲打着，怒吼道："这是谁干的恶作剧，说！"他走到教室中间，声嘶力竭大声喊道："你们说！你们说啊！"

　　小学生们震惊了，几十双聪明闪亮的小眼珠，目不转睛地注视他。这位慈父般和蔼可亲的老师会如此暴怒，大发雷霆，这是他们始料不及的。教室里顿时安静下来，康丁贤善良厚道又面目清秀的脸，痛苦地抽搐起来，说道："孩子们，你们不知道时间和知识对于你们是多么重要。你们应该把分分秒秒的时间全神贯注地放在学习上，放在掌握科学技术上。你们不知道为什么知识能改变命运，为什么知识就是力量，因为知识可以铸造你们的灵魂，知识可以使你们变得更加强大！我们国家的富裕，我们民族的强大，就是要依靠掌握了科学文化知识的你们奋斗不息……"

孩子毕恭毕敬端坐着，屏息静气地聆听着。

"而你们却没有把这么宝贵的时间用在学习上，却是这样无理取闹！"康丁贤显得十分痛苦，他继续说，"孩子们，我和你们讲一讲老师的亲身经历，现在老师正面临着进退维谷的艰难抉择。老师花了十年的心血创作了一部长篇小说，题目叫《希望》。前几天老师把稿子投寄给《江湾晚报》，希望他们能够连载。《江湾晚报》的总编却要老师去拉五千元钱的赞助款。"他长长地叹了一口气，"五千元啊，对于老师来说这是个天文数字，老师到哪里去拉这个赞助款？"

孩子们睁大了眼睛，注视着康丁贤，他悲怆而动情地继续说着："报社为什么要老师拉五千元钱赞助才肯连载？答案只有一个，那就是老师的作品还不够成熟，还没有达到出版发表的水平！功夫不到家啊！正是应了"少壮不努力，老大徒悲伤"这句话，老师努力得不够啊！"

康丁贤现在火气已消，脸色显得十分平静，说："刚才是老师不好，老师不该发这么大的脾气。现在老师提出两个问题，请你们如实地回答老师！第一个问题……"他举起了一个指头说："这只老鼠是谁放的，同学们要敢作敢为……"

教室里安静极了，不一会儿，先是那个剃小平头的孩子站起来，低着头小声地说："老师，老鼠是我放的，我错了！"

接着，其他几位孩子也站起来说："老师，我们也参与了，我们错了！"

康丁贤说："承认了就好，下不为例，请同学们坐下！"停了片刻，他又说："老师现在向同学们提出第二个问题……"

孩子们屏住了呼吸，听老师说下去。

康丁贤说："老师的稿子被退回，老师是进还是退？进就是继续奋发努力，撞着南墙不回头；退就是金盆洗手，从此罢手不干！"

康丁贤还未说完，坐在前排梳着一对牛角辫的小姑娘举着小手站起来，说："我奶奶说姜太公八十中状元，老师，你别灰心，你还年轻，你会成功的！"

康丁贤眼睛湿润了，他有点哽咽，小姑娘小小年纪就知道姜太公锲而不舍、刻苦成才的故事，他却一遇到困难就想打退堂鼓，怎么对得起为人师表这个称号？他点了点头说："说得好，老师知道了！"

三十三

出事的当天下午,凌康胜就到单位去上班了,唐颖因为受了惊吓,被他送回家里,又向席宏北请了半天假。当凌康胜走进办公室时,他发现办公室里的模样发生了很大的变化。席宏北对面的位置坐着报社办公室的莫娜娜,唐颖的办公桌被孤零零地放到席宏北身后的墙角。起初,凌康胜以为莫娜娜是随便来坐坐的,但看那情形又不像。如果真是这样未经唐颖同意,她这样自作主张地把唐颖的座位换了,唐颖来了会怎么想?看来莫娜娜这个人够霸道的,据说她在办公室里也是横行霸道的。要是这样,以后这个小小的社会部就有好戏看了。凌康胜满腹疑问地在自己的位置上坐了下来。席宏北正在全神贯注地翻看着当天的报纸,陆钦铭也心无旁骛地埋头写着稿子。

陆钦铭见凌康胜走进来,立即放下手中的笔,对他说:"上午你和小唐刚走,我们办公室就来了一名新同事……"

还没等陆钦铭把话说完,莫娜娜就站起来,笑盈盈地向凌康胜走过来。莫娜娜一身超短的衣服,上身是袖子短到肩胛的衣衫,下身则是一条超短裙。还未走近凌康胜,一身的芬芳扑鼻而至。对于这种扑鼻的香气,凌康胜还真的有点不习惯。莫娜娜边走边说:"不是新同事,是老同事换了一个新岗位……"她向凌康胜伸出一只细长的手臂,凌康胜伸出一只手去,莫娜娜轻轻地握了握他的手,柔声细语地说,"我听总编说,阿康可是社会部的一支笔,文章写得又快又好,总编要我好好向你学习。"

凌康胜知道,这个莫娜娜一直在报社办公室里搞杂务。她初中也没有毕业,社里怎么把她调到了社会部?席宏北放下手中报纸,抬起来头来插言说:"以后小莫就是我们社会部的一员了,阿康和小陆,还有小唐都是我们社会部的老同志、老记者,你们要好好带一带小莫,帮助小莫尽快熟悉记者工作!"

凌康胜连忙说:"席主任才是社会部的高手,小莫还是多向他请教吧!"

席宏北说:"老同志要以身作则,率先垂范,做好言传身教的表率。"

陆钦铭说:"为人师表的事,还是席主任最为合适!"

陆钦铭似乎有点情绪,说的话听起来酸溜溜的。这也难怪他,邵敏敏是正宗的科班出身,在新闻部当记者当得好好的,却被调到了图书馆;这个莫娜娜只是一个初中生,从未做过记者编辑,却被调到社会部来当记者。陆钦铭专门到汪伟这里为邵敏敏求过情,要求把邵敏敏调到社会部来当记者,邵敏敏没有调来,却调来了一个对新闻业务一窍不通的莫娜娜,你说他心里会怎么想?

莫娜娜听凌康胜和陆钦铭的口气,好像是不高兴帮助她,立即噘起小嘴,脸色也阴沉下来,回到自己的座位上,也是酸溜溜地说道:"别给三分颜色就敢开起染坊来,当个记者不就是写个几百字的破文章,这种事谁不会做……"

席宏北转移了话题,对凌康胜说:"阿康,说说你们上午采访的情况吧!"

陆钦铭也兴致勃勃地问道:"据说,还演了一场'英雄救美'的精彩大戏?"

莫娜娜也不阴不阳地笑起来说:"阿康艳福不浅啊!"

"这话是什么意思?"凌康胜心里不由得一惊,上午刚刚发生的事,怎么下午报社的人就知道了? 这事真是奇怪了。他想到唐颖趴在他身上的情景,不觉有点脸红心跳,连忙辩解说:"小唐被手扶拖拉机撞到了河里,我能见死不救吗?"

席宏北说:"阿康做得完全是对的,即使是毫不相干的人遇到生命危险,也应该义无反顾地出手相救,这是见义勇为的行为,更何况是同事呢!"他向凌康胜点点头说:"说吧,上午采访的情况怎么样?"

席宏北在关键时刻能仗义执言,看来他还是蛮有正义感的,否则他就是浑身是嘴也说不清楚了。他向席宏北点点头,然后说:"我们要找的采访对象不在家,正准备去找别的采访对象,小唐被拖拉机撞到了河里,我们只好回来了!"

陆钦铭说:"白跑一趟!"

席宏北说:"也不能这么说!"

席宏北的话音刚落,办公桌上的话机铃声响了起来,莫娜娜一把抓起电话,接着举着话筒对凌康胜说:"阿康,你的电话!"

凌康胜从莫娜娜手中接过电话,贴耳倾听,是总编的电话,要他到办公室去一趟。放下电话,凌康胜对席宏北说了一声,就径自向门外走去。他不知道这回汪伟找他又有什么事,是不是要和他谈谈莫娜娜到他们部里的事。但他又想,社会部有部主任,只要席宏北同意就行了,找他有什么用? 也许是汪伟要他做好传帮带,刚才莫娜娜不是说,总编说他是报社的一支笔杆子吗? 但仔细想想又不是。由此他又想到,莫娜娜这样的文化程度怎么会来从事新闻工作,却将本科出身的邵敏敏调离新闻岗位,这里面是不是有利益交换? 他又想,汪伟找他是不是为了南坡村的深度报道? 南坡

江湾往事

村的报道是他和唐颖两个人的事，要找也得和唐颖一起去。下午唐颖请假休息，汪伟不会不知道。

汪伟正低着头看文件，手里的香烟已经燃到手指头，好像正在发火，一脸怒容，见凌康胜走进去才抬起头来，把烟蒂在烟缸里熄灭了，作了个请坐的手势，怒气冲冲的脸色稍微平和了一点。凌康胜在他对面的椅子上坐了下来。

汪伟合上手中的文件夹子，又从香烟盒子里抽出一支香烟，点燃，吸了一口，慢慢地吐出了几个烟圈。吸了几口烟，汪伟的脸色平和了许多，慢条斯理地问道："南坡村你们去过了？"

"是的！"

"情况怎么样？"

"没有找到人。"

"王阿之和王枢枢不是都在厂里吗？"

"我们没有找他们……"

"你们找了谁？"

"我们想找王友生……"

"为什么要找他？"

看来他刚才真的是胡思乱想了，汪伟是为南坡村的后续报道来找他的。上次汪伟要他们从正面报道的角度去采访南坡村，但他们却反其道而行之，去调查王阿之贪赃枉法的事，汪伟是肯定不会同意的，而且更使他感到吃惊的是，他们在南坡村遇到车祸的事，汪伟马上就知道了。消息传得这么快，这又是怎么回事？

"我们想找出南坡毛纺织厂亏损这么严重的原因。"

凌康胜想，他这么一说，汪伟肯定会严厉批评他，事实如此，凌康胜只好真情告白。但出乎意料的是，汪伟不但没有批评他，还和颜悦色地说道："我不是要你们做个正面报道吗？你们怎么去调查毛纺织厂的亏损原因呢？"

凌康胜说："村民们对王阿之的经济问题反映非常强烈，我们总得对村民有个交代。"

"这个我知道。"汪伟吸了一口烟，抬起头又向空中吐出几个烟圈，平静地说，"南坡毛纺织厂的亏损问题迟早要弄个水落石出，但心急吃不了热豆腐，得慢慢来……"

凌康胜突然想，这个汪伟老谋深算，表面上对王阿之亲如兄弟，实际上对他恨之入骨，恨不得一棍子将他打入十八层地狱。但是正如汪伟所说，心急吃不了热豆腐，事情还得一步一步地来。看来他和唐颖有点操之过急了,现在他倒要听听汪伟的意见,于是他问道:"你说下一步怎么办。"

"先发一篇南坡毛纺厂的正面报道,这两天这家厂做了大量的工作,已经大有起色!"

凌康胜突然想起来,前几天他们去南坡毛纺织厂采访时,厂里确实秩序井然,有条不紊,王枢枢见到他们也是一脸微笑,作出接受采访的架势,后来听说是来了解厂里财务情况的,他的神情马上就变了,推托说有别的事情拒绝接受采访。看来在此之前,他们要去采访,采访什么,汪伟事先已经告诉了王阿之,但是结果未如王阿之所愿,刚才一定是王阿之在电话里和汪伟大吵大闹,让汪伟下不了台。看来汪伟所说的这篇正面报道是不写不行了,凌康胜和唐颖总得给汪伟一个面子,但报道与事实之间也不能距离太远,否则会引起南坡村村民的反感,也有违新闻工作的职业道德。这篇报道如果让别人去写,他还不放心,于是他说:"我们再去一次吧,写篇正面报道!"

汪伟见凌康胜答应得这么痛快,一脸喜色,说:"那好,你们今天就坐我的车去!"

汪伟就喜欢搞"顺我者昌,逆我者亡"那一套,凌康胜想这次去毛纺织厂采访,是顺了他汪伟的意,所以派了专车。凌康胜不知道汪伟派车其实还有另一个目的。汪伟又追了一句:"这篇报道要求当天发表!"

凌康胜见该说的话已经说完了,站起来说:"我去准备一下!"

汪伟也站起来说:"这次采访毛纺织厂把小莫也带上,你以后就和小莫合作吧!"

凌康胜愣了一下说:"那唐颖呢?"

汪伟说:"唐颖已是一位很成熟的记者,你们两个合作太浪费人才了,倒是小莫你要好好带一带……"

凌康胜想,这次去采访毛纺织厂肯定是篇虚假报道。这样也好,这篇虚假报道没有唐颖参加也许是件好事,按照唐颖的性格,即使与凌康胜一起去了,这样的报道她也不一定肯写。说到对莫娜娜的传帮带,凌康胜不由得笑起来说:"我听小莫的口气,她对新闻业务是很在行的呢!"

汪伟淡淡一笑说:"你别听她吹的,这个人就是死了的鸭子嘴巴硬!"

凌康胜回到社会部,莫娜娜已经得到通知。刚到社会部就有采访任务,而且是和凌康胜一起去,她高兴得手舞足蹈,乐不可支。因为是坐着汪伟的专车去的,这回采访很顺利。他们很快到了南坡毛纺织厂,王阿之没有在厂里,王枢枢早已在办公室等候,由他向他们介绍情况。王枢枢说,前段时间由于原材料短缺,造成短时间的停产,但在厂长王阿之的努力组织下，企业很快就恢复了生产，现在生产一切正常，员工积极性倍增。凌康胜向他要了一些数字，王枢枢就领着他们到车间里走了一圈。可以明显地看出，车间已经停产许久，刚刚恢复生产。莫娜娜第一次以记者的身份来采访，一切都感到很新奇，她出来时向席宏北借了照相机，在办公室、厂区和车间拍了好几张照片。回到报社也就是四点多一点时间，按规定这时已经截稿，但总编却网开一面，让排版的同志留了版面，就等着凌康胜发稿。莫娜娜虽然说过写新闻稿非常简单，但做起来并非如此。开始她写了一稿，写得实在是不成体统。因为怕耽误发稿时间，凌康胜只好捉刀代笔，稿子发表时落款用了"本报记者莫娜娜"。凌康胜说："你刚到社会部得单独露露脸。"莫娜娜很是开心。这样，当晚《江湾晚报》头版显赫的位置上，出现了一篇题为《加强企业管理，做好后勤保障，南坡毛纺织厂生产蒸蒸日上》的报道，并配发了纺织车间工人认真察看纺机上织布的镜头。照片是莫娜娜拍的，还勉强凑合，光线虽然差一点，但主题思想还是反映出来了。凌康胜想，这回王阿之该满意了吧！

下班以后，凌康胜在印刷厂拿了一份当天晚报的小样，就骑着自行车急匆匆地去了唐颖居住的地方。一是去看看她。她上午受了惊吓，情绪有没有稳定？上午确实把她吓得够呛，趴在他的身上搂着他不敢松手。唐颖一定是吓晕了才有这样的动作，没有想到让村民看到了，引来许多非议。现在他和唐颖恐怕浑身是嘴也说不清楚了，所以他还得和唐颖统一口径，防止这种流言蜚语的扩散。二是他要把下午在报社发生的事和她沟通一下。汪伟要他们为南坡毛纺织厂写篇正面报道，但他们迟迟未写还反其道而行之，汪伟虽然没有批评他们，但从他的眼神里看出来，汪伟对他们的做法是不满意的。汪伟要求他马上采写一篇正面报道，所以下午他和莫娜娜就去了南坡毛纺织厂，稿子就刊登在今晚的《江湾晚报》第一版上。他还要告诉她，莫娜娜到他们部里来当记者了，此人恐怕不是善茬，要她做好思想准备。唐颖住在一条用青石板铺就的小弄堂内，租的房子。唐颖是本市另一个县里的人，在江湾市区也算是孤身一人，大学毕业就被分配到了《江湾晚报》，和凌康胜一起工作也有四五年了，心高气傲，不怎么合群，在《江湾晚报》她佩服的人没有几个，在社会部她只服凌康胜，所以在一般情况下她都要求与凌康胜搭档。

沿着中兴大道，再拐两个弯就到了唐颖租住的房子。那是一排低矮破旧的平房，凌康胜敲了敲门，唐颖马上就来开门了。她穿着一件宽大的睡衣，原来高高束起的长发，现在毫无拘束地在脑前飘逸着。她一脸疲倦，睡眼惺忪，好像刚刚起床。

唐颖说："我没有事,明天就来上班!"

"我知道你明天一定会来上班,"他目光闪烁,打量着房间说,"有些事我想早点告诉你!"

房子结构比较简单,分成前后两间,前面一间算是客厅,后面一间是唐颖的卧室。唐颖的住处,凌康胜来过几次,都是在门口和她说几句话就匆匆地走了,今天还是第一次走进唐颖的屋子。客厅里的家具简单得不能再简单了,这些简单的家具大部分还是房东的。上首放一张四方形的八仙桌,两边是两把非常高大的木质椅子,靠门这边的墙壁旁放着一张小桌子和两把竹椅子。小桌子上放着一只热水瓶和几只茶杯,对面则是一把木质的沙发和一只木质的茶几。紧挨大门旁边的窗户下面,放着一些锅盆瓢勺和一只煤球炉子。再旁边就是一只南方人称为凉柜的柜子。凌康胜从提包里取出一份晚报小样,交给唐颖说,"汪伟要我们采写的南坡毛纺织厂正面报道,下午我和莫娜娜去完成了,你看看!"

唐颖接过报纸扫了一眼,笑笑说:"这种弄虚作假的事,你也迫不及待了?"

凌康胜也笑笑说:"别误会,你看下面落款是本报记者莫娜娜……"

唐颖吃了一惊说:"哪个莫娜娜?"

凌康胜反问说:"报社有几个莫娜娜? 就是办公室的那一位!"

"哦! 她怎么来当记者了?"唐颖吃了一惊说,"新闻工作她能胜任得了吗?"

凌康胜笑了笑,说:"另外,这个人非常张扬,她未经你同意竟把你的桌子换了个地方!"

"换到了什么地方?"

"席主任背后靠窗口的那个地方。"

唐颖淡淡地说:"我也不想坐席主任对面,那里电话太多,我不想做传声筒,换就换了吧! 我想问你下一步准备怎么办,追踪报道不搞了?"

凌康胜斩钉截铁地说:"搞,这就是我要和你商量的。"

"搞,你怎么还去搞这种违心的虚假报道?"

"你知道我们古人有'明修栈道,暗度陈仓'这一计吧,我用的就是这个计谋。"

"这我知道!"

"下午汪伟把我叫去,我见他的脸色非常难看,估计他刚刚和王阿之针尖对麦芒地大吵过,虽然汪伟有把柄掌握在王阿之的手里,但汪伟表面上也不肯俯首帖耳,他还得保持自己的尊严。汪伟几近央求的口气和我商量,我估计汪伟已经被王阿之逼到了墙角。我想这个违心的报道不搞太不仗义了，另外我搞这个违心的报道，还可以掩人耳目，转移王阿之的视线……"

"这个意思你上次说过，"唐颖说，"我现在想知道，下一步你准备怎么搞。"

凌康胜说："我估计王阿之进的那些二手织机，一定有许多猫腻，我们还是从这里入手。但现在的问题是，汪伟要我以后和莫娜娜一起采访，说是以老带新，而要你单独采访。我认为莫娜娜是汪伟派来监视我们的。"

凌康胜认为是问题的问题，唐颖却不认为是问题。她说："我和你分开采访这有什么不好？汪伟让莫娜娜来监视我们，也不是没有这种可能，但这给我们提供了极好的机会！"

凌康胜问道："此话怎讲？"

唐颖说："你想，莫娜娜和你一起采访，你虽然是在莫娜娜的监督之下，但我不是很自由了吗？"

凌康胜说："你单独去采访王友生可能会有风险，我不放心！"

唐颖哈哈大笑起来："你不放心我？"

凌康胜也跟着笑起来："是啊！要是遇到上午这样的事，谁来救你？"

说到上午遇险的事，唐颖脸色微微有点红了。她将了将飘逸到脑门的头发，不好意思地说："这个你不用担心。我想好了，我们部里不是还有陆钦铭吗，到时候可以请他帮忙！"

陆钦铭虽然其貌不扬，但他疾恶如仇，心中有一股扬善抑恶的正气，而且暗恋着唐颖，通过这些活动可以增加唐颖对他的认识，也许陆钦铭与她的恋情会有转机，这不失为一个好办法。凌康胜立即赞赏道："这个办法好，我怎么没有想到这一点？"

唐颖淡淡一笑说："你可别想歪了！"

三十四

这天下午，陈阿毛叫来一个泥瓦匠和一个帮工，帮助凌婆婆在后园搭建披屋。后园的工地上热火朝天，陈阿毛忙着搬运砖块，泥瓦匠忙着砌墙，凌婆婆忙着为泥瓦匠递砖块,帮工则在一旁和水泥,很快,墙就砌到了半人高。披屋就建在北边进入后园的大门旁,已经划出一块二十个平方的地基,原来种的萝卜、白菜等蔬菜,已经被清除干净,墙壁旁堆了不少水泥和砖块,还有一些木材,看来材料已经基本备足。虽然今天刚刚开工,但再有两天时间披屋也就搭建好了。世界上没有免费的午餐,凌婆婆这么大岁数了更是心明似镜,她说要搭建披屋,第二天陈阿毛就联系了泥瓦匠和帮工,准备好建筑材料,今天上午就动工了。

太阳已经偏西,阳光还是火辣辣的。陈阿毛赤着膊,大汗淋漓,不停地用毛巾擦拭着汗珠,泥瓦匠和帮工的衣衫也完全湿透。

泥瓦匠砌好一块砖头直起腰对陈阿毛说:"阿毛兄弟,差不多了,明天再干吧?"

陈阿毛说:"好,明天再干!"

凌婆婆也说:"谢谢两位师傅,明天再见!"

泥瓦匠和帮工收拾好工具,正准备离开,康丁贤急急忙忙地从园外跑进来。他一脸油汗,向陈阿毛大声喝着:"你给我住手!"

泥瓦匠和帮工不知道发生了什么事情,满脸疑惑地看着康丁贤。

康丁贤"扑通"一声跪到凌婆婆面前,号啕大哭:"奶妈,你不能住在这里啊……"

凌婆婆吃了一惊,伸手去扶,说道:"你这是干什么?孩子,你起来!"

康丁贤傍晚下班把儿子从学校接回来,骑着车子还未到"镜花苑",阿之嫂就朝他跑过来,大呼小叫地喊道:"不好啦!不好啦!"

康丁贤被她弄得莫明其妙,问道:"什么事?"

阿之嫂说:"陈阿毛在给你奶妈搭披屋了!"

康丁贤问道:"他为什么要给奶妈搭披屋?"

阿之嫂夸张地说道:"你真是个书呆子,这还不是秃子头上的跳蚤明摆着的吗?披屋一搭,你们家后园剩下的地皮就是他陈阿毛的了……"

康丁贤的脑子还一时转不过弯来,又问道:"我家的后园怎么会成为陈阿毛的呢?"

阿之嫂说:"那后园是你家的没有错,但土地的所有权是政府的,你家只有使用权,政府有权将你家的后园审批给别人的。"她见康丁贤圆睁着双眼,一头雾水,又添油加醋地说道:"陈阿毛已经向城建局申报,要在你们家后园建房了!"

康丁贤这才明白,王阿之和陈阿毛两家在夺取他们家的后园。奶妈让陈阿毛搭披屋是奶妈自己住的,奶妈多次和他说过她实在受不了李爱娟的气了,奶妈让陈阿毛搭建披屋,应该和陈阿毛没有什么关系。但后园是绝对不能让奶妈去住的。康丁贤弄明白了是这么回事,就把小斌从自行车上抱下来,又将自行车往旁边一丢,快步跑了过来。

阿之嫂又在他的身后叮咛一句:"给他,还不如给阿之他们厂呢!"

康丁贤跪在凌婆婆面前,几近哀求地说道:"奶妈,冬天西北风呼啸比风波亭还要寒冷,夏天落山太阳热得像蒸笼。奶妈,这里你不能住,我求求你了!"

准备离开后园的陈阿毛和泥瓦匠停住脚步,惊愕地看着康丁贤和凌婆婆。

凌婆婆扶着康丁贤:"孩子,你起来!"

康丁贤跪在地上不起来:"奶妈,你不答应,我是不会起来的!"

凌婆婆噙着泪水说:"孩子,你不知道奶妈做人有多难啊!"

陈阿毛也劝说道:"丁贤弟,你也要体谅体谅你奶妈啊!"

康丁贤说:"奶妈,我知道你的难处,我知道……"他擦干眼泪说:"奶妈,你和阿康弟弟他们住在一起不舒服,就和我们一起住吧!"

凌婆婆眼泪终于流了下来说:"奶妈知道你是个孝顺的孩子,你起来!"

康丁贤站起来说:"奶妈,为了保住这个后园,你不住大屋情愿住小屋,是你花了好大的心血啊!"他对陈阿毛说:"阿毛哥,这个披屋我们不建了,谢谢你!"他拉着凌婆婆说:"奶妈,我们回家吧!"

陈阿毛问道:"凌婆婆,这个披屋还建不建?"

凌婆婆无可奈何地说:"暂时缓缓吧!"

陈阿毛对泥瓦匠和帮工说:"那就缓缓吧,再建的时候我会来通知你们的,工钱照付!"

泥瓦匠和帮工点点头说"好的",拎着工具走了。

康丁贤搀扶着凌婆婆向家里走来,看见李爱娟抱着一条被子站在自己家门口,虎视眈眈地注视着康丁贤他们,小萌站在她母亲身边,拉扯着母亲的衣服,好像在恳求着什么。等康丁贤搀扶着凌婆婆走近,李爱娟突然把怀里的被子塞到康丁贤怀里,怒气冲天地说道:"康丁贤,这个包袱你愿意背,你就背走吧!"

李爱娟这个突如其来的动作,使康丁贤吃了一惊,但他马上醒悟过来,抱住奶妈的被子说:"奶妈不是包袱,奶妈是个宝! 这个宝我要的!"

小萌从康丁贤的手中争夺被子,说:"我要奶奶……"

凌婆婆也要从康丁贤手中接被子,说:"孩子,不是奶妈不愿意和你们住在一起,是奶妈老了,不能给你添麻烦,不能拖累你们!"

康丁贤硬是不给："奶妈，你就是我的亲娘，我母亲在世的时候你一心一意照顾我，母亲去世以后你更是无微不至地关怀我，帮我娶妻，又帮我领孩子。奶妈的恩大于天，情深于海！阿珍说了，奶妈虽然不是我的亲娘，却胜似我亲娘！"

康丁贤的儿子小斌也走过来，争夺凌婆婆的被子说："奶奶到我家住吧，妈妈已经给奶奶搭好了眠床！"

凌婆婆想把被子夺过来，泪流满面地说："孩子们，你们都别抢了，奶奶哪里也不去！"

李爱娟转身走进屋里，拎出一只木箱子扔到地上说："康丁贤，她既然是你的亲娘，你就把她领走吧！"

木箱子"咣当"一声砸到地上，木箱子本来就年深月久，砸到地上立即四分五裂，里面的东西散落开来。凌婆婆见状，立即放开被子蹲到地上，一边整理箱子里的东西，一边号啕大哭："我这辈子造的什么孽啊！我的命为什么这么苦啊！"

康丁贤把被子交给小斌说："你和妈妈去说，奶奶从今天开始和我们一起生活了！"

小斌抱着被子飞快地跑了。康丁贤蹲下身体，帮助奶妈整理木箱里的东西，深情地说："奶妈，你别伤心，你就是我的亲娘！住阿康弟弟这里是住，住我家里也是住。奶妈，跟我走吧！"他站起来，想从地上扶起凌婆婆，凌婆婆坐在地上不肯起来。

这时左邻右舍都围拢来，天生娘弯下腰帮助凌婆婆整理木箱，纪耿直劝凌婆婆说："你暂时到丁贤家住一段时间，等阿康单位里评了职称分了房子，问题也就解决了。"天生娘也说："你待丁贤和亲生儿子一样，丁贤也敬你如生身母亲，你就住到丁贤家去吧！"众人七手八脚帮凌婆婆整理好了木箱。凌婆婆却双手握着一面一尺左右的镜框，泣不成声。镜框里的照片已经非常陈旧，四边已经发黄，照片里人物的相貌依稀可见，是一对青年夫妇抱着一个婴儿坐在前面，另一对青年夫妇抱着一个婴儿站在他们身后。康丁贤认出来，坐在前面抱着婴儿的青年女子是他母亲，那婴儿就是他了。站在后面的青年女子是奶妈，怀里的婴儿也就是阿康弟弟了。

奶妈低声饮泣："我的命为什么这么苦啊！庚荣，你在什么地方啊，你来把我叫走吧！"

左邻右舍都是私房改造后才搬进"镜花苑"的，他们不知道这个庚荣是谁，照片里这些人又是谁。康丁贤心里明白，奶妈旁边的男子是阿康弟弟的父亲凌庚荣，母亲旁边的男子则是自己的父亲康华良，父亲离家多年杳无信息，阿康父亲也"失踪"多年生死不明。奶妈反复叫唤着亲人的名字，这一声声的呼喊，那凄惨和令人心酸的程度，没有经历过生死离别的人是难以感同身受的。康丁贤噙着热泪说："奶妈，我们回家吧！"

这时传来凌康胜大声的吼叫："你要是在这个家里待得不舒服,你给我滚!"

李爱娟也毫不示弱地吼叫起来："我为什么要滚,这里就是我的家!"

接着又传来张阿珍的声音："你们别吵啦,婆婆我要!"

凌婆婆立即停止了哭泣,站起来擦擦眼泪,朝自己的家中走去。天生娘和纪耿直也跟了进去。康丁贤拎着木箱子走进自己的屋里,将木箱放在一旁又快步来到凌康胜家里。凌康胜像是刚刚下班回来,他一脸油汗,满脸怒气,李爱娟也是一脸的怒气,毫不示弱地看着他。张阿珍则站在他们中间,仿佛是为了防止两人打架,随时可以劝架。

凌康胜说："平时你常常为一点小事与我母亲闹矛盾,我都忍气吞声让着你,怕吵吵闹闹的影响不好。现在你得寸进尺要将我娘赶出去,这是你做儿媳该做的事吗?"

李爱娟强词夺理地说："是我要将她赶出去的吗? 是你兄弟硬拉她到他家去住的!"

张阿珍知道李爱娟无理取闹,但又在给自己找台阶,也就顺水推舟地说："是呀,是我要婆婆去我家住的。"但她又不甘心为李爱娟做垫脚石,又指桑骂槐地说："我知道爱娟妹妹是个孝顺公婆的好儿媳,知道竹竿也有上下节的道理。爱娟妹妹,你说是吧?"

康丁贤走近凌婆婆说："奶妈,你就到我们家里去住吧,我已把你的东西搬过去了。"

凌婆婆又大声哭泣起来："老天爷啊,你为什么不早点让我死啊!"

天生娘说："婆婆,你到丁贤家住几天也好,你要给阿康做事也挺方便的!"

纪耿直说："说不定很快阿康的中级职称评上了,单位里房子分下来了!"

李爱娟阴阳怪气地说："凌康胜,你不是很能干吗,有本事去弄个中套来,何必死鸡瘟鸭臭酱油的要在一起……"

凌康胜突然说道："丁贤哥,你给我把我妈的东西搬过来!"见康丁贤站着不动,推了他一把:"去,快去啊!"

康丁贤说："奶妈老了,要过安稳日子。你没有这个能力,我有,就让奶妈住我家吧!"

凌康胜咆哮地喊道："我是她的亲生儿子!"

康丁贤也喊道："我也是奶妈的亲生儿子!"

凌康胜吼叫道："我一个堂堂七尺男儿尽不了孝道,给不了母亲一个安稳的日子,我还算得上是人吗? 哥,你不去拿,我去!"他朝门外奔去,双腿刚迈出门槛,小萌出人意料地抱着她奶奶的被子走到了跟前,稚气十足地说:"爸爸,我要奶奶……"

李爱娟从屋里跳出来,从女儿手中夺过被子,狠狠地掷到天井中间,又伸手打了小萌一个耳光,小萌"哇"地大哭起来。

李爱娟指着小萌怒骂道:"要你这个小祖宗多管什么闲事,你给我一边去!"

她向小萌奔过来还要再打,小萌躲进她奶奶怀里,"哇哇"地哭得很伤心。

凌婆婆搂着小萌也哭起来:"小萌,都是奶奶不好,奶奶会走的!"

张阿珍动作灵敏,立即挡住了李爱娟,不让她再接近小萌。扔到天井的被子早被小斌抱在怀里,他站在天井里,默默地看着小萌家里发生的一切。他弄不清楚这么好的奶奶,小萌妈妈为什么不要她,奶奶为什么又非要住在小萌妹妹家里。

凌康胜火冒三丈,气得浑身发抖。"你这个毫无人性的女人,敢扔我妈的被子!"他怒吼着,向李爱娟扑来,伸手就是一个耳光,"要滚你滚!要死你死……"

凌康胜的一个耳光把李爱娟打得晕头转向,她迟疑了一下,立即哭喊着扑向凌康胜:"你敢打我,我和你拼了……"

纪耿直和天生娘反应快,纪耿直捉住了凌康胜还想打过来的手,天生娘则挡住李爱娟不让她接近凌康胜。

天生娘说:"孝顺大人自得福,自种田地自得谷!"

纪耿直说:"你们有个大人的样子好不好?大人可是孩子们最好的老师,你们的所作所为,将来都会由孩子们还给你们,你们信不信?"

李爱娟一屁股坐到地上,蹬天踏地大哭起来:"我的天哪,这种日子叫我怎么过啊!有人会打我了啊!我出娘肚皮还从未有人打过我啊!我不想活啦!"

众人七嘴八舌地劝说着,要两个人心平气和,有话好好说。

天生娘说:"俗话说,夫妻床头吵架床尾和。吵完了,闹完了,日子还得过下去!"

康丁贤批评说:"弟弟,你是个知书达礼的人,修养怎么这样差?"

纪耿直说:"俗话说,儿不嫌娘丑,狗不厌家贫。再说阿康的单位不是已经在建家属宿舍,苦日子也快熬到头了……"

凌康胜怒气未消,责骂着:"讨厌我家屋小,你可以走,走、走……"

李爱娟停止号哭,立即从地上爬起来,恶狠狠地说道:"好,你要我走,我就走!"她挣脱张阿珍的手臂,怒气冲冲地走到窗台旁桌子跟前,抬起手臂将桌子上的碗、盆等日用品抹到了地上,"我走,我也不让你们过太平日子!"

碗掉到地上立即粉身碎骨,盆掉到地上打了几个滚才停住。

小萌大哭:"妈,你别砸啦!"

李爱娟哭着从房间里拿出一只手提包,边走边说:"好,我走!"她推开围堵着的众人,气呼呼地走到门口,推着自行车往"镜花苑"外走去。小萌哭喊着追出去,张阿珍也想拉住她。她推开张阿珍的手臂,头也不回,蹬上自行车飞快地骑走了。

众人七嘴八舌批评着凌康胜,张阿珍突然想起一个情况,说:"爱娟家里还有三兄弟两姐妹,个个都是很粗野的,这件事不会这么就完了!"

凌婆婆又哭起来:"他们一定要来打还风阵的,会没完没了地来纠缠,这可怎么办啊?"

凌康胜说:"妈,你别怕,我心里有数!"

李爱娟娘家来纠缠,凌康胜确实不怕,但时间可耽误不起。他不想为家庭琐事过多分心,南坡村的追踪报道要搞,职称评定要申报,这两件事已经够他烦恼的了,家里的事情处理不好,往往会影响事业,影响前途,但他又不甘心忍气吞声,只好骑驴看唱本——走着瞧了。

三 十 五

莫娜娜一早来到办公室,把地板拖得干干净净,每张办公桌擦得清清爽爽。

唐颖一走进办公室,莫娜娜就马上站起来,伸出细嫩的纤纤小手和她握了握说:"非常对不起,领导让我坐在这里,把你的办公桌挪了挪!"

此人不仅自命不凡,而且善于拉大旗做虎皮。她说"领导",但又没有说出是哪个领导,好有心计。唐颖握了握她的小手,若无其事地说:"我知道,没有关系!"便拎着腰型手提包,在墙角的办公桌前坐了下来。

莫娜娜说:"我知道,虽然小唐昨天下午没有来上班,但这种消息是不会不知道的。"

唐颖说:"昨天傍晚,阿康到我那里去了,是他告诉我的!"

莫娜娜说:"我知道,除了他还会有谁!"

莫娜娜话中有话,说得唐颖心里很不痛快。唐颖在《江湾晚报》工作多年,因为和凌康胜走得比较近,一些流言蜚语也就不胫而走。她相信身正不怕影子斜,她与凌康胜走得近,是钦佩他的胆识、胆量、气质和才气,仅此而已。昨天她落水后被凌康胜所救,和凌康胜那个似乎过于热情的举动,是一种无意识的冲动,不会成为她对凌康胜有非分之想的证据吧？唐颖问道："你怎么知道是凌康胜告诉我的呢？"

莫娜娜哈哈笑起来说："不是你刚刚告诉我的吗？"

一句话说得唐颖无言以对。别看这个莫娜娜平时很张扬，低俗得很，但她粗中有细，倒是还有一点城府。所以凌康胜说，莫娜娜这个人很难对付，以后要小心一点。

楼道上传来嘈杂的人声，上班的时间到了，办公室里顿时热闹起来。凌康胜和陆钦铭谈笑风生，嘻嘻哈哈地走进来，席宏北却像是欠了五百万的阎王债，沉着脸，戴着他的那顶鸭舌帽，一声不吭地走进来。

席宏北扳着脸在自己座位上坐了下来，一边从手提包里取出笔和笔记本，一边严肃地说道："我们先开个小会，莫娜娜大家应该是认识的，从现在开始她正式成为我们社会部的一名记者，今后希望大家互相帮助，密切合作……"

几个人眼睛都盯着席宏北，竖起耳朵洗耳恭听。

"凌康胜是老记者，要多多帮助莫娜娜同志，以老带新，做好传帮带吧！"席宏北说。

凌康胜谦虚地说："陆钦铭和唐颖也是社会部的老同志了，请他们带更为合适！"

陆钦铭说："阿康，你就别谦虚了，席主任让你带你就带吧！"

唐颖说："这是领导的决定，阿康，你不能不服从！"

莫娜娜不高兴了，噘起嘴巴说："我好像是个烫手山芋，没有人敢接是不是？"

凌康胜连忙说："小莫，我不是这个意思！"

席宏北继续严肃地说："都别说了，现在就是小莫跟着阿康采访，以后如果需要两个人一起采访的，那就是小莫和阿康是一组，小陆和小唐是一组……"

这个意见，与昨天唐颖和凌康胜猜想的结果一致，但席宏北强制性地要凌康胜和唐颖分开，凌康胜和唐颖似乎嗅到了一股不正常的气味。唐颖问道："我们报社从来没有这样划分过采访小组，这样划分还是首创，是你部主任的意见，还是总编的意见？"

"谁的意见不重要，重要的是这个意见有没有道理。"席宏北说，"小唐说得没有错，我们报社从来没有这样强行划分过采访小组，不但我们没有，其他新闻单位同样也没有过。既然领导提出这样的意见，我想总有一定道理的。"

席宏北向来处事谨慎，城府很深，他说是领导的意见，那就一定是汪伟的意见了。唐颖联想到莫娜娜刚才的话，已经猜测出其中的一些奥妙，凌康胜也联想到昨天下午陆钦铭和莫娜娜那番意味深长的对话，也感觉到了其中蹊跷，但他们又不便向席宏北追根问底。接下来，席宏北又说了一些近期的工作，啰里啰唆地说了一些题外话。还说了曹操与杨修的故事:杨修聪明过人,处处表现自己,结果被曹操杀了,这都是自作聪明种下的祸根;曹操老谋深算,嫉贤妒能,"宁可我负天下人,不可天下人负我",他必须扫除阻挡或超越他的能人贤才。席宏北总结说,人不能露两才,一是人才,二是钱财,藏而不露才是高手,锋芒毕露必将自己推向灾难的深渊。

席宏北这种话绝不是随便说说的,凌康胜和唐颖对视一下,然后又看了看陆钦铭,陆钦铭意味深长地笑了笑。莫娜娜低着头,在稿子上乱写乱画。不一会儿,会议结束了。

唐颖立即站起来和陆钦铭打招呼:"小陆,我们两个今后可是搭档了。"

"我求之不得。"

"今天你准备去哪里采访?"

"城东发生一起重大杀人抢劫案,我准备去市公安局刑侦支队采访。"

"那好,我们走吧!"

和唐颖一起采访,陆钦铭求之不得,天赐良机,为他追求唐颖迈出了坚实的一步,他坚信"只要功夫深,铁杵磨成针"的道理。唐颖却另有打算,下了电梯来到一楼,她把陆钦铭拉到一个旮旯处,低声问道:"我今天怎么见席主任说话怪怪的,他是什么意思,你知道吗?"

陆钦铭却反问道:"你不知道?"

唐颖摇摇头说:"不知道。"

陆钦铭说:"席主任刚才说话的意思很明确,做人不能锋芒毕露,要藏而不露,这一点我认为他说得很对,阿康才气外露太多,必然要吃苦头。"

唐颖点点头表示同意。

陆钦铭说:"席主任为什么要让你和阿康分开采访,这里就有学问了。"

唐颖紧张起来,急切地问道:"什么学问?"

陆钦铭小声说道:"你们昨天回来的路上是不是遇到了一辆手扶拖拉机?"

"是,那个开手扶拖拉机的人好像是个新手……"

"他把你一头撞到了河里?"

"是的!"

"阿康把你救上来后你趴在他的身上,阿康也紧紧地搂着你。你们两个人还互相接吻,让许多人看到了,是不是?"

唐颖警觉起来,问道:"这是谁说的?"

陆钦铭像审犯人似的问道："你说吧，是与不是。"

唐颖摇摇头坚决地说："真相不是这样的……"

陆钦铭说："有人说阿康和你在搞婚外恋……"

"你是从哪里听来的？"

"莫娜娜好像知道得更多一点。"

"胡说！这是无稽之谈！"唐颖气愤至极，气呼呼地走出大楼，陆钦铭紧随其后。唐颖魂不守舍地想着她和凌康胜在河岸上的事，糊里糊涂地跟着陆钦铭，一个上午的采访，没有说一句话，也没有向采访对象提一个问题，幸亏这次采访是以陆钦铭为主，才不致出错。唐颖觉得传播这个"桃色新闻"的人好像有明确的目的，他们为什么要这么做？这场车祸是不是有人蓄意为之？又是谁造成了这场车祸？一系列的为什么弄得唐颖脑子嗡嗡作响，她越想心里越害怕。

下午回到办公室，唐颖几次想和凌康胜打招呼，但他好像熟视无睹，只顾低头写稿子。稿子写好了，他把稿子交给莫娜娜，又让莫娜娜把稿子交给了席宏北。席宏北看过稿子签了字，莫娜娜立即拉着他又出去了，大概是去总编那里，回来时两个人有说有笑的。莫娜娜像个跟屁虫，除了上厕所没有跟去，一个下午都跟在凌康胜身后。好不容易到了下班时间，凌康胜微微朝她点了点头，就提着他那只破提包出去了。唐颖以为有了和凌康胜说话的机会，刚要起身走出去，莫娜娜就喊道："阿康，等等我！"凌康胜只好站住等着她。

这一天，唐颖在不安和焦虑中度过。等到席宏北离开办公室，陆钦铭笑嘻嘻走过来说："你想和阿康碰个头，是不是？"

因为忧虑都写在她脸上，所以唐颖干脆承认了："是，又怎么样？"

"但是'摸奶奶'却不给你这个机会。"他有意把莫娜娜说成了"摸奶奶"。

唐颖差一点笑出声来，但她还是忍住了，假装生气地说："有话快说，有屁快放！"

陆钦铭一本正经地说："'摸奶奶'不给你这个机会，我给！"

唐颖反问一句说："你怎么给？"

陆钦铭说："上次我输给阿康一个饭局，今天我在荣乐春酒店请客。我们过去吧！"

"今天？"

"是！"

"阿康呢？"

"他已经在那里等了。"

三十六

那一天傍晚,陈阿毛回到家里,他那位如花似玉的娇妻印萍萍,因为天热脱去了紧身的旗袍,换了一件非常宽松的短袖套裙,抱着那只卷毛狮子狗,正坐在简易沙发上,跷着二郎腿吹电风扇。陈阿毛问道:"今天怎么这么早回来了?"

印萍萍说:"不是你让我早点回来,晚上去城建局鲁科长家吗?"

陈阿毛说:"是啊!"

印萍萍说:"东西准备好了吗?"

陈阿毛弯腰从桌子底下取出一只脸盆,脸盆上盖着一只锅盖,他把脸盆拿到妻子眼前,拿掉锅盖,里面一动不动趴着一只足有两斤多重的鳖鱼。陈阿毛拎起大鳖鱼,在印萍萍眼前晃了一晃,印萍萍花容失色,"哇"的一声叫起来,惹得陈阿毛哈哈大笑。

印萍萍噘起樱桃小嘴,娇嗔道:"快拿开!你不是不知道,我怕这东西嘛!"

陈阿毛笑着说:"吃起鳖鱼来,你是一点也不含糊啊,一个人吃独食!"

"活着的老虎会吃人,死了的老虎被人吃,活的和死的能一样吗?"印萍萍说,"吃鳖鱼既养颜,又强身!你真是四肢发达头脑简单!"

陈阿毛又将脸盆放回原处,盖好盖子,又走近印萍萍。狮子狗趴在地上看着印萍萍。

印萍萍说:"你让我到鲁科长家去,要把那只鳖鱼放好了,掉到地上我是捉不回来的!"

"准备工作我早做好了,你就放一百个心吧!"陈阿毛说,"你去找鲁科长一定要问清楚,建房子手续怎么办。"

"这个还用得着你教吗?"印萍萍信心满满地说。

"这就好。王阿之虽然虎视眈眈盯着这块地皮,但目前我是最有条件的。"陈阿毛一边做晚饭一边说,"我已经为凌婆婆拉了许多砖块水泥,还有木料。那个后园足有六七亩地,只要给我批一亩左右,能够建造一幢三楼三底的别墅,就可以了!不像王阿之想一个人独吞,人心不足蛇吞象!"

吃好晚饭,夜幕降临,西边起伏连绵的群山泛起金色的霞光。印萍萍提着陈阿毛为她准备的黑色手提包,穿着一件十分暴露的连衣裙,骑着那辆小巧玲珑的凤凰牌自行车,趁着苍茫的暮色去拜访鲁科长。鲁科长是城区城建局的规划科长,不论是单位建房,还是个人建房,他是第一关。以前是不允许个人建房的,改革开放后这个限制宽松了一点,土地是国家的,个人虽然可以使用,但必须经政府批准,所以这个部门就吃香起来。印萍萍很早就认识鲁科长了,当时印萍萍单位有个基建项目,领导派她到城建局批地基。那时印萍萍还没有与陈阿毛结婚,是个黄花大闺女,相貌姣好,又喜欢打扮。她第一次去找这位鲁科长,也是在春夏交接时候,她把自己打扮得花枝招展,从跨进鲁科长的办公室到离开,鲁科长的眼睛始终没有离开过她漂亮的脸蛋。第二次到他办公室,他让她坐到一把长长的木质沙发上,鲁科长与她肩平肩,两只大手紧紧捏住她的纤纤小手。当印萍萍第三次来到他的办公室,他就直接告诉了她家庭住址。

鲁科长住在市区最繁华的那条大街后面的一条小弄堂里,闹中取静,是一幢三层的楼房。他住在二楼,局长和副局长住在三楼,科长们住在二楼,一般的科员住在一楼。敲开鲁科长家的门,鲁科长刚刚吃好晚饭,正用一根牙签剔着牙齿。他五十多岁年纪,圆圆的脑袋,腆着个大肚皮。虽然是在家里,但穿戴整齐,上身一件雪白短袖衬衫,下身则是一条西式的深蓝色长裤,见到印萍萍立即伸出一只白白胖胖的手握住她的纤手,另一只手则捏住她莲藕似的手臂。

鲁科长说:"萍萍,怎么是你?快请进!"

室内装饰一新,通体透亮,更重要的是凉风习习,让人浑身适意,印萍萍知道这是空调释放出来的冷气。在一刹那间,印萍萍联想到了自己那间破烂不堪、又小又狭、冬天冻死、夏天热死的房间。像鲁科长这样的住房条件,这样的生活,她梦寐以求,向往已久。她还来不及细细观赏和思量,突然惊叫起来:"别、别……"

她的纤手被鲁科长粗壮的大手一握一捏,差一点把手里提着的那只鼓鼓囊囊的提包掉到地上。印萍萍将手提包放到茶几上,急切地想拉开拉链,但鲁科长那两只不安稳的手,一只搭住了印萍萍的香肩,另一只则准备伸进她的上衣。

印萍萍手指着提包惊恐地说:"别、别……"

鲁科长不以为然地说:"不要紧,她们母子两个看电影去了,两个小时后才回来……"

印萍萍手指着提包还是"别、别"地叫着,鲁科长这才放开她去看那只提包。他拉开提包,没有想到一只大得出奇的巨鳌,仰起头,一口咬住了他的大半只食指。鲁科长顿时痛得大叫起来,拼命地甩着手想甩掉巨鳌,但巨鳌将他的手指越咬越紧。鲁科長声嘶力竭地叫喊着。印萍萍惊慌失措,束手无策。

鲁科长大喊:"快拿菜刀来砍掉甲鱼的头!"

印萍萍不知道鲁科长家的菜刀放在什么地方,慌乱之中,看到电视机旁边放着一把剪刀。她连忙拿起剪刀,试着接近鲁科长手中的巨鳖,但巨鳖咬着鲁科长手指,四趾挥舞着,吓得印萍萍连忙躲了开去。

鲁科长喊道:"快啊,痛死我啦!"

印萍萍畏缩着说:"我、我怕……"

鲁科长骂道:"你怎么好送不送,送一只这么大的甲鱼……"

印萍萍说:"我想给你补补身体!"

鲁科长说:"恐怕没这么简单,你要办事也用不着送甲鱼啊!"

印萍萍急得走投无路,说道:"这可怎么办,怎么办啊?"

鲁科长急中生智:"你快叫隔壁刘科长,让他来帮忙……"

印萍萍转身向门口走去,这时响起了敲门声……

印萍萍垂头丧气地回到家里,陈阿毛迫不及待地迎上去,急切地问道:"问清楚了?"

印萍萍气恼地将那只黑色的提包往地上一扔,一屁股坐到椅子上:"哼!都是你!"

陈阿毛惊讶地问道:"他对你态度不好?"

"哼,好送不送,怎么送这么大的甲鱼!"

"吃只大甲鱼给他补补,怎么不好……"

"差点闯了大祸,甲鱼咬住了鲁科长的手指?怎么甩也甩不掉,吓得我魂都没有啦!"

"有没有把甲鱼甩掉?"

"鲁科长让我拿把菜刀,我拿了一把剪刀……"

"唉,你让鲁科长把甲鱼浸在水里,甲鱼遇到水,嘴自然就松开了。后来是怎么办的呢?"

"你怎么不早说呢?"

"我怎么知道甲鱼会咬住鲁科长的手指?后来甲鱼是怎么甩掉的?"

"后来来了一位客人,就是照你说的这么做的。"

"哦,"陈阿毛长长嘘了口气,"还好!那么问清楚了手续要怎么办?"

"他说先要凌婆婆盖章同意,到街道盖个章,再送给他盖章……"

三十七

　　傍晚，王阿之踌躇满志，兴高采烈地回到家里。阿之嫂早已做好饭菜整齐地放在桌子上，正在放酒杯和筷子，见王阿之神采奕奕地走进来，问道："今天有什么好事，好像心情不错。"

　　王阿之解开脖子上的领带，交给妻子，又解开短袖衫上的风纪扣，在椅子上坐了下来。他在酒杯里倒上酒说："今天终于让我舒了一口气，还挺开心的！"

　　阿之嫂说："先说说你的舒心事，我也有一件让人舒心的事，等会儿对你说！"

　　王阿之抿了一口酒说："昨天《晚报》发了一篇我们厂《加强企业管理，做好后勤保障，南坡毛纺织厂生产蒸蒸日上》的报道，算是汪伟兑现了上次的承诺，也给我们厂挽回了一点面子。"王阿之压低了声音，唯恐给别人听到，说："另外还有一件事……"

　　阿之嫂问道："什么事神秘兮兮的？"

　　王阿之低声说："昨天上午在我们厂附近的河岸上，阿康和那个女记者趴在河滩上抱着亲嘴，让许多人看到了……"

　　阿之嫂半信半疑地问道："有这种事？你是怎么知道的？"

　　王阿之说："我们厂拖拉机手亲眼所见！"

　　阿之嫂又问："他们怎么会到你们厂附近的河滩上去亲嘴？"

　　王阿之气愤地说："这对狗男女去调查我的经济问题，回来路上正好碰到我们厂拖拉机手开着拖拉机，就把那个女记者撞到了河里！"

　　"这么说来，是你们厂拖拉机手有意把女记者撞到河里的，出了人命怎么办？"

　　"阿康的水性好着呢，李爱娟还不是他从河里救起来，成就了一对姻缘？"

　　"这么说来，这件事是你指使的？"

　　王阿之呵呵笑了起来。

　　阿之嫂不无担忧地说："你的胆子也太大了点！"

　　"我也是警告他们一下，让他们少管闲事，不要把自己搞得身败名裂！"王阿之恶狠狠地说，"你等着瞧吧，接下来还有好戏看呢！"话锋一转，他说："现在说说你的舒心事吧！"

阿之嫂往嘴里扒了一口饭，边嚼边说："今天陈阿毛帮凌婆婆搭建披屋，我让丁贤出面阻止了！"

王阿之问道："丁贤怎么会听你的？他又怎么阻止得了凌婆婆？"

阿之嫂喜形于色地说："陈阿毛表面上是在帮凌婆婆搭建披屋，实际上是为自己批地基打基础。你想凌婆婆的那间披屋一搭，说明凌婆婆的后园是可以建房的。"

王阿之点点头说："有点道理！"

"所以我对丁贤说，陈阿毛是想要他们家的那个后园。"

"丁贤什么态度？"

"丁贤是个孝顺的孩子，他倒不是怕陈阿毛会在后园建房，而是心痛凌婆婆。他跪着对凌婆婆说，披屋里不能住人，冬天像风波亭，夏天像热蒸笼，好说歹说，凌婆婆只好答应暂时不建了。阿康却和爱娟吵了起来，还打了爱娟一个耳光，爱娟负气回了娘家，这下可有好戏看了！"

"阿康打了爱娟，你有什么好高兴的？"

"这次阿康打他老婆，也是为了房子的事。"

"也确实够阿康喝一壶的了，单位的桃色事件刚出来，又摊上了家里的事！"

"凌家这么乱，我们可以乱中夺权，趁机向街道打报告要求征用凌家的后园。"

王阿之纠正说："什么乱中夺权，是混水摸鱼！"

阿之嫂说："乱中夺权也好，混水摸鱼也好，反正是我们征用凌家后园的一个机会。明天我就去街道，那个章主任我认识，问她征用手续要怎么办。城建局你不是有认识的人吗？你也给他们打个招呼，我把报告送上去让他们赶快批下来！"

"我认识的城建局局长是市里的，不是城区的，他不一定肯帮这忙。"

"我不管，你得赶快想办法，陈阿毛说不定已经走在我们的前面了。"

两口子为如何征用凌家后园的事商量了一个晚上，也兴奋了一个晚上，认为现在正是申报要求征用凌家后园的大好机会，阿之嫂决定明天一早就去街道找章月芬。

阿之嫂说得没有错，陈阿毛确实是捷足先登，抢先一步了，早上一上班就来到街道办事处。章月芬是陈阿毛的老客户，每隔几天，章月芬都要到肉店里来买肉，陈阿毛都会给予很大的方便，不是挑最好的肉给她，就是少收一些钱。买肉凭肉票，每个人也就几两肉票，章月芬隔三岔五地来买肉，哪有那么多的肉票，所以章月芬往往会忘记带肉票，如果她没有带肉票，陈阿毛就会说下一次带来就行。下一次又没有带来，陈阿毛照样会说下一次带来就行。遇到这样的情况，章月芬也会客气地说，下一次一定不会忘记,但是该忘记的时候还是照样忘记。陈阿毛对章月芬这么关照,章月芬也应该投桃报李,陈阿毛托她办件事也是顺理成章的事。人熟礼不熟,托人办事必要的礼节还是要有的,陈阿毛一早来到街道办事处找章月芬,也准备了一份扎实的礼品,托人从食品公司买来两只秋古头鸭。一般的秋古头鸭有一半的重就已经很好吃了,这两只秋古头鸭每只足有两斤多重。

章月芬正坐在办公桌里低头看文件,见陈阿毛急急忙忙地进去,问道:"阿毛师傅,你怎么来了?"

陈阿毛把篮子放到她身后的墙角,撩起衣襟擦着额角上的汗水,又捏着衣襟当扇子扇着风。

章月芬的头发剪得短短的,已经有了些许白发,眼角添了几道鱼尾纹。她上身穿着一件短袖衫,下面是一条蓝色的裙子,完全是一副职业女性的打扮。章月芬站起来给陈阿毛倒了一杯水,扭头见墙角的篮子里伸出两只鸭子的脑袋,问道:"你这是做什么?"

"一点小意思。"陈阿毛说着从上衣口袋里取出一张纸,双手递给章月芬说,"我想在凌婆婆后园造间房子解决住房的困难,这是我的建房申请……"

章月芬接过陈阿毛递来的那张纸,走回到自己位置上,站着继续说:"你的住房问题政府是应该帮助解决的,凌婆婆那个后园长期空着也是一种浪费。"

章月芬的话让陈阿毛从头到脚舒服透了,他像鸡啄米似的点着头连连说:"是!是!"

章月芬振振有词地说着:"改革开放以来,你响应'让一部分人先富起来'号召,勤奋工作,劳动致富,为我们街道、城区、乃至整个江湾市的经济发展作出了贡献,我们街道心中有数。"她边说边看了一下建房申请,又还给了陈阿毛。

陈阿毛瞪大眼睛看着她,问道:"怎么,不行?"

章月芬在椅子上坐下来说:"我个人支持你的申请报告,但我们得按政策一步一步来……"

陈阿毛不明其意,又问道:"要怎么办,才符合政策?"

章月芬说:"先让凌婆婆盖个章,说明她同意出让那块地皮……"

陈阿毛有点为难地说:"她怎么肯盖这个章呢?"

"我听说她的儿媳妇李爱娟不是和她有不同意见吗?"

"凌婆婆不同意也是白搭啊,图章在凌婆婆手里。"

"你不会通过她的儿媳妇做工作吗?"章月芬说。

陈阿毛还是感到很为难:"这……"

"就在这份建房申请上盖个章……"章月芬回头看着放在地上的篮子说,"这两只鸭子你拿回去吧!"

陈阿毛一听章月芬让他拿回鸭子,立即拔腿就走,嘴里说着:"我知道了!"

刚跨出章月芬办公室的门槛,却与一个人撞了个满怀。陈阿毛抬头一看,正是他的死对头阿之嫂。陈阿毛恨恨地跺了一下脚,又往地上唾了一口唾沫,便飞快地走了。

三十八

这天上班前夕,唐颖推着她那辆老旧自行车,站在大街边上等候凌康胜。昨天傍晚,陆钦铭请她和凌康胜吃饭,三个人对莫娜娜的到来及昨天早上席宏北话中有话的意思,作了交换。陆钦铭把他所了解的情况和盘托出,凌康胜也把莫娜娜对他说的一些话,毫无保留地作了陈述,由此得出结论,这场车祸是蓄意的,传闻的始作俑者就是王阿之,目的是想让凌康胜和唐颖身败名裂,对南坡村的经济问题无法追查下去。现在社会上已经传得沸沸扬扬,许多人信以为真。戳破谎言最好办法就是把真相告诉群众,让谎言不攻自破,但如何将真相告诉群众,唐颖昨天想了一个晚上也没有想出个所以然。凌康胜聪明,鬼主意多,她想在上班前和凌康胜商量一下,看他有什么办法。

不一会儿,凌康胜骑着他的破自行车来了。一见唐颖,就将车骑到她面前,伸出腿踮着地面说:"你在等我?"

唐颖低声说:"我昨天晚上想了一夜,河滩上的事不知道该怎么办。"

凌康胜说:"先在社会部对席宏北说,然后到汪总编那里说。你依实说,你说完我来说!"

唐颖又问道:"那亲吻怎么说?"

凌康胜思想倒是很开放,镇定自若地说:"你当时是怎么想的,就怎么说!"

唐颖有点不好意思地说："这不好说啊！"

凌康胜说："你有勇气和我亲嘴，就没有勇气说真相？谎言最怕事实，必定不攻自破。"

两个人这样商量了一会儿，就一前一后走进《江湾晚报》的办公大楼。席宏北、陆钦铭和莫娜娜已经坐在自己的位置上，席宏北桌子上放着厚厚的一沓《职称申报表》，见他们进去就说道："职称评定正式可以申报了，大家把《职称申报表》拿去，申报中级的拿四份，申报初级的拿三份。"

陆钦铭率先站起来，拿了三份表格就回到了自己的位置上。席宏北奇怪地问道："小陆，你有条件评中级的，怎么只拿了三份？"

陆钦铭说："人贵有自知之明，欲望过高，会被碰得头破血流！我先评个初级吧，分房时分个小套我就心满意足了。"

凌康胜和唐颖走过去，席宏北给了他们每人四份《职称申报表》，叮咛说："要抓紧时间填写，业务总结应该写好了吧，一并交上来。"

凌康胜和唐颖还没有离开席宏北身旁，莫娜娜就走了过来，向席宏北伸出一只白嫩的纤手说："也给我四份！"

凌康胜和唐颖惊讶地看着莫娜娜，似乎在问："你也有资格评职称？"

席宏北也迟疑着，疑惑地看着她，但还是拿出了三份《职称申报表》，说："大学本科毕业从事新闻工作三年以上，才有资格申报助理职称。"

莫娜娜说："报不报是我的权利，批不批是你们领导的权利，给我！"

席宏北给了她三份，莫娜娜仍然伸手等着说："再给一份！"

席宏北说："评助理三份就够了。"

莫娜娜说："再给一份，要是写错了可以换一份。"

席宏北只好又给了她一份，莫娜娜高兴地回到自己的位置上。低头正在翻看《职称申报表》的唐颖见莫娜娜抬起头来说："席主任，我有些话想和大家说说……"

席宏北点点头说："说吧！"

"席主任昨天上午的重要讲话，我翻来覆去想了半天，有些话的精神我已经吃透了，但有些还是半生不熟，没有吃透……"唐颖说，"我想，席主任昨天的工作安排，是不是与我和阿康在南坡村附近的车祸有关？"

凌康胜说："有没有关系先不要说，先把你的想法说出来！"

陆钦铭也说："阿康说得对，把你的想法和事实经过说出来，以正视听！"

唐颖说："前天我和阿康从南坡毛纺织厂采访回来，途中被一辆手扶拖拉机撞到了河里。那条河又宽又深，河水湍急，我是只旱鸭子，一点水性也没有，河水很快就淹没了我的头顶，我失去了知觉。等我醒来时才知被阿康救上了岸……"她站起来，恭恭敬敬向凌康胜躹了一个躬说："阿康，要是没有你，我这条小命早就没有了！我大难不死，应该好好谢谢你！"

凌康胜连忙摇摇手说："小唐，何必呢，就是见陌生人落水，我也不会见死不救，更何况是自己的同事呢！"

陆钦铭说："要是遇到这样的事，我也会义无反顾地跳下水里去，可惜我没有这种机会！"

唐颖说："席主任，不知道这件事是怎么传到你的耳朵里的。世界上万事万物中，人的生命是最宝贵的，我遇到这样大的灾难，你为什么不关心一下我的生命安危，却对所谓的桃色新闻津津乐道呢？"她的声音有点颤抖："席主任，你说的工作安排是不是含有我们在搞不正当男女关系的意思？"

席宏北尴尬地说："我是根据领导的意见，对工作作了这样的安排。"

唐颖说："这个领导是不是汪伟？"

"小唐，你就别问席主任了，这个领导是谁，我已经知道了，等会儿我们就直接去找他。"凌康胜摆摆手说，"我也把当时的情况说一下。当时我在湍急的河水中摸索了很长时间，奋力游到小唐身旁把她拖到岸边时，已精疲力竭……"

唐颖说："我在河中喝了好多的水，命悬一线，我看到的是一位救命恩人，不是什么情人！"

席宏北皱着眉头，一言不发。他心里其实很明白，他昨天说话的意思，也就是这个意思。但他不是这些话的始作俑者，他不过是个传声筒，真善美和假丑恶，他心明似镜。现在明白了事实的经过，他更深感自己无意间伤害了凌康胜和唐颖，不觉心存愧疚，一时无语。

陆钦铭突然说："阿康，我想这场车祸是不是有人蓄意谋害？"

莫娜娜惊疑地问道："有谁要谋害你们？为什么要谋害？"

凌康胜也一直在考虑这个问题。他说："这场车祸是很蹊跷，那个驾驶拖拉机的人我好像在第一次采访时见过，就是附近的农民！"

陆钦铭说："报案，让公安局来查！"

陆钦铭的话启发了席宏北，他想此事关系确实重大，说："阿康和小唐也应该把事情的经过向汪总编说一下，让公安局把这件事查个水落石出！"

陆钦铭说："我正在调查一个案子，顺便和公安局的人说一下，不就行了？"

席宏北说："还是由组织出面比较合适。"

唐颖和凌康胜认为席宏北说得不错，两个人本来就商量好要去找汪伟说明情况，他们还怀疑这个流言蜚语的源头就是汪伟。两个人来到了汪伟的办公室。

汪伟正在全神贯注地低着头写什么东西，见他们进去，他放下手中的笔，抬起来头来，顺手从烟盒里抽出一支香烟，深深地吸了一口，吐出几个烟圈。他看着凌康胜和唐颖在他对面的椅子上坐下来，笑嘻嘻地问道："阿康，莫娜娜那篇毛纺织厂的报道写得不错，是你帮助修改的吧？"

凌康胜说："小莫自己写的，我不过是改了几个字！"

汪伟得意地说："看来小莫确实是块做记者的料，第一次写新闻就写得这么好，否则就埋没人才了！"

唐颖感到一阵好笑，凌康胜明明说的是假话，你也信？但凌康胜没有容她再想下去，马上转入了正题，说："前天上午我和小唐去南坡村采访，回来的路上小唐被一辆手扶拖拉机撞到了河里，这件事总编知道不知道？"

"你们不对我说，我怎么会知道呢？"汪伟淡淡地说，"这样的事情，你们为什么不早对我说？"

唐颖说："我们起初以为是件非常意外的事情，好在事情已经过去了，我只是受到了一些惊吓，也并无大碍，就没有惊动领导……"

凌康胜说："但现在出了一些情况，有必要向领导作些澄清。"

"哦？"汪伟问道，"什么事要澄清？"

于是，凌康胜和唐颖把遭遇车祸的前后经过，清清楚楚，滴水不漏地说了一遍。汪伟皱着眉头仔细地倾听着，不停地一口一口地吸着烟，偶尔询问一下，凌康胜和唐颖一一作了答复。

凌康胜最后说："我们本来以为这就是一场有惊无险的普通车祸，没有必要报告领导，但现在看来事情没有这么简单……"

唐颖说："阿康冒着生命危险，把我从死亡线上拽了回来，但背后却有人风言风语传播什么桃色新闻，而且传播的速度之快，令人难以置信！"

汪伟说："你们所说的事，我也是第一次听说……"

唐颖淡淡一笑，说道："汪总编统管全局，我遭遇车祸的事，你也是第一次听说？"

她明明听陆钦铭说,莫娜娜对他说过,车祸的事早已有人报告了汪伟,席宏北讲的有些话也是汪伟的意思。现在他却矢口否认,这就更加说明汪伟心中有鬼了。

凌康胜说:"总编既然已经知道了小唐遭遇车祸的事实经过,报社和社会上又有许多谣言。我想,第一,请报社领导召开全社职工会议,由我和小唐对事实经过作个说明;第二,我怀疑这不是一场普通的车祸,可能是场蓄意谋杀,务必请领导以报社的名义向公安局报案,一定要把这场车祸的幕后策划者揪出来!"

汪伟脸上露出了为难的神色,摇摇头说:"这……不合适!"

凌康胜心里非常不满,汪伟连忙解释说:"不是我不给你们召开大会说明这个问题,有的事情你不说还倒清楚,你一说反倒会让人感到确有其事,产生反面的效果……"

凌康胜说:"总编说的也许有一定道理,一部分人可能会加深对车祸的猜测,但大部分职工一定会相信我们,再加上我们请公安机关追查车祸的凶手,这样一定会有更多的职工相信说我们在搞婚外恋是造谣,是无中生有。相信绝大部分同志是一定会相信我们的,有这样一个效果我们就知足了!"

凌康胜的一番话,把汪伟说得哑口无言,汪伟只得说:"既然你们不怕流言蜚语会越传越大,那我和报社的其他领导商量一下再说吧!"

话说到这个程度,唐颖认为目的也就达到了,她说:"既然总编这样说了,我们就等候社里的通知。"她站起来对凌康胜说:"我们先回去吧,我还要和小陆去采访呢!"

回到社会部办公室,陆钦铭早已做好了采访准备,他们今天要去采访的对象,就是那天没有采访成功的王友生,因为唐颖已经打听到了王友生在城里做小工的工地。两人骑着自行车直奔那个建设工地,王友生正弯着腰在和水泥,他戴着安全帽,穿了一件破得不能再破的、丝瓜筋似的老头汗衫,白色的老头汗衫已经变得灰不溜秋。唐颖走到他面前,王友生露出了吃惊的神情,看着唐颖问道:"找我什么事?"

唐颖说:"我们是《江湾晚报》的。"

王友生说:"我知道。"

正在干活的许多工友听说是《江湾晚报》的记者,马上停住手中的活,惊诧地看着唐颖和陆钦铭。

唐颖说:"我们找个地方,谈谈好吗?"

王友却提高声音大声说道:"有什么事就在这里说吧,反正我什么也不知道!"

陆钦铭对王友生这种态度很反感,但他还是耐着性子说道:"还不知道我们要问你什么问题就说不知道,这不合适吧?"

唐颖说:"王师傅,我们知道你心里有委屈,我们非常同情你,但你受了什么委屈,我们怎么帮助你,你要给我们一个机会!"

王友生说:"我什么也不知道,你们也不用帮助我!你们走吧!"

唐颖心头一震,王友生把声音提得这么高是在向她暗示,这里不便与他们交谈,这是有意说给旁边的人听的。这个天不怕地不怕的男子汉,一下子变得如此胆怯,一定是受到了恐吓。他的这个行为,是在明确地告诉唐颖,隔墙有耳,他们不合适来采访。唐颖和陆钦铭都是聪明人,唐颖给陆钦铭递了个眼色,陆钦铭就会意了。唐颖说:"王师傅,那你忙吧,我们走了!"

唐颖和陆钦铭只好骑着自行车离开。以后唐颖又到工地找过王友生一次,但工地上的人回答说,自从那次她和陆钦铭找过他以后,他就辞职了,不知到什么地方打工去了。唯一能追查王阿之经济问题的线索就这样断了,调查陷入绝境。

三十九

夏至一过,天气就越来越热了,但这天傍晚"哗哗"地下起了暴雨,暴雨过后,天气凉快了许多。也就在这一天,吉婆婆又迈着她的三寸金莲,颤巍巍地来到了"镜花苑",直接登上二楼找到了王阿之的家。阿之嫂正在楼梯的拐弯处炒菜,吉婆婆扶着楼梯喘息了一会儿,怯生生地叫道:"阿之嫂嫂……"

阿之嫂抬头见是吉婆婆,大声道:"你又来干什么?"

吉婆婆可怜巴巴说道:"阿之嫂嫂,你们行行好,那两千元集资款还给我吧!"

阿之嫂手里挥舞着炒菜的铁铲,说道:"你的钱不是我借的,我没有!"

吉婆婆双腿一软就跪了下来,泪流满面地说:"阿之嫂嫂,你可怜可怜我吧,我这把老骨头今早不知明早事,你还给我吧!"

阿之嫂见吉婆婆跪在她面前,说道:"你起来,你这么大把年纪,跪在我的面前想折我的寿啊!你起来!"

吉婆婆不但没有起来,反而低下头在楼板上磕了一个重重的响头说:"阿之嫂嫂,你就行行好……"

这时，楼上楼下的邻居听到声音，从自己家里走出来。阿之嫂见看热闹的人越来越多，想尽早打发吉婆婆离开，上前去拉吉婆婆的手臂。吉婆婆跪在楼梯和楼板的交接处，挣脱拉扯之间，一不小心从楼板上滑落了下去。

远远站在楼梯下面看热闹的陈阿毛，幸灾乐祸地说："终于闯祸了！"

吉婆婆在楼梯上翻了几个跟斗像皮球似的滚落下来，昏厥过去了。凌婆婆一边大声呼喊着"吉婆婆，吉婆婆……"一边让纪耿直和天生娘把吉婆婆抱到自己家里，在自己床上躺好。凌婆婆拿来毛巾，给吉婆婆擦脸，天生娘拿着芭蕉扇，给吉婆婆扇风。吉婆婆终于缓过气来，有气无力地说："还我两千元钱来……"

凌婆婆安慰说："老姐姐，你别急，钱是一定有得还的。"

天生娘端来一碗凉开水说："吉婆婆，你先喝口水吧！"

吉婆婆喝了一口水就不喝了，非要从床上下来，说："我还是到王阿之家去等吧！"

纪耿直说："王阿之什么时候回来是不一定的，钱我负责给你讨回来！"

凌婆婆说："钱我儿子也会帮你讨的！"

这时候有人喊道："阿康回来了！"

凌康胜见自己家里被人围得水泄不通，以为家里又发生了什么事，急忙把小萌从自行车上抱下来，把自行车往旁边的墙边一摆，拎着手提包快步走进家里。他走近母亲的床前，马上就认出了吉婆婆，吃惊地问道："吉婆婆，你怎么在这里？"

吉婆婆也认出了凌康胜说："你就是《江湾晚报》那个记者？"

凌康胜一步上前，握住吉婆婆的一只手臂说："吉婆婆，是我，我叫凌康胜！"

吉婆婆却甩开凌康胜的手臂，很严厉地喊道："扶我起来！"

屋子里的人都被吉婆婆冷丁的神情变化弄得莫明其妙。凌婆婆看着吉婆婆说："这是怎么回事？"

吉婆婆挣扎着下了床问道："那篇南坡毛纺织厂生产正常的报道，是你写的吧？"

凌康胜点点头说："这是报社安排的。"

吉婆婆站起来，气愤地说："我不管是谁安排的，这篇报道瞎三话四，胡说八道，帮着王阿之欺骗群众，你也不是什么好东西！"

凌康胜给她劈头盖脸说了一番，感到很委屈。他说："吉婆婆，你听我说……"

吉婆婆哪里肯听他的解释，她推开围着的众人向门口走去。凌康胜想去搀扶，也被她推开了。吉婆婆摇摇晃晃走到门口，在一把小椅子上坐下来，一把鼻涕，一把眼泪大哭起来。"可怜啊……我老太婆的命为什么这样苦啊……"吉婆婆哭诉着，"我十八岁嫁南坡乡……二十三岁就死了老公,我也生养过一个儿子,儿子养到十岁,也是我命中注定,儿子十岁那年溺水身亡……"

天生娘被吉婆婆哭得一股心酸涌上心头,她带着哭腔劝说道:"吉婆婆,你要看到希望,生活会一天天好起来……"

纪耿直却阻止天生娘说:"你让她哭,让她把心里的委屈、忧愁和苦难都诉说出来,这样她也许会好受一些。"

吉婆婆一边哭一边诉说着:"那时我身强力壮,在生产队里忙完了活儿,再忙家里的活儿,拔猪草养肉猪,种自留地,养鸡生蛋,上城卖菜、卖鸡蛋……我的两千元钱,就是这样一分一分存起来,一角一角从嘴巴上省下来的。好不容易积蓄了两千元棺材板钱,村里说集资办厂每年分红,没有想到只分了两年红,以后一分钱也没有再见过……我好可怜啊……"

吉婆婆哭了一场,颤巍巍地向"镜花苑"大门外走去,一边走一边哭诉着:"我的棺材板钱没有了啊,我的棺材板钱没有了啊……"

众人没有把吉婆婆留住,站在"镜花苑"大门口,目送着吉婆婆在视线中消失。

很快到了吃晚饭时间,小萌爬上凳子拿起筷子,看到原本她母亲坐的位置上也放上了一把筷子,问道:"妈妈什么时候回来?"

凌康胜不耐烦地说道:"不知道!"

凌婆婆拿着两只盛了饭的碗走到桌前,一只碗放在小萌面前,另一碗放在凌康胜面前,说:"爱娟离家也有好几天了,阿康,你该把她叫回来了。"

小萌说:"爸爸,你快把妈妈叫回来吧!我要妈妈……"

凌康胜怒气未消地说:"不管她,爱回不回来!"

凌婆婆说:"阿康,这就是你的不对了,那一天是你不该动手打爱娟,你去向她道个歉,把她接回来!"

凌康胜说:"那天是她不该扔你的被子、你的相框,她有错在先,应该是她向我道歉!"

凌婆婆说:"爱娟在气头上,情绪无法抑制,扔我被子,扔我相框,也是很正常的。你是男子汉,男子汉要有男子汉的气魄,否则怎么治国安邦平天下?"

小萌说:"奶奶说得对!爸爸,你气量这么小,将来怎么治理天下?"

凌康胜狠狠地瞪了她一眼说:"给我好好吃你的饭吧!"

这时,有一位青年妇女急急忙忙跑进来说:"凌婆婆,长陀江那边有个老年妇女投江自尽了,他们说这个老人就是傍晚从你们这里出去的。你们快去看看……"

凌康胜立即放下饭碗对母亲说:"妈,你在家看住小萌,我去看看!"就急急忙忙地跟着那个妇女出去了。江边已经聚焦了许多人,他挤进密密麻麻的人群,只见河滩上直挺挺地躺着一个人,上面覆盖着一领席子。凌康胜的心紧缩了,跨前一步,掀起席子,果然是吉婆婆。吉婆婆双眼微睁,一脸安详,好像临死前没有什么痛苦。凌康胜双膝下跪泣不成声,一只手在吉婆婆的额头上轻轻捋了一下,让吉婆婆合上双眼,悲痛欲绝地说:"吉婆婆,你不该这样,你不该这样啊!我说过一定帮你解决问题……"

那个青年妇女说:"这个老婆婆就坐在江边的石坎上,呼天抢地的号啕大哭,后来老人不哭了,在江边来来回回地徘徊了许久,嘴里唠唠叨叨地说着一句话。"

凌康胜盖好席子站起来问道:"什么话?"

年轻妇女说:"两千元钱。是不是有人偷了她两千元?"

凌康胜说:"是有人欠了她两千元钱!"

凌康胜这么一说,立即激起了群愤。大家愤愤不平地议论起来,有人骂道:"连老太婆的钱也敢欠着不还,这个人真是该千刀万剐,不得好死!"

凌康胜说:"我给南坡乡打个电话,让他们乡政府来处理后事。"

这时有人说:"那边停着一辆轿车,好像是南坡毛纺织厂厂长王阿之的……"

距离吉婆婆投江的地方不远处,确实停着一辆桑塔纳。这辆轿车正是王阿之的,他本来也想走过去看个热闹,但从江边传过来的议论声说是吉婆婆为了两千元钱投江自尽了。他不由得心里发怵,连忙钻进轿车里,一溜烟地开走了。

不一会儿,南坡乡政府派来了人和车子,把吉婆婆的遗体拉走了。

四 十

快下班时,邵敏敏给陆钦铭打来电话,说有要事相商,要他在儿童公园的假山旁等。下班时间刚过,陆钦铭就骑着他那辆破旧自行车,来到儿童公园。这是本市最大的一个公园,据说是明朝一位礼部尚书的后花园,占地一百多亩,楼阁台榭,假山河塘,一应俱全。傍晚时分,公园里游客不多,夕阳照射在公园的树木、草地和湖泊上,泛起色彩斑斓的光芒。陆钦铭将自行车停在公园大门口直奔假山跟前,邵敏敏见他来了,从假山里面走出来。

陆钦铭没有替她办成事,心里很是愧疚,刚想说什么,邵敏敏抢先说道:"小陆,我心有不甘,还想当记者。"

陆钦铭一愣,说道:"报社已经把你调离记者岗位,除非你调到广播电台或者电视台去!"

邵敏敏摇摇头说:"我哪里也不去,就要在《江湾晚报》!"

陆钦铭问道:"你和汪伟说好了?"

邵敏敏又摇摇头说:"没有。我想用业余时间和你们一起去采访,用你们的名义发稿。"

陆钦铭大惑不解地说:"这怎么行?"

邵敏敏说:"这怎么不行? 如果是业余时间我和你们一起去,稿子我来写,如果你们有重大采访任务,我就请年休假……"

"你说的'你们',是指哪些人?"

"你、阿康哥和唐颖姐。"她停顿了一下,若有所思地说,"你们最近不是在调查南坡村哄抢事件的内幕吗? 我也要和你们一起去!"

"我和阿康、小唐商量一下,好吗?"

"你和他们打声招呼,说我也要参加他们的行动,我想他们一定会同意的。最近阿康哥和唐颖姐婚外情的事,在报社传得沸沸扬扬。但我相信阿康哥和唐颖姐的人格和品质,这种事在他们身上是绝对不可能发生的!"说到这里,邵敏敏秀丽的脸庞上露出憎恨和蔑视的神情,继续说,"不像有些人衣冠楚楚,道貌岸然,心底里却是男盗女娼、鸡鸣狗盗。"

他吃惊地问道:"前几天不是专门召开了全社职工大会,为阿康和唐颖的车祸作了说明,公安局也在追查那个拖拉机手,怎么谣言还在传播啊?"

邵敏敏说:"说阿康哥和唐颖姐有婚外情,这本身就是恶意中伤。为什么上午发生的车祸,下午谣言就满天飞了? 这说明传播这个谣言的人非等闲之辈。"

陆钦铭对她分析这样透彻感到吃惊,她怎么会知道得这么多?

邵敏敏似乎看穿了他心中的疑惑,说:"图书室是个消息最灵通的地方,我也算是个消息灵通人士。"

陆钦铭"哦"了一声,随后答应了她说的要求:"那好,即使阿康他们不答应,我也答应你！你有没有弄清楚莫娜娜为什么能当记者,而你却到了图书室?"

"我为什么会到图书室? 莫娜娜为什么会当记者? 这个原因我现在还不能告诉你!"邵敏敏说着,俊秀的眉目中闪烁着一股无名的火焰。

陆钦铭不好意思再追问,两个人说了一会儿话也就分手了。第二天,陆钦铭把这个要求告诉了凌康胜和唐颖,两人都认为好。唐颖说准备和凌康胜再去南坡乡采访,明天正好是星期天,就让邵敏敏和她一起去。本来她还想和阿康一起去,但两个女人去采访,显然比和阿康去采访要方便得多。另外,王阿之和阿康同住一个院子,也不太合适。陆钦铭马上把这个消息告诉了邵敏敏,邵敏敏显得很高兴。

第二天一早,唐颖和邵敏敏就一起骑着自行车去了南坡乡。邵敏敏显得很开心,脸上的阴霾一扫而光,骑着当地生产的26英寸飞雪牌自行车,上身穿一件乳白色的齐肩短衫,下身穿一条刚刚过膝的裙子,两只细皮嫩肉的手臂,和那一对高高隆起的乳房,令人浮想联翩。她虽然身材娇小,但举止端庄可人,和唐颖相比别有一番风韵。

当两人骑着自行车来到遭遇车祸的河岸时,唐颖跳下自行车,指着前面一片河水说道:"小邵,这里就是我那天遭遇车祸的地方。"两个人站在河岸上,望着宽阔的河面,河水缓缓地向东流去,冉冉上升的太阳照射在河面上,波光粼粼,气势磅礴。

唐颖捋了捋被风吹乱了的头发,说:"小邵,你知不知道追踪南坡村哄抢事件的根本原因并把它揭露出来是有风险的?"

邵敏敏说:"知道。"

唐颖问道:"知道,你还要参加?"

邵敏敏说:"我什么也不怕,怕的是我做不好一名合格的记者。"

两个人这样说着,开始往南坡毛纺织厂骑去。快到南坡毛纺织厂的门门口时,远远望去,厂里静悄悄的,没有车辆和人员往来的痕迹。

两个人在厂门口很远的地方跳下自行车。"今天我们是来看看的,不写报道。我想调查几个人,主要把南坡毛纺织厂亏损严重的原因查出来。"唐颖从腰型提包里取出一只火柴盒大小的盒子,交给邵敏敏说,"这是微型录音机,等会儿我提问,你把我们的谈话录下来,但要录得隐蔽。我们先去车间转转,然后去找王枢枢。"

邵敏敏将录音机放进手提包里,两人便一前一后走进厂里。唐颖从手提包里取出相机挂在胸前,熟门熟路地走到一个车间里。这是纺织车间,门开着,车间里却悄然无声。企业死气沉沉,难怪吉婆婆由希望变成了绝望。唐颖想,一家村民们寄托着无限希望的企业,弄成这个样子,难道仅仅是王阿之一个人造成的? 里面一定还有更深层次的问题。唐颖拿出照相机打开快门，从不同角度拍了几张相片，然后对邵敏敏说："我们到厂部找王枢枢！"

厂部办公楼同样安静得瘆人，难得见到一个人影。唐颖敲着总会计室的门，来开门的正是王枢枢。他手里拿着扑克牌，感觉正在打扑克。见是唐颖，王枢枢先是吃了一惊，接着就很客气地把她和邵敏敏让进了办公室。办公室里和室外是两个世界，办公室一角立着一台两匹立式空调，正徐徐地送着冷风，大概温度开得比较低，唐颖和邵敏敏穿着无袖衬衫，手臂裸露在外，略微感到一丝寒意。房间里烟雾腾腾，一股刺鼻的烟草气扑鼻而来。屋子里确实是在打扑克，另外三个人手里也拿着几张扑克牌，坐在沙发上围着茶几，茶几上放着好几盒香烟和散乱的扑克牌。三个人注视着唐颖和邵敏敏走进办公室，交头接耳地议论起来。唐颖隐约听见一个子矮小的中年男子低声说："个子高挑的这个女的就是……"另外两个男子立即把目光转到唐颖脸上，露出了猥琐的神色。

王枢枢走到那三个人面前，毫不客气地说："你们都出去吧，我有事了！"

三个人将手中的纸牌随便往茶几上一掷，站起来离开座位。当那个小个子的男人走过唐颖跟前时，唐颖突然感觉此人似曾相识。

王枢枢做了一个请的手势说："欢迎两位记者大驾光临！"

"我不用介绍了，王总会计是认识的！"唐颖坐下来，指着邵敏敏说，"这位是我的同事。"她留了个心眼没有说出邵敏敏的名字。

王枢枢握了握邵敏敏娇小的手说："幸会！幸会！"

邵敏敏伸手和他握了握就坐了下来，一只手伸进手提包里，打开录音机的开关。她把手提包放到茶几上。

王枢枢一边给唐颖和邵敏敏倒着水，一边眉飞色舞地说："感谢《江湾晚报》报道了我们厂生产蒸蒸日上的形势，扭转了我们的负面形象，为我们企业腾飞打下了良好的基础。"

唐颖脑海里突然一闪，刚才离去的那个矮个子男子，不就是上次把她撞下河里的那个拖拉机手吗！她随即问道："刚才出去的那个小个子男人，是不是你们厂的拖拉机手？"

王枢枢毫不掩饰地说："是啊！上次的事实在对不起唐记者，让唐记者受惊了！"

唐颖说："你也不必道歉，问题是那辆拖拉机是怎么回事？开得好好的怎么会突然失控？"

　　王枢枢说:"前几天公安局的人来查过了。他们询问了拖拉机手又察看了拖拉机,造成那次车祸的根本原因是拖拉机刹车突然失灵。公安局已经向报社作了通报,是件意外事故。"

　　既然公安局已经得出了结论,唐颖也无话可说,她转变话题,问道:"上次我们晚报记者来采访时,车间里马达轰鸣,人流如织,今天却是冷冷清清,好像已经停产的样子。这是怎么回事?"

　　王枢枢微笑着说:"你们来得不巧,我们厂里的职工本来就是农民,现在正是农村最忙的季节,早稻要收割,晚稻要插秧,我们放了农忙假……过几天你们再来,我们一定又要起早落夜三班倒了。"

　　唐颖点了点头,对王枢枢的说法表示赞同。她又问道:"上次发生职工哄抢事件时,职工们说已经一年多未发工资了,集资款也有两年未发利息。我想问的是……"唐颖记起上次和凌康胜来采访问到这个问题时王枢枢回避了,这次她提出同样的问题,看他怎么回答,"我想知道是什么原因,为什么企业拖欠职工工资和利息这么长时间?"

　　王枢枢皱起了眉头,眨了几下眼睛,眉头舒展开来,微笑着说:"按我们农村的规矩,我们是一年分一次红,全年工资都要在年终统一结算,刚办厂时我们就是这样做的,后来厂里效益好了,厂长说每个月发给职工工资,没有想到这样就成了习惯。近几年厂里效益下降,厂长又要改成年底统一分红,大部分职工同意了,但一部分职工不同意,所以发生了哄抢事件……"

　　王枢枢说得似乎很有道理,但再仔细一想,破绽就出来了。集资款的利息发不出也有两年了,工资发不出也已一年多了。上次她和凌康胜采访茅乡长时,茅乡长曾经说过王阿之从一家纺织厂购进了二手纺织机,在保质期内还算正常,但过了保质期后,这些织机老是出故障,不能进行正常生产,做做停停,产品质量得不到保障,企业信誉也随之下降,而且那些机器设备的零配件价格又贵得出奇。产品质量上不去,成本必然上升,产品大量积压,企业就被拖垮了。那么这些机器设备王阿之又是从哪里进来的呢?

　　唐颖问道:"我听茅乡长说,你们厂购买的那些织机,过了保质期后老出故障,让你们厂遭受到了严重的损失,是不是这样?"这是这次采访的重点,为防止王枢枢不回答或转移话题,唐颖抬出了茅乡长。

　　这一招果然灵验,王枢枢只好顺着竿子往上爬,说:"谁说不是呢!这批机器设备确实把我们厂害苦了。我们停工停产,费时费工不算,还要花费大量的经费购买零配件……"

唐颖紧追着问道:"那么这些设备是从什么单位进的呢?"这是这次采访的核心问题,如果这个问题得到明确答案,接下来的事就好办了。

王枢枢显然有点紧张,但他马上就镇静下来了,回答说:"这是厂长一手经办的,我不知道他是从什么地方进的货。"

唐颖有点失望,她不死心,继续问道:"机器设备进厂,厂里总有进货的原始单据吧?"

王枢枢说:"我们乡镇企业对单据资料从来是不重视的,这些资料早就丢掉了!"

唐颖感到很懊恼,也许王枢枢在说假话,也许这是真的,乡镇企业忽视资料工作的现象确实是存在的。唐颖想现在再问也问不出什么问题了,要想得到真实可靠的材料还得另辟蹊径,就随便又聊了几句,告辞了。

两人走出厂部,邵敏敏说:"看来要问清楚这些织机是从哪里进的,还得问王阿之。"

唐颖说:"我们去问王阿之,王阿之必然会告诉汪伟,汪伟又会给我们追踪报道设置障碍。"

邵敏敏说:"你们不方便问王阿之我去问,只要对你们采访有利,这事我来做!"

唐颖看了一眼邵敏敏,此时她好像在和谁赌气,秀丽的脸庞上露出了非常严肃的神情。邵敏敏这样仗义也许是出于一种新闻工作者的本能,也许另有隐情。唐颖想起吉婆婆的死,又想起哄抢事件发生的那天村民们企盼的眼神,她们必须把问题的根源查找出来,这是新闻记者的职责,但他们不能让一个无辜的同事也牵涉其中。于是唐颖对邵敏敏说道:"我已经和你说过,此事有凶险,你辅助一下可以但不能深陷其中。"

邵敏敏很坚决地说:"这个凶险我知道,你们能经受得住,难道我不能? 唐姐,你说吧,下一步怎么办?"

唐颖说:"我和阿康商量一下再说吧!"

邵敏敏说:"好,我等着你们的消息。"

她们说着话向厂外走去,十几个小孩子聚集在大门外她们的自行车旁,像一群刚刚出笼的小鸡,"叽叽喳喳"地不知道在议论什么。孩子们见她们走近大门口,一个孩子大声喊道:"开始唱!"

孩子们参差不齐地唱了起来:"有个女人不要脸,太阳下,河滩上,抱个男人不放了,脸不红,心不跳,你们说她要脸不要脸……"邵敏敏心里一惊,这几个孩子是怎么回事? 这不是指桑骂槐说唐颖吗? 她气得要冲过去把孩子们赶走,唐颖向她使了个眼色。

唐颖显得很冷静,将手提包放在车兜里,打开自行车的锁说:"身正不怕影子斜,别跟孩子们计较,我们走吧!"一抬腿上了自行车,飞快地骑走了。

孩子们的声音听不见了,唐颖说:"这是王阿之做贼心虚,怕我们再去调查他的问题。"

邵敏敏不明其意,问道:"何以见得?"

唐颖说:"他们编这样的儿歌,说明那场车祸确实是王阿之他们所为,我和阿康婚外情的虚假信息也是他们传播的,这是明火执仗地在警告我们,别多管闲事了!"

邵敏敏恍然大悟说:"哦,是这么回事!"

"如果我们由此住手就什么事也不会再发生,如果我们还要继续追踪,还可能会遇到更大的风险!"唐颖缓了口气说,"王阿之并不可怕,可怕的是与王阿之联手的那个人。"

"谁?"

"现在我还不能确定。"

"他们还会有什么花招?"

"现在我还不知道,但他们会无所不用其极。"唐颖说,"如果我们由此罢休,怎么对得起我们的责任和良知? 怎么对得起为了两千元钱死去的吉婆婆?"

四十一

傍晚下班以后,康丁贤刚刚和儿子小斌走进屋里,阿之嫂就"丁贤兄弟,丁贤兄弟!"地叫着跟了进来,神情慌张地说道:"丁贤兄弟,大事不妙啦! 陈阿毛的建房报告已经送到街道,章主任批准啦!"

康丁贤说道:"陈阿毛建房跟我有什么关系? 他有钱哪里不能建房?"

阿之嫂心如油煎,焦急地说:"你真是个书呆子!陈阿毛建房是建在你们后园的啊!"

康丁贤大吃一惊,问:"街道没有征求我的意见,怎么就批准了呢?"

阿之嫂说:"你书读得越多越糊涂了,听说城建局那个董科长收了陈阿毛一只大甲鱼,陈阿毛也给章主任送了两只老鸭,等城建局大印一盖,你们家那个后园就是他陈阿毛的啦!陈阿毛说钱能买通关节,根本用不着和你打招呼,哪里像我们这样规规矩矩,讲政策,照章办事!"

张阿珍听到阿之嫂的声音从里屋走出来,问道:"这么的大事,我家婆婆知不知道?"

阿之嫂嘲笑道:"你也是聪明脑袋笨肚肠,他要你家婆婆知道干啥?"

张阿珍说:"这个陈阿毛倒是落手快!这可怎么办啊?"

康丁贤气愤难平地说:"这还有没有公理啦?"

阿之嫂说道:"什么理不理的,老百姓有钱就是理。章主任还说陈阿毛是新时代的企业家,为发展街道经济作出了贡献,没有政策也要制造政策。你们听听,这就是陈阿毛有了钱以后得到的理!"

阿之嫂话说得有点过了头,康丁贤开始有点怀疑,说:"政策是要政府来制定的,一个小小的街道办事处有什么权力来制定政策?"

"你还不信?我可是亲耳听见章主任说的。"阿之嫂感到有点失望,但并不死心,"依我看,你们还是把后园答应给阿之他们厂吧!给阿之他们厂你们还可以得到许多实惠,房子可以调得大一点,阿珍可以调到城里,你的小说马上就可以发表,否则这样下去只能是鸡飞蛋打!"

尽管阿之嫂说得有根有据,但张阿珍坚决地说:"我宁愿一辈子在乡镇企业里工作,宁愿丁贤的小说永远不发表,这事决不同意!"

阿之嫂急起来说:"丁贤兄弟,你是个读书人,明事理懂道理。你不为自己前途着想,也得为丁贤嫂着想,你总不能让丁贤嫂刮风下雨来回奔跑一辈子啊?"

康丁贤似有所动,优柔寡断地说:"这件事容我想想……"

阿之嫂说:"我家阿之说,当断不断反受其乱。丁贤兄弟,还犹豫什么?否则你们这块地一分钱也不值了啊!"说完她就走了。

阿之嫂这番话,在康丁贤的心中投下了强烈的震撼弹。现在是改革开放初期,新政策、新法规层出不穷,阿之嫂虽然有点危言耸听,但也是有可能发生的。两夫妻决定和凌婆婆、康生弟商量商量,听听他们的想法。康丁贤刚刚迈出自己家门槛,只见对面凌康胜家门口又聚集了许多人,他三脚并作两步走过去,只见李爱娟正在屋子里发飚。

李爱娟大声哭喊着,像一头发情的母狮,手脚并用,先把一桌饭菜掀翻到地上,又从床底下拖出凌婆婆的那只箱子,猛踢一脚,盖子和箱子分裂开来,里面衣服杂物一目了然,箱子的角落里一个正方型的小盒子,放的正是凌婆婆的印鉴。凌康胜被两个五大三粗的男子拉扯着无法脱身,怒容满面地大声吼叫着:"你不想回这个家,你给我滚!"小萌扯着她母亲的衣服哭喊着:"妈妈,别踢箱子了!"凌婆婆哭泣着说:"爱娟,贤德妻子夫祸少。我求求你,别闹了! 都是阿康不好,我正要让他到你家赔不是,你就来了!"李爱娟正怒火中烧,顾不得女儿的劝阻、婆婆的苦苦相求,一抬手把整张饭桌掀翻了,吼叫着:"我让你们吃饭,让你们吃得痛快!"凌康胜怒气冲天,一脚踢在李爱娟的小肚上。她顺势倒在箱子旁边,伸手将那个小盒子拿到手里,然后双手捂住肚子,整个身体弯成了虾米,大喊:"你还敢踢我! 痛死我了啊!"凌婆婆连忙去扶李爱娟,李爱娟却猛地将她推开。她大声斥责说:"你给我滚开!"凌婆婆被李爱娟用力一推,跌跌撞撞地快要跌倒,一个体格健壮的女子将她拦腰抱住,才没有跌倒。这个女人正是张阿珍,她大喝一声说:"爱娟差不多了,别再闹了! 竹竿也有个上下节,婆婆总归是婆婆,你怎么能这样对待婆婆?"她是听到李爱娟的叫骂声和掼东西的声音跑过来的,同时挤进来的还有唐颖和邻居纪耿直、天生娘。唐颖是来和凌康胜商量问题的,没有想到正好碰到李爱娟大闹"天宫"。天生娘帮纪耿直阻挡着几个想冲进来的年轻人,这些年轻人是来帮李爱娟打"还风阵"的,叫嚷着:"爱娟,把他打你的耳光还回来!"李爱娟从地上爬起来,怒视着凌康胜,突然打来一记耳光,但这记耳光没有打在凌康胜脸上,而是打在了唐颖的手提包上,唐颖的手提包里只有照相机,痛得她腰也直不起来。唐颖严厉地说:"你们有话不会好好说吗? 又打又闹的算什么本事!"纪耿直说:"爱娟,你不能为了一己私欲,弄得家里鸡飞狗跳的,更不能这样对待你的公婆……"他见小萌站在凌婆婆身边,小眼睛噙着泪水看着她的母亲。纪耿直对她说,"小萌,伯伯给你讲的新媳妇到知县那里状告婆婆的故事还记得吗?"小萌点点头说,"妈妈,你不能这样对待奶奶!""新媳妇状告婆婆"是个家喻户晓的民间故事,说的是长辈要给晚辈作榜样的道理。唐颖说:"孩子年幼,很容易上行下效! 李爱娟,你不能给孩子树起一个不良的榜样!"李爱娟抬起眼帘看着唐颖,酸溜溜地说道:"我以为是谁啊,原来是报社的大记者! 怪不得凌康胜敢打老婆,敢不要这个家,原来是有人在作祟!"这时康丁贤也挤进屋里,掰开那两个挟持着凌康胜的青年的手臂,张阿珍和天生娘把凌婆婆扶到床沿上坐好。天生娘说:"一日夫妻百日恩。爱娟,上次阿康打你是他的错,这次你上门来闹事则是你的错!不能以错纠错,这样没完没了的成什么样子?"凌婆婆哭泣起来:"我会死的,只要我死了这个家就太平了。"张阿珍挥挥手说:"大家都散了吧!没有事了!"天生娘也拉着李爱娟的手臂说:"阿康嫂,俗话说夫妻吵架,床头吵架床尾和。今天你就回家吧!"李爱娟踢了一脚倒在地上的桌子,怒气未消地说:"我还回什么家?这个家迟早是要散的!"说完向她的兄弟姐妹挥了一下手说:"我们走!"一群人就吵吵闹闹地走了。

他们一走,屋子里就没有了多少人。张阿珍开始收拾屋子,天生娘帮助扫地,大家一阵叹息。凌婆婆批评儿子说:"我早知道会有这一天,让你去道歉把爱娟接回来,你就是不去!"凌康胜说:"妈,事情没有你说得那么简单!我就是跪在她面前,她也是不会回来的……"张阿珍莫明其妙问道:"那是为什么?"凌康胜说:"她是要用我们家的后园去换现钱!"张阿珍和康丁贤异口同声地说道:"这怎么行?!"

四十二

第二天一上班,凌康胜就把《技术职称申报表》交给了席宏北。在席宏北桌子上已经放着莫娜娜和陆钦铭的两份申报表,席宏北手里还拿着唐颖的申报表在翻看着。他接过凌康胜的申报表,放下唐颖的申报表翻看起来。凌康胜回到自己的位置上,扫视了一眼办公室,见唐颖和陆钦铭两个人都不在,但手提包都放在桌子上,估计他们早来了,可能是到邵敏敏的图书室商量问题去了。

莫娜娜坐在自己的位置上看报纸,见凌康胜看她,便问:"凌老师,今天去哪里采访?"

凌康胜说:"今天暂时还没有采访任务,我到图书室找一点资料,你就自己安排吧!"说着向席宏北打了一声招呼,到图书室去了。唐颖和陆钦铭果然都在,见凌康胜推门进来,唐颖开门见山地说:"昨天我和敏敏到南坡毛纺织厂采访,找的还是王枢枢,又碰了钉子。"

邵敏敏从手提包里取出录音机说:"这不能说是碰了钉子,收获还是有的,你们听一听录音就知道了。"她揿了一下按钮,录音机立即响起了王枢枢清晰的声音。听完录音,邵敏敏说,"王枢枢已经承认织机是王阿之从外地一家单位引进的,这些织机保修期一到,就接二连三地出问题。这说明王阿之进的这批织机是有问题的!"

唐颖说:"但我问王枢枢,王阿之是从什么单位进的货,他却一问三不知。"

邵敏敏说:"王枢枢躲躲闪闪,避重就轻,这就是问题的重点! 还有我们从厂部出来,遇到一些小朋友在唱儿歌,唱的就是你们那天遇车祸的事。这说明他们很紧张,根本不喜欢我们再去。为什么要躲避记者的采访,又用儿歌来阻止? 这里确实有问题。"

唐颖说:"这说明上次的车祸确实是王阿之所为,编儿歌的这个人就是王枢枢。"

陆钦铭问道:"你怎么知道编儿歌的人一定是王枢枢呢?"

唐颖说:"上次我和阿康采访茅乡长时,茅乡长就说王枢枢是乡村土秀才,平时会舞文弄墨,写点歪诗,那首儿歌虽然没有什么水平,但它还能让小朋友唱出来!"

凌康胜说:"村民们说,王枢枢是老三届的初中毕业生,这点水平他应该还是有的。"

陆钦铭问道:"下一步你们准备怎么办?"

唐颖说:"要查南坡毛纺织厂的经济问题,重要的是查往来的账目。王枢枢说,农村的企业是不留单据的,没有单据也就没有账目。这就是说,查看账目这条路已经被堵死了。"

陆钦铭说:"是不是无计可施啦?"

邵敏敏说:"事在人为,只要阿康哥和唐姐坚持要查到底,办法总归是有的。"

凌康胜坚决地说:"一定要查到底! 否则怎么对得起我们的良心!"

陆钦铭说:"我泼一下冷水,你们可别忘记了上次的教训。上次你们报道说王阿之被隔离反省,汪总编立即要你们刊登更正声明,又要你们采写一篇正面报道。你们有没有想过这里面的原因? 王阿之的经济问题就是查清楚了,你们的稿子汪总编会同意发吗?"

邵敏敏说:"这说明汪伟也有问题,就更应该往下查了,要一查到底!"

凌康胜说:"现在还不是考虑刊登稿子的时候,而是如何才能把问题搞清楚。要不我们再去找一下茅乡长,从他的嘴里掏出点真材实料?"

唐颖摇摇头说:"他肯定和王阿之鼠蛇同窝,是调查不出问题来的。"

这时,邵敏敏桌上的电话机响了,她拿起话筒听了一会儿,对凌康胜说:"莫娜娜的电话!"电话里传来了莫娜娜娇滴滴的声音:"是阿康吗?"

　　凌康胜回答说:"是我!"

　　莫娜娜颇为着急地说:"阿康,总编让你去一趟他那里!"

　　"什么时候?"

　　"就现在!"说着莫娜娜就把电话撂下了。

　　陆钦铭问道:"什么事,刚上班就让你去?"

　　凌康胜确实不知道汪伟这么早找他葫芦里卖的是什么药,走进汪伟的办公室才发现席宏北也在。汪伟的写字台上放着一大堆《技术职称申报表》,显然席宏北是送申报表来的,见凌康胜进去也就告辞了。凌康胜在汪伟对面的椅子上坐了下来。

　　汪伟手胖乎乎的脸上浮起一丝笑容,抬起头来看凌康胜,说:"我正在看你的《技术职称申请表》,你已经在《江湾晚报》工作五年以上,有五篇新闻报道被省级以上报刊转载,还有六篇论文刊登在省级以上学术刊物上,这些新闻业绩和学术成果在我们报社首屈一指,就是在全市新闻系统内也是不多见的……"

　　凌康胜见汪伟夸奖他,连忙谦虚地说:"哪里! 哪里!"

　　汪伟点燃一支香烟,深深地吸了一口,又将烟雾长长地吐了出来,烟雾在他的眼前形成了一圈又一圈的雾气。他继续说:"按照你的业绩评个副高也绰绰有余。"

　　凌康胜心里一震,感觉天上掉馅饼了! 他转头一想,整个晚报有评副高资格的人至少有六七位,但按规定报社聘任副高的指标只有三四位,狼多肉少,他能评上个中级也就谢天谢地了。汪伟这样说,也许是"长子宽宽矮子心",一种口头上的安慰罢了。他说:"这次我就争取评个中级,副高的事五年以后再说吧!"

　　汪伟赞成地点了点头说:"我这次也申报了个副高,正高五年以后再说吧!"

　　凌康胜想,他也得恭维一下,便说:"总编评个正高条件也是绰绰有余,为什么不一步到位呢?"

　　"还是留有余地吧!"他话锋一转,脸色阴沉下来问道,"你们又去南坡村采访了?"

　　凌康胜心里一惊,刚才天上掉馅饼的感觉立即消失得无影无踪,汪伟绕来绕去,还是绕到了南坡村的事上。他回答说:"是啊,有些材料还得补充一下。"

　　汪伟口气生硬地问道:"你们还要补充什么材料?"

　　凌康胜的心情并没有随着汪伟脸色的变化而变化,他有理有据地说:"我们感觉南坡毛纺织厂有些问题还需要作些调查,一个好端端的企业为什么会几近破产,连村民的集资款都还不了,弄得吉婆婆投河自尽。这有什么不妥吗?"

凌康胜认为,在遵守国家法律法规的前提下,记者有采访的自由,他们要搞清问题的真相,还村民们一个公道,王阿之他们却藏着掖着地躲避调查,这里一定有问题。

汪伟说:"南坡毛纺织厂的生产和管理已经进入正常,我们已经对读者有了交代,你们的采访可以告一段落了,还有什么材料需要补充?"

凌康胜说:"不错,我和莫娜娜是根据你的指示去采访过南坡毛纺织厂,但那是一篇欺骗读者、欺骗舆论的报道。不信,你可以亲自去看一看南坡毛纺织厂现在是个什么状况。"

汪伟终于忍不住发火了,大声说:"你们要采访可以,但必须在组织的统一安排下进行,你们擅自采访,这是无组织无纪律的行为! 你和唐颖擅自去南坡村调查,要写个情况说明,马上交给我!"

这时,门外响起敲门声,他对着门口喊道:"进来!"

凌康胜也是一脸的不高兴,还想争辩下去,但有人进来了,他只好站起来告辞。进来的是莫娜娜,他向她笑了笑,就离开了汪伟的办公室。

凌康胜窝着一肚子的火,他知道汪伟和王阿之关系不同寻常,他对王阿之既怕又恨也是尽人皆知的事实,他不肯轻易发表有关王阿之的负面报道,也情有可原。现在竟然要他们写一个情况说明,其实就是一份检查报告。问题竟然会这么严重,他们是不是真的捅了个马蜂窝? 这个检查写不写? 不写,汪伟说不服从领导,无组织无纪律,不要说评定职称的事要黄了,就是继续当记者恐怕也成了大问题。写的话,他们的职称评定也许能顺利过关,但怎么对得起社会舆论,对得起南坡村的村民,对得起为了两千元钱投河自尽的吉婆婆? 一句话,那就是昧着良心,昧着新闻记者"铁肩担道义"的职业道德。他快步向图书室走去,这个时候唐颖他们应该还在,他要和他们讨论一下。

凌康胜推门进去,唐颖和陆钦铭还围着邵敏敏说话。他们立即将目光定格在他的脸上。唐颖问道:"汪伟找你什么事?"

凌康胜摇摇头说:"大事不妙!"

陆钦铭问:"怎么个不妙?"

凌康胜说:"他要我们写一份情况说明,其实就是要我们写检查! 汪伟说记者的采访活动,必须绝对服从组织安排,他说我们这是无组织无纪律的行为!"

陆钦铭吓得张大嘴,惊诧地说:"这帽子也太大了!"

唐颖问道:"写情况说明,你同意了?"

凌康胜摇摇头说:"没有!"

邵敏敏说:"这份情况说明不能写!"

凌康胜说:"我根本不同意他的说法,我们记者有自主采访的权利,我们只是想把南坡毛纺织厂连年亏损的原因查清楚,给村民有个交代,给读者有个交代!"

邵敏敏说:"阿康哥说得没有错,就是这个理! 汪伟胡说八道,他就是一个流氓总编……"

几个人的目光一齐看向邵敏敏,这时大家才明白邵敏敏对汪伟的仇恨是多么深,这个仇恨不仅仅只是因为汪伟调动了她的岗位,而是深深地刻在她骨了里的。邵敏敏为人低调随和,说她与某个人有积怨是谁也不会相信的,这里面一定有不为人知,甚至难以启齿的秘密。

陆钦铭说:"阿康,依我看,这份情况说明你应该写。"

"什么?"唐颖和邵敏敏都吃惊地看着他。

邵敏敏说:"写了就等于承认我们去南坡村采访是错误的。"

凌康胜很冷静,说:"说说你的理由!"

陆钦铭说:"他把自己和组织联系在一起,这样说无非是虚张声势,拉大旗作虎皮,如果是别的事情他决不会这样说,现在遇到了王阿之这样的事,又找不出正当理由让你们停止调查,所以他只能用权威来逼你们就范!"

唐颖问道:"按你的说法,这个情况说明是王阿之要我们写的?"

陆钦铭回答说:"也许不是,那是汪伟为了阻止你们对王阿之的调查,想出的一个绝招。"

凌康胜想了想说:"明白了,既然汪伟让我写情况说明,就把我们为什么要对南坡村进行调查的理由说一下,也把什么是组织和个人的问题阐述一下,看他怎么说。"

陆钦铭说:"这样的情况说明,汪伟肯定是不满意的。"

唐颖说:"我们只是应付他一下而已,要做的事我们照做不误!"

陆钦铭说:"这样你们恐怕还有更大的麻烦!"

凌康胜说:"那就只好骑驴看唱本——走着瞧了!"

四十三

这天晚上,康丁贤坐在破旧的写字台前,情绪低落到了极点。他翻看着那一沓厚厚的稿子,心里翻江倒海地想着往事。张阿珍抱着儿子小斌坐在儿子的小床上睡着了,手里还拿着一把破旧的芭蕉扇。为了这部小说,家务劳动基本上都是她一个人包了,他常常挑灯夜战,每当他写作到深更半夜,阿珍都要给他煮碗热气腾腾的鸡蛋面,这些鸡蛋都是阿珍从娘家拿来的。有一次,小斌还在上幼儿园,康丁贤的小说写到了动人之处,天地之间都沉浸在他构筑的奇妙世界里,竟然把接孩子的事忘得一干二净,直到张阿珍下班回家才发现孩子没有接回家……面对这一沓无用的稿子,他感到无地自容。

他从椅子上站起来,拿着那沓稿子向外间走去。夜已经很深,康丁贤从旮旯处找到那只平常祭祀用的破搪瓷盆,从灶台上找到一盒火柴。他蹲下来,从稿子上撕下第一页,那是手稿的封面——《希望》,两个隽秀的笔迹立即映入眼帘。冰冻三尺非一日之寒,为了练好书法,他不知道挨了母亲多少板子。他被抽调到学校做民办教师,也是这隽秀的字体帮了他的大忙,如果没有这笔力雄健的隽秀字体,恐怕现在他还在农村和农民们一起背朝青天脸朝地呢!他撕下了第一页,接着又撕下第二页、第三页……他决定金盆洗手,再也不搞所谓的创作了。虽然有位学者说过要"耐得了寂寞,受得了甘苦",但他寂寞了这么多年,吃了这么多的苦,还是被无情的现实击得一败涂地,头破血流。他擦亮火柴点燃了稿子,稿子马上就燃烧起来,越烧越旺。他把燃烧着的稿子掷进破盆里,火光很快照亮了这间小小的屋子。

一个影子从身后蹿上来,伸手从破脸盆里取出正在燃烧的稿子掷到地上,又用双脚踩灭。康丁贤抬头一看,是他的妻子张阿珍。

"你在烧稿子?"张阿珍从他手里夺过还没有撕碎的稿子,口气生硬地问道。

康丁贤颓唐地说:"阿珍,我出部书为什么这么难?毁了它,断了我的念头,我还是一门心思地教好那些学生吧!"

"学生要教好,书也要出。"张阿珍爱怜地抚摸着手中的稿子说,"我打听过全国有许多出版社,这家不出,还有那家。你不是说美国的那个什么人,找了十多家出版社才得以出版？那个美国人有这个耐心,我们也有这个决心!"

张阿珍又说:"时间不早了你先去睡吧,这里我来收拾!"

这时卧室里的三五牌台钟"当当"地敲了十一下,康丁贤走进卧室,倒头便睡。

张阿珍弯腰将那只破盆放回原处,又拿来扫帚将地上的纸灰清扫干净,拿着残存的手稿走进卧室。康丁贤已经睡着了,眼角沁出一滴泪水,夜深人静,天气转凉,张阿珍拿来他们结婚时婆婆给他们买的那条毯子,给康丁贤盖好,自己就在康丁贤平常坐的那把椅子上坐了下来。

张阿珍现在要做的这件事,她认为是非常有意义的,对于这个家庭来说是刻骨铭心、永志不忘的。她要誊抄这部被康丁贤撕毁的小说的那部分。她要做的第一件事,就是找到这部小说最初的手稿。她记得,康丁贤先是写在一个笔记本里的,她首先得找到这个笔记本。小说还没有写好时,那个笔记本就放在他那只破旧的手提包里。手提包他从不离身,哪怕在学校里,课余时间他也会拿出来写几句。在家里就更不用说了,一写就写到深更半夜。小说完稿后他开始誊抄,誊抄的方格纸还是她到文具商店买来的,方格纸马上就找到了,就放在写字台的右上角,她把方格纸拿过来放到自己的面前。寻找那个笔记本用去了许多时间。她先在桌上找,桌上没有,她又打开中间和左右两边的抽屉,都没有。在家里时,那个笔记本就是放在这张写字台上的,怎么会没有呢? 她看了一眼康丁贤,康丁贤已经翻了个身,背对着她,均匀的鼾声说明他睡得非常香甜。她又打开写字台下面的一扇门,里面堆放着许多书和笔记本,她一本本地拿出来,凡是笔记本她都要认真看一看,终于发现了一个与书大小差不多、封面黄黄的笔记本。翻开第一页,"希望"两个隽秀的钢笔字立即映入她的眼帘。虽然笔记本里的字体,比方格纸里的字要潦草许多,但还是一笔一画中规中矩的。她的钢笔字虽然没有康丁贤写得好,但她毕竟也是老三届的初中毕业生,所以誊抄起来得心应手。她翻到笔记本的第二页,这一页上面只有简单几句话:"希望,每一个人都有希望,我们都为明天的希望,努力奋斗着……"这话说得多么好啊,每个人都有希望,她张阿珍也有希望。她希望儿子小斌快快长大,希望她丈夫的小说早日出版……总之,她的心里充满了希望,她是为希望而活着。

她开始一笔一画地誊抄。

在"镜花苑"里,另外一个人也辗转难眠,睡不着觉。陈阿毛躺在床上,一直想着两个女人的两句话。

第一个女人李爱娟,吃晚饭前李爱娟打电话来,让他把建房申请书带去,到"镜花苑"附近的弄堂口等。陈阿毛急急忙忙赶到那里,李爱娟已经在弄堂的拐弯处等他了。一见面,李爱娟就伸出一只手说:"拿来!"

陈阿毛连忙从自己的短裤袋里取一张皱巴巴的纸,递给李爱娟。李爱娟接过看了一眼,还是伸着一只手说:"拿来!"

陈阿毛吃了一惊:"还要什么?"

李爱娟说:"钱!"

陈阿毛问道:"什么钱?"

李爱娟说:"我给你把我婆婆的章盖了,那块地就是你的了,你不是答应给我五千元钱吗?"

陈阿毛这才明白原来是这么回事,这个女人要钱不要脸。他说:"等街道、城建局批下来以后,五千元钱一分也不会少你的,你放心好了!"

李爱娟想了想说:"好,我们说好了,建房申请批下来,马上就给我五千元钱!"

陈阿毛说:"这个自然!我们是老邻居,你还不信我?"

李爱娟从手提包里取一个小小的盒子,打开盒子,取出一枚长方形的黑色的印鉴,放在嘴前哈了哈,将印鉴在那张纸上狠狠地一按,把纸递还给陈阿毛。陈阿毛看了一眼,就收起那张纸,点点头说:"谢谢,钱请放心!"他准备转身离去。

"等等!"李爱娟叫住他说,"你还得设法堵住凌康胜的嘴。"

"为什么?"陈阿毛不明其意。

李爱娟说:"凌康胜本事大得很,他要是给城建局领导打个电话,你的事就黄了!"

第二个女人就是他的老婆印萍萍。陈阿毛回到家里,印萍萍已经吃过晚饭,抱着哈巴狗坐在卧室的床头上看电视。陈阿毛走进卧室,她问道:"章盖好了?"

"盖好了!"陈阿毛把建房申请书递给她说。

印萍萍拿过来扫了一眼,又还给陈阿毛,说:"这个小娘子还真有点办法,那次她来吵架,我就知道她是有目的。果然我见她打翻了凌婆婆的那只箱子,偷走了印鉴……"

陈阿毛说:"明天一早我去街道让章主任批一下,你就马上把报告送到城建局,让鲁科长去批……"

印萍萍噘起了嘴,不高兴地说:"让鲁科长去批?鲁科长是你爹还是你爷?"

陈阿毛说:"上次送了只大甲鱼出了事故,这次送什么好?"

印萍萍不假思索地说:"送人……"

陈阿毛说:"人参就人参,我去买!"

印萍萍加重了语气说:"我是说送个人,你肯不肯?"

陈阿毛吃了一惊,他马上从印萍萍晦涩的脸上,看出了一点端倪,这个婊子倒也想得出来。他笑着说:"送个人,让我到哪里去弄人啊?"

印萍萍鼻子里"哼"了一声,就不再作声了……

陈阿毛躺在床上,想着李爱娟的"你还得设法堵住凌康胜的嘴"和印萍萍"送个人"那两句话,辗转难眠,他怎么也想不出办法来,怎么才能堵住凌康胜的嘴,送什么人给鲁科长。室外的月光格外明亮,明晃晃的月光从高高的窗格子里泻进来,泻到床上。在朦胧的月色中,印萍萍凹凸有姿,风姿绰约,顾长的手臂和白皙的大腿从宽大的睡衣里裸露出来,煞是性感。陈阿毛心里突然涌起一个念头,堵住凌康胜的嘴,让她去堵不是很好吗? 至于给鲁科长送人,让她去送也是最合适不过的? 他知道自己的妻子虽然平时喜欢花枝招展招摇过市,但还不至于水性杨花,即使真的让人占了便宜,也是舍不得孩子套不住狼,要得到好的东西总得付出代价。这两件事为何不让她去试一试呢? 但心里又实在不是个滋味,就这样迷迷糊糊地睡了一觉。

第二天早晨起来,他终于还是把这个想法和妻子说了。印萍萍从鼻孔里"哼"了一声,背着那只花式小背包,撑着阳伞,昂首挺胸地走了。

陈阿毛拿着那份盖了凌婆婆印鉴的建房申请来到了街道,章月芬倒很痛快,在上面写了几个字,盖上了街道的公章。陈阿毛回到店铺,早市还没有结束,肉铺门口小贩们的叫卖声此起彼伏。他连水也顾不上喝一口,直接跑到电话机旁打电话。

陈阿毛手持话筒,声音微微有点颤抖:"喂,你是《江湾晚报》吗? 我找凌康胜!"

稍停片刻,传来了凌康胜中气很足的男中音:"我是凌康胜,你是哪一位?"

"我是陈阿毛啊!"

"哦,阿毛哥,什么事?"

"我有点急事找你,请你马上到我家里来一趟!"他屏息静听了一会儿,脸上浮起了一丝不自然的微笑,又追了一句,"马上就来,我在家里等你!"

他放下话筒又拨了一个号,话筒里立即传来一个娇滴滴的女人的声音。陈阿毛把喘着粗气的声音压得很低:"你快回来,阿康到我们家里来了,怎么弄? 你看着办……"

印萍萍接到丈夫的电话,心急火燎地赶回到家里。想到凌康胜要到他们家里来,而且丈夫要她看着办,他的意思很简单,就是以堵住凌康胜的嘴为目的,这就好办了。凌康胜表面上看起来是个谦谦君子，背地里也是个拈花惹草的主，他和那个女记者的事，只有李爱娟不知道，社会上早已传得沸沸扬扬，这也难怪，哪只猫儿不偷腥？实际上，她对凌康胜也仰慕已久，他不仅满腹经纶，一表人才，而且玉树临风，气度非凡。她一进家门就直奔卧室，先在穿衣镜前伫立了一会儿，自我欣赏起来，然后三下五除二地脱去身上的套裙，连乳罩也脱掉了，只留下一条刚刚能遮住私处的三角裤衩，两只白白胖胖的"肉馒头"，立即在胸前跳了出来。她从大衣柜里取出那件乳白色的睡衣，套在身上，睡衣薄如蝉翼，胸前两座玉山，隐约可见。

"笃笃……"门外传来了敲门声。

印萍萍不由得一阵心跳，跑到门口打开房门，扭捏地说："阿康兄弟，你怎么才来啊？"

凌康胜拎着那只破旧的手提包走了进来，问道："阿毛哥呢？他说有事找我！"他看了一眼印萍萍，见她这副打扮不由得皱起眉头，站在门口迟疑着。

印萍萍拉着他走进屋里说："你进来吧，他马上就来！"

凌康胜一走进屋里，印萍萍马上就把门关好了。虽然是白天，但房门一关，屋子里还是黑魆魆的。凌康胜站在屋子中间，犹豫着问道："阿毛哥呢？"

印萍萍倒显得落落大方，说道："快到里面坐，里面有电风扇，阿毛马上就会来的！"说着自己先走进了卧室。

凌康胜听说陈阿毛马上就会来，也就跟着她走进了卧室。他一走进卧室，印萍萍立即将门反锁了。卧室内的窗门，被窗帘捂得严严实实的。印萍萍勾魂摄魄的丹凤眼，色眯眯地看着他，柔声细语地说："阿康兄弟，不是陈阿毛这具活死尸要找你，是我要找你！"

这时凌康胜似乎明白了什么，他不慌不忙地拉开手提包的拉链，一只手伸进手提包里，凭着感觉打开了录音机的开关。印萍萍从他手中夺过手提包掷到床上，娇嗔地说："拎着这个劳什子干什么？又不是来采访的！"

印萍萍两只光滑圆润的颀长手臂，勾住了凌康胜的脖子。凌康胜像触电似的挣扎着，说道："阿毛嫂，你不要这样，有话请说！"

凌康胜意识到他可能被拉入了一个圈套，但一时又想不到他们为什么要设这个圈套，而且陈阿毛是在出卖自己的老婆。凌康胜一时蒙了，幸好他带了录音机，录音机会把真实的情况记录下来，他不怕吃哑巴亏。他大声喊道："阿毛嫂，不要这样，有话好好说！"

印萍萍一泓秋水似的眸子里闪烁着光芒,柔情似水地说:"阿康兄弟,你怕什么?怕阿毛吗?是我让他打电话让你来的。他啊,是个没有什么用处的货色,我同他结婚三年,他来了像只虎、去了像摊泥,我一点感觉也没有。"她用一只纤手摸了一下凌康胜的裤裆,"哪像你啊,硬梆梆,雄纠纠……"

凌康胜推开她的手,说:"阿毛嫂,请你自重!"

印萍萍一只手勾着他的脖子,另一只手撩起自己的睡裙,露出了几乎透明的三角裤衩,厚颜无耻地说:"阿康兄弟,你看看我是不是原装的货。"

凌康胜趁她撩裙子时,伸手从床上拿过手提包。印萍萍趁他站立不稳,猛地将他压倒在床上,胸脯紧紧地顶住了他,使他一时动弹不得……

这时窗门"咣当"一声被推开了,陈阿毛从窗外跳进来,凶神恶煞地大喝:"奸夫淫妇,竟敢在光天化日之下,干这种苟且之事!"

印萍萍听见陈阿毛的声音,立即像弹簧似的跳到陈阿毛身旁,"呜呜"地哭起来,一只手掩住脸,另一只手指着凌康胜"他、他"地说着。凌康胜拎着手提包,也跟着站了起来,目不转睛地看着陈阿毛暴怒的脸。

"阿康,我把你当成兄弟,没想到你却是个下三滥的货色,是个衣冠禽兽……"凌康胜想辩解,但陈阿毛根本不让他说话,怒斥着,"捉奸在床,看你还有什么说的?"

陈阿毛骂完了,凌康胜说:"阿毛哥,你说,你到底想怎么样。"

陈阿毛说:"这件事传出去,你肯定身败名裂。你说,是官了,还是私了。"

凌康胜问道:"官了怎么样?私了又怎么样?"

陈阿毛说:"官了嘛,报告你单位,向公安机关报案,告你强奸未遂,判你三年徒刑,这样你就身败名裂,永世不得翻身了。"

凌康胜又问道:"那么私了呢?"

印萍萍假惺惺地说:"阿毛,还是私了吧,张扬出去,我们大家都会很难看的……"

"那就私了吧,"陈阿毛说,"我们是街坊邻居,也不应该把事情闹得臭气熏天,给人一条路,给己十条路。俗话说,三十如狼,四十如虎。爱娟与你分居多日,也难怪你壮年气盛,拈花惹草,猫儿偷腥。我给你指一条路,你给城建局领导打个电话,就说你家'镜花苑'后园的地皮是你们自愿转让给我陈阿毛的,让他们赶快批了,我不贪心不全占你们的后园,我只要建一幢楼的地皮就够了,今天的事就一笔勾销!"

到此时,凌康胜才明白陈阿毛夫妇做这个圈套,是为了他们后园的地皮,但陈阿毛建房首先要经母亲同意,难道母亲同意了?他问道:"把后园的地皮转让给你,我妈同意了?"

陈阿毛做贼心虚,不敢说出真情,只是说:"这个你就不要管了,你答应不答应?"

凌康胜这就明白了,一定是陈阿毛写了建房申请书,让李爱娟偷盖了母亲的印鉴。他想起李爱娟到家里吵架,打翻了那只木板箱的事,凌康胜心里暗暗地骂着妻子。

凌康胜从容地从手提包里取出微型录音机,在他们面前扬了扬说:"这个东西,你们认识吧?"

陈阿毛和印萍萍都吃了一惊,脱口而出:"录音机?"

凌康胜说:"就看它同不同意了。"

陈阿毛夫妻俩呆呆地看着凌康胜走出屋子,开了门又关了门。陈阿毛这才醒悟过来,自己做了一笔赔了夫人又折兵的买卖。他伸手狠狠打了印萍萍一记耳光,骂道:"你这个贱货,看你穿成这个样子,一定是假戏真做了吧……"

四十四

凌康胜急急忙忙回到家里。母亲正坐在门口洗衣服,问道:"阿康,你这么早回来了?"

凌康胜说:"我回家来看看。"

凌康胜走进屋里,从母亲床底下拉出那只木板箱,打开盖子。他知道母亲的印鉴就放在箱子的旮旯里,那只黑色的小盒子安安静静地躺在那里。凌康胜盖好盖子,又把箱子原样放好,站起来问道:"妈,今天家里有没有人来过?"

母亲说:"早上你去上班以后,爱娟回来了一下。"

凌康胜问道:"她来干什么?"

母亲说:"我在外面洗菜,她到房间里拿了几件衣服马上就走了。"

凌康胜又问道:"妈,你的印章有没有给人盖过?"

母亲回答说:"没有啊!怎么啦,你说这个干什么?"

"没事。"凌康胜说着走进自己的卧室,打开大衣柜,李爱娟确实是拿走了几件衣服,但盖章的事非她莫属。凌康胜在写字台前坐下来,他想听一下刚才的杰作,幸亏他急中生智,按下了录音机的按键,要不这一件事还真的说不清楚呢!他从手提包里取出微型录音机，按下放送键，他满心以为能够听到印萍萍那温情脉脉、风情万种的声音，但按下放送键后却没有反应。他打开录音机的后盖放电池的地方，才发现里面根本没有电池。他和母亲打了声招呼就回单位去了。

刚刚走进办公室，陆钦铭就立即神秘兮兮地对他说："你到什么地方去了？唐颖到处在找你。"

凌康胜吃惊地看着他的脸说："什么事？"

陆钦铭走过来，压低了声音说："唐颖在图书室里，你去一下就知道了！"

于是两个人马上来到图书室，图书室里有一位同事在看书。唐颖坐在邵敏敏的旁边看书，见凌康胜和陆钦铭走进来，拿起一张纸，"唰唰"地写了几行字，递给凌康胜。字条上写着"王阿之的机器是从江苏南通某机械厂进的……"今天早晨唐颖上班时，王友生就在晚报大楼前的一条马路旁等她，王友生戴着一顶很大的凉帽，遮住半个脸，王友生说了这家厂的名称后，再三关照说以后不要再去找他了，说完就像逃似的走了。

这时那位同事借了一本书走了。图书室里只剩下唐颖、凌康胜、陆钦铭和邵敏敏四个人。

唐颖问："怎么办？"

凌康胜毫不犹豫地说："查！去南通！"

陆钦铭说："公安局最近也要去江苏南通追查那个凶杀案的逃犯。我要跟着去一趟。"

唐颖说："你去，我也可以去了，我们是搭档。"

陆钦铭情不自禁地说："好啊！"

邵敏敏说："那我呢？"

凌康胜说："你就别参与了。"

邵敏敏显然不高兴了，噘起小嘴说："那我就自己想办法吧！"

凌康胜记起昨夜写好的情况说明应该让唐颖看看，听听她的意见，就从手提包里取出几张稿子交给她，说："情况说明我写好了，你看看。"

唐颖接过稿子仔细地看起来。情况说明一共分成三个部分：一、为什么要对南坡毛纺织厂的经济问题进行追踪报道；二、新闻追踪的基本情况；三、基层组织怎样才能体现领导个人与组织集体的关系。一篇情况说明写得如此文采飞扬、论述精辟、层次分明，不愧为一篇好文章。唐颖署上自己的名字，把稿子还给他说："我没有意见，但汪伟看了肯定是不高兴的！"

凌康胜说:"他不高兴没有关系,道理是不是这个道理?"

唐颖点点头说:"当然是这个道理。"

陆钦铭说:"我同意阿康的意见,理不辨不明,锣不敲不响,要活得有尊严就得明事理。"

几个人又商量了下一步怎么行动以后,凌康胜就离开图书室,到汪伟办公室递交情况说明去了。汪伟去市委宣传部开会了,凌康胜找了一个信封,把情况说明塞进信封里,从门底下塞进了办公室。

四十五

这一天上午,康丁贤心灰意冷地去上班了。他的情绪低落到冰点,耷拉着个脑袋走进办公室。昨天晚上,他睡得晚了一点,那部被他烧毁的长篇小说,张阿珍抄了好几天快抄好了,他就帮助她一起抄。鸡叫头遍,小说终于抄好了。他蒙蒙眬眬睡了一小会儿就起来了,匆匆扒了几口奶妈做好的早餐,就送孩子上学,又匆匆地来上班了。张阿珍说这天是她休息。其实他知道,阿珍是为他的小说专门向单位请了假,他和小斌离开时,阿珍还在核对稿子。他在办公桌前坐下来,从手提包里取出备课笔记,离上课时间还有十来分钟,昨天下午放学前,他给学生布置了一篇作文《记一件小事》,说好今天早上上课前要交的。他把备课笔记夹进讲义夹里,去了教室。

他沿着教室的走廊往前走,远远看见他的班级门口挤满了学生,有自己班的,也有其他班的。孩子们排着队,吵吵闹闹,却秩序井然。他不由得加快了脚步,快到教室门口时,才发现孩子们手里都拿着钱币,有五分,也有一角二角的。一男一女两个学生站在教室门口维持秩序,女学生叫华小容,是他最得意的学生。别看她个子矮小,但聪明异常,各科成绩都十分优秀,尤其是她的语文成绩不仅班里第一,在全校也名列前茅,因为成绩好,在班里很有威信。站在她对面的那个男同学,就是上次把老鼠放在提包里的那个学生,这个孩子也很聪明,鬼主意多,就是太调皮,他喊着:"同学们,康老师有难,我们学生理应出手相助……"

康丁贤走到教室门口,吵吵闹闹的同学们瞬间安静下来,仰起头看着这位个子高大的康老师,让出一条路,让老师过去。走进教室,康丁贤傻了眼,展现在他眼前的是这样一个场景:小学生们排成了一个圆圈,围着一只放在凳子上的纸板箱,稚嫩的小手紧紧地捏着五分、一角不等的钱币,放进纸板箱里。一位身材秀长的女学生,双手高举着一张报纸,朝教室门口站着,报纸上歪歪扭扭地用毛笔写着一行大字:"康老师写了一部小说,报社说要集资五千元才能发表,请各位同学帮帮忙吧!"

康丁贤惊愕了,他心里受着感动,却又十分生气。他从那位女同学手中拿过那张写着毛笔字的报纸,把它折了起来,放进讲义夹里,热泪涟涟地说:"同学们,你们的心意老师领了,老师感谢你们……但是这个钱,老师我绝不能收!"

华小容不知什么时候走进来说:"老师,这钱可能还不到一百元钱,虽然杯水车薪,但可以积腋成裘……"

另一个学生说:"老师,我们知道靠我们小孩子的力量是不够的,但我们可以去发动大人们参与……"

其余的孩子就七嘴八舌地说起来。

"对,老师,他们说得对!"

"老师,钱不多,但这是我们学生的一点心意!"

康丁贤说:"同学们,老师刚才已经说过了,你们的心意老师已经领了,这一张张纸币虽然面额不大,却代表着同学们一颗颗火热的心。刚才华小容同学说了'杯水车薪'和'积腋成裘'的成语,你们也一定知道其中的道理,别小看一杯水的力量,它可以汇集成江河、汇集成大海,希望你们的爱给世界带来一片光明。"停了停,康丁贤继续说,"老师曾经问过同学们,老师遇到了困难是裹足不前,还是奋勇向前? 是做懦夫,还是做勇士?"

同学们齐刷刷地回答道:"做勇士!"

康丁贤坚定地说:"对,做勇士,不做懦夫! 同学们,你们这一颗颗爱心唤起了老师战胜困难的信心和决心。俄国大作家高尔基把他的孩子称作他的作品,同学们,你们今天的举动使老师明白了其中的意义,你们才是老师的作品,只有认认真真、呕心沥血写好你们这部作品,才是老师的毕生追求……"

自来水"哗哗"地从水龙头里流出来,快从放在水槽里的脸盆里溢出来了。凌婆婆关了自来水龙头,站在水槽旁洗着碗,旁边站着阿之嫂。

阿之嫂说:"印萍萍那个烂污货真是色胆包天,阿康差一点吃了大亏?"

凌婆婆不解地问道:"这是怎么回事?"

阿之嫂就把陈阿毛、印萍萍怎样把阿康骗到卧室里,印萍萍怎么勾引阿康的事讲了一遍,说:"幸好阿康有录音机,这一下陈阿毛夫妇都傻眼了……"

凌婆婆问道:"原来他们做成圈套来祸害阿康,那是为什么?"

阿之嫂说:"这是秃子头上的跳蚤明摆着的,还不是为了你们那个后园?陈阿毛要阿康同意他们在后园建房,还要让他到城建局打招呼帮助。"

凌婆婆生气地说:"这怎么行!"

阿之嫂说:"街道那个章主任已经同意陈阿毛在你们后园建房子了!"

凌婆婆把清洗好的碗筷放进旁边的一只篮子里,愤愤不平地说:"那个章月芬,一直把我们当成是她的眼中钉、肉中刺,总是无事找事和我们作对!"

阿之嫂好像是抓住了机会,马上说:"可不是吗?这样下去你们那个后园迟早是陈阿毛的。我说凌婆婆,那个后园白白地给陈阿毛弄去,还不如让阿之他们厂征用了,这样丁贤嫂可以调到城里来工作了,丁贤兄弟的小说好发表了,你们还能得到两个小套房子……"

凌婆婆洗好了碗筷,把碗筷在篮子里整理好,拎起篮子直起腰说:"我怎么敢同意呢!康少奶奶在世时,就是因为这幢房子被政府改造了,一病不起,现在留下来最完整的也只有那个后园了。阿之如果真想帮助丁贤的话,为什么一定要有条件呢?俗话说,积善之家必有余庆,这个道理你应该懂得吧!"

阿之嫂一时语塞。

四 十 六

汪伟走进办公室,发现大门里面塞进了好几封信件。他到乡下参加市委宣传部的宣传工作会议,才走了两天,门底下就塞进了这么多信件。他一边走,一边看着手里的信件,走到那张大写字台跟前坐了下来。

办公室里那台立式进口空调已经开启,办公室也被打扫得干干净净的,秘书在他桌子上放了许多文件和稿子,让他批阅,但都不是急件,要急办的事,报社办公室和总编室已经在电话里向他请示,早已处理妥当。这时他发现了凌康胜的那个信封,抽出信纸,"情况说明"几个充满阳刚之气的隽秀字体,立即展现在他的眼前。汪伟认真阅读着凌康胜的情况说明,凌康胜对哄抢事件提出了许多疑问,从文中的意思看,他们还要进行深入的调查,但怎么调查,凌康胜没有说。说到南坡毛纺织厂的事,汪伟心里又窝着一盆子火。凌康胜根本不听他的劝告,对他阳奉阴违、两面三刀,硬是和他对着干,真有一点破釜沉舟的感觉。更气恼的是那个王阿之,他去参加市委宣传部会议前一天,王阿之竟然来到他家里,当着他老婆的面,气势汹汹地对他发火说:"别以为你当了个晚报总编辑就不得了了,我可以让你上,也可以让你下!"他深知王阿之的为人,胆子大得让人不寒而栗。所以,他只好强打精神,表面上强硬,暗地里却忍气吞声。王阿之对他的这种态度引起了古爱爱的种种猜疑,王阿之离开他们家以后,古爱爱再三询问:"你到底有什么把柄掌握在他的手里?"不管他怎么解释,古爱爱就是不信,一定要他说明白背后究竟隐藏着什么秘密!古爱爱把这件事告诉了她父亲——市委副书记古月明。古月明还专门找他谈了一次,要他处理好与王阿之的关系。王阿之就是只疯狗,弄不好会让他前途尽毁。古月明洞若观火,好像已经看到了一点苗头。

他和王阿之的关系究竟怎么处理,汪伟一时也拿不出主意。但有一句俗话说得好,"篱笆扎得紧,野狗钻不进",重点还是做好内部的工作。他想着对策,怎样才能防止凌康胜不再去惹恼王阿之,只要王阿之不去找他麻烦,王阿之要死要活都与他无关。他想是不是再和凌康胜谈一次。他把凌康胜的情况说明放到一边,一时有点心乱,就打开文件夹子准备阅读文件,这时响起了敲门声。他头也不抬地喊了一声:"进来!"

一阵芬芳扑鼻的香气迎面而来,他感觉被人蒙住了双眼,额角上又被人重重地吻了一下。

汪伟知道是莫娜娜来了,他伸手用力掰开了那双紧紧蒙着他双眼的纤纤玉手,但莫娜娜却没有放过他,干脆将整个身体扑到他的背上,两只玉臂紧紧地扣住他的脖子,他的背脊被两坨软绵绵的东西顶得死死的。他知道那是莫娜娜两只非常性感的乳房,他一伸手,捏住其中一只乳房。嘴里说着:"娜娜,别闹了,这里是办公室!"

莫娜娜却不依不饶,一转身干脆坐到他的大腿上。"哼,办公室怎么啦?我们没有做过啊?"一只纤手拉开他裤裆的拉链,将手伸进了裤裆里,她笑起来说,"假正经!"

汪伟的荷尔蒙立即膨胀起来,他有点抵挡不住,嘴上说:"你快下来,有人进来看见就不好啦!"一只手仍然捏着她的乳房。

莫娜娜噘起嘴从汪伟的大腿上下来,生气地说:"你走了这么多天,回来也不和我打声招呼!"她在汪伟桌子对面的椅子上坐了下来。

汪伟拉好拉链,解释说:"这次开会是宣传部临时通知的,散会时怎么和你联系?电话打到办公室,打到你家里,都不合适!"

莫娜娜问道:"我的职称怎么样了?"

汪伟感到有点为难:"报社里讨论过一次,参加讨论的人都说,你从事新闻工作时间太短,又没有学历……"他摇摇头:"有难度!"

"我不是也有作品嘛!那篇南坡毛纺厂恢复生产的报道,他们都说写得不错嘛!"

汪伟知道这篇文章是凌康胜的杰作,她却说成是她的,也真是脸皮厚,不过他没点穿,笑着说:"光有这篇作品是远远不够的!"

莫娜娜强词夺理地说:"我不管,反正你得给我评!"

这个女人是他一个朋友的女儿。那一次,那个朋友到他家里来,莫娜娜也跟着来了。当时正是秋季,天气不冷不热,莫娜娜穿的还是像盛夏季节那样,上身穿着件背心衫,下身是超短裙,两只被太阳晒得微红的手臂和两条很性感的大腿,一览无余,两只高高耸起的乳房,让人真想伸过手去摸一把。朋友说他的女儿在一家百货商店做营业员,爱好文学创作,能不能帮助她调到文化单位。汪伟问是什么学校毕业,回答是初中肄业,问有没有在什么刊物上发表过文章,她摇摇头说没有。汪伟当时就想拒绝,但碍于朋友面子又看她有几分姿色,只好含糊其词地说,这事比较难办!那朋友说,只要能调入文化单位做什么工作都可以。过后不久,莫娜娜就有事无事地往他家里跑,古爱爱在时她规规矩矩,只是闲扯,有一次古爱爱外出不在家,莫娜娜一下子扑上来就把他抱住了。两人进了卧室,完事后,莫娜娜从衣袋里拿出手帕当着他的面,擦着下身,然后将沾满精液的手帕折好放入手提包里。汪伟问:"你这是做什么?"莫娜娜说:"留个纪念。"接着说道:"你能不能把我调入你们报社?"汪伟这才想到自己落入了圈套,但事已至此,只好听之任了。看来这个女人也是个情场老手。后来汪伟通过调查才知道,莫娜娜上初中时就和老师胡搞,被学校除了名,父亲就把她早早地嫁了人,丈夫是搬运公司的工人,凭气力挣钱,莫娜娜在社会上干什么,他也不管了。汪伟心里想,王阿之这一坨烂屎沾在手里,甩也甩不掉;又有一个莫娜娜沾了上来,像蚂蝗一样要把他叮死,看来他这一辈子是要坏在女人手里了。能不能把她调入报社,当时汪伟还吃不准,只得说:"让我考虑考虑!"一个星期后,正好报社办公室的一个办事员调到市政府去了,他向报社党委提出了把她调入报社的意见,调动很快就成功了。调到报社不到一年,她又提出要当记者,又刚好新闻部的邵敏敏调到了办公室,有一名记者的名额空缺,社会部的席宏北常常说记者不够,他就同席宏北谈,席宏北犹豫再三,答应了,莫娜娜就堂而皇之被调到了社会部。调到社会部不到一个月,评定技术职称开始,她又提出要评职称,开始就要评中级,她以为评定职称是分奖金,只要领导说说就可以定的。后来几经说服,才同意评初级,但初级也不是想评就可以评的。

现在她又提出了评职称的问题,汪伟只得说:"让我想想办法,看怎么解决。"

这个世界上有一种人只顾自己爽快,不管别人的感受,这就是势利小人,莫娜娜和王阿之都是这种小人。但话说回来,他自己最多不过是小人中的君子,为了一时的爽快,给别人抓住了把柄没法脱身,成了他们获取利益的一颗棋子。

莫娜娜还想说什么,汪伟转移了话题说:"你在社会部还好吧?"

说到社会部,莫娜娜的气就不打一处来,说:"陆钦铭和唐颖根本不把我放在眼里,说我写的稿子还不如小学生写得好,哼!"

汪伟笑起来说:"这个是事实,你连初中都没有毕业,要写出一篇真正能发表的好文章,应该好好向他们学习。"

莫娜娜不服,说:"这几个人当中,凌康胜的文章还过得去,其他人的文章也不怎么样!"

说到凌康胜,他问道:"凌康胜他们最近都在做些什么?"

"他们总是神神秘秘的,不知道在搞什么名堂,几个人老是往社里的图书室跑!"

"有这种事情? 他们到图书室干什么?"

莫娜娜摇摇头说:"我不知道。"

"你给我盯紧凌康胜,有情况马上告诉我。"

"什么情况要告诉你?"

"如果他们还要去采访南坡毛纺织厂,你就来告诉我!"

"你是不想让他们继续采访王阿之的经济问题? 这是为什么?"

"王阿之是省市的优秀企业家,我们得保护他!"

"保护他? 保护他贪污腐败?"

"你怎么能这样说呢?"

"我知道,你和王阿之关系不正常。"她笑起来说,"你有把柄捏在他的手里?"

他斥责说:"别胡说!"

　　莫娜娜坐了一会儿，也就走了。临走时再三说，职称的事一定要帮助她弄好。他只好含糊其词地答应说，知道了。他看着她的背影在视线中消失，突然感觉自己真是无奈至极。

　　莫娜娜说凌康胜几个人神秘兮兮地经常到报社图书室去，图书室里有个邵敏敏，他们这是想干什么？邵敏敏是什么人？一个为了一桩案子对他纠缠不休的人。

　　汪伟眼睛盯着手里的文件，心里却想着别的事情。

四十七

　　城建局鲁科长家里，灯光暗淡。鲁科长从一个女人身上离开，翻身下到地上，迅速穿好衣服。床上的女人不是别人正是印萍萍，她赤裸着身子也从床上坐起，一把抓起放在床头的衣服穿到身上，随即也下到地上，一边捋着头发一边说："建房申请我已经给你了，你得赶快批下来！"

　　鲁科长一脸心满意足的神情，笑逐颜开地说："当然，你放心好了！"

　　印萍萍走到客厅拿起放在茶几上的手提包，准备离开。鲁科长兴致未尽地说："你什么时候再来？"

　　印萍萍伸出一只玉指在他的脑门上摁了一下，娇滴滴地说："你给我批下来再说！"

　　鲁科长趁势在她胸脯上捏了一把，笑嘻嘻地说："一定，一定……"

　　印萍萍低声骂了一句："老色鬼！"

　　印萍萍从鲁科长的家里走出来，蹬上自行车，很快就骑到了大街上。大街上灯火通明，热闹异常。鲁科长说今天老婆出差去了，儿子又去了补习班上课，所以她吃完晚饭就来了，一走进鲁科长的家，鲁科长就扑上来，把她抱到了床上……印萍萍慢悠悠地骑着自行车，突然想到了凌康胜，他怎么见了她白花花的躯体坐怀不乱呢？现在，那块地皮鲁科长说一定会批下来，如果他凌康胜不来捣乱，这件事就万事大吉了，但如果他给城建局打个电话，这件事又悬了。她感到一阵悲哀。这时，轿车刺眼的车灯从她后面射过来，轿车"嘟嘟"连叫了两声，在她身后戛然而止，印萍萍回过头去，王阿之已经打开车门走了出来。

"萍萍,我送你回家!"王阿之说,"反正是顺路。"

印萍萍也不推辞,王阿之把自行车在后备箱里放好,印萍萍已经坐在副驾驶的位置上了。王阿之钻进轿车坐在驾驶员的位置上,一踩油门,轿车往前驶去。王阿之看一眼印萍萍,笑着说:"勾引没有成功?"

"什么勾引没有成功?"

"你不是想和阿康上床吗?"

"你冤枉人!"

"我怎么会冤枉你? 有人看见你把自己脱得光光的,想抱阿康,阿康不同意!"

"哪个嚼舌头的胡说八道?"

王阿之有意放慢了车速,说:"我知道,后园那块地基你们已经批下来了,怕阿康去打横炮,所以才想出了这个美人计,但阿康却偏偏不买账!"

印萍萍估计这个情况一定是他老婆告诉他的,他老婆好搬弄是非,唯恐天下不乱,现在这个院子里对那天的事已经流言四起,她真是恨死王阿之老婆了。

王阿之见印萍萍没有再出声,估计是被他说中了。他又笑嘻嘻地说:"怕啥呢! 现在这种事要告诉的才处理,不告诉才不处理呢! 面子算什么,只要能得到实惠就行了,你说是不是?"

印萍萍脸色铁青,一言不发。谁说不是呢! 她就是为了那块地皮,就是为了得到实惠,让鲁科长那个臭男人老男人,翻来覆去弄得半死不活;她也是为了得到实惠,才降尊纡贵嫁给了陈阿毛这个肥头大耳像头猪的男人,一朵鲜花插在牛粪上。

"我知道康家后园的地皮你们快到手了,"王阿之说,"可我也快到手了!"

"真的?"印萍萍吃了一惊。

"我的建房申请也到了城建局,就等局长批了。"

"你是什么时候送上去的?"

"前两天。"

"你是怎么送上去的?"

"这叫作蟹有蟹路,鱼有鱼路。你靠的是人情,我靠的……"

"什么意思?"

"你不明白吗?"王阿之淡淡一笑,就转变了话题,说,"这样还不如我们两家联合起来,发挥各自的优势,力量就大了!"

"你不是要占康家后园的全部? 我们怎么和你联合?"

江湾往事

169

"我改变主意了,留一点面积给你们,这样我们两家的困难都解决了。"

"你老婆会同意吗?听你老婆的口气,她是要独占康家后园,而且……"

"而且什么?"

"而且你老婆和我老公,根本尿不到一个壶里去。"

王阿之哈哈大笑起来:"你老公和我老婆尿不到一个壶里,我和你可以尿到一个壶里!"

"你这是什么意思?"印萍萍生气地说,"想占我的便宜?"

王阿之笑得更起劲了,"你想让我占你的便宜,我还不想占呢!阿毛整晚搂着你睡觉,你浑身油腻腻、脏兮兮的!"

印萍萍抬起手臂用鼻子闻了闻说:"我哪有油腻啊?"

王阿之伸出右手捏住她的手臂让她放下来,笑着说:"我和你闹着玩的,这么漂亮的女人,怎么会油腻腻、脏兮兮呢!"

这时车子快到"镜花苑"门前了,王阿之放慢了速度,正经八百地说:"我的意思是你回去和阿毛商量一下,保证你家的用地面积,余下的归我。我家的事我做主了,你和阿毛商量好,过一两天你和我再商量一次,行不行?"

印萍萍想,这样对她家还是有利的,只要保证他们家的面积,估计阿毛也是会同意的,也就说:"我和阿毛商量了再说吧!"

王阿之说:"这样就对了!我们化干戈为玉帛,你家阿毛不要见了我老婆,像是十世冤家廿世仇,一碰面就吵架。"

王阿之把车停在离"镜花苑"稍远的地方,从车子里走出来,打开后备箱,扛出印萍萍的自行车,印萍萍钻出轿车,从他手中接过自行车。

王阿之拍了拍她的肩膀说:"和阿毛商量商量,我等你的消息。"

印萍萍推着自行车走进"镜花苑",王阿之就把车子开走了。印萍萍走进家里,外间黑灯瞎火的,卧室里还亮着灯。陈阿毛光着上身,挺着个毛茸茸的大肚子横躺在床上,鼾声如雷。印萍萍走到外间关好房门,又拉亮电灯,迅速脱掉那薄如蝉翼的上衣,褪掉几乎裸露整条大腿的超短裙,摘掉胸前包裹得紧紧的乳罩,脱掉薄薄的三角裤衩,一丝不挂地从墙角拿出一只洗澡用的大脚盆。自来水"哗哗"地响起来,脚盆里的水很快就放满了,她一只脚正要跨进脚盆里,一个热乎乎的身体却把她抱住了,随即一个硬邦邦的东西顶住了她的屁股。她一扭头,正好对着陈阿毛厚厚的嘴唇。

陈阿毛说:"来,只一下……"

男人似乎都喜欢玩一些新花样,不管你愿意不愿意。在她心情好的时候玩一下又何尝不可,但今天她刚刚被那个姓鲁的老男人玩得精疲力竭,已经没有了那份雅兴。

"别、别……"她挣扎着想摆脱陈阿毛的搂抱,但陈阿毛越抱越紧了。

陈阿毛说:"只一下,马上就好!"说着想按下她的上身让她撅起屁股,那硬邦邦的东西在她身后乱顶乱撞。

"洗好澡我马上就来,你在床上等我……"

"不,就要现在……"男人有的时候像个不懂事的孩子,很任性的,陈阿毛就是不松手,一只手抱着她的柳腰,另一只手不断地搞着小动作。

"你别急,我有一件非常重要的事对你说。"她想起了王阿之说的事。

陈阿毛不由自主地松开了手。印萍萍立即像蛇一样溜进脚盆里,蹲下身子。陈阿毛有点生气地问道:"什么事,快说!"

"王阿之说,我们要批康家后园的地基,完全可以和他联起手来。"

"怎么联合? 我只要批一块能建房的地基,他却要批康家后园的全部地基。他是要我把地基让给他?"说到王阿之,陈阿毛真是气不打一处来,他特别看不惯王阿之老婆张牙舞爪、蛮不讲理的样子,"我才不和他联手呢!"

印萍萍用毛巾擦着身体,弄得脚盆里的水"哗哗"地直响。她说:"他现在改变主意了。"

"王阿之又有什么主意?"

"王阿之说,先满足我们要批的地基的面积,余下的给他。"

"有这种事?"陈阿毛明显表示不信。

"和王阿之联手,只有好处没有坏处。"

"什么好处坏处,反正我不同意。"

"他有权力,我有人情,可以说是'强强联手'了!"

"他一个乡镇企业的厂长有多大的权力,他在江湾市区有多大的能耐?"陈阿毛一脸鄙视地"哼"了一声说,"我的地基街道已经批了,你不是说城建局问题也不大吗?这次去鲁科长家他答应了吗?"

"鲁科长答应了,他说过几天就批下来。"

"这不就得了? 我们的地基已经到手了,还要和他搞什么'强强联合'? 他是批不下来想借我们的东风?"

"不是的!"印萍萍见丈夫误解了她的意思,有点急起来,"他在城建局也有关系!"

"那他就去找他的关系!"陈阿毛说,"王阿之是什么人,特别是他老婆,斤斤计较,寸土必争,是个十足的小人,我们是两股道上跑的车,各走各的道,这件事免谈!"他气呼呼地离开妻子走进了卧室。

印萍萍慢慢地搓擦着身体,心想,丈夫和王阿之老婆的成见实在是太深了,她必须说服丈夫和王阿之联合起来。因为她害怕凌康胜会出来捣乱,而能阻止凌康胜捣乱的人只有王阿之。这个王阿之神通广大,他所说的权力,其中就包括他和《江湾晚报》总编汪伟的关系。王阿之能把汪伟玩弄在股掌之间,让他俯首帖耳,这个权力还不够大吗?你陈阿毛有没有这种能耐,连鲁科长这样一个不大一点的干部,都要靠她去引诱拉拢,所以她必须说服丈夫和王阿之联合。能抑制住凌康胜的也就是报社的总编,那卷她勾引凌康胜的录音带,现在还在凌康胜手里,她必须尽快把它要回来,免得发生意外的事情。她从脚盆里爬出来,擦干净身上的水渍,披着浴巾走进卧室。

陈阿毛光着身体仰面躺在床上,胯间的小弟弟硬邦邦的成了一个直直的"冲天炮"。印萍萍性欲大发,也为取悦丈夫,掷掉披在身上的浴巾,一步跨到丈夫身上。两个人同时呻吟起来。

印萍萍低下头对他说:"'强强联合'的事,我和王阿之去谈吧?"

陈阿毛把她抱得紧紧的,呼吸急促起来,说:"你去谈吧……"

四十八

傍晚快下班的时候,凌康胜和莫娜娜急匆匆地走进大楼,在电梯口站住,看着电梯门楣上的电子屏幕。今天下午在市区城郊接合部发生一起车祸,一辆公交车和一辆横穿马路的助动车相撞,骑助动车的一位青年女子,当即身亡。凌康胜和莫娜娜赶到现场时,死者的尸体还趴在地上,就躺在公交车后轮旁,地上血淋淋一大片,那情形真是惨不忍睹。莫娜娜双手抖得拿不住相机,凌康胜让她不要拍尸体,就拍公交车旁边的一摊血迹。莫娜娜勉强拍了几张照片,凌康胜也拍了几张,两个人就急急忙忙地赶了回来。这条新闻发生时已经快四点了,接到电话,凌康胜和莫娜娜就出发了,总编室说,今天先发一组照片,已经给他们留出了版面,详细报道明天再说,总编室给他们留下的时间,正好是洗底片的时间。

电梯门开了，许多人拥挤着从电梯里走出来，新闻部的一位同仁把凌康胜拉到大楼一角，悄悄对他说："职称评定第一轮的名单公布了，好像没有你！"

凌康胜感到非常诧异："怎么会呢？"

"我也不相信。"那位同仁说，"阅历、资历和能力远远不如你的都榜上有名，怎么会没有你呢？是不是我看错了？"

这是报社公布的第一批职称评定名单，虽然以后还有第二批、第三批，但第一批至关重要，评到后来必然难度越来越大，概率也就越来越小。对于这个中级职称，凌康胜确实抱着很大的希望。有了中级，他就可以向副高迈进；有了中级，就意味着他有了三室一厅的住房；有了中级，他就可以增加工资，家庭经济会宽松不少……他确实需要这个中级职称来缓解家庭矛盾，缓解自己的心理压力。

凌康胜匆匆回到办公室，莫娜娜正在等他。莫娜娜问他："照片怎么办？"凌康胜从自己的相机里取出胶卷，交给她说："你去洗印室让他们洗出来。然后把底片和相片拿到总编室，让他们挑两张写上说明让总编室发稿吧！我还有点事先走一步。"说完就匆匆地走了。他来到六楼报社办公室旁的告示栏前，许多人在围着看告示，邵敏敏也在里面，看到凌康胜，问道："阿康哥，这份名单里怎么没有你和唐颖姐呢？"

因为刚才新闻部的同事已经和他说过，凌康胜有思想准备，所以没有显出一丝的惊讶，走过去说："我也不知道是怎么回事……"

"陆钦铭倒是评上了助理，连那个莫娜娜也给评了助理，她算个什么东西！"她呈现出气愤的神色，低声骂了一句，又转脸对他说，"怎么会没有你们呢？"

凌康胜从头至尾看了好几遍，在助理记者、助理编辑栏内，看到了陆钦铭和莫娜娜两个人的姓名。在主任编辑、主任记者栏内，汪伟和席宏北的大名也赫然在目。其他比他和康颖资历浅、阅历低、水平差的许多同仁也都挤进了中级职称的行列，唯独没有他和康颖的姓名。这是为什么？凌康胜想，一定是南坡村这件事忤逆了汪伟的意志，连唐颖也受到了牵连。这时候围在告示栏面前的人群逐渐散去，评上职称的人心满意足，喜气洋洋地走了。早过了下班时间，楼道上空荡荡的，只留下了凌康胜和邵敏敏两个人。

"阿康哥，你是不是去问一下汪伟，这是怎么回事？"

凌康胜眼睛盯着告示栏，心里想着别的事。这时他才发现邵敏敏没有走，还站在他的身旁。其实邵敏敏也有资格评新闻职称，但她居然连助理也没有申报。

"你怎么不去申报新闻职称？"凌康胜问道。

邵敏敏摇摇头说:"我要是能评新闻职称,也就不会让我到图书室了。"

这是凌康胜知道的,这句话问得有点多余。他知道邵敏敏那么热爱新闻工作,不能评新闻职称是一种何等痛苦的心情,但现在她表面上显得十分平静。将心比心,他不再多问,回答她前面提出的问题,说:"我先去和唐颖碰个头再说。"

"今天一天没有见到唐颖姐和陆钦铭,他们是不是出去采访了?"

"应该是的。"凌康胜也只是早上和他们照了面,估计现在应该回来了,于是他说,"这会儿唐颖应该回家了,我去找她一下。"

今天是星期六,下午学校照例放假,女儿小萌他在中午已经接回,晚上可以晚一点回家。他到唐颖家门口,敲了一下门,门开了。唐颖端着一碗面条,笑嘻嘻地把他让进屋里,随手关了门。

"还没有吃饭吧? 在我这里吃一点!"唐颖用筷子敲着手里的碗说,"炸酱面,你也来一碗?"

凌康胜摇摇头说:"饭就不吃了,我对你说……"他在凳子上坐下来。

唐颖把电扇朝着凌康胜吹,天太热了,房间里没有空调,热得受不了。唐颖打断凌康胜的话说:"你急匆匆来找我,是为职称的事吧?"

凌康胜吃了一惊,说:"怎么,你早知道了?"

唐颖朝房门看了一眼说:"我不仅早知道了,还知道一些细节。"她放下碗,走到门口伸手拉开房门,一个身影突然从门外跌进来,唐颖伸手将她扶住,原来是李爱娟。唐颖说:"阿康嫂,你不要神经紧张,阿康到我这里来,不是像你想象的那样!"

李爱娟十分尴尬,一时说不出话来。

"你要来就大大方方来,何必这样鬼鬼祟祟的!"唐颖说。

"我从娘家回来顺便路过这里,见阿康进来了也就来看看……"李爱娟缓过气来,编着理由说。

唐颖微微一笑说:"你娘家住在哪里? 我又住在哪里? 南辕北辙能顺路吗? 我们在商量要紧的事情,这件事和你有关,要不,你也坐下来听听!"

李爱娟摇摇头说:"我就不打扰了。"说着倒退着走出门口。

唐颖把她送到门口,说:"阿康嫂,我有话对你说!"

李爱娟只好站住,仰着头听唐颖说。

"俗话说,一日夫妻百日恩,你们之间没有根本的利害冲突,没有必要弄得像仇敌似的。"

李爱娟说:"我和阿康没有什么意见……"

"我知道,你主要是和凌婆婆有意见,凌婆婆年纪大了,和我们年轻人合不来也是很正常的,作为晚辈一定尊重长辈,能谅解则谅解,能谦让则谦让。况且你们的女儿小萌是凌婆婆含辛茹苦,一手带大的,女儿长大了,你却不要凌婆婆了,这种事走到哪里都说不过去。你要给女儿做个样子,要是将来你女儿和你一样,也不要你了呢? 你怎么办?"

李爱娟辩解说:"就是孩子长大了房子住不下,让她到阿姨家去,她又不愿意去!"

凌康胜似乎想说什么,唐颖阻止了他说:"这个我知道,你们住房有困难这是事实,但这事要宽容理解,共同渡过难关。"

李爱娟倒退着走到门外说:"不和你多说了,我也要回家做饭去了!"

唐颖站在门口,对着李爱娟远去的背影大声喊道:"你家阿康说的,让你早点回家去啊!"

凌康胜埋怨说:"我又没有让她回家,哪怕她在娘家住一辈子啊!"

"男同志姿态要高一点,肚量要大一点,对女人要哄着一点、宽容一点,这样矛盾就会少了许多。"她像个成熟老到的家庭主妇一般,说,"家无常理,家庭的矛盾谁能说得清楚,你退一步,她也退一步,不就相安无事,和睦相处了!"

凌康胜笑起来说:"你快成家庭问题专家了。"

"我们当记者的就得当个杂家,当个万金油,什么事都要懂一点。其实你妻子人是不错的,就是喜欢钻牛角尖,她认定了的事总认为她是对的,错的也是对,对的那就更不用说。"

"给你全说对了,她的那种自以为是的性格让我受够了。"

"婚姻还得继续,生活还得继续。她和你的矛盾,主要是和你母亲的矛盾,她对你还是爱得很深的。今天她偷听我们的说话,说是顺便路过碰到的,其实不是,她在我这里偷看已经不是一回两回了。她为什么要来偷看? 就是怕你出轨。她爱你、关心你,但方法不对!"

"她爱我、关心我,也应该同样爱我母亲、关心我母亲,这才对! 好了,我们不说她了。"凌康胜转了话题说,"下一步我们怎么办?"

"你说得完全是对的,这就是处世哲学,处世哲学也就是世界观的问题,世界观是可以转变的,但这需要帮助提高。"唐颖说,"至于下一步怎么办,我还得听你的!"

凌康胜说:"晚上我们去一趟汪伟家,摸摸情况……"

唐颖点点头说:"事不宜迟,就今天晚上。"

凌康胜回到家里随便吃了一口饭,就和唐颖一起来到汪伟家里。汪伟家也刚刚吃完饭,他的妻子古爱爱正在收拾碗筷,倒是莫娜娜坐在大沙发上和汪伟一起看电视。当凌康胜和唐颖脱鞋走入客厅,莫娜娜吃了一惊,没有想到他们会在汪伟家里见面。凌康胜把随身带来的一箱牛奶和一串香蕉放在客厅的沙发边上,坐到汪伟的身旁,唐颖则亲亲热热地握着莫娜娜的手,和她坐到一起。莫娜娜穿得没有像在单位里那样开放,长袖衬衫,长脚裤,突出的胸部也被衬衫领子遮掩了一些。汪伟手里拿着一根牙签剔着牙齿,很悠闲地坐在沙发上,圆圆的双皮眼在凌康胜和唐颖的脸上渡来渡去,就是不说话。这个老奸巨猾的家伙,好像已经猜出了他们的来意。

沉默片刻,凌康胜单刀直入地说:"总编,报社第一批通过的职称名单公布了。"

汪伟停止了剔牙说:"是啊!"

唐颖问道:"在第一批通过的名单里,怎么没有我们两个?"

莫娜娜说:"阿康和唐颖评个中级职称,是完全够条件的。"

汪伟说:"够条件,但不一定够资格!"

汪伟的话可以说是语惊四座,唐颖睁大了她的秀目,吃惊地看看汪伟,又看看凌康胜,凌康胜也同样吃了一惊,不明白他为什么会说这样的话。他问道:"此话怎么讲?"

汪伟带着批评的口气,慢条斯理地说:"你们当了这么些年记者,难道连这一点都不懂吗?我们新闻工作者不仅仅是个文字工作者,更重要的是一名政治工作者。"

"说得不错!"凌康胜说,"新闻记者有他的阶级立场、他的政治观点,还有他的价值取向,所以记者就带有浓厚的政治色彩。西方所谓记者的中间立场是没有的。在我们这里,也就是坚持党的领导,坚持新闻为人民服务……"

汪伟竖起大拇指,说:"不愧为我们的高才生,说得好!"

唐颖似乎明白了什么,问道:"我们是说评职称的事,怎么扯到记者的政治立场上?难道我们的政治立场有问题吗?"

凌康胜问道:"汪总编,你明说吧,我们第一批没有评上职称是哪里出了问题。我们心里有个数好作些补救措施,争取第二批评上!"

唐颖说:"是呀!"

莫娜娜附和道:"如果他们评不上中级,我们社里能评上中级的就不多了!"

这时候古爱爱洗好了碗筷走过来,坐到汪伟的身旁,她从茶几上拿起一只苹果和一把小刀,削着苹果,边削边说:"阿康和小唐是我们市里鼎鼎有名的新闻记者,不要说评个中级，就是评个副高也是够资格的，不给评职称是说不过去的……"她削好一只苹果递给了莫娜娜，又从茶几上拿起一只苹果，继续削着说："我听父亲说，王阿之给宣传部领导和他都写了信，说你们晚报的那篇报道影响了他们厂的经济，使他们厂的生产一蹶不振……"

古爱爱这么一说，凌康胜轻轻地"哦"了一声，他终于明白了，原来南坡毛纺织厂的事，连市领导们都知道了，王阿之真是手眼通天。但是前几天他们已经写过报道，说是生产已经恢复正常，何来受影响之说呢？凌康胜还没有开口，唐颖抢着说："我们报社不是已经发过一次正面报道了吗？怎么，王阿之还不满意？"

汪伟看了一眼妻子，好像这话是说给他妻子听的。他说："王阿之这个人贪得无厌，穷凶极恶，特别是这一两年他得到了许多荣誉，头上有了许多光环，更是为所欲为。我也怀疑王阿之有经济问题，但怀疑只能是怀疑，我们毕竟不是司法机关，也不能查他。他是搞实体经济的，现在他对我们的报道不满意，市委市政府不能不引起重视……"

古爱爱又削好一只苹果递给唐颖，打断丈夫的话，说道："上面的政策很明确，司法机关也要为我们的经济发展保驾护航，你们新闻单位也一样。"

唐颖接过她手中的苹果，放到茶几上并没有吃，她说："汪夫人说得不错，司法机关和我们新闻单位都要为经济发展保驾护航，但那是……"

凌康胜举起一只手阻止了唐颖的话，他问道："现在公布的名单还只是报社通过的，是不是还要等市职称办通过后才能正式确认？"

汪伟说："是的！"

凌康胜说："汪总编，能不能补救一下，也让我们在报社通过了？"

汪伟摇摇头说："这批名单是报社评委一致通过的，反正还有第二批，那就等第二批吧！"

唐颖看了一眼凌康胜，似乎对他刚才的说法不怎么满意。她问道："说了半天，我还是不明白，社里没有通过我们的职称评定，我们的问题究竟出在哪里？"

汪伟似乎也生起气来，说："日里说到夜里，菩萨仍然在庙里。王阿之对我们的报道不满意，还有你们的检讨做得不彻底！"

唐颖脸色突然绯红，这位性格温柔的女子也沉不住气了，问道："我们评职称怎么要受制于王阿之呢？"

古爱爱看了一眼汪伟，似乎对他的话也颇为不满。她说："是啊，你们报社评定职称怎么要受制于王阿之呢?"

汪伟解释说:"这不是受制于谁的问题,我们对南坡毛纺织厂的报道影响实在太大了,而且你们的检讨也很肤浅,对服从和遵守党的组织领导的认识,有失偏颇……"

这下凌康胜明白了,他和唐颖的职称评定没有过社里这一关,与王阿之的经济问题有关,还和他的那份情况说明中所表达的观点有关。为了能评上职称,他也来不及和唐颖商量一下,只好先表个态再说,等会儿再慢慢向唐颖解释了。于是他诚恳恭敬地对汪伟说:"王阿之这里我会去做工作的,至于对党的组织和纪律的问题,我的认识也是很肤浅的。我坚决服从报社党委的领导,遵守报社的组织纪律……"

凌康胜诚恳的态度,让坐在一旁的莫娜娜哈哈大笑起来。

唐颖却一脸严肃,抿紧嘴唇,冷静地看着凌康胜。

汪伟心想,你凌康胜恃才傲物,显得很有骨气,看来也不过是装模作样、故作姿态罢了,在权力面前你不过是一只被斗败的公鸡,只有老老实实低下高昂的头颅,才是你的唯一出路。他有点自鸣得意地笑起来:"党的新闻工作者必须自觉接受党的领导,遵守党的四项基本原则,遵守党的组织纪律,这是作为一名党的新闻工作者最基本的条件。"

凌康胜说:"是的,是的,汪总编说的话是放之四海而皆准的真理。"

唐颖看着凌康胜,目光中有惊讶,也有一丝不屑。

古爱爱笑起来说:"阿康,再往下说,汪伟的话就是一句顶一万句了! 有必要这么说吗?"

凌康胜一脸尴尬,一时不知所措。

汪伟笑嘻嘻地看着凌康胜,缓解了他的尴尬神色,说道:"没有必要弄得这么紧张! 阿康,只要你刚才说的是真心话,职称问题总是可以解决的。"

从汪伟家里告别出来,唐颖噘着嘴,自顾自地走到停着他们自行车的地方,跨上自行车,一蹬腿,自行车飞快地向前冲去。凌康胜连忙跨上自行车,左腿在地上一蹭,追上了唐颖。

"小唐,"凌康胜边追边喊,"小唐,你听我说……"

"听你说什么?"唐颖没好气地说。

"小唐,我知道刚才对汪伟的态度,你是不满意的。"凌康胜追上唐颖和她比肩而行,"我从你的神情上看得出来!"

"我也从你的神色上看出来了,"唐颖说,"你不过是契诃夫笔下的'变色龙'。"

"是，我是'变色龙'！"凌康胜坦然承认说，"我会变，也会哄人！"

"你的演技不错。"唐颖说，"我们该分道扬镳了！"

"别、别、别……"

"道不同不相为谋！你别再别别别了！"

"我这是策略，策略！懂吗？"

"没有你这种手段低级的策略了！"

"人生就是个大舞台，我们每一个人只不过是这个舞台上的演员。你想要获得成功，就看你在这个舞台上扮演的角色成功不成功……"凌康胜说起了做人的哲学。

凌康胜这么一说，更引起了唐颖的反感："别为自己离经叛道的行为辩护了，我不想听！"

凌康胜见她真的生气了，连忙说："我不是和你说了，这只不过是一种策略！"

虽然已是夜晚八九点钟，但因为是盛夏时节，马路上依然车水马龙，十分热闹。马路两旁的路灯和高楼大厦上的霓虹灯流光溢彩，把天空照得如同白昼，行道树和路灯旁，人们三三两两地坐在小板凳上，摇着各种各样的扇子，海阔天空地谈天说地，在那个空调和电视机尚未普及的年代，这是人们最简便的纳凉方式。凌康胜和唐颖从他们身边经过，闷声不响地蹬着自行车。

唐颖打破沉默，问道："王阿之的新闻你不准备追踪了？"

凌康胜笑笑说："追！继续追踪！"

唐颖也笑起来说："王阿之和汪伟可是一丘之貉，你不怕汪伟找你秋后算账？"

凌康胜说："不怕。"

唐颖说："我真的看不懂你了。"

四 十 九

张阿珍背着一只写着"为人民服务"的黄色军用挎包，推着那辆二八自行车，挤在熙熙攘攘的人群中从厂区走出来，路过传达室门口时，门卫叫住了她："阿珍，有你的信！"

张阿珍答应着,估计是康丁贤的书稿有消息了。几天前,她把康丁贤的小说拿到厂里,她听说厂部办公室小吴经常给报纸杂志投稿,经常有文章在报纸上发表,就找到了小吴。小吴告诉她,她老公写的是一部长篇小说,只能寄给出版社。全国出版社有许多,问投寄哪家出版社比较合适。小吴说:"你老公很有才气,小说写得不错,哪一家出版社都可以去试一试。"她就让他写了几家出版社的名称和邮寄地址,又让他帮忙给出版社的编辑写了封热情而诚恳的信,就到邮局寄了出去。根据小吴的经验,如果稿件不被采用,出版社会马上退回来。如果有采用的希望,时间就会长一点。这份稿件她寄了没有几天,出版社就来信了,估计是被退回来了。虽然如此,但她还是怀着一线希望,毕竟她丈夫花了十年心血。

门卫将一沓厚厚的包袱交给她说:"阿珍,这是你的!"

张阿珍接过包袱,拿在手里掂量着,没有错,这是她前几天寄给出版社的稿件,幸亏小吴事先给她打了预防针,第一次给出版社投稿,绝大多数会被退回来,除非你是著名作家,或者你的稿件写得特别的好。对于写作的人来说,退稿是最平常不过的,不要灰心,不要打退堂鼓。第一家不行,还有第二家、第三家……只是你寄出时要花一点邮资,退回的邮资就由出版社出了。张阿珍在传达室里打开密封得好好的稿件,里面有一张小纸片,上面有几行字,除名字和日期是手写的,其余都是印刷的。"康丁贤同志,来稿已阅,此稿不适合在本社出版,现予以退回,请查收。"她把这张字条放回牛皮纸大信封里,放进挎包,正要转身离开,小吴走进来,问道:"大姐,你的稿件退回来啦?"

张阿珍就将牛皮纸大信封递给他,说:"是的,你看看!"

小吴接过信封,将稿件和信取出来,仔细地看着那条子,又将稿件翻了翻说:"这些编辑肯定没有好好看过稿子就说不合适出版,真是不负责任!"

张阿珍问道:"小吴,怎么办?"

小吴毫不犹豫地说:"再寄,全国出版社不只他们一家!先寄北京的,再寄上海的,我不是给你写了好几家出版社的地址吗,你再挑一家北京的试试。"小吴继续说,"我还没有你老公那么好的文笔,那么有才气、有学问,这么好的一部作品一定会有出版社出版的,你不要灰心。我也经常给出版社和报纸杂志投稿,退稿的事是经常发生的,也是广种薄收。"

张阿珍受到小吴的鼓励,虽然是退稿,但还是满心欢喜,小心翼翼地把稿件装进挎包里。一路上,她把自行车骑得飞快,因为她所在的工厂在农村,公路上车辆少,行人也不多。进城已是傍晚，公路两旁泡桐树宽阔的叶子，铺天盖地、遮天蔽日的。张阿珍一心一意地骑着自行车，有几片泡桐树叶飘落到她身上也无暇顾及。她想尽快骑到市区邮政局，将稿件寄出去。她确信小吴的话是真的，阿康弟和他单位的人也都说丈夫的小说写得不错，既然这么多有水平的人都说丈夫的小说写得不错，那丈夫的小说一定是不错了。她还听丁贤说过，学生们为了让他的小说能够在晚报上发表，还排着队为老师集资。丁贤说这件事的时候，她感动得流下了眼泪。她目睹了丁贤吃苦受累的全过程，不蒸馒头争口气，她一定要想办法把这部小说出版。

她来到邮局，要了一只能装稿件的特大信封，又要了纸笔，根据小吴的指点挑选了一家北京的大型出版社，工工整整地写好名称地址，又趴在桌子上给编辑写了一封信，然后让邮局的工作人员封好口子，寄了出去。

回到家里，康丁贤和小斌已经回来，一家三口人坐下来吃饭。"今天你怎么回来这么晚？"康丁贤问道。

"我把你的小说又重新寄了一家出版社。"张阿珍往嘴里扒了一口饭说。

"就是说，你上次寄的这家出版社把稿子退回来了？"

"是的！"

"既然退回来了，就别再寄了！"

"我们厂的小吴说这家出版社的编辑可能没有好好看我们的小说，他说换一家再试试。"张阿珍把小说说成是"我们的"，显得很亲切、很温暖，她又说，"千里马常有，伯、伯……"

小斌抢着说："妈，是千里马常有，伯乐不常有！"

张阿珍伸出一只手，摸了一下儿子的脑袋，表示对儿子的一种鼓舞。她高兴地说："小吴也是这样说的。"

康丁贤说："这很正常，我不是名人，他们不会重视的。"

小斌又抢着说："爸，老师说，名人在成名前都是普通人，我长大了也要做名人！"

张阿珍也鼓励说："别灰心，阿康兄弟和他的同事不是都说这部小说写得很不错吗？我们厂的小吴也认为你比他有水平，这部小说出版应该是没有问题的！"

康丁贤说："这是他们说说的，别瞎子点灯白费蜡了！"

张阿珍说："我有信心！"

五十

这一天上午,陆钦铭和唐颖跟随公安局刑侦支队到了南通市区,采写一篇谋杀案的稿子,邵敏敏也跟来了。到达南通市公安局后,陆钦铭跟随公安局的同志去侦查犯罪嫌疑人,唐颖和邵敏敏则在附近一家宾馆住下,马不停蹄地寻找南通市前进纺织厂。凌康胜则留在江湾,继续了解和南坡毛纺织厂有关单位的业务往来。

南通是一座面临大海的海滨城市,到处是充满江南情调的粉墙黑瓦、斗檐翘角的建筑。前进纺织厂坐落在一条勉强能开得进一辆解放牌大卡车的弄堂里,道路虽狭,但工厂门口却排列整齐地停着好几辆大卡车,工人们将一捆捆打包非常整齐的布匹背上大卡车。工厂的大门陈旧狭小,很不起眼,从大门看工厂规模,只能算是家街道企业,但走进简陋的厂区大门,却是别有洞天。进得大门先是一片宽阔的空地,搭建着一排简易的棚棚,棚棚内整齐有序地堆放着一包包的纺织原料。再往里走,则是一排排整齐的平房,里面是排列有序的纺织机,戴着白色帽子围着白色围裙的女工们,穿梭行进在织机之间,织机发出的声音没有像南坡毛纺织厂那样的嘈杂响亮,那声音很像是乌蓬船夜间行驶在河道里,水面拍击船体的"啪啪"声,低沉而有节奏。

唐颖和邵敏敏来到厂部办公区,那也是一排老式的平房,远没有南坡毛纺织厂来得气派,虽然天气炎热,但大多数科室的门都畅开着,各个科室门前人来人往,与南坡毛纺织厂冷冷清清的场面相比,仿佛两个不同的世界。

邵敏敏突然停住脚步,尖叫起来:"哇!"她手指着前方办公室门口说,"唐姐,你看,那个瘦高个子是不是南坡毛纺织厂总会计王枢枢?"

唐颖朝着她手指的方向望去,果然办公室门口站着王枢枢,身旁还站着一个胖胖的矮个子男人,唐颖在南坡毛纺织厂见过此人。

唐颖脱口问道:"他们来干什么?"

邵敏敏也满腹疑问地问道:"是不是和我们来南通前进纺织厂有关?"

"如果是这样,他们从南通前进纺织厂进的织机确实是有问题的。"唐颖判断说。

这时王枢枢和矮胖子离开办公室门口,朝她们这边走来。唐颖眼急手快,拉着邵敏敏走到旁边墙角躲了起来,目睹着王枢枢他们从身旁走过去,一直走出厂区。唐颖对邵敏敏说，他们不认识你，你跟踪他们看看住在哪一家旅馆，晚上我们看情况去找他们。邵敏敏答应一声，尾随王枢枢去了，唐颖则向厂部走去。

办公室里十分简陋，大约不到四十平方米的房间里，放着五六张办公桌。桌子上虽堆满资料，却都整整齐齐的，办公室也被打扫得干干净净，两台立式电风扇，"嗬嗬嗬"地摇着头，吹出来的风还是热辣辣的。办公室内坐着三位工作人员，唐颖问坐在门口的一位工作人员说："哪位是主任？"那人指了指坐在里面墙角、头发已经斑白的一位中年男子说："他就是！"唐颖发现此人就是刚才在门口送王枢枢他们的那一位。她想，找对人了，也许能从他这里了解到一点情况，便将手伸进背包里悄悄按下了录音机的录音键。

中年男子很客气地站了起来，拿过身旁的一把凳子，放到唐颖身旁说："小姐请坐，有什么事需要我帮助吗？"

唐颖坐下来，从提包里取出记者证双手递给他："我是《江湾晚报》的记者。主任贵姓？"

中年男子接过记者证看了一眼，随即还给她说："免贵姓栗。"他从身后的桌子上拿过热水瓶，给唐颖倒了一杯水："不知道唐记者需要了解什么事？"

唐颖从手提包里取出笔和笔记本，准备记录。她没有过多地说客套话，单刀直入地问道："五年前，江湾市南坡毛纺织厂在贵厂进过二十台纺织机，栗主任知道这件事吗？"

栗主任反问道："南坡毛纺织厂是不是出了问题？他们的总会计王枢枢也来了！"

这正是唐颖所要了解的，她假装吃惊地问道："王枢枢也来了？他来干什么？"

"他要我们对五年前从我们厂里进的那批织机款项作些改动。"

"他要求改什么？"

"上次进给他们织机的款项开高了，要求开得低一点。"

"这是怎么回事？"

"就是说以前我们收到的货款，低于发票上的款项，为此我们还多付了许多的税款，现在又要求我们把货款开得低一点，这怎么行？"

"比如说，你们收到的货款是十万，而发票上开了十二万，是不是？"

"是这个意思。"

"你们同意了吗？"

"怎么能同意呢？"

"这些开高了价的税款,你们也可以让他们付的啊! 你们为什么不含这个税款?"

"当时我们也是这样提出来的,但这个王枢枢很难对付的。我们要是不满足他们的要求,这批织机他们就不要了。"

"不要就不要吧,你们做生意不是有句行话,'打也来,骂也来,赔本的买卖做不来'?"

"话是这么说,但是我们当时正面临机器更新换代,新机器已经安装完成,旧机器如果不及时处理就成了废品。当时和我们谈的有好几家乡镇企业,南坡毛纺织厂的价格出得高于别的厂,我们还是有赚头的,所以也就同意了。"

"看来还是利益问题。但这批机器只使用了两年,也就是保修期刚过马上就出了故障。"

"一般来说不至于这样,还是能多用好几年的,这只能怪他们运气不好。"

"因为机器经常出现故障,产品质量得不到保障,销路严重受损,企业经常停产,职工的工资发不出来,最近企业发生了职工哄抢企业财产的事件……"

栗主任吃了一惊:"有这事?"

唐颖说:"南坡毛纺织厂不仅工资发不出,连集资款也还不起,有人因此投河自杀了!"

栗主任说:"他们怎么会连集资款都发不出呢? 我们厂在开维修发票时,王阿之每次都要求我们开出高于实际支出的发票。"

采访到这里,唐颖感觉想知道的问题已经弄清楚了,如果能看一下五年来的发票,拍个照岂不更好? 于是她问道:"我能不能看一下你们的原始票据?"

栗主任拒绝了,摇摇头说:"不行!"

"为什么?"

"不为什么,除非你们有司法机关的介绍信。"

"哦!"唐颖无可奈何,又问,"南坡毛纺织厂织机的维修是不是由你们厂负责的?"

这回栗主任回答得很具体,他说:"有些小毛病我们能维修的就由我们维修;大毛病我们维修不了,就让他们直接去找南通市光明纺织机械厂了!"

唐颖向栗主任要了南通光明纺织机械厂的地址及电话号码,就告辞了。回到旅馆,邵敏敏早回来了。王枢枢住的旅馆的地址,她已经了解清楚了。两个人商量了一下,准备等陆钦铭回来商量后再说。唐颖就从手提包里取出录音机,把磁带倒到头,就开始播放。录音很清晰,内容也很翔实。栗主任虽然没有说王阿之有没有拿回扣,但说到了多开票款的问题，显而易见，票款多开的部分已经被王阿之他们私分了。当时，唐颖和邵敏敏去采访王枢枢，王枢枢说进织机的事他没有参与，他不知情，看来这是弥天大谎，他不仅参与了而且还分了赃。他这次来南通要求重开票据，就是为了防止司法机关的调查，想蒙骗过关，是欲盖弥彰。王枢枢的这些举动和栗主任的谈话，已是王阿之和王枢枢等人贪污的铁证。接下来要去南通光明纺织机械厂把织机为什么屡修屡坏、屡坏屡修的问题搞清楚。

下午，唐颖和邵敏敏找到南通市光明纺织机械厂。这家厂也坐落在一条弄堂里，从厂房看也好像是家街道企业，厂房和民房一样，一式的砖墙瓦房。其实，光明纺织机械厂和前进纺织厂都是南通市正经八百的国营企业，只是因为年代久远，坐落在小街小弄内，大门也比较狭小，但进入大门却都是别有洞天。和前进纺织厂不同的是，还未进入厂区，老远就听见机器的轰鸣和木槌敲击钢铁的声音。进入机械厂所在的弄堂，工人们正在用平板车将巨大的木板箱子一车车运往停在马路边的大卡车上。唐颖和邵敏敏在传达室登了记，根据门卫的指点直接找到了厂部办公室。这回接待她们的是一位年轻人，三十岁左右的年纪。

唐颖向他说明来意，年轻人立即显示出了吃惊的神情，说："南坡毛纺织厂的王枢枢刚刚离开！"

看来王枢枢又抢先了一步，唐颖问道："你认识王枢枢？"

年轻人说："认识啊！这个王枢枢可是个人精，锱铢必较……"

唐颖问道："他怎么个锱铢必较，请具体说说！"

年轻人说："他们厂从我市纺织厂进了一批二手织机，要我们维修。这批织机本身就是五六十年代的产品，老化严重，零配件稀缺，在谈维修价格时，我们在价格上让了又让，最后终于谈妥了，但他又提出在谈妥的价格上再加五成价格，而且税款还要我们出。"

邵敏敏问道："他们为什么要这么做？"

年轻人说："这是明摆着为了捞好处！"

邵敏敏轻轻地"哦"了一声说："你们同意了没有？"

年轻人说："我们起初没有同意。但是后来前进纺织厂打来电话让我们按他们的要求办，税款由纺织厂出。"

唐颖问道："那就是说最后还是按他们的要求办了？那今天他又来做什么？"

年轻人气愤地说："他们今天是要我们更改发票，以为我们也是乡镇企业。"

邵敏敏问道:"王枢枢要求你们发票怎么改?"

年轻人说:"他要求把原来的发票改得小一点。"

唐颖问道:"你们同意了?"

"当然没有!"

唐颖又问道:"南坡毛纺织厂的织机在你们这里维修了多少次,大约花了多少钱,这方面的情况你能提供吗?"

年轻人说:"这个要问财务部和技术部的同志。"

邵敏敏问道:"能不能把技术部和财务部的同志请来?"

年轻人显出为难的样子,说:"我可以告诉你们一个大概的数字。"

唐颖说:"那就请你说说大概的数字吧。"

那个年轻人说了一些具体的数字,虽然已经录了音,但唐颖还是认真作了记录。唐颖感觉应该问的问题已经问好了,就和邵敏敏告辞出来了。回到旅馆,两人又听了一遍前进纺织厂栗主任和光明纺织机械厂年轻人的录音,并且把谈话的主要内容作了整理。这样王阿之和他的同伙让对方多开款项、截流虚开的贪污行为已成事实。快吃晚饭时,陆钦铭来了,唐颖把情况向他简要地作了介绍,陆钦铭认为唐颖她们的收获巨大,同意晚上一起去找王枢枢了解情况。吃过晚饭,三个人准备一起去找王枢枢。唐颖认为,三个人同时找王枢枢,阵容过于庞大,而且陆钦铭从未在王枢枢面前露过脸,还是做些幕后工作比较妥当。陆钦铭同意唐颖的说法,就在旅馆内等候消息。

晚上七点左右,唐颖和邵敏敏找到了王枢枢住的旅馆,来开门的正是那个矮胖子,矮胖子吃了一惊:"是唐记者?你们怎么找到这里来了?"

走进房间,唐颖说:"我们有些问题想采访一下王总会计。"

房间里烟雾腾腾,云遮雾障的。王枢枢见是晚报的记者,立即掐灭手中的香烟,翻身下了床,并吩咐矮胖子倒水沏茶。王枢枢很有礼貌地做了个请坐的手势,唐颖和邵敏敏在沙发上坐了下来,王枢枢则搬来一把凳子坐在她们的对面。矮胖子倒好茶,也坐到了王枢枢的身旁,两眼直勾勾地看着唐颖和邵敏敏。

唐颖说:"我们是跟随市公安局同志到南通来采访一个谋杀案的,听说你们也在南通就顺便来采访一下!"

矮胖子问道:"采访什么问题?"

唐颖说:"南坡毛纺织厂的一些事,我们想问一问王总会计。"

王枢枢抓了抓头皮,显得有点尴尬,说:"不是说,我们的事不再采访了吗?"

邵敏敏问道:"谁说的?"

矮胖子说:"王厂长说的。"

唐颖笑笑说:"我们倒是想不采访,但你们的员工们想要知道一些真实情况。"她停顿了一下继续说:"我们已经采访了前进纺织厂和光明纺织机械厂,有些问题我们已经了解,有些问题想核实一下,再问问其他一些问题。"

王枢枢吃了一惊,这可是他没有料到的。唐颖说得很明白,就是想迫使他把了解的情况说出来,可他王枢枢岂是能轻易就范的? 他的眼珠眨了几眨,避开唐颖的目光,问道:"他们怎么说?"

这种新闻采访需要斗智斗勇,是一种智慧和心灵的较量,还要把握好分寸和度,否则不仅什么也得不到,有时还会被对方套走需要的信息。唐颖当记者多年,《江湾晚报》虽然以采访正面报道为主,但有时候也要采访负面报道,她有这方面的经验和智谋。唐颖笑起来说:"那两家企业的负责人和我们说的事你是全知道的,上次我们采访时,你说不知道情况,实际上购买织机也好,维修也好,你都参加了,可能是王总会计事情多忘记了!"

唐颖这样一说,王枢枢显得很尴尬,他支吾着:"这……"

唐颖又笑笑说:"忘记了没有关系,现在经我提醒总该记起来了吧?"

王枢枢知道蒙骗过不了关,就点头哈腰地说道:"那是那是……"

"这么说,王总会计已经承认参加了织机的购置和维修业务,"唐颖说,"我们还知道你们这次到南通来是为了什么。"

王枢枢说:"我们想让他们重开一下发票。"

唐颖问道:"什么发票需要重开,是织机的购置发票还是维修发票?"

王枢枢回答说:"两种发票都需要。"

唐颖又问道:"为什么需要重开?"

王枢枢回答说:"为了做账。"

唐颖问道:"这些账目已经过了好几年,税务机关也已通过验收,为什么还要重开?"

王枢枢说:"这个问题你要去问王厂长了。"

唐颖点了点头,"哦"了一声,这是在搪塞,王枢枢明明知道却要让她去问王阿之,王阿之有汪伟罩着,是不可能随便去问的。像挤牙膏似的挤出一点,看来王枢枢实在是到了山穷水尽的地步，不得不说了，再往下问，也问不出什么来了。唐颖说，"今天我们就说这些，要是还有问题，再来麻烦王总会计。"她站起来伸出一只手。

王枢枢也跟着站起来，握住了唐颖的手说："一定！一定！"

她们先找到陆钦铭的住处，陆钦铭不在，就回到自己的住处，坐在沙发上听录音。录音很清晰，王枢枢已经承认他们到南通来是为重开发票，是为了重新做账。他们为什么要重新做账？是贪赃枉法的事已经东窗事发，还是有其他什么原因？只有回去和凌康胜调查的情况结合再综合考虑了。

这时响起了敲门声。陆钦铭神色紧张地进来，喘着粗气说："你们说，我在这里遇到谁啦？"

唐颖问道："见到什么人了？看你紧张的。"

陆钦铭在她们对面的床沿上坐下来说："说出来你们可能不信……我看见汪伟和莫娜娜了！"

唐颖吃了一惊，问道："他们到南通来做什么？"

邵敏敏处事不惊，鄙视地说："还能干什么？干那些见不得人的勾当呢！"

陆钦铭问道："何以见得？"

邵敏敏说："你们知不知道莫娜娜怎么会从一家企业调到我们报社，又从办公室调到你们社会部的？她大字不识几个，这个记者她怎么当的，你们也应该心知肚明吧？"

唐颖说："这个我们当然知道！"

邵敏敏说："你只知其一不知其二。"

陆钦铭说："你说吧，这其二是什么？"

邵敏敏说："那就是卖身求职！"

唐颖说："我们早有感觉，但没有真凭实据！"

邵敏敏问陆钦铭："你知不知道他们住在哪家旅馆？"

陆钦铭说："知道啊！"

邵敏敏说："这不，真凭实据自己找上门来了！"

陆钦铭问道："什么意思？"

邵敏敏揶揄地说："你真是聪明脑袋笨肚肠，你不想想，要是他们两个真有事情，今天晚上莫娜娜会睡到什么地方？"

唐颖一拍大腿站起来说："对！小陆，我们这就去访问一下汪伟！"

邵敏敏也跟着站来说:"我和你们一起去!"

唐颖阻止说:"你师出无名,不去为好。我和小陆去就行了!"

邵敏敏只好站着不动,唐颖拿起刚才随随便便掷在床上的手提包。

邵敏敏指指她的手提包说:"别忘了这个'咔嚓'!"

唐颖点点头说:"明白!"

唐颖和陆钦铭从房间里走出来,陆钦铭迫不及待地问道:"敏敏说什么?"

唐颖笑起来说:"敏敏说得不错,你真是聪明脑袋笨肚肠。等会儿离开汪伟房间时,你不要多嘴多舌,见我的眼色行事!"

"明白了!"陆钦铭点点头说。

两个人要了一辆出租车,很快就找到汪伟居住的宾馆。宾馆坐落在繁华的大街上,马路两旁灯光璀璨,繁华似锦。他们问明了汪伟的房间号码,直接找上门去。这是一家五星级宾馆,富丽堂皇,恢宏豪华。

唐颖轻轻敲着房门,房间里传来汪伟的声音:"谁啊?"

唐颖应道:"汪总编,是我和陆钦铭啊!"

大约过了五六分钟,汪伟开了门。他大概是刚刚洗了澡,穿着白色的宽大浴袍,光着脚趾穿着宾馆提供的拖鞋,脸上还挂着几滴水珠,一见陆钦铭和唐颖,脸上就露出惊诧的神色:"哦,你们怎么知道我住在这里?"

陆钦铭恭敬客气地说:"我们跟着公安局的同志查案子无意间看到总编的车子,上来一打听,果然是总编住在这里,我们就来看看你。"刚才邵敏敏和唐颖都说陆钦铭聪明脑袋笨肚肠,这回他却是扎扎实实地聪明了一回,把假话编得很圆满,汪伟不得不信。

汪伟很不情愿地开了门。唐颖和陆钦铭走进房间,吃惊得几乎要叫出声来。这房间豪华得恐怕陆钦铭出娘肚皮还是第一次见到,和他居住的旅馆相比真是天差地别,唐颖显然要老练得多,不动声色地观察着。房间足有五六十个平方,分里外两间,外间是客厅,里间是卧室。客厅里一溜的金丝绒沙发,地板上铺着厚厚的金丝绒地毯,双脚踩上去软绵绵的。

卧室的房门敞开着,唐颖未经汪伟同意径直向里面走去。陆钦铭跟在她的后面不断称赞着:"这么高级的房间!"

唐颖问道:"总编,这是总统套房吧?"

汪伟很不自然地说:"哪能呢!也不过是一般的套房,比标准房稍好一点,不管

江湾往事

它,住宿费反正是举办单位出。"

唐颖问道:"总编到南通是来参加什么会议?"

汪伟跟在她的身后说:"是一次跨省的新闻协作会议。"

卧室内是一张大得出奇的席梦思床,虽然空调开到二十摄氏度,但毕竟处于盛夏,上面盖的被子要相对少一点,所以床上的被子显得有点单薄,床上四只枕头,两只两只整整齐齐地叠放在被子上。唐颖不经意间在他们对面床头上,看到了一条粉红色的几乎透明的三角裤。那三角裤小得出奇,像是七八岁的小女孩穿的短裤,三角裤的胯部,精心地绣着一朵盛开的暗红色牡丹花。唐颖假装没有看到将目光迅速移向别处。

走在前面的陆钦铭好像很兴奋,走到床头柜跟前屁股一颠,竟然坐到了床上,双手还触摸着床毯,说:"好舒服的眠床!"

那时席梦思床垫尚未进入寻常百姓家,难怪连见多识广的新闻记者,也会啧啧称奇。

唐颖从眼角的余光看到,汪伟迅速走近她对面的床头,撩起被子的一角,将三角裤衩塞到被子底下。趁汪伟做这一动作时,又有陆钦铭的身体作遮掩,唐颖将手提包塞到床头柜旁边一个不显眼的地方。

"是的,这样高级的宾馆,我参加工作以来还从没有住过!"唐颖附和着说。

"这还不简单?下次遇到类似这样的会议我让你来参加!"汪伟从唐颖对面走过来,站在卧室中间说道,"我们到外面坐吧!"

唐颖笑笑说:"恐怕只有总编有这样的待遇吧!除非你马上提拔我担任副总编。"

陆钦铭从床上跳下来说:"不当总编也能住啊,拿着发票让总编签字,不就行了!"

汪伟言不由衷地说:"那是、那是……"他率先走出卧室进入客厅,在两把金丝绒沙发前,作了一个请的手势说:"请!"

唐颖和陆钦铭相继走出来,在沙发上坐了下来。汪伟也在旁边的沙发上坐了下来。陆钦铭突然竖起了耳朵,倾听了一会儿,说:"总编,卫生间里好像有流水声,是不是抽水马桶漏水了?"

卫生间里确实传来了"哗哗"的水声,声音时强时弱。

唐颖看一眼陆钦铭说道:"是抽水马桶漏水了,总编!"

汪伟说:"是啊,是抽水马桶在漏,我已经通知宾馆让他们来维修了。"接着他转变了话题,"案子的进展情况顺利吧?"

"公安局已经锁定了两个犯罪嫌疑人,正在跟踪,很快就会有结果!"唐颖说。

汪伟说:"这个案子可以作为我们报社最近的重点稿子,先发消息,再发详细通讯。"

陆钦铭说:"有总编这句话,我们一定写好这篇稿子!"

汪伟说:"也可以发到跨省新闻协作组织去!"

唐颖说:"小陆,我们就努力把稿子写好,别辜负了总编的期望!"

陆钦铭说:"这个自然。"

他们天南海北地聊了十来分钟,唐颖站起来,向陆钦铭使了眼色说:"时间不早了,小陆,我们走吧,别影响总编休息!"

走出宾馆大门,站在台阶上等出租车时,唐颖看着陆钦铭那张其貌不扬的脸,讥笑道:"汪伟的卫生间漏水,你怎么不进去看看?"

陆钦铭说:"我是故意说给你听的!"

唐颖问道:"说给我听干什么?"

"怕你上卫生间,卫生间里有人!"

"我没有你这么傻!"

这时,一辆出租车驶上了宾馆门前的台阶,两位客人从出租车里钻了出来。陆钦铭和唐颖立即钻了进去,司机问清目的地马上就开走了。

"你那只手提包什么时候来取?"

"明天吧!"

"明天? 你的磁带能录多少时间?"

"十几个小时没有问题。"

"能录这么长啊! 是什么磁带?"陆钦铭吃惊地问道。

"这部录音机是从国外带来的,使用的不是普通的录音磁带,是一种叫SD卡的音像载体,不仅能录音而且还能录像,功能十分强大。"

"我还是第一次听说……"

"你没有听说过的东西多着呢,我这只录音机还特别小,只有火柴盒那么大。"唐颖说,"刚才还真怕你提醒我说我忘了手提包呢! 这回还好,你总算没有戳穿我的把戏,你是酒醉糊涂事在心。"

"这叫作心有灵犀一点通,我们出来时小邵对你说'咔嚓',我就明白了!"

两个人这样有一搭没一搭地说着话,不一会儿就到了唐颖和邵敏敏住的旅馆。三个人商量好明天上班前,唐颖和陆钦铭再去汪伟住的宾馆。第二天早上上班前几分钟,他们到了汪伟住的宾馆,先在总台打了电话,汪伟接的电话,唐颖说有个东西忘在他这里了。过了五六分钟,他们就进入了汪伟的房间。汪伟穿得整整齐齐的,见到唐颖和陆钦铭双手一摊说:"我找了半天,没有啊!"他又从茶几上拿起一只公文包拎在手里,像是要出门的样子。床上也只放着一对枕头,另一对枕头被放到了沙发上,房间里看似只有一个人住的样子。两个人先在客厅里他坐过的地方找了找,没有找见。唐颖嘴里不停地说着:"我明明放在茶几上的,怎么会不见了呢?"

陆钦铭埋怨说:"你会不会丢在别的地方了,打扰总编多不好意思!"

唐颖说:"我在住的地方也找了个遍,没有去过别的地方啊!"

走进卧室,唐颖突然像是记起来似的说:"我记得在床上放了一下……"

她弯下腰在床下仔细地查看着,终于在床头柜和床的夹缝间发现了手提包。她高兴地说:"找到了!"她拿着手提包站起来,在汪伟面前晃了晃。

"我记起来了,"唐颖对着陆钦铭说,"我把手提包放在床上,一定是你坐到床上时把手提包抹到床下的。都怪你!"

陆钦铭感到有点委屈地说:"怎么能怪我呢!"

汪伟说:"找到了就好!"

两个人就告别汪伟,从宾馆里走出来。正是上班的时间到了,马路上热闹非凡,出租车开得非常缓慢,陆钦铭还要和公安局的同志碰头,绕道把唐颖送到她居住的旅馆,就去了南通市公安局。

唐颖回到住处一进门,邵敏敏就急切地问道:"手提包拿到没有?"

唐颖微笑着说:"怎么会拿不到呢? 我放的地方是谁也找不到的。"

邵敏敏说:"你幸亏没有事先告诉汪伟,你的包忘在他那里了,要不然准会出事!"

唐颖对邵敏敏的话感到莫名其妙,问道:"为什么?"

邵敏敏说:"汪伟的智商还是蛮高的,特别是做坏事的智商,你们千万可不要小看他!"

唐颖一脸茫然问道:"是不是你也深受其害?"

邵敏敏双眼一下子红了,别过头去说:"不说他,我们来听录音吧!"

说话间,唐颖已经从手提包里取出录音机,将录音倒到头又按下播放键。声音很清晰,开始是一些杂乱无章的声音,后来是汪伟和唐颖、陆钦铭的交谈声,每句话每个字都听得清清楚楚。不一会儿,是唐颖、陆钦铭和汪伟的告别。再过了一会儿,是汪伟的声音:"洗好了没有,洗好了出来吧! 他们走了!"

有人大概是从卫生间里出来了，一阵拖鞋的拖沓声，响起一个女人的埋怨声，一听就是莫娜娜的声音："你的行踪他们怎么会知道，他们是不是在跟踪你？"

汪伟的声音："不会，他们去南通市公安局，正好碰到我的车子开进宾馆停车场。"

莫娜娜惊慌的声音："他们一定是看见我了！"

汪伟安慰的声音："这怎么会呢！他们只是看到车牌，看不到坐在车子里的人。"

莫娜娜撒娇的声音："反正我心里慌兮兮的！"

"别慌！你怎么连裤衩也不穿了？"

"反正总是要脱的，不如光着身子让你看个够、摸个够！"

"你真乖！嘻嘻……"

出现了短暂的静默，大概两人抱到了一起，一会儿是一阵接吻的声音，然后是汪伟沉重的呼吸声。

莫娜娜的声音："你怎么还穿着浴袍，脱了吧！"

大概汪伟脱掉了浴袍，但还穿着裤衩，莫娜娜哈哈大笑起来。

汪伟的声音："你笑什么？"

莫娜娜的声音："裤衩都要给你戳破了，不难受吗？"

唐颖傻乎乎地问道："什么意思？"

邵敏敏嘲笑她说："你连这个都不懂？书呆子！"

唐颖的脸一下红起来，说："我明白了……"

五十一

上午十点多，城区城建局的鲁科长领着他科里一名小伙子，来到"镜花苑"，同来的还有街道的章月芬和另一名女工作人员。鲁科长拎着只大提包，小伙子则拿着只很大的卷尺，他们是来丈量后园地皮的。这个时候院子里的人正在忙着做中饭，谁也没有留意到后园的动静，正在家门口炒菜的阿之嫂却看到了，她家住在陈阿毛楼上，居高临下，对进出"镜花苑"的人看得一清二楚。这些人当中她只认识章月芬，她有点紧张，是不是与建房有关？她在煤球炉上拿掉炒菜的铁锅，放上烧水的壶，就悄悄地跟在这些人的后面走了过来。陈阿毛得到通知早已在后园门口等候。

走进园子放眼望去，一片郁郁葱葱、生机盎然的景象，盛夏季节，各种瓜果蔬菜长势旺盛。除章月芬外，其他人都是第一次到"镜花苑"，都不由得吃了一惊。在这嘈杂浮躁的城市里，还有这样一片绿色的世界，这样一方净土，不能不叫人惊诧。

鲁科长见多识广，但还是有点惊诧说："这么大的园子在繁华的市区，真是少见！"

章月芬说："现在城市居民住房这样紧张，不利用起来是太浪费了！"

陈阿毛点头哈腰地说："是啊是啊，我住着不到二十个平方的房子，实在是太挤了！"

章月芬率先往园子深处走去，众人紧随其后，走过一口水井，前面墙角还堆放着一些砖块和一大堆黄沙，这是上次凌婆婆建房时，陈阿毛帮忙从外面拉进来的，水泥拉走了，留下了这些砖块和黄沙，陈阿毛有意没有拉走，想的也就是有一天能为自己所用，现在这个目的达到了。章月芬指着砖块说："陈阿毛的房子就建在这里吧！鲁科长，你们丈量一下，量出四十个平方的地基，用石灰做好标记。"

陈阿毛不高兴了，瓮声瓮气地说："章主任，我要求批一百个平方，怎么只给四十个平方？"

那个小伙子说："四十个平方的地基已经超标准了，至少可以盖六七十个平方的房子，我们当干部的能住五六十个平米的房子，至少是科级以上的干部了！"

阿之嫂跟在鲁科长他们后面弄清了是怎么回事，急急忙忙向凌婆婆家跑去。此时凌婆婆正在自家门前炒青菜，"吱吱"的油炸声老远就可以听见。

阿之嫂跌跌撞撞，一边跑一边喊："凌婆婆！凌婆婆……"

凌婆婆铲了几铲青菜，应道："阿之嫂什么事，慌里慌张的？"

阿之嫂上气不接下气地说："凌婆婆，城建局的人正在丈量你们家后园呢！"

凌婆婆吃了一惊："啊！"

锅里的青菜"吱吱"地冒出了青烟，一股焦味马上就扩散开来。

阿之嫂急忙说："菜煳了！"

凌婆婆连忙把铁锅从煤球炉上拿下来，放到旁边的桌子上，又拿来一只碗，把青菜盛进碗里。双手在围裙上擦了擦，对阿之嫂说："走，去看看！"

凌婆婆走进后园，天生娘和纪耿直等左邻右舍一大群人差不多都来了。凌婆婆挤进人群，阿之嫂则远远地站在人群外面，注视着动静。

鲁科长和小伙子拉着卷尺丈量地皮，章月芬则和那个女干部用石灰画线，地上已经正正方方画出一块四十平方米的地基，因为还种着蔬菜，白色的石灰线就从蔬菜或瓜果中穿插而过。地基的轮廓已经基本划定,就是说,凡是画了白线的地方将是陈阿毛的地基,陈阿毛可以在这上面建筑一座两层小楼。看着章月芬画好白线,陈阿毛高兴得合不拢嘴。因为看热闹的人多,好好的瓜果蔬菜都被践踏了。

鲁科长拉开公文包取出一张纸,对陈阿毛说:"这是城建局的批文,你要按批文建房!"

凌婆婆从人群外挤进来说:"谁批准的? 怎么可以在我的园子里建房?"

鲁科长说:"是我们城建局!"

凌婆婆说:"我的园子,我都没有同意,你们这么就批了?"

章月芬也从公文包里取出一张纸,举过头顶说:"这上面有你盖的印章,你怎么没有同意?!"她把那张纸递过来让凌婆婆看。

凌婆婆没有接那张纸,说:"我不识字,我不看!"

这时人群中出现了一阵骚动,人们让出一条道,张阿珍满面油汗地从人群外挤进来。

张阿珍说:"给我看,我识字!"

章月芬把那张纸递给了她,张阿珍伸出另一只手臂,伸向鲁科长说:"你的,我也看看……"

鲁科长也把那份批准文书递给她说:"你识字,你就好好看看!"

张阿珍从鲁科长手里接过批准文书,连看也不看一眼,立即把两张文书合在一起,撕了个粉碎说:"这些都是假的!"

鲁科长大吃一惊:"你、你怎么敢撕政府的公文!"

章月芬气得脸色发青,大怒道:"你敢撒泼!"她早就听说过,康丁贤的妻子胆大泼辣,但还从未领教过,今日得见,果然名不虚传。

张阿珍也不示弱,她圆睁双眼对章月芬说:"我撕了,你敢把我怎么样? 这地基即使我婆婆同意了,我也不同意!"

凌婆婆急忙说:"我根本没有同意过!"

天生娘挤到人群前面说:"这个后园是婆婆的心头肉,怎么会同意转让给别人?"

纪耿直说:"这里面一定有什么误会。"

章月芬气急败坏地对张阿珍说:"你敢妨害我们政府工作人员执行公务,你是犯法的!"

纪耿直说:"章主任,我有个问题请教一下!"

章月芬说:"你说!"

纪耿直说:"这个园子的《土地证》上写得明明白白,是凌、康两家共有,纯属私人财产,政府怎么可以想给谁就给谁了呢?"

天生娘附和说:"是啊!章主任,政府的政策我们老百姓不怎么懂,你给说说清楚!"

鲁科长也看着章月芬,从他的目光里看出来,他也是一头雾水,满腹狐疑。

章月芬说:"陈阿毛的建房申请书上,凌婆婆是盖了印章的……"

章月芬这么一说,人们立即七嘴八舌地议论起来。

鲁科长的目光盯着章月芬的瓜子脸,他一时也不知道怎么回答。说建吧,虽然说山川、河流和土地所有权是国家的,但经政府批准的山川、河流和土地,私人的使用权是得到法律保障的。如果说陈阿毛递交的建房申请书上凌婆婆的印章是假的,陈阿毛的建房报告确实是不应该批的,这侵害了凌、康两家的权益,与情不合,与法有违;说不建吧,就对不起印萍萍柔情似水的身体了。他现在就像是风箱里的老鼠——前后为难了。

章月芬见鲁科长不作声,也沉着个脸,感到刚才自己说的关于土地使用权的话有欠妥当。要收回个人使用权是可以的,但前提必须是具有土地使用权的人违反了国家的有关规定,或政府对土地另有正当的用途。但现在的情况是,凌、康两家没有违反国家的有关法律法规,陈阿毛要建房也不是政府行为,她作为政府派出机构的工作人员是没有这一行政权力的。现在凌婆婆又坚持说建房申请书上的印章不是她亲手盖的,她不同意转让后园的土地,左邻右舍也已证实。但事已如此,陈阿毛的建房报告上又确实盖着凌婆婆的印章,是真是假她可以不去管它。

陈阿毛见鲁科长和章月芬都不出声了,着急地说:"你们说啊,建不建啊?"

章月芬坚决地说:"建!城建局都批了,怎么不建!"

张阿珍听她这么一说,毫不示弱地说:"陈阿毛,你要是敢在这里动一寸土地,你试试!"

纪耿直说:"阿毛兄弟,我们可是邻居,俗话说远亲不如近邻,应该互相照顾、互相体谅。这个园子凌婆婆看得比自己的生命还重,她不同意你建房,你不能伤害她啊!"

天生娘说:"凌婆婆自己都舍不得在这里建房,她怎么会同意你建房呢!"

陈阿毛双手一摊,露出一副苦相说:"我可是花了好多心血啊!"

张阿珍怒气冲冲地说:"你那是活该!"

"章主任,这不关你的事!"凌婆婆打破这种尴尬的局面,耐心地对陈阿毛说,"那个印章不是我盖的,但我知道是谁偷偷盖的,谁给你盖的印章你就去找谁,你给她多少钱,你自己去向她要回来!"

张阿珍生气地说:"我知道了,是谁偷盖了婆婆的印章!"

凌婆婆怕她说出名字,连忙说:"阿珍别说了,我们自己的事自己解决,大家都散了吧!"

天生娘说:"阿毛,这回你算是吃了哑巴亏!"

纪耿直也说:"阿毛兄弟,你就吸取教训吧!"他抬起头对大家说,"大家都散了吧!"

众人开始散去,鲁科长和那个小伙子夹杂在人群中准备离开。章月芬却发现康丁贤和凌康胜兄弟俩正从人群外面挤进来,康丁贤拽着凌康胜的手臂,好像不让他往里走,凌康胜一脸怒容,目光炯炯地盯着章月芬的瓜子脸,他们的身后远远地站着阿之嫂。凌康胜挣脱康丁贤的拉扯,一直往前走,快走到章月芬跟前时被他母亲拦住了。

凌婆婆说:"阿康,你来做什么?"

凌康胜没有理会母亲的阻拦,责问章月芬:"你是不是又来打击报复?"

章月芬连忙推卸责任:"我是根据陈阿毛的报告批的,这怎么是打击报复呢?"

凌康胜的目光转向鲁科长,正想说什么,鲁科长连忙撇清关系说:"我是根据章主任报告批的!"他知道凌康胜是《江湾晚报》的记者,记者神通广大,是无冕之王,而且凌康胜经常到他们城建局来采访,不仅他认识,他们局长和他关系也不错,他得罪不起的。

凌康胜严厉地说:"你未经认真调查就批了,你能逃得了干系吗?"

鲁科长自知理亏,就夹着他的公文包对他的同事说:"我们走!"

陈阿毛问道:"鲁科长,我的房子怎么办啊?"

鲁科长厌烦地说:"你先做通凌、康两家的工作吧!"

五十二

中午,印萍萍回家来吃饭,家里冷冷清清的,只有炎热的气温,浑身上下像是火烤的一样。

印萍萍一进家门,陈阿毛裸露着上身,坐在一把老旧的电扇面前生闷气。平常这个时候,陈阿毛早炒好菜,一碗一碗放在桌子上了,但今天桌子干干净净的,像是刚吃完饭擦过桌子的一样。

"什么事这么不开心,连饭也不烧菜也不炒了?"印萍萍把包挂到墙壁的衣帽钩上,又脱掉高跟鞋,换成拖鞋。

"今天真是窝囊透了,明明城建局、街道都同意了,凌康胜说不建就不建了!"陈阿毛拍着桌子气恼地说。

"城建局的鲁科长来了吗?"印萍萍问道。

"来啦! 连章主任也来了,可是来了又有什么用? 还不是张阿珍一捣乱,全完啦!"

"他们都来了,怎么会没有用?"

"张阿珍说,这个印章是有人假冒凌婆婆偷盖的!"

"这个印章是李爱娟偷盖的啊!"

"张阿珍立马就把建房申请书和城建局的批准文书撕得粉碎!"

印萍萍说:"章主任不是说,土地是属于国有资产,政府有权收回重新分配吗?"

"是啊,不过她的话是有漏洞的,所以这次她不敢强来! 被凌康胜一逼,她也不敢多说了!"

"我说我们要和王阿之联起手来,这事保证能成,你却不同意。"

"为什么一定要和他联手呢?"

"你只会白刀子进红刀子出的宰猪,你不会动脑筋想想,真是猪脑筋!"

陈阿毛摇摇头说:"我想不出来!"

印萍萍说:"凌康胜在《江湾晚报》工作吧?《江湾晚报》的领导是谁?"

陈阿毛平时并不关心这种事,说:"你别绕来绕去绕得我头痛,你直说吧。"

印萍萍说:"《江湾晚报》的总编叫汪伟,汪伟和王阿之的关系好得可以穿一条裤子……"

陈阿毛似乎明白了什么地"哦"了一声。

"前几天王阿之提出来和我们联手,他说先满足我们地基的需要,余下的给他。"

"那他为什么要和我们联手呢?"

"他看中我们街道和城建局里有人,他说这叫作'强强联合'!"

"可是我和他老婆是冤家死对头,怎么联合?"

"不是还有我吗? 我和王阿之去谈!"

陈阿毛犹豫地说:"让我想想……"

"别想了,快做饭炒菜吧,我饿啦!"

傍晚,王阿之气呼呼地走进自己家里。阿之嫂已经将饭煮好菜炒好,摆在桌子上。王阿之的位置上已经放好一只琉璃杯,旁边放着一瓶陈年绍兴加饭酒。

阿之嫂从他手中接过公文包,挂到门后的衣帽钩上,看着他的脸问道:"什么事不开心?"

虽说已经过了立秋,但秋老虎还肆无忌惮地施展着它的淫威。王阿之进屋后,脱掉短袖衬衫和西裤,光着膀子,穿着裤衩在餐桌前坐下来,骂道:"这个汪伟,真不是个东西!"

阿之嫂给他酒杯里倒了半杯酒,问道:"汪伟又有什么事惹恼你啦?"

王阿之端起酒杯猛喝了一口,气愤地说:"他当面一套背后一套,明着对我说我们厂的事到此为止,暗地里却还在调查,这回竟然调查到南通去了……"

"你是怎么知道的?"

"王枢枢他们从南通回来,告诉我的啊!"

"这个忘恩负义的家伙!"阿之嫂也气愤地骂了一句。

"他们不仅去南通调查,还在市区调查和我们有业务关系的客户……"

"你有没有给他打过电话,问问他这是怎么回事?"

"打了。办公室里没有人,报社的人说他出差未归。"

"你准备怎么办?"

"我还要给他打电话,问问他这是什么意思?"

阿之嫂坐下来端起饭碗,往嘴里扒了一口饭说:"今天城建局和街道的人来量地基了。"

"这么快? 我的报告还没有递上去呢!"

"与我们无关,他们是专门为陈阿毛来的。"

"陈阿毛的地基城建局批准了?"

"城建局是批准了,但又被推翻了!"

"怎么回事?"

"街道和城建局的同志倒是挺帮忙的,但凌婆婆不同意,说那枚印章不是她盖的,张阿珍就把城建局的批准文书和陈阿毛的建房申请书撕毁了!"阿之嫂嘴里嚼着饭菜,继续说,"我知道,那枚印章是阿康老婆偷盖的。"

"陈阿毛胆子也太大了,这种事也敢做!"王阿之低头喝了一口酒说,"但话得说回来,陈阿毛也真的有点本事。这样未经户主同意的建房申请,城建局也批得下来。"

阿之嫂不服气地说:"还不是靠印萍萍那只烂污屄,那个鲁科长色迷迷的眼睛,我一看就知道不是个好东西。"

"街道的章主任又是怎么回事?难道靠的是陈阿毛?"

"是靠陈阿毛啊,那天我去街道办,亲眼看见陈阿毛送的那两只鸭'哇哇'地叫呢!"

王阿之低头喝着酒,自言自语地说:"我说'强强联合'是对的!"

阿之嫂不明其意,问道:"什么'强强联合'?"

"就是我们两家联合起来,这块地基准能批下来?"

"我们和陈阿毛家联合,怎么个联合法?"

"在凌家后园让出一块地基给陈阿毛,其余的我们占用,这不行了?"

"这怎么行?"

"城建局给陈阿毛批了多少地基?"

"地基面积是四十个平方。"

"这个后园有多少平方?"

"至少有六七亩地吧!"

王阿之问道:"就算是七亩地吧,如果其余的给我们,我们能得多少地?"

"四千多个平方。"

"'强强联合'我们得的是大头,我们可以通过陈阿毛的关系把地基批下来。"

"城建局和街道要征得凌婆婆同意,凌婆婆是不会同意的,还有阿康这一关也难过!"

"这就是问题的关键。陈阿毛在城建局和街道有路子,我却可以让凌婆婆同意。这叫虾有虾路,蟹有蟹路。"

"你怎么能让凌婆婆同意呢?"

"凌康胜不是《江湾晚报》记者吗?他的领导是谁?"

"汪伟!"

"对,是汪伟。"王阿之振振有词地说,"现在新闻系统正在进行职称评定,凌康胜要评中级职称,评了中级职称既可以涨工资,还可以分到房子,凌康胜能不能评上职称,还不是汪伟一句话。据说凌康胜为了评职称,对汪伟言必听、计必从的。我让汪伟对凌康胜说,让他把地基让出来,这就是盐卤点豆腐———一物降一物。"

"我和陈阿毛尿不到一个壶里,怎么和他联合?"说到要和陈阿毛商量事情,阿之嫂的气就不打一处来,厌恶地说。

"联合的事由我和他们去商量。"王阿之双眼闪烁着绿光,说。

夫妻俩一边吃着饭,一边商量好了与陈阿毛"强强联合"的事。吃好晚饭,阿之嫂说,她明天要去一趟乡下,你要是中午回来随便弄一点吃的。王阿之说,明天中午他肯定是不回来了,他要到乡政府开会。

第二天上午大约十点多,陈阿毛拎着一只猪头从肉店里回来,刚刚走进自己的家里,准备将猪头挂到楼板下的铁钩上,有两个男女身影从他眼睛的余光里一闪而过。这两个身影似乎很熟悉,男的西装革履,小巧得像只猴子;女的花枝招展,身材窈窕。一股浓郁的香气扑鼻而来,这股香气陈阿毛很熟悉,他连忙把猪头往桌子上一放,赶紧从家里走出来,那两个人已经走进王阿之家里,只留下了高跟鞋笃笃的声音。没有见到那两个人的庐山真面目,但这难不倒陈阿毛,他走进家里,爬上一张桌子,他想从楼板的缝隙中,窥视楼上的动静。正好此时那个穿裙子的女子在缝隙中间停住了,陈阿毛看到了那女子雪白的大腿上面那条三角裤衩,乳白色的。陈阿毛心里不由得一惊,这裤衩似曾相识,但他马上就否定了,他妻子印萍萍正在单位上班。

其实陈阿毛没有看错,进入王阿之家的两个人,一个是王阿之,另一个就是印萍萍。印萍萍走进王阿之家里,身后一只小狗跟了进来,王阿之也没有留意。印萍萍走进房间,王阿之随即关好门,径自走进里面的卧室。房间里很闷热,趴在印萍萍脚边的小狗伸长着舌头,喘着粗气。印萍萍则站在房间中间,不停地扇着她手中的那把精致的折叠扇。今天王阿之打电话把她从单位里约出来,说是和她有重要的事相商,她知道王阿之是要和她商量建房的事。房间里比较干净,也比较整洁。王阿之家由阿之嫂打扫整理,而她在家里是不管家务事的,男人哪有女人那么精细,做事马虎得很,所以家里杂乱无章、乱七八糟的。走进屋里,一股油腻味就扑面而来,陈阿毛血淋淋的衣服、围裙都是随随便便地掷在那里,一看就知道她家男人是个杀猪的屠夫。王阿之家就不一样了,有一股沁人肺腑的气息扑面而来,什么东西都放得有条不紊、整整齐齐的。连放在外间那台电扇,虽然旧了,但也擦得干干净净的,而她家那台电扇,却沾满了油污和灰尘。阿之嫂虽然说话刻薄但还是挺会治家的。

王阿之从卧室里走出来说:"萍萍,到卧室吧,里面有空调。"

印萍萍犹豫着说:"你有事在外面说吧!"她想,孤男寡女的在卧室里不像话。

"天太热,空调我已经开好了。我要和你商量的事,不是一两句话说得清楚的。"

"还是外面说吧,你老婆回来看见了不好!"

王阿之哈哈笑起来说:"她今天到乡下去了,一时半刻是回不来的。"

外间确实是太热了,卧室的门敞开着,里面的凉气吹到身上凉飕飕,挺舒服的,她也就不再坚持,跟着王阿之走进卧室。印萍萍刚走进卧室,那只卷毛小狗马上跟了进来。王阿之要把它赶出去,印萍萍阻止了他,说这只狗挺有人性的,王阿之也就让它进了卧室。

走进卧室,王阿之立即关好房门,小狗蹿到了床对面的一张桌子上,看着印萍萍。印萍萍说得不错,狗确实很通人性,它的嘴里不停地发出"唔唔"的声音,乌黑的小眼睛盯着印萍萍,似乎感觉到主人会有什么事情发生。

卧室里凉风习习,印萍萍打量着卧室,一张床、一张写字台、两只床头柜和一只大衣柜,摆设简单而朴素。王阿之走进卧室,立即三下五除二解了领带,脱掉衬衫西裤,最后脱掉白色的汗背心,只剩下一条三角裤衩,瘦骨嶙峋的躯体毫不掩饰地裸露在印萍萍面前。

印萍萍吃了一惊:"你要干什么?"

王阿之不慌不忙地走近她,捉住她的一只纤手说:"床上坐,我们慢慢说。"

印萍萍见王阿之脱光了衣服,心里有点发怵,但还是忍不住打量起他的身体来。她知道王阿之身体矮小,像个没有发育成熟的小男孩。平常只是看到他的一张猴脸,现在看到了他裸露的上身和下肢,不由得心里一阵恶心。他的上身可以说瘦得皮包骨头,肋骨一根根地突出像是裸露在外面,两条腿又瘦又短。她想,王阿之的老婆长得并不难看,怎么会嫁给他这样的人呢? 真是一朵鲜花插在牛粪上。

王阿之走近印萍萍,印萍萍连连后退,指指楼下说:"你,别别……"

王阿之哪里肯罢休,拉住她的手臂说:"他不在家,你别怕!"

王阿之说陈阿毛不在家,是因为刚才他和印萍萍走进自己家门时,没有看见陈阿毛。此时,陈阿毛正手忙脚乱,一种好奇心强烈地驱使着他,想方设法要弄清王阿之和这个女人想干什么? 这个女人又是谁? 他跟着也进自家卧室,将窗口的一张写字台搬过来,放到床沿旁,再放上一把凳子。他站起来,还是看不太清楚。

在王阿之家里,印萍萍扭扭捏捏地犹豫着。王阿之是个情场老手,什么世面没有见识过,心里明白女人在这个时候犹豫,这是一种忸怩作态,假作正经,就增加了动作的力度。其实王阿之对印萍萍早已虎视眈眈、垂涎三尺,主动与她搭讪但她都爱理不理。前几天,他突然想出了"强强联合"的妙计,不仅仅是为了建房,更重要的也是为了印萍萍。他知道,他老婆和陈阿毛是冤家死对头,要谈只有他与印萍萍谈。现在见印萍萍犹豫,他搂住了她的双肩,半拉半扯地把她拉到了床沿,说:"大妹子,坐下说……"

印萍萍半推半就地在床沿坐了下来说:"你说嘛,为什么非要坐到床沿?"

王阿之将手伸到她的背后,想拉开她裙子背部的拉链,她耸了耸肩膀阻止了。王阿之干脆用力抱住她说:"你怕啥呢?我和你'强强联合'成功了,陈阿毛还要感谢你呢!"

印萍萍听到"强强联合"四个字果然不动了,问道:"'强强联合',怎么个联合法?"

王阿之迅速拉开印萍萍背部的拉链,将裙子一下脱到了腰部,又迅速将她推倒在床上,将连衣裙从她的身上脱下来。王阿之将裙子随手往窗口的写字台一掷,裙子正好掷到小狗的身上。小狗吃了一惊,就"汪汪"地叫了起来,王阿之伸手便将小狗从桌子上抹到地上,又顺手打开房门,将小狗踢了一脚。小狗裹着印萍萍的连衣裙在地上打了个滚,被踢出门外。印萍萍倒在床沿上,只戴着一只乳罩,穿了一条只能包住阴部的三角裤衩。她想挺身站起来,王阿之关好房门跑过来,将她压倒床沿上,一只手捧住她的脑袋,另一只手拼命地脱着她的三角裤衩,又将他的尖尖猴嘴,对着她涂抹着浓浓口红的樱桃小嘴,狂吻起来。

楼下,陈阿毛站在用桌子、椅子搭起来的踏脚上,隔着一层楼板,从楼板的缝隙中窥视着楼板上的动静,他家那台破电风扇实在是太吵了,他听不清楼上的声音。他看见一团乳白色的东西,"咚"的一声滚落到了地上,接着又看见不停晃动着的两条雪白的大腿,接着又有两条骨瘦如柴的小腿,抵住那两条正在挣扎着的白色粉腿。他估计,王阿之要对那个女子实施非礼,眼看一朵鲜花就要插入牛粪中,男人的一种嫉妒心理,马上就在他的心中扩散开来。他从凳子上跳下来,从墙角拿来一只榔头,又重新爬上凳子,吊在楼板上的挂钩差一点钩住他的衣服,他也不管,在楼板上猛烈地敲起来。

"咚咚"的响声传来,楼板几乎要被敲塌了。

王阿之吃了一惊,印萍萍趁机推开他,一个鲤鱼打挺从床沿上站了起来。王阿之伸手还想抱她,印萍萍神色紧张地问:"我的裙子呢?我的裙子到哪里去了?"

王阿之说:"我们的事还没有谈呢,裙子一定在的。"

印萍萍说:"刚才你把我的裙子掷到了写字台上,现在没有了啊!"她在卧室里四处寻找,哪里还有她的裙子。

哈巴狗裹着印萍萍的裙子趴在卧室门口,"呜呜"地叫了一会儿,然后在地上打了几个滚,从裙子里挣脱出来,嘴里衔着裙子又跳到了外室的窗口,蹲在窗棂上"呜呜"地叫着。

在陈阿毛家里,陈阿毛高高地站在凳子上用力地敲击着楼板,突然一道白色的亮光一闪,像是王阿之离开了那个女人,又是一道更加耀眼的白光一闪,那女人从床沿上挺身坐起来。恍惚间,陈阿毛感觉这个女人正是自己的老婆印萍萍,一股怒火从心里烧起来,他想从凳子上跳下来,站立不稳,摇摇晃晃地跌落下来,慌乱中被楼板上的挂钩钩住了短袖衫的衣襟,就像只被吊在半空中的螃蟹,双脚双手在空中挣扎着,一时脱身不了。

正好纪耿直路过陈阿毛家,看见卧室里有个人影吊在半空中,看形状像是陈阿毛。他也来不及细看,叫喊起来:"不好啦! 陈阿毛上吊啦! 快来人哪!"

左邻右舍纷纷跑出来,大呼小叫地喊着:"陈阿毛上吊了,快来人哪!"

印萍萍发现自己的裙子不见了,惊恐万状,花容失色,她突然记起来了:"我的那只小狗呢? 裙子是不是给小狗叼走了?"

王阿之说:"小狗刚才给我踢出去了!"

这时从楼下传来了纪耿直的喊声:"陈阿毛上吊啦!"

印萍萍跌坐地上大哭起来:"快去救我家阿毛啊!"

王阿之一时手足无措,他站在印萍萍身旁不知如何是好。

印萍萍敲着楼板大哭着:"你还不快去,救我家阿毛啊!"

王阿之双手一摊,为难地说:"你这副模样怎么走得出去?"

印萍萍从楼板上站起来说:"把你老婆的衣服拿来!"

五十三

这天傍晚,凌康胜和陆钦铭、邵敏敏来到唐颖家里。唐颖早已为大家泡好茶水。几个人坐在一张小方桌旁,桌子上放着唐颖的那只微型录音机。凌康胜先介绍了这几天他在江湾市区调查的情况,他跑了好几家与南坡毛纺织厂有业务往来的单位,发现王阿之有贪污行为,事实已经基本查清,唐颖也把他们在南通调查的情况说了一下,根据几个方面的材料综合,完全可以写一篇调查报告了。凌康胜当仁不让,承担了起草《调查报告》的任务。接下来就收听录音,说到听录音,邵敏敏显得特别的激动。她恨得咬牙切齿地说:"阿康,你听了这个录音,就知道汪伟是个什么货色了!"

唐颖这台录音机是从国外带来的,录制的时间可长达十多个小时,正好把汪伟和莫娜娜在宾馆里同床共眠的时间全部录制下来。唐颖按下了放送键,除了上次听过的录音,又听到了一些比较刺激的声音和语言。

……录音机里突然"啪"的一声,接着是汪伟的声音:"你打我干什么?"

莫娜娜的声音:"你只知道自己爽爽爽,却不问别人爽不爽?"

汪伟的声音:"我会让你爽的嘛!"

莫娜娜的声音:"我说的不是这个!"

汪伟的声音:"那你说的是什么?"

莫娜娜的声音:"我是说,我要当社会部副主任!席宏北退休了我要当主任!"

然后是一阵沉默,对话继续开始:"这怎么行?""这怎么不行?""你到社会部还没有几天,给你评上助理记者,我已经花了九牛二虎之力,再让你当副主任,社会部的人会服你吗?全报社的人会怎么看?""这个我不管!"只听见又是"啪"的一声,汪伟大概又被莫娜娜打了下,莫娜娜很生气地斥责道:"把你的爪子从我的乳房上拿开!"汪伟被打痛了,嘟嘟囔囔地说:"拿开就拿开,你打我干啥?"

听到莫娜娜和汪伟的这段对话,凌康胜和唐颖四个人相对而视,惊诧不已。他们知道莫娜娜是靠汪伟的不正当关系进入报社,又是靠这种不正当关系当了记者,现在他们知道了,莫娜娜野心勃勃,还要靠性贿赂担任报社的中层干部。别人是几年一个台阶,甚至是一辈子也跨不到的台阶,她倒好,几天一个台阶。如果汪伟在报社继续担任一把手,这个女人不久的将来就想当报社的副总编了。一个初中尚未毕业的社会青年,一个一篇文章磕磕巴巴都读不完整的人,担任地市级《江湾晚报》的副总编,这不是天方夜谭吗。

邵敏敏脸色骤变,骂了句"老流氓!"拎起桌子上的录音机就要往地上掷,陆钦铭从她手中夺下录音机说:"你和汪伟有仇,怎么能迁怒唐颖的录音机?"

邵敏敏自知失态,捏紧拳头在桌子上狠狠敲了一拳,恨恨地说:"这个乌龟王八蛋,我恨不得将他千刀万剐!"

唐颖说:"怪不得我们社会部长期不配副主任,原来这个位置是给她留着的。"

陆钦铭说:"我们部那个副主任调走时,当初我就认为这个副主任非阿康莫属。"

邵敏敏说："不光你这么想，我们报社的许多人也是这么想的，阿康既有水平，又有资历，当个副主任绰绰有余！"

凌康胜正要说什么，录音机里又传来了汪伟的声音。

一阵窸窸窣窣的声音，大概汪伟爬到了莫娜娜的身上，她生气地说："你给我滚下去！"

汪伟柔声细语地说："你别生气嘛，这事得慢慢来！"

"慢慢来，慢到什么时候？你等得及，我可等不及了呢！"莫娜娜好像抽噎起来，"我把整个身体都交给你了，你要怎么样就怎么样，可是我要你办点事就这么难啊！"

"别哭、别哭……"汪伟像哄孩子一样地安慰着，"让我好好想一想！"

屋子里静悄悄的，谁也不敢出声，录音里传来的只有莫娜娜的抽噎声。

汪伟突然说："为什么凌康胜和唐颖的检讨一直过不了关？"

莫娜娜满腹疑惑地说："阿康的检查不是做得很认真，也很诚恳吗，怎么没有过关呢？"

是啊，那天凌康胜和唐颖去找汪伟，凌康胜说得很诚恳，汪伟也说认识到错误就好。现在怎么说还没有过关呢？凌康胜和唐颖两个人都蒙了。

莫娜娜停止了抽噎，不以为然地说："那是为什么？"

"一个原因是他咬住王阿之不放，另一个原因就是为了给你评职称，给你提职。"

"难道是为了我？"莫娜娜问道。

"是！"汪伟说，"如果给凌康胜评上了中级，有人就会提议他担任社会部副主任。"

几个人面面相觑，正要纷纷不平地议论，凌康胜阻止说："听汪伟怎么说？"

汪伟说："但不给凌康胜和唐颖评中级，在市委宣传部和全社同仁面前是很难交代的。"

莫娜娜显得很着急："那怎么办？"

毕竟在我们这个社会里还有一个公道。公道自在人心，你人心丢了，恐怕什么也就丢掉了。汪伟还知道公道，这说明人性未泯。但接下来汪伟说的话，又使在场的人大跌眼镜。

汪伟说："正好遇到了南坡毛纺织厂的事，让我找到了不给凌康胜评职称的理由，"他停顿了一下，"前几天凌康胜的老婆来告状，说他和唐颖有奸情！"

房间里几个人又面面相觑。陆钦铭说："阿康，你老婆前几天来报社找汪伟，我还遇到了呢！你老婆也真会趁机捣乱……"

邵敏敏说:"阿康嫂来告状,好像汪伟又捞到了什么稻草?"

"人正不怕影子斜。"唐颖说,"阿康,汪伟让我们去南坡村采访本身就是个阴谋。"

凌康胜摇摇头说:"汪伟是真心希望王阿之被隔离审查,甚至被判刑的,这两个人狼狈为奸却又水火不容。王阿之一定掌握着他重要的把柄,他常常受到王阿之的胁逼挟持,很想让王阿之进监狱摆脱挟持,一了百了。"

莫娜娜又问道:"你不给阿康评中级职称,就是为了不让他担任社会部副主任?"

汪伟说:"有这个意思,但不是主要的。"

莫娜娜又问道:"什么意思?"

汪伟说:"为了应付王阿之,让王阿之对凌康胜恨之入骨。"

莫娜娜突然撒起娇来说:"我管不了这么多,我要你马上任命我为社会部副主任!"

汪伟感到很为难:"你要当副主任可以,但得有个过程,你连一篇简单的报道都写不了,怎么去审阅凌康胜、唐颖他们的稿子?"

莫娜娜振振有词地说:"审不了就不审嘛,你要是不答应,以后少来蹭我!"

录音机里静默了几分钟,唐颖的房间里也同样静默了几分钟。汪伟突然说:"这样吧,我想好了!"

莫娜娜问道:"想好什么了?"

汪伟说:"前些日子,市委组织部领导找我谈话,想调我去市委宣传部担任副部长……"

莫娜娜急切地问道:"你又要升官啦?"

汪伟说:"目前还只能说是平调,以后再往上升就有空间了……"

莫娜娜声音低沉地说:"你升官和我有什么关系?"

"怎么没有关系?"汪伟说,"我在离开报社前办好两件事,先把我的副高职称批下来,然后再任命你为社会部副主任……"

屋子里的人都瞪大了眼睛,听得又惊又傻。

"好啊好啊……"莫娜娜一阵狂喜,突然又说,"不过……"

"不过什么?"汪伟不明其意地问道。

"你如果当了宣传部长,我就不在报社当副主任了,我要到宣传部或者其他局办当科长……"

邵敏敏气得用拳头在桌子上一击,说道:"这个婊子脸皮厚得可以开汽车了!"

四个人又听了一会儿,大概也是夜深人静,录音机里的人睡去了,除了嗞嗞的机器声,再也没有其他声音了,唐颖关掉录音机说："阿康你说该怎么办？"

邵敏敏说："把这卷录音带送到纪委去！"

凌康胜说："不行？"

邵敏敏问："为什么？"

凌康胜说："谋定而后动。"

陆钦铭问道："什么意思？"

唐颖说："这还不明白吗？就是伺机出击。"

凌康胜说："请大家沉住气，在我们还未决定怎么出击前，大家一定要保守秘密！"他对邵敏敏说，"你在广播电台有朋友，请她帮助把这两卷录音剪辑合成一卷录音，多复制几卷由你保管，需要时再拿出来！但一定要请你的朋友注意保密。"

邵敏敏说："我在大学读书时就学过剪辑复制的技术，这事我也会做，用不着请人做！"

凌康胜说："这样就更好了，到时候我们再来商量怎么办？"

五 十 四

回到家里吃过晚饭，凌康胜坐在外间饭桌前，桌子上是那盏不关会自动熄灭，拍一下桌子才会重新亮起来的台灯。他咬着笔杆，冥思苦想，准备写南坡毛纺织厂那篇稿子。因李爱娟回娘家还没有回来，凌康胜就让母亲和小萌睡到了里间卧室。

虽然农历寒露已过，但天气尚有一点闷热。康丁贤一家和天生娘及其他一些邻居，已经坐在自家门口，天南海北地谈天说地。母亲则在卧室内陪孙女做作业。

凌康胜翻看着采访本和唐颖他们在南通的调查记录。哄抢事件那天的混乱场面，吉婆婆死时那张可怜而又悲伤的脸，不时地浮现在他的眼前。他突然一拍脑袋，一个绝妙的标题油然而生："错在职工，罪在干部"，副标题是"南坡毛纺织厂哄抢事件追踪。"俗话说，万事起头难，写文章也一样，有了一个好的题目，文章也就写成了一半。他精神为之一振，思维如汹涌的波涛，奔腾翻滚，一行行俊秀的文字，如笔走神蛇、游龙戏凤。午夜零点多，稿件写好了，他仔细地读了一遍，改正了几个错别字，就把稿子放入提包里，准备明天交给唐颖他们看看。卧室里，祖孙俩早已入睡，对面康丁贤家也悄然无声,整个院子里静悄悄的。

第二天早上,凌康胜兴冲冲地赶到报社,唐颖、陆钦铭和莫娜娜早已坐在自己的位置上。席宏北不在办公室,一问唐颖,才知被汪伟叫去了。凌康胜把昨天晚上写好的稿子交给唐颖,唐颖正要伸手来接稿子,莫娜娜却抢先把稿子拿到了手。唐颖没有料到莫娜娜会来这手,心里丝毫没有防备。唐颖知道,这篇稿子是不能给她看到的,给她看到了就等于给汪伟看到了。她伸手想把稿子重新夺回来,但莫娜娜躲开了,拿着稿子坐到自己的位置上,刚翻开看了几眼,凌康胜一步上前把稿子夺了回来。

"让我看看嘛!"莫娜娜还要夺回稿子,"反正要登报的,让我先睹为快!"

凌康胜说:"我还没有定稿,还要和唐颖讨论修改一下,等改好了你再看吧。"

莫娜娜还想说什么,席宏北拎着一只手提包,一脸严肃地走进来,也不和任何人打招呼,像是遇到了什么不开心的事,他闷声不响地走到自己的位置跟前坐下来。

过了好一会儿,他抬起头看着凌康胜说:"阿康,总编让你去一下!"

从席宏北一进门的脸色看,这回汪伟叫凌康胜不是一个好兆头。凌康胜推门走进汪伟的办公室,在他对面的椅子上坐了下来。

汪伟低着头看文件,头也不抬地问道:"来了?"

凌康胜回答说:"来了!"

汪伟又问道:"你们采访结束啦?"

凌康胜一头雾水,这一两天,他并没有什么采访任务。席宏北要他和莫娜娜搭档,莫娜娜又刚刚从外地回来,于是他随口问道:"你指的哪个采访任务?"

汪伟合上文件夹子抬起头来,双眼看着他,突然一拍桌子吼道:"你不明白吗? 南坡毛纺织厂的报道,我不是已经和你说过不要再搞了! 你还是我行我素,一意孤行!"

凌康胜吃了一惊,他们采访与南坡毛纺织厂有业务往来的单位,完全是在秘密的情况下进行的,一定是王阿之得知了情况告诉了他,王阿之也一定会在他面前出言不逊,威迫恫吓,刚才席宏北进办公室时脸色很难看,一定是受了汪伟的窝囊气。汪伟为王阿之的事,火气这么大,态度这么恶劣,席宏北会忍气吞声、委曲求全,但他凌康胜不会。他对汪伟这种态度很恼火,但他还是心平气和地说:"王阿之的经济问题厂里的职工传闻不断,有人为此自杀身亡,我们应该把问题弄弄清楚,对群众有个交代,对王阿之有个交代……"

汪伟见凌康胜还敢与他辩白,更是火冒三丈,严厉地说:"要不要向群众和王阿之交代清楚,是他们乡政府和其他政府职能部门的事,我们新闻单位只报道能够公开报道的新闻事实！"

对于汪伟这个说法，凌康胜根本不予认同，他说："我们新闻媒体，也有揭露新闻事件背后的事实真相的职责！"

汪伟说："但你别忘了，新闻记者从事新闻活动，必须在党的领导之下，必须遵守组织纪律，绝对不能自作主张、我行我素！"

"我当然接受党的领导，遵守组织纪律，"凌康胜说，"但是这不代表我要服从某个人的领导，遵守某个人的纪律。"

汪伟又一拍桌子严厉地说："在我们报社，就是要服从我的领导，遵守我的纪律，你懂不懂？"

凌康胜轻蔑地"哼"了一声，不想和他再争论了。

"上次你已经作了检讨，已经认识到错误，现在怎么出尔反尔不认账了呢？"

"我一时糊涂，做了一回小人。但我的思想是藏不住的，一定会在行动上表达出来！"

"你们那个稿子即使写好了，有用吗？"

"稿子能不能在《晚报》上刊登，这是你总编的权力，我作为一名普通记者，只有服从的权力。但稿子写好后怎么处理，对不起，这是我的权力！"凌康胜站起来说，"没有别的事我先走了……"

汪伟却叫住了他："等一等，我还有话对你说！"

凌康胜只好站着扭过头看着汪伟，听他把话说下去。

汪伟问道："你家有个后园，是吧？"

"是！"

"现在政府要征用你家的后园，请你最好服从政府的安排，不要阻挠这件事。"

这一定又是王阿之给他打了电话，把汪伟作为救兵搬了出来，汪伟也许知道也许不知道，这纯粹是王阿之和陈阿毛的个人行为，而不是政府行为。既然汪伟说到这件事，他也得有个答复，说："有人想在我家的后园建房盖别墅，是不是政府行为，我该不该同意，这个分寸我会掌握好的，谢谢你的关心！"

他这样一说，把汪伟说得哑口无言、无言以对。

凌康胜从汪伟办公室里走出来，知道这回完全把汪伟给得罪了。这个人小肚鸡肠，报复心极强，他想要评这个中级职称，恐怕难度越来越大。但这也是没有办法的事，虽然他非常渴望这个职称，但做人不能没有骨气、没有底气、没有原则。走进社会部办公室，办公室里四个人，目光齐刷刷地投向了他，席宏北放下钢笔合上笔记本，看着凌康胜说:"总编找你谈过了?"

凌康胜说:"谈过了!"

"那好,"席宏北说,"我再说一遍,莫娜娜同志以后就是我们社会部的临时负责人,虽然目前还没有正式任命,但这是迟早的事,莫娜娜同志也要大胆地负起责任来……"

凌康胜吃了一惊,连忙问道:"你等一等,汪总编可是没有和我说这件事啊!"

席宏北正要说什么,莫娜娜抢着说:"现在不是告诉你了吗?"

凌康胜和唐颖相视一笑说:"这样我们就知道了!"

席宏北继续说:"虽然莫娜娜同志来我们部里不久,在新闻记者行业中也是个新手,但她进步很快……所以……"

陆钦铭揶揄地说:"席主任,你和她排列谁先谁后?"

莫娜娜说:"当然是平起平坐啰!"

席宏北心里窝着火,不耐烦地说:"这是个常识性问题,还用得着我明说吗?"

唐颖和陆钦铭似乎明白了,不约而同地点了点头,长叹一声:"哦!"

这个女人真是无知无耻到了极点,所谓临时负责人,是正式负责人不在场时,由你临时负责一下,正式负责人在场,你还不是和其他人员一样。席宏北的弦外之音你都听不出来?莫娜娜不要脸,还情有可原,但汪伟不要脸,这才是厚颜无耻!

席宏北说道:"以后我们部里有什么事,大家要多听听小莫的意见,接受她指导,小莫也要多听听大家的意见,与大家商量……"

莫娜娜仰着头挺着胸,一副自命不凡的神情。唐颖和陆钦铭也是一脸微笑,好像做临时负责人的人不是莫娜娜,而是他们两个。席宏北一脸严肃,一根接一根地抽着烟,因为天气已经比较凉爽,又开着窗户,烟雾很快就飘散了。

席宏北又说:"我们报社内部的第一轮职称评定,已经报到市职称评定委员会通过了,由市委宣传部核实,文件已经下发了。我和汪总编因申报副高职称,已经由市中评委向省里的高评委推荐。陆钦铭和莫娜娜两位同志的助理职称,已由市职称评定委员会通过,就等总编颁发聘任证书了。"

陆钦铭似乎已经等不及了,迫不及待地问道:"阿康和小唐的中级怎么样了?据说报社第二轮评定也已结束了!"

席宏北说:"不要急,下面我就要说这件事!"

凌康胜和唐颖都竖起了耳朵,洗耳恭听。

席宏北说:"报社第二轮评定,阿康和小唐也没有通过,我说尽了好话,但有的领导就是不同意……"他一脸的愧疚,好像欠了对方的债还不出的神情。席宏北虽然迂腐,但本质不坏。

陆钦铭打破砂锅问到底:"第一次没有通过,第二次为什么又没有通过?"

席宏北说得很坦诚:"就是南坡毛纺织厂失实报道的事……"

莫娜娜突然说:"还有,你老婆告你有作风问题。"

凌康胜对莫娜娜怒目而视:"什么? 你给我说清楚!"

莫娜娜看也不看他一眼,露出轻蔑的神情说:"这事已经告到总编那里,按照《婚姻法》不告诉不处理,告到总编这里不处理就不行了!"

凌康胜气得把手中的笔往桌子上一掷,愤怒地说:"一派胡言!"

唐颖看着莫娜娜一副狗仗人势的模样,心里很气愤,但和她纠缠下去也没有多大的意思,她说:"关于南坡毛纺织厂的报道,我和阿康不是已经做了检查,怎么还要揪住不放?"

席宏北说:"领导认为你们检查不彻底,没有从思想根源上找原因!"

陆钦铭问:"还要上纲上线?"

凌康胜说:"小陆,没有必要寻根究底了,领导说的总是对的。"又对唐颖说,"小唐,是我连累了你!"

唐颖微笑着说:"没有的事,阿康!"

五 十 五

王阿之阴沉着脸急匆匆跨上楼梯,走进自己家里。屋子里没有人,他将右手拎着的公文包掷到靠墙的木质沙发上,将左手捏着的报纸狠狠往桌子上一甩,桌子上的碗筷跳了起来,几乎掉到地上。正在楼梯口炒菜的阿之嫂走进来,问道:"什么事发这么大的脾气? 又是谁招惹你啦?"

王阿之从脖子上扯下领带,脱着衬衫,恶狠狠地骂道:"汪伟真不是个东西,阳奉阴违!"

虽然天气已经转凉，穿一件衬衫已经感觉到略有凉意，但此时王阿之血脉贲张，浑身燥热，额角上渗出了汗珠。阿之嫂听他说到汪伟，心想丈夫发火一定与报纸有关，她走近桌子打开报纸，寻找着与王阿之有关的文章。

王阿之翻到报纸的第三版，指着一篇文章，"砰砰"地敲着桌子说："你看看，汪伟向我承诺，我们厂的事不登报了，《江湾晚报》是不登了，省报却登出来了！"

一个字体特别大的文章标题，立即映入阿之嫂的眼帘：《错在职工，罪在干部——南坡毛纺织厂哄抢事件追踪》，阿之嫂大吃一惊，问道："谁写的？"

"还有谁？"王阿之说，"汪伟！"

阿之嫂又问道："文章里都说了些什么？"

"他把南坡毛纺织厂哄抢事件完全归咎于我，说毛纺织厂连年亏损，发不出工资，还不清集资款，是因为我购买了劣质的织布机，贪污公款、吃回扣、虚报冒领销售款……"

"他吃熊心豹子胆了？"阿之嫂也火起来，"他怎么敢这么说！"

"他有什么不敢的！他丈人是市委副书记，他怕啥？"

"你准备怎么办？"

"等会儿吃过饭你到阿康家去，问问他这是怎么回事？我到汪伟家里去也要问个明白！"

"好，我在锅里煮排骨，现在差不多已经煮好，你先吃饭，我去把排骨端进来，我吃了饭就去找阿康！"

王阿之开始坐下来吃饭，平常他会在这个时候喝点绍兴加饭酒，但今天却无此雅兴。前几天，凌康胜和《江湾晚报》的记者调查他们厂的事，他已经向汪伟提出了抗议，要他少做这种亲者痛、仇者快的事，汪伟狡辩说，对他们厂的新闻调查《江湾晚报》早已停止，对这次的调查他完全不知情，他保证即使他手下的记者私自调查，调查的材料也绝对不会在《江湾晚报》上登出来。可现在这种采访不仅没有收敛，而且变本加厉，竟然把材料登到了省报上。这样内容翔实的报道一出，县市两级有关部门一定闻风而动，查他个底朝天。上次那篇他被停职审查的报道，已经弄得他焦头烂额、头破血流了，他们厂现在是八个油瓶七个盖，左支右绌，穷于应付，为防备记者采访和上级调查，他已做了一些必要的防备工作，但有些事实还是无法掩盖，前些时候他让王枢枢去南通，想把厂里的账目做做平，但碰了钉子。现在真是火烧眉毛急死人，怎样才能渡过这个难关呢？他一时想不出个所以然来。

吃好晚饭，王阿之去了汪伟家，阿之嫂则拿着那张省报，到了凌康胜家里。

凌康胜也刚刚吃完晚饭,凌婆婆正在门口洗碗筷,见阿之嫂手里拿着一张报纸,知道是来找儿子的,就对他说,阿康在房间里辅导女儿做作业,阿之嫂就"阿康,阿康"叫了几声。

凌康胜应声从卧室里走出来,见是阿之嫂,又见她手里拿着一张报纸,就知道她的来意了。他让阿之嫂在门口的吃饭桌旁坐了下来,顺手从床上拿来手提包,坐下来把手提包放在桌子上。凌婆婆为阿之嫂倒了一杯水又出去了。

阿之嫂把报纸在桌子上摊开来说:"阿之单位又上报纸了,你知道吗?"

凌康胜把报纸移到自己眼前,南坡毛纺织厂的哄抢事件省报要登,他早几天就知道了,但哪一天刊登,具体在什么版面上,他却不得而知。现在他看到,虽然刊登在第三版,却是全文照发,一字未改,通栏黑体标题非常醒目。他从阿之嫂的口气里听出来,王阿之还不知道这篇文章是他写的,是来打听市面的,不是来兴师问罪的。

阿之嫂问道:"阿康,你知道这篇文章是谁写的?"

凌康胜说:"文章的结尾有落款,你一看就知道了。"

凌康胜知道,这篇文章一旦发表必然会引起轩然大波,为避免不必要的麻烦,他用了一个化名。阿之嫂轻轻地读了出来:"黄之辉"。

凌康胜点点头:"对!"

阿之嫂又问道:"这个'黄之辉'是不是你们报社的人?"

凌康胜说:"你让阿之哥问一下我们总编,就知道了。"

因为这份省报是当天的报纸,凌康胜还是第一次见到,阿之嫂在看文章署名时,他也翻看了报纸的第一版。在第一版显要位置上,有一个引人注目的标题"省委副书记顾芬芳在全省教育工作会议上指出……"消息的旁边还配了一帧巨幅照片。顾芬芳是他大学里的同学,现在已经正式调到他们省任省委副书记了,进步真快。他还在一家地市级小报做普通记者,低三下四,被人喝来呼去,她却坐着直升机上来了。当年的黄毛丫头,成长为老练持重、风华正茂的副部级领导了。他因思想开小差,以至于阿之嫂的说话他也没有听清。他只是含糊其词地点着头、应允着。

阿之嫂先是低头沉思说:"汪伟……黄之辉……"突然一拍桌子,喝道,"黄之辉……这不就是汪伟吗?"

这时候,凌婆婆洗好碗筷,拎着一篮碗盏走来,见阿之嫂在拍桌子就问道:"什么事,阿之嫂发这么大的火?"说着,她走到窗口的凉柜跟前把碗筷放进柜里。

阿之嫂气愤地说:"阿康单位的领导变着法子整我家阿之,这个人真是坏透了!"

凌婆婆反驳说:"阿康的领导是很好的,不仅要给阿康评职称,还要给阿康分房子呢!"说着往卧室走去,"小萌在里面做作业,我去看看!"

阿之嫂冷笑着对凌康胜说:"汪伟给你评职称分房子,你想得倒美!"

凌康胜对此早已心知肚明,但他不会坐以待毙,刊登在省报上这篇报道,就是他反击的开始。今天如果阿之嫂不来找他,他也会主动去找他们。他知道王阿之掌握着汪伟的重要隐秘,王阿之夫妇都是市井小人,只会图一时之愤,这个隐秘一旦被揭露出来,必然会给汪伟带来巨大打击。现在见阿之嫂怒不可遏,他不禁试探着问道:"阿之嫂,听说我们总编的前程还是阿之哥给的?"他将右手伸进旁边的手提包里,只听见手提包里轻微的一声"咔嚓",才将手拿了出来,这回他吸取陈阿毛家的教训,把事情做妥当了。

凌康胜这句话一出口,阿之嫂气就不打一处来,气愤地说道:"岂止是他的前程是我们阿之给的,就是他的命也是我们阿之给的!"

凌康胜又问道:"什么意思?"

阿之嫂压低了声音说:"对你阿康说说也没有什么关系……"

凌康胜将手提包往阿之嫂跟前移了移,"什么事这么严重,还关系到我们总编的生命?"

"不是他的命,是别人的命。"阿之嫂迟疑着说,"这种事还是不说的好,传出去不好!"

凌康胜说:"阿之嫂,你想想我是个随便会乱说的人吗?"

阿之嫂点点头说:"说得也是。"她还是思索着,在说与不说之间作着选择。

凌康胜问道:"什么人的命这么重要,能和我们汪总编的命连在一起?"

"不是那个人的命和汪伟的命连在一起,而是那个人的命关系到汪伟的命。"

凌康胜假装思考着,"阿之嫂,我怎么越听越糊涂了呢?汪总编堂堂一个处级干部,怎么会与别人的命连在一起呢?"

凌康胜这么一说,阿之嫂更是火上加油,气愤地说:"什么处级干部,他猪狗不如!"

凌康胜惊诧地问道:"阿之嫂,你可不能恶意中伤啊!"

阿之嫂又一拍桌子说:"我说这话还是轻的,他活该去坐牢、被杀头!"

凌康胜见已接近主题,再加一把柴火也许这个草垛就点燃了。于是说:"汪总编怎么可能去坐牢、被杀头,说不定他很快就要高升了!"

听凌康胜这么说,阿之嫂更是露出厌恶的神态:"一个杀人犯还要高升?真是可笑!"

"杀人犯,问题有这么严重吗?"

"这么对你说吧……"阿之嫂把十几年前的一桩强奸杀人案件以及王阿之一家如何帮助隐瞒的故事原原本本讲了出来。最后,阿之嫂说,"汪伟恶贯满盈,罪该万死,十几年前就该关进监狱,甚至被枪毙……"

凌康胜知道录音机已经把阿之嫂说的话全部录了下来,他已经掌握了汪伟犯罪的证据,但考虑到汪伟还有强大的靠山,这颗重型炮弹还必须看准时机,适时发射才会达到预期的效果。凌康胜假心假意地说:"阿之嫂,我相信汪总编不会做出这种伤天害理的事,如果真的有,这些话也只有你知我知、天知地知,不好随便和人说的!"

阿之嫂却很气愤地说:"汪伟要是这样整我家阿之,我就对他不客气!"

凌康胜知道,改革开放刚刚开始,对人民群众的普法教育还没有做到位,尤其是像阿之嫂这样的农村妇女,对法律知识知之甚少,也可以说是个法盲。她不知道,如果把此事揭露出来,他们也是要受到法律惩处的。这时,阿之嫂站起来说:"我该回去了,阿之也该回来了!"

凌康胜站在门口目送着阿之嫂在黑暗中消失,才关好门趸回身,从手提包里取出录音机,又拿出一只耳机插入录音机,把磁带倒到头,再按下放送键,耳机里很快传来清晰的声音。他用耳机收听录音,不仅仅为了防止别人窃听,也为了防止影响家人。他拿出笔记本,一字一句地把录音整理成了文字材料。

五 十 六

过了没几天,凌康胜和莫娜娜采访回来刚走进办公室,还未放下手中的提包,席宏北就对他说,总编让他去一下。凌康胜感觉又有什么不利的事情发生了。南坡毛纺织厂那篇文章发表后,从南坡乡传来的消息说,上面让南坡乡自查,查了好几天也没有什么结果。王阿之毫发无损,仍然威风凛凛地坐着他的那辆桑塔纳轿车,在"镜花苑"里自由自在地进出。

凌康胜走进汪伟的办公室,汪伟正在看文件,这回他没有抽烟,见了凌康胜立刻合上文件夹,沉下脸,怒气冲天、火冒万丈。平时那种温文尔雅的神情不见了,他也没有让凌康胜坐下来,拿起一张报纸向他砸了过来,大声喝道:"这报上的文章是不是你写的?"

"是!"凌康胜坦然承认。

"我早对你说过了,南坡毛纺织厂的报道不要搞了,你为什么不听?"

"文章刊登在省报上,不是刊登在你的《江湾晚报》上。"他有意把《江湾晚报》说成是汪伟的。

"那也不行!"汪伟暴跳如雷地敲着桌子说。

"为什么?"凌康胜反问道。

"我已经苦口婆心和你讲过多次,不想再和你争辩下去了,"汪伟说,"既然你认为你的想法是对的,那你就按照你的想法去做吧,但记者工作你不要再做了!"

凌康胜争辩说:"我是大学新闻系毕业的,不做记者,这没有道理!"

"记者队伍里容不下你这样主观独行、自以为是的人!"汪伟说,"从明天起,你就到报社办公室工作吧,具体工作办公室主任会给你安排的。"

凌康胜想起邵敏敏从新闻部调到图书馆的事,没有想到汪伟对他也会来这一手。他顿时感觉天旋地转,眼冒金星,站立不稳,但他摇了摇脑袋使自己镇静下来。他热爱新闻工作,他曾经发誓要为新闻事业奋斗终生,现在他实际上被驱逐出了新闻事业。他想起阿之嫂说的那件强奸杀人案件,目光炯炯地盯着汪伟的脸,心里的怒火升腾起来,又被他竭力压抑下去。

本来凌康胜还想问问职称的问题,现在知道问了也无用。他说:"好,我服从领导的安排! 但你要给我一个调动工作的理由!"又义正词严地说,"你不可能一辈子做《江湾晚报》的总编,我也不可能一辈子在办公室工作。"说毕,他扭头离开了汪伟的办公室。

凌康胜走进社会部办公室,唐颖、陆钦铭和莫娜娜都出去了,席宏北正在修改稿子,他抬起头,透过架在鼻梁上的老花眼镜,斜眼看着凌康胜。

凌康胜说:"席主任,我被调到办公室去了! 你应该知道吧?"

席宏北点点头说:"你知道你为什么被调到办公室去吗?"

凌康胜走到自己的办公桌跟前,打开抽屉,从抽屉里取出东西放进一只袋子里说:"知道的,我向汪伟的威权挑战,使他的利益受损了。"

"阿康,我欣赏你的勇气,你敢于为民请命,但我也为你惋惜!"他干脆把身体坐直,将眼镜从鼻梁上拿下来放到桌子上,看着凌康胜说,"你聪明过人,很有才干,是个不可多得的人才。"

凌康胜说:"席主任过奖了! 我要是有真才实学,何至于此。"

这是凌康胜的心里话,不是自谦,他也感觉自己个性过于张扬,脾气过于执拗。俗话说性格决定命运,像他这种性格的人注定是要受到挫折的,但性格使然,想改也难。他不是个随便可以向命运低头的人,在人生尚未走到尽头时,不敢言败。他在等待时机。

席宏北激励他说:"天生我材必有用。你才华横溢,一定会有一个光明的前途,你知道'失之东隅,收之桑榆'的典故吗?"

凌康胜说:"知道。"

席宏北说:"那你也一定知道东晋谢安'东山再起'的故事吧?"

凌康胜说:"知道。"

这两个典故,就是一个小学生都知道,凌康胜怎么会不知道呢? 凌康胜收拾好了东西,站起来准备离开办公室。

席宏北走到他的跟前,握着他的手说:"刚才两个典故既然你都知道,那我就不多说了,阿康,不要气馁!"

凌康胜真诚地说了一声:"谢谢席主任!"

席宏北又说:"省报有位副总编曾是我的同事,与我关系不错,你要是想到省报工作,我替你联系。"

凌康胜摇摇头说:"不用!"

席宏北站在门口,目送凌康胜离开,直到他的身影在走廊里消失。

报社办公室在这个楼的五楼,凌康胜右手提着一只特大的塑料袋,里面放着一些杂七杂八的东西,左手拎着手提包,从大楼的安全通道走到了五楼。办公室主任是原来汪伟的轿车司机蒋明诚。蒋明诚见他进去,马上站起来相迎,握着他的手说道:"总编说,你要明天来报到,怎么今天就来了?"

凌康胜说:"反正我在社会部也没有什么工作了,不如早点来!"

蒋明诚要帮他拿塑料袋,他不让,问道:"告诉我,我在哪间办公室? 具体工作有哪些?"

蒋明诚领着他走进隔壁一间办公室,愤愤不平地说:"你是我们报社的一支笔,怎么会把你弄到我们这里来,真是屈才!"

凌康胜谦虚地说:"哪里哪里,我才学平平,不学无术,到办公室打个杂很不错了!"

这间办公室里放着六七张办公桌,桌子上还算干净,但地上却是乱七八糟地堆着一些杂物。靠窗口那张办公桌旁,坐着一位非常摩登的女郎。蒋明诚和凌康胜进去,她竟然旁若无人,连头也不抬一下。她的身后是一台台式电脑和打印机。

蒋明诚走到摩登女郎前面的一张办公桌前说:"阿康,这张办公桌是你的,过去是莫娜娜坐的,她调到社会部后一直空着。"

凌康胜把塑料袋放到桌子上,拉开一只抽屉,抽屉里还算干净。

这时候,那位摩登女郎站起来,向蒋明诚问道:"这位就是大名鼎鼎的凌康胜啊?"她主动伸出一只细长的手臂,要和凌康胜握手。

蒋明诚介绍说:"她是前几天新来的,姓祈名娟,祈娟!"

怪不得凌康胜不认识这位女郎,他握了握她的手说:"你好,我是无名鼠辈凌康胜。"

站在凌康胜面前的这位女郎,中等个子,瓜子脸,涂着浓浓的口红和厚厚的粉脂,长发披肩,上身穿着件背心式的短袖衫,下身则是条很短的裙子,光着脚丫穿着银灰色的凉鞋。前几天,他听说报社又进了位妖冶的女人。今日得见,说她是女人,似乎不太合乎情理,因为她可能连二十岁也不到,说她妖冶似乎也谈不上,只是打扮得有点过头。她本身不算难看,但过浓的口红胭脂,显得矫揉造作,让人看了不怎么舒服。凌康胜感觉她和莫娜娜真是一对天造地设的孪生姐妹。

蒋明诚继续介绍说:"她是我们这里的打字员。"

祈娟说:"我以后可以经常拜读大记者的文章了。"

她这么一说,凌康胜才想起来,蒋明诚还没有告诉他具体工作,于是他问道:"蒋主任,我的工作任务是什么?"

蒋明诚说:"这个嘛,和你原来的记者工作差不多,文书工作再兼些杂七杂八的事情。"

凌康胜淡淡一笑说:"这怎么能和记者工作一样呢?"

蒋明诚是汽车司机出身,文化程度不高,他以为只要是舞文弄墨的事都是一样的,不知道同样是文字工作,却是分门别类,区别很大。

蒋明诚说:"反正以后搞个总结、出个简报什么的,都归你了。"

凌康胜说:"这个没有问题。"

凌康胜把自己的东西在抽屉里放好,正好下班的时间也快到了,就提着手提包离开了办公室,来到六楼图书室,邵敏敏还没有下班,唐颖坐在她的旁边,两个人头对头在说着什么。见他进去,两个人不约而同站起来看着他,都是一脸的忧伤。

凌康胜问道:"下班时间已经到了,怎么还不下班?"

邵敏敏说:"唐姐说,你一定会到图书室来的,所以我们在这里等你!"

唐颖单刀直入地问道:"阿康,你准备怎么办?"

凌康胜知道他调动工作的事,唐颖甚至整个报社的人一定早已知道,这叫好事不出门,坏事传千里。

凌康胜拉过一把椅子,在她们中间坐下来说:"还能怎么样,我已经去办公室报到了。"

唐颖又问:"我是问下一步你准备怎么办?你难道就这样坐以待毙、任人宰割吗?"

凌康胜说:"我没有想到汪伟会来这一手,我还没有想好怎么对付,但我已经掌握了汪伟为什么害怕王阿之的一些具体情况。"

唐颖急切地问道:"什么情况?"

邵敏敏说:"还能有什么事,一定是男女之事。"

凌康胜说:"没错,是男女之事,但这个男女之事却是一场人命案件。"他从手提包里取出录音机,又打开录音机的磁带盒,取出磁带交给唐颖说,"这个人命案子是王阿之的老婆告诉我的,都录在这里面。"

唐颖接过来,凝视着录音带。

邵敏敏催促说:"听一听吧!"

凌康胜摇摇手说:"不行。"又对邵敏敏说,"你回去把你的录音和我这盘录音剪辑在一起,把有我们声音的部分去掉,只剩汪伟和莫娜娜的对话和王阿之老婆的话,然后交给我。"

唐颖说:"你能不能简单地说一说里面的内容?"

邵敏敏说:"对,你简单说说吧!"

凌康胜说:"十几年前,王阿之的村子里发生了一起女知青被害案件,凶手就是汪伟,汪伟行凶的证据被王阿之掌握,王阿之为汪伟作了伪证包庇了他,使他顺利地上了大学……"

唐颖瞪大了眼睛,倒吸一口凉气。邵敏敏目光呆滞地看着凌康胜,泪水从她秀丽的眼角流了下来。她哽咽着说:"赶快报告公安局,让这个衣冠禽兽吃枪子儿……"

唐颖却是沉默不语,像是在思考着什么。

凌康胜说:"报告公安局,我也想过,但不现实。"

邵敏敏拍着桌子说："为什么啊?!"

凌康胜说："现在的汪伟已经手眼通天,能量大得很。你知道他的丈人是谁?"

邵敏敏说："古月明啊!尽人皆知!"

凌康胜说："对,市委副书记古月明。他不仅分管我们新闻媒体,还分管政法系统。"

邵敏敏着急地说："那没有办法惩办汪伟了?"

唐颖显得非常冷静,一双秀目定定地看着凌康胜问道："你说怎么办?"

凌康胜说："骑驴看唱本——走着瞧。"

邵敏敏吃惊地说："为什么还要静观其变?上次汪伟和莫娜娜上床的事,你也说要等一等,你不告我可要告了!"她赌起气来,把头扭向了一边,再也不看凌康胜和唐颖了。

凌康胜说："我们对南坡村的报道,内容那么翔实,声势那么浩大,报道还刊登在省报上,为什么查处王阿之却既无雷声,更无雨点,无声无息、不声不响?王阿之没有事情,我却有事情了,你说这是为什么?"他见她们瞪着秀目凝视着他,只好自问自答,"答案只有一个,王阿之不仅有强大的靠山,我们的某些官员可能就是共犯!"

唐颖对邵敏敏说："阿康说得有道理!"

邵敏敏急得几乎要哭出来："难道我们就一点办法也没有了?"

"办法总会是有的,"凌康胜对邵敏敏说,"现在你的任务是把录音剪辑好,多复制几盒交给我!"

邵敏敏抽噎着说："好!"

五十七

过了几天刚上班,蒋明诚就对凌康胜说："阿康,我们报社的家属宿舍快完工了,今天我们就去看看,有问题还可以向建筑单位提出来。"

报社在建造家属宿舍,他早就知道了,希望评上职称后也能分上一套,但现在看来职称恐怕是没有指望了,但房子他还想再争取一下,毕竟在报社工作了七八年,也算是一名老职工了,没有功劳也有苦劳,蒋明诚这一说,他马上就答应了。祈娟正准备打印材料，听说要去看房子，就把要打印的材料随手往电脑桌上一掷说：“我也要去！”

蒋明诚有点不太高兴：“小祈，你就别去了，这份材料总编今天就要的！”

祈娟说：“材料我下班前给你，报社的家属宿舍我也要去看一看，我也想分一套呢！”

凌康胜想，报社这次建造的家属宿舍，本来就是狼多肉少，你要是能分到房子，我凌康胜就更没有问题了。听祈娟这么一说，凌康胜信心满满，感觉他的房子已经到手了。

蒋明诚开着原来是汪伟专车的普通桑塔纳，直奔家属宿舍。报社后来又买了一辆奥迪做汪伟的专车，这辆桑塔纳就留给了办公室。家属宿舍在若耶溪路，轿车拐了几个弯，便驰到一处建筑工地，在堆着水泥和砖块的简易路旁停了下来。蒋明诚和凌康胜、祈娟从轿车里走了出来。工地上，水泥搅拌机“吱吱”地响着，工人们筛着沙石，和着水泥，扬起的尘埃把工人们弄得灰头土脸的。这个工地一共有十几幢公寓，一式的四层楼，地皮是报社和其他单位联合征用的。报社在这里只有两幢住宅楼，还有十几幢住宅是其他兄弟单位的，有的已经完成，有的刚刚开工不久，进度有快有慢，住宅楼之间是一条土路，没有浇成柏油马路。

蒋明诚指着两幢即将完工的住宅楼说：“这两幢楼是我们报社的，一共四十六套房子。”

祈娟迫不及待地说：“我们上去看看……”

两幢住宅楼已经基本建成，外墙的瓷砖也贴得整整齐齐，正在进行内装修。蒋明诚领着他们踏着坑坑洼洼的泥路，走进一幢住宅楼里。一梯两户。他们走进靠东面的那间房子，一股浓重的石灰气息扑面而来，房子好像特别大，足有上百个平方。蒋明诚说，靠东面的一到四层楼是分给报社领导，或评上副高以上职称的员工的。房间的墙壁已粉饰好，客厅很大，足有三四十个平方，两个卫生间，三个朝南的房间。阳光从外面照进来，从粉白的墙壁上反射过来，房间里显得特别的亮堂。

祈娟赞不绝口说：“这房间真大啊，我要是能分到这样的房子，那就太高兴了！”

蒋明诚说：“要分到这样的房子容易，要么你再等十几年评上副高，或者赶快担任社里领导，但是只有四套这样的房间，得等下一趟了。”

祈娟显得很不高兴，噘起嘴巴：“哼！”

凌康胜笑笑说：“小祈这么漂亮，找个具有副高以上职称的丈夫，不就行了！”

凌康胜这么一说，祈娟的脸拉得更长了，别转披着长发的脑袋，走进另一间房间。这时从公寓外面传来一片嘈杂声,声音有男有女,蒋明诚说:"总编他们来了!"

听说汪伟来了,祈娟立即从房间里走出来,高兴地跑向门口,蒋明诚和凌康胜也迎了出去。果然汪伟和另一位副总编项行贵嘻嘻哈哈从外面走进来,汪伟身旁紧挨着莫娜娜,身后则是席宏北和另一位轿车司机。汪伟一行走进这间特大的房间,祈娟立即扑向汪伟,一见汪伟身旁紧跟着莫娜娜,脸色立即阴沉下来,像晴朗的天空一下子乌云密布,鼻子里"哼"了一声,板着脸走开了,莫娜娜则恶狠狠地瞪着祈娟,这个细微的动作被凌康胜看在眼里。

莫娜娜走进房间,东张西望,嘴里连喊着:"哇,这么大的房间!"又问汪伟说,"这房间有多少平方?"

"一百三十个平方吧!"汪伟回答说,又问蒋明诚,"老蒋,你说是不是?"

蒋明诚点点头说:"是的,这样的房间有四套,是专门给社领导和有高级职称的同志的。"

莫娜娜立即把嘴巴噘得老高,嘟囔着说:"这么高的条件,怎么轮得到我呢?"

汪伟拍拍她的肩膀说:"好好干,总有一天会轮到你的!"

汪伟这样一说,祈娟马上把头伸过来,向汪伟问道:"她好好干,哪我呢?"

汪伟哈哈大笑起来说:"你也一样,好好干!"

祈娟马上又说:"那我也要干记者!"

蒋明诚说:"小祈,你别给总编出难题了,当记者要有大学本科学历……"

蒋明诚的话还没有说完,祈娟马上指着莫娜娜说:"她初中都没有毕业能当记者,我高中毕业怎么不能当记者啦?"

莫娜娜也不示弱,马上反驳说:"我来报社快半年了,你才来了几天?"

凌康胜心里一阵冷笑,你来报社快半年就当了记者,我在报社当了七八年记者,却到办公室当了一名普通办事员,邵敏敏也当了四五年记者,到图书室做了管理员,看来记者这个行当成了某些人手中的奖惩手段了。还没等凌康胜继续想下去,汪伟勃然大怒:"都别吵啦,你们以为当记者那么容易啊!记者做得不好,还是要调整的!"他这句话估计是说给凌康胜听的,凌康胜也不去理会他,你当权你爱怎么说都在理。汪伟又对蒋明诚说,"老蒋,你们办公室先发个通知,登记一下有多少人要房子,再成立一个分房小组,列出几条分房的硬杠杠,最近把房子分了!"

蒋明诚点点头说:"好的!"

回来路上,祈娟坐在副驾驶室一言不发,闷闷不乐的样子,蒋明诚故意逗她说:

"小祈,是不是生总编的气啊!"

祈娟说:"我才不生他的气呢! 这回分房子,我是一定要分的! 老蒋你给我留一套,那个烂污屄分到什么房,我也要分什么房子。"

蒋明诚问道:"你说的烂污屄是谁?"

祈娟说:"还有谁,就是你们叫'摸奶奶'的那一位!"

其实蒋明诚知道的内情恐怕比谁也多,只是不说罢了,他假装恍然大悟地"噢"了一声说:"小祈,对你实话实说吧,这次分房不要说你分不到,那个'摸奶奶'肯定也是分不上的。"

祈娟问道:"为什么?"

"狼多肉少啊!"蒋明诚握着方向盘说,"报社两百多名职工,要求分房的有一百五十多人,有条件参与分房的有一百多人,你说这四十几套房子分给谁?"

祈娟说:"这我不管,反正我是一定要分到房子的。"

第二天,蒋明诚就把分房基本条件、分房领导小组名单张贴在报社的告示栏内。分房基本条件主要有这么几条:一、具有助理职称以上;二、在报社工作十年以上(含十年)或者连续工龄在十五年以上(含十五年);三、荣获市级以上(含市级)先进劳动模范称号;四、经领导或分房领导小组集体讨论批准者。分房领导小组名单社领导有总编汪伟、副总编项行贵,各部室主要领导、印刷厂厂长。在蒋明诚拟报的名单当中,汪伟勾掉了社会部的席宏北,换成了莫娜娜。蒋明诚感到不解地问道:"为什么?"汪伟回答很干脆:"给他分个特大套住房,已经很好了,反正他快退休了,这种操心劳神的事还是让年轻人去干吧!"名单公布出来,席宏北本人倒没有什么意见,报社的职工却引起了强烈反响,祈娟也嘟嘟囔囔的,嘴里"烂污屄、烂污屄"地骂个不停。凌康胜对照分房条件,他在报社工作只有七年多,中级职称目前还没有评上,先进模范称号也没有,只有社里给他评过一次先进,显然这不能算数,要领导特殊照顾显然也是不现实的。对他来说,现在要分到房子唯一条件是评上中级职称,评定职称还有最后一趟末班车,估计也没有希望,但他心有不甘。

凌康胜为自己工作问题和评职称的事,到宣传部找过领导,领导们很忙,都没有见到。这一天上午,办公室里没有什么事,他向蒋明诚打了声招呼,又来到宣传部,这次几个部长都在会议室里开会,他就在办公室里等,一直等了两个多小时,会议还没有结束的样子,问办公室工作人员,他们也不知道什么时候能结束,建议他下次再来,凌康胜心里既急又乱,又无可奈何。

正是上午十一点左右，太阳高悬天际，天空湛蓝深沉、辽阔无边，偶尔有几朵乌云飘过，大地瞬间变得灰暗，但很快就过去了，世界仍然是一片光明。他想他的人生旅途是不是也像这被遮掩的太阳，会在瞬息间失去光辉，但乌云终究遮不住太阳，随后又是光辉灿烂的天地。他不想谋求大富大贵，只要能从事心爱的工作，平平常常度过自己一生，为母亲养老送终，把女儿培养成人，这就足矣。市委宽阔的大院里，各式新型别致的小轿车进进出出，西装革履的人员来来往往，改革开放后经济发展，政通人和，人们的衣服鲜亮了，脸色也有光泽了，世界变得更加美好。凌康胜热爱新闻工作，本来每天可以接触各种各样的新鲜事物，现在他却像是路边的弃儿，孤立无援。

凌康胜慢慢走出市委大院，来到车水马龙的大街，融入熙熙攘攘的人群中。他像一只无头苍蝇，漫无目的地骑着自行车，不知不觉回到了自己家里。

家里开着门却没有人，平常这个时候，母亲应该正在做饭炒菜，今天是怎么回事？这时从后园传来一阵争吵声，他估计后园又有事情了，母亲一定在那里。他一个百米冲刺冲进后园，只见乱纷纷地一大群人，蔬菜被踩踏了一大片，城建局和街道办的人被人群围在围墙的一侧。凌康胜从人缝中看见了唐颖和陆钦铭的身影，一定是母亲打电话到了报社，他们知道凌康胜家里有了状况，又找不到他才赶来的。他拨开人群，见母亲坐在地上，一把鼻涕一把眼泪地号啕大哭，天生娘、纪耿直站在母亲前面，他们的对面站着陈阿毛、城建局鲁科长和街道办章月芬。在鲁科长和章月芬的身后，还挤着好几位像工作人员的男女青年。唐颖站在他们面前，正高声地说着话，一看这个架势，凌康胜心里明白城建局和街道办的人又来丈量后园的地皮了。凌康胜冲进人群中，才发现王阿之也提着一只公文包在人群里，他正眯着双眼巡视着唐颖、天生娘和纪耿直，一脸踌躇满志的样子。

陆钦铭手里拿着照相机正在"咔嚓咔嚓"拍照。

鲁科长和颜悦色地对陆钦铭说："你别再拍了好不好？"

陆钦铭说："我多拍几张不仅可以做新闻稿，做个资料也是不错的！"

天生娘第一个发现了凌康胜，大声喊道："阿康来啦！"

正在和陈阿毛辩论的唐颖立即停止了说话，美目兮兮地盯着凌康胜，围着的人群鸦雀无声地看着他怒气冲冲地冲进来。

凌康胜伸手拉住母亲的一只胳膊说："妈，你起来！"他把母亲从地上拉起来，对鲁科长说，"我已经给你们局长打过电话，局长说你批的那份材料不算数，怎么又来了？"

鲁科长腆着大肚子，从公文包里取出一个文件，在凌康胜面前晃了晃说："此一时彼一时,上次文件局长没有批,这回可是局长亲自批的,你看到没有?"

凌康胜伸手去取,鲁科长把手缩了回去说:"局长的批示,我刚才已经读过了!"

阿之嫂从旁边挤过来说:"不能给他看,不要像上次那样让他们把文件给撕了!"

凌康胜厉声斥责陈阿毛说:"我妈不是已经和你说过了,不同意你在我们家后园搭建房子! 你为什么还要这么做?"

凌婆婆哭着说:"这回不光是阿毛要在这里搭建房子,阿之也要征用后园……"

陈阿毛说:"阿康,你别把矛头对准我,我只占了你家园子的四十个平方的地皮,王阿之要占用你们家的全部地皮!"

凌婆婆又哭起来:"这个后园是土改时政府给我的啊,我每年都交纳地产税的啊,怎么说征用就征用了啊!"

唐颖说:"这属于私人的土地,受国家法律保护,是不能随便征用的!"

章月芬说:"不错,这个后园是凌、康两家共有的,但政府有征用的权力,现在我们要征用这个后园另作他用。"上次她有点理亏,这次她理直气壮了。

天生娘说:"阿毛兄弟,'镜花苑'外面有的是地皮,你为什么老是盯着凌婆婆家的这个后园?"她说着陈阿毛,眼睛却盯着王阿之,很有旁敲侧击的意思。

王阿之一言不发,很得意地看着凌康胜。

凌康胜愤怒地对章月芬说:"你说政府有权征用,你代表哪一级政府?"

章月芬洋洋得意地说:"当然是城区政府喽,你们家的后园城区政府征用了!"

唐颖说:"政府征用可以,必须征得业主的同意!"

章月芬斥责说:"你是什么人,轮得到你来教训我?"

唐颖说:"你别管我是谁,你违反政策、违背宪法谁都可以批评你!"

阿之嫂阴阳怪气地说:"她和阿康是一伙的,也是报社的记者!"

章月芬理直气壮地说:"是报社记者更应该懂得政策,乡镇企业需要用地,我们政府是不是应该给予大力支持?"

凌康胜说:"王阿之要我们的后园不是用于乡镇企业的发展,而是用于他个人建房!"

唐颖说:"如果是这样,我们就有必要在新闻媒体上曝光,让读者来讨论一下,这种所谓的政府征用合理不合理、合法不合法?"

纪耿直表示赞成:"对! 这位女记者说得对,在报上讨论一下,让大家来评评理!"

王阿之在鼻子里"哼"了一声,说:"想在《江湾晚报》上讨论,你们有这个权力吗?况且阿康早已不是什么记者了……"

王阿之这么一说,众人都露出惊讶的神色:"啊?阿康不是记者啦?"

"阿康犯什么错误啦?"

章月芬了说:"你现在还神气什么?"

凌婆婆以为儿子是被报社开除了,大哭起来:"怎么阿康被报社开除了?是不是为了这个后园……"

母亲一哭,凌康胜心里就有点慌,说:"妈,不是的!"

唐颖沉着地说:"伯母,阿康还在报社!"

陆钦铭也说:"伯母,阿康只是换了一个岗位!"

章月芬说:"这仅仅是换了一个岗位吗?恐怕不是!"

鲁科长说:"我说呢,王阿之的建房申请书一送上来,我们局长马上就批了!"

凌婆婆瘫倒地上,又号啕大哭起来:"这可不得了啊……"

王阿之火上浇油地说:"不得了的事还有呢,阿康评职称的资格也被取消了!"

天生娘指桑骂槐地说:"墙倒众人推,势倒鬼弄阵啊!"

纪耿直说得更直:"阿之、阿毛,你们是不是趁火打劫、落井下石啊?"

鲁科长笑着说:"这怎么叫落井下石呢?这是政府合理征用!"

陈阿毛以为找到理由,立即顺着杆子往上爬:"对,这是政府合理征用!"

凌婆婆一把抓住王阿之的手臂,恳求地说:"阿之哥,你和他们总编的关系好,你去给求求情,别不让我们阿康当记者……"

王阿之趾高气扬地说:"凌婆婆,这地皮呢?"

凌婆婆说:"你让阿康当记者……"

凌康胜马上打断母亲的话,说:"妈,你别听他胡说!"

章月芬一挥手说:"这后园你们同意也行,不同意也行,我们是征用定了!城建局的同志,我们继续丈量地皮……"

话音刚落,张阿珍手里拿着一根扁担挤进人群,横眉竖目,大喝一声:"谁敢胡作非为,不怕疼的来试试……"

纪耿直挥着手对鲁科长和章月芬说:"既然凌、康两家都不同意征用后园,那你们城建局和街道办就要慢慢做工作。"

唐颖也说:"这位老同志说得没有错,即使你们有合法的文件,土地的主人不同意,你们也要耐心做工作!"

不少群众附和说:"对啊!对啊!强迫命令是不行的!"

鲁科长见大多数群众站在凌、康两家这一边，这样对峙着也不是办法，就对王阿之说："你再通过报社领导做做工作吧，工作做通了我们再来丈量土地。"

鲁科长领着城建局的人走了，章月芬也没有办法，只好领着街道的人气呼呼地走了，王阿之夫妇和陈阿毛感到无趣也跟着走了。左邻右舍也跟着凌婆婆他们一起离开后园。

凌婆婆听说儿子不再是记者，伤心至极，坐在自家门口哭个不停，唐颖和陆钦铭磨破了嘴皮，说了许多道理才将她劝住。

唐颖说："就凭阿康的学问怎么会找不到一份好的工作，在《晚报》不行，可以去《日报》、广播电视台，江湾市不行，可以去省城……"

陆钦铭说："此处不留爷自有留爷处。一个大活人怎么可能在一棵树上吊死呢？"

凌婆婆说："我还指望他评上职称分一套房子呢！"

陆钦铭仗义地说："我这次职称评上了，房子肯定有得分的，我这套房子先给阿康住，等阿康分了房子再还给我！"

凌康胜说："那不行，你把房子给了我，你自己怎么办？你快三十的人了也该结婚了。"

陆钦铭笑着说："结婚？不知道是哪年哪月的事喽。"说着他把眼睛瞟向唐颖。

唐颖却把头扭到了一边。

好说歹说，终于把凌母的情绪稳定住了，唐颖和陆钦铭也就告辞了。凌康胜把他们送到大门口，望着两个人骑着自行车远去的背影，心中不由得涌上一股激情，这两位同事无怨无悔地支持他，他们到底是为了什么？答案只有一个：那就是为了公道，公道自在人心。

五 十 八

第二天刚上班，蒋明诚就把凌康胜叫到他的办公室。蒋明诚关好门，对他说："总编让我拿出个分房方案，你看看这个方案行不行？"他从办公桌上拿起一张纸交给凌康胜。

凌康胜从他手中接过那张纸,只见上面密密麻麻写着许多人的名字,一共五十六位。他不解地问:"我们只有四十六套房子,怎么可以分给五十六个人?"

蒋明诚说:"这多出来的几套,是原来住公房的员工房子要腾出来,分给没有住房的员工。这些住公房的员工才能分到新房。"他叹了口气说,"这是初步方案,我考虑了一个晚上还不一定通得过,人们都说建房容易分房难,一点不错!"

凌康胜仔细看着名单,名单里有莫娜娜和陆钦铭的名字,莫娜娜分的是五十多个平方的新房,而陆钦铭只是三十几个平方的旧房。他和唐颖也写了分房申请,但都榜上无名。凌康胜问道:"我和唐颖没有房子分,因为我们不够条件,但陆钦铭和莫娜娜都是助理,怎么莫娜娜分了新房,陆钦铭只分了旧房,面积还比莫娜娜小十几个平方。这是怎么回事?"

蒋明诚为难地说:"总编说的,莫娜娜要给她分房而且要新房。莫娜娜对我说了,她至少要五十个平方以上的,太小了她不要。陆钦铭反正只有一个人,这套房子是席宏北腾出来的,其实也是前几年才造的。"

凌康胜把名单还给他说:"我也提不出什么意见,还是听领导的吧!"

蒋明诚收起名单说:"祈娟也吵着要分房,你说怎么办?"

凌康胜微微一笑说:"她要是能分房,我和唐颖更应该分房了。"

蒋明诚说:"是啊,阿康,你要是评上中级我就给你分个大套!我说,你不会把自己的事向宣传部领导反映一下吗?"

"谢谢!"凌康胜向他拱了拱手作了个揖说,"我想是没有用的。"

蒋明诚说:"没有用,那就找更高一级的领导,我想他们不会不讲理吧!"

两个人正说着话,祈娟突然推开门一阵风似的跑进来,一把抢过蒋明诚手里的纸,一目十行地把分房名单看清楚了。

她举着手中的分房名单,咄咄逼人地责问蒋明诚:"这名单上怎么没有我?那烂污屄还给她分个大中套,我也要大中套!"

凌康胜没有想到这个祈娟参加工作没有几天,竟然会这么蛮不讲理!既然敢这样蛮不讲理,这样嚣张,就应该有她的理由。

蒋明诚伸手要把分房名单拿回来,祈娟说:"你要把我的名字写上!"

蒋明诚见她拿着名单不给,无可奈何地说:"这是总编定的。"

"那我去找总编!"祈娟二话不说就拿着分房名单,踩着她的足有八寸高的高跟鞋,"咯噔咯噔"地走了。

凌康胜问道："她进报社才几天,怎么会有这种底气?"

蒋明诚看着她的背影摇摇头说:"谁知道呢,过去有个莫娜娜,也是不满足她的要求,一哭二闹三上吊,弄得办公室里鸡飞狗跳,不得安宁。莫娜娜调到社会部,办公室总算安宁了几天,却又来了个祈娟,也是这副德行。前任办公室主任就是受不了莫娜娜这副德行,才调到了外单位,我要是有地方去才不当这个破主任呢!"

凌康胜说:"莫娜娜敢这样做总有她的道理,这个我知道,但祈娟却又是为什么?"

蒋明诚摇摇头,讳莫如深地说:"我也不知道,半个月前汪总编领着她到办公室,说是来做打字员,从他们的眼神里看出来关系非同一般,以后我每次去汪总编家总能看到她。"

凌康胜回到自己的办公室,在自己的位置上坐下来。祈娟去汪伟那里还没有回来,其他的人都出去办事了。其实办公室也没有什么材料要写,即使是写材料也另有他人,他只做些杂七杂八的事,好像汪伟对办公室有过吩咐,他实际上就是一个无所事事的人物。柔和的阳光从窗外照进来,办公室里一片光明,凌康胜心里却是一片灰暗。蒋明诚说得不错,自己的事应该向更高一级的领导反映一下,他可以找宣传部领导,也可以直接找分管的市委副书记。虽然分管市委副书记古月明是汪伟的老丈人,但他相信共产党的干部光明磊落,立党为公,俗话说宁可碰过不可错过,说不定会有意想不到的结果。主意拿定,他决定晚上就去他家。

这时祈娟唱着歌,从外面蹦蹦跳跳地走进来。凌康胜已经估计到了,她的愿望达到了。她走到电脑桌跟前打开电脑。电脑屏幕立即闪烁着色彩斑斓的画面,接着响起了她双手打击键盘和她从鼻子里哼出的曲子的声音。

出于好奇,凌康胜问:"总编答应分给你房子啦?"

祈娟头也不回地回答说:"没有!"

凌康胜不信:"怎么可能呢?"如果汪伟不答应她分房,她不可能表现得如此兴高采烈,喜气洋洋。

祈娟说:"你不信,可以去问总编。"

凌康胜不信也得信,因为祈娟知道他是不会去问汪伟的。不管怎么说,祈娟与莫娜娜争风吃醋的矛盾,就这样给汪伟悄悄地摆平了。快下班时,凌康胜突然接到邵敏敏的电话,让他到图书室去一趟。他走进图书室,唐颖已经坐在她的旁边,邵敏敏坐在办公桌旁玩弄着一支签字笔,双眼红红的,脸上还挂着泪痕。

唐颖把一只信封递给他,说:"你仔细看看这封信。"

凌康胜接过信件，从里面取出信笺，从头到尾看了一遍。这是一封寄给市纪委的举报信，写得言简意赅，内容却触目惊心。举报信说，十几年前发生在王阿之所在的生产大队女知青屈晓晓被害案，案犯就是汪伟，王阿之是汪伟的包庇犯，举报信还揭露了汪伟与莫娜娜的男女私情，要求纪委认真查处，落款是晚报一名员工。凌康胜原想将汪伟杀害屈晓晓和与莫娜娜的男女私情作为撒手锏，看准机会抛出去，这样能达到事半功倍的目的，邵敏敏急急忙忙要抛出去，现在却见她又涕流满面，不知里面有什么隐情。

凌康胜疑惑地问道："我不是说过了，汪伟的材料要看准机会抛出去，这样也许会一击即中，你为什么要急着举报？"

邵敏敏带着哭腔说："我等不及了！"

唐颖帮着说："你说吧，这样写行不行？"

凌康胜又问道："小邵，是不是汪伟调动了你的工作，你才这么恨他？"凌康胜知道，邵敏敏对汪伟一直恨之入骨，其中原因他曾多次试探，但她都秘而不宣。

邵敏敏显得有点不耐烦："你快说吧，这样写行不行啊？"

唐颖说："阿康，我说先把这封举报信寄出去，先来个投石问路，看上面是什么态度？"

凌康胜问道："录音带寄不寄？"

唐颖说："暂时不寄！"

凌康胜又看了一下举报信说："小唐说投石问路，我同意，但措辞要改一下。"

邵敏敏抬起头看着他，问道："你说吧，怎么修改？"

凌康胜拉过一把椅子，在唐颖和邵敏敏之间坐下来，拿过一支笔边修改边说："就说十几年前，本市南坡乡南坡村女知青屈晓晓被害案，是《江湾晚报》总编辑汪伟所为，由于南坡毛纺织厂厂长王阿之包庇使其逃过一劫。落款，一个知情人。"他把修改后的信笺还给邵敏敏，说，"这封举报信可能会落到汪伟手里，如果他知道是你写的，一定会疯狂报复迫害你的！"

邵敏敏说："我不怕！只要能把汪伟绳之以法，让死者沉冤昭雪，我死而无憾。"

凌康胜说："汪伟受到了法律制裁倒还好说，怕只怕他没有受到制裁，你却受到处理！这样的教训难道还少吗？"

邵敏敏又把举报信递给唐颖。

唐颖仔细地阅读着举报信，表示同意："阿康说得对，举报信也修改得挺好！"

凌康胜又补充说："这是匿名举报信,敏敏最好找人抄一遍,不要让汪伟认出举报信是你写的,信封也要用白皮信封。"他稍停了一下继续说,"录音带最后还是要抛出去的,但现在还不行,这要看市纪委收到举报信后有什么动作。"

唐颖和邵敏敏点点头。

吃过晚饭,凌康胜骑着自行车去古月明家。古月明家就在市府大院后面的家属宿舍里,来开门的竟然是汪伟的妻子古爱爱。古爱爱穿着一套丝绸面料的睡衣,拖着一双绣花拖鞋,像是早已在娘家了。她吃了一惊,但还是把凌康胜放了进去。

古月明坐在一把太师椅里,悠闲自得地摇动着椅子,大概是刚刚吃了晚饭,双手遮掩在嘴前剔牙齿。凌康胜进去,古月明也没有站起来,只是对女儿说:"爱爱,你让客人坐吧,倒茶!"

古爱爱把凌康胜领到靠近古月明的沙发旁,做了个请坐的手势,向父亲介绍说:"伟伟单位的凌康胜。"

古月明六十岁左右,比较瘦削,精神矍铄,气质高昂,因为接近中秋,天气温而不火,他穿着非常宽松肥大的衣裤。古月明是市委领导中群众口碑尚好的一位,凌康胜虽然对他并不陌生,但到他家里来还是第一次,难免有点拘谨。凌康胜坐了下来,古爱爱拿来一杯水放在他旁边的茶几上,自己也在沙发上坐了下来。她似乎知道凌康胜是来向父亲告她老公状的,她看着凌康胜,等他说话。古爱爱在女人当中也是有一定姿色的,在柔和的灯光下,一张略施粉黛的秀丽的脸泛着红光,显得很有精神,但毕竟年近四旬,眼角两鬓的鱼尾纹已经很明显,睫毛下也有了眼袋。

"古书记,我叫凌康胜,是汪总编的手下。"虽然古爱爱已经作了介绍,但凌康胜还是自报门第,作了自我介绍。

古月明点点头说:"我经常在市委的一些会议上见到你,就是面熟人生叫不上你的大名。"

"我有幸经常聆听古书记的报告,古书记的报告旁征博引、引经据典,富有哲理,很有水平!"先恭维一下对方,也许是最妥当的切入正题的一种手法,特别是和这样高一级领导说话,开场白很重要。其实古月明的报告也就是一般水平,但比起其他一些完全照着稿子照本宣科的领导来说,确实是高水平了。据说他是江苏盐城人,十几岁就参加了新四军,参军前是一名放牛娃,大字不识一个,还是在部队里扫的盲,能有这样的水平也确实难能可贵。

"哪里、哪里……"古月明谦虚地说,"今天来找我有什么事啊?"

"有点小事情。"凌康胜说,"我在《江湾晚报》原来是一名记者,是可以评记者职称的,现在我被调到报社办公室当了一名普通的办事员,就没有了评记者职称的资格,我想请古书记给汪总编打声招呼,能不能让我参加评定记者职称?"

　　"这是怎么回事?"他的脸严肃起来,把目光移到古爱爱脸上,"记者是专业技术人才,怎么可以随便调动工作?"

　　凌康胜不禁一喜,古书记知道记者是专业技术人才,工作不能随便调动,了解"尊重知识,尊重人才"的政策,他忽然对自己的诉求产生了希望。

　　古爱爱被父亲责问显然不太高兴,沉下脸说:"这事我听伟伟说过,他和报社另一名记者发表了南坡毛纺织厂的失实报道,在读者中造成不良影响,而且给这家厂造成了巨大的经济损失。"

　　凌康胜心里一惊,古爱爱为什么会有这种混淆是非的想法,看来汪伟早知道他会到老丈人这里告他,事先就对不明真相的古爱爱说了一些先入为主的话,用来误导古月明,他应该把真实的情况对古月明说清楚。他亲切地叫了古爱爱一声:"大嫂!"接着说,"这里面是不是有点误会,大嫂所了解的情况并非如此。"

　　古月明把目光投向凌康胜:"那你了解的是个什么情况呢?"

　　凌康胜就把南坡纺织厂发生职工哄抢财物事件的起因,他们对这家厂亏损原因的调查,南坡村吉婆婆为两千元集资款投河自杀等情况,简明扼要地叙述了一番。古爱爱几次想打断凌康胜的话都被古月明阻止,不打断对方的说话,这是领导干部惯用的手法,也是领导干部气度与气质的体现,在对方叙述过程中,只会对对方没有叙述清楚的地方提出一些问题。叙述完了,凌康胜说:"汪总编说我们失实,是他听信了王阿之的一面之词,在我们那篇稿子发稿前,王阿之确实是被乡政府隔离审查了,但乡政府这样做只是为了驱散闹事的村民,为这件事《江湾晚报》还刊登了一则更正启事。"

　　凌康胜讲完后,古爱爱立即对父亲说:"伟伟说,他们不遵守组织纪律,自作主张,一意孤行,不服从领导……"

　　古月明对女儿的说法表示不信,问道:"小凌,你做记者多年,难道连这个都不懂吗?"

　　凌康胜以问代答说:"大嫂,总编有没有说我不遵守纪律的具体事例?"

　　古爱爱说:"伟伟让你们不要再去调查南坡村,你们不但不听而且利用新闻记者的名义,对南坡毛纺织厂的业务单位继续进行调查,给他们造成了极为恶劣的影响!"

古月明问凌康胜说:"有这事吗?"

凌康胜说:"我对南坡毛纺织厂部分业务单位进行了调查是事实,这是因为我们在采访南坡毛纺织厂职工哄抢事件中,了解到王阿之等人有重大贪污嫌疑,我们想给南坡毛纺织厂的员工有个交代,也为还王阿之等人一个清白。追踪新闻事件的因果,这本身就是我们新闻记者的职责,而且……"他稍停了一下继续说,"我们在调查过程中,遇到了种种阻力,有一次我们还差一点付出了生命……"

古月明吃了一惊,问女儿说:"有这种事?"

"爸爸,是这么回事。"古爱爱回答说,"凌康胜和唐颖从南坡毛纺织厂回来遇到一辆拖拉机,那个拖拉机手是个新手,凌康胜和唐颖骑着自行车肩并肩和他对面相遇,拖拉机手一时慌了神,就把他们撞到了河里。"她又笑起来问凌康胜说,"据厂里员工说,你们两个人从河里爬起来后还躺在沙滩上亲嘴呢!"

古月明脸上露出似笑非笑的神色,坐直了身体问凌康胜:"是这么回事吗?"

关于他和唐颖在沙滩上搞不正当关系的传闻,这也是王阿之制造谣言,转移公众视线的手段,这些都是既荒谬又肮脏的手段。这事在报社大会议上已经作了澄清,为什么至今没有消除影响呢? 不过今天正好给了他一个说明真相、进行反击的极好机会,于是他平心静气地说:"古书记,事实的真相是这样的:那时正是雨季,河水暴涨,水流湍急,唐颖被拖拉机连人带车撞入河里,一下子就被河水冲得很远,我急忙跳到河里,此时她已经沉到河底,我好不容易才发现她,游到她跟前,把她托出水面,但自行车又卡住了她的裙子,我费了九牛二虎之力,才把她连同自行车一起拖到岸边沙滩上。从河心到沙滩足有一两百米的距离。古书记,唐颖身体本身的重量,加上自行车的重量、水的阻力,你说有多少重量……足有四五百斤的重量,我把唐颖从河心拖到沙滩上,此时她已昏迷,我也浑身没有一点力气。"他双眼炯炯有神地看着古爱爱说,"大嫂,你想想这个时候有人说我们在搞婚外情,你也信?"

古爱爱被说得一时无语。

凌康胜继续说:"当时我就要求公安局对事件进行调查,公安局调查后说是拖拉机刹车失灵所致,这件事也就不了了之。说我和唐颖搞婚外情,这是无中生有的造谣。"

房间里空气十分沉闷,古爱爱定了定神说:"你擅自在省报上发表揭露南坡毛纺织厂内幕的文章,未经领导同意,这本身就是无组织无纪律的行为。"

凌康胜说:"我依据宪法的规定,这是我的权力!"

古爱爱说:"你的那篇文章不仅给他们造成极大的经济损失,还扭曲了王阿之的形象！你要知道王阿之是市里的优秀企业家,这对我们市也是很大的伤害!"

凌康胜说:"那么,像王阿之这样的人应不应该保护呢? 纪律检查部门和司法部门应不应该介入调查呢? 否则损害江湾市形象的不是我的那篇报道,而是王阿之的所作所为!"

古月明轻轻地"哦"了一声,双眼看着天花板像在思索着什么,一时间没有表态。

话说到这里,凌康胜感觉要说的话已经说完,就站起来告辞。

古月明也从躺椅上站起来,伸出手主动地和他握了握说:"小凌,你的事我知道了,我向有关部门了解一下再说吧!"

凌康胜从古月明家里出来,慢悠悠地骑着自行车,脑子里琢磨着古月明的每一句话。本来他对这次访问并不抱有多大希望,只是死马当作活马医,如实把情况反映一下,他也不想马上得到确切的回答,领导干部也不会立刻向你表示反对或赞成。本来他以为有古爱爱在场是件坏事,但现在看起来应该是件好事,她的提问或叙述,把古月明可能会提及的问题都直接说了出来,也让他把事情的来龙去脉、前因后果叙述清楚了。

凌康胜骑着自行车走近"镜花苑"大门口,在阑珊的灯光中,看见自己家门口围着许多人。他的心中又是一愣,家里一定又发生什么事情了,真是一个多事之秋,一波未平又起一波。他连忙将自行车在门口停好,挤进围着的人群,见母亲坐在一把小椅子上哭泣着。

凌康胜见康丁贤和张阿珍也在,问道:"什么事我妈又哭天抹泪的?"

站在一旁的天生娘抢着说:"爱娟又来吵闹了,说要和你离婚!"

凌婆婆拍着自己的大腿,号哭着:"她不光要离婚,还要分我家的后园啊!"

凌康胜吃了一惊说:"什么她想离婚,还想要后园的产权?"

纪耿直说:"是啊,爱娟也太过分了,后园是她和阿康的婚前财产,她怎么能分割呢?"

张阿珍气愤地说:"她凭什么离婚,婆婆对她这么好,饭来张口、衣来伸手,还想怎么样?"

凌婆婆又是一把鼻涕,一把眼泪哭泣起来:"离了婚,小萌怎么办啊?"

小萌很伤心地哭着:"爸爸,妈妈不要我了……"

凌康胜想好了主意,和颜悦色地对母亲说:"妈,你别伤心,她想离婚就让她离,这种不能和我同甘共苦,只贪图享受的人走了也不可惜。"他拍拍小萌的肩膀说,"有爸爸在,爸爸不会让你吃苦的!"

凌康胜把母亲从小椅子上扶起来,走进屋里,让她在床沿上坐了下来,又把小萌领到自己的卧室叫她做作业。众人也就散了,屋里只留下了康丁贤夫妇。屋内一片狼藉,张阿珍和康丁贤开始整理屋子,因为时间已经很晚,不一会儿,康丁贤夫妇也回到了自己家中。

第二天,凌康胜照常上班。他刚走进办公室还未坐下,蒋明诚就进来了,蒋明诚笑模笑样的,这个人是个乐天派,虽然有时也会发发牢骚,但他连发牢骚也是笑嘻嘻的。他微笑着问凌康胜:"家里发生什么事情了,怎么一脸的不高兴?"

昨天晚上家里发生的事已经全都写在脸上了,但他不想把家庭矛盾扩散到单位里,脸上立即浮起一丝不自然的笑容说:"没有啊!"

蒋明诚笑着说:"你家里有没有事你自己心里有数,但单位里好像是有事情了!"

凌康胜吃了一惊问道:"单位里能有什么事?"

蒋明诚压低了声音说:"总编让你到他那里去一下,听口气好像有什么对你不利的事……"

这时祈娟拎着一只精致小手提包,嘴里哼着小曲走进来。时值中秋,早晚已有一点寒意,但她依然穿着无袖短裙套装。高跟鞋敲击地板的声音和刺鼻的香气,从他们身旁飘过,祈娟在自己的位置上坐了下来。

蒋明诚催促说:"总编叫你去,你赶快去吧!"

凌康胜走进汪伟办公室,汪伟正低头看文件,见他进去便抬起头来,吼道:"凌康胜,你向古书记告状也没有用!"

这样严厉的呵责是意料之中,也是意料之外。凌康胜只是愣了一下,马上就反应过来,他在汪伟面前不请自坐,说:"汪总编,我并没有告你的状,你何必发这么大的火!"

汪伟说:"把你调离记者岗位,一点也不冤枉你,你无组织无纪律,你不服从领导,又给我市的经济建设和政治声誉造成了极大的伤害!"

凌康胜说:"这是宪法赋予我的权利,更何况新闻工作者,本就有权利和义务把事实的真相告诉媒体受众!"

汪伟说:"你是我单位的员工,必须无条件地服从我的领导!"

凌康胜怒从心起,忍无可忍。汪伟把报社看成了他的私有财产,他把《江湾晚报》员工当作了他的附属品。他站起来,脱口说出一句非常野蛮、与他的身份不相称的话:"去你妈的!"他正要转身离开,无意之中看见一只信封,正是前几天邵敏敏给纪委的举报信。他非常庆幸提醒邵敏敏不要用真实姓名,让外部的人誊抄一份,要是当时邵敏敏用了真实姓名,后果就不堪设想了。

汪伟似乎没有听清他的话,追问一句:"你说什么?"

"去你的!"他又重复了一句。

他从汪伟的办公室出来,回到自己的办公室,拿了一本前几天从邵敏敏那里借来的书,向报社图书室走去。图书室有几个同事在看书读报,见他进去纷纷和他打招呼,他也礼节性地和他们打了招呼,走到邵敏敏跟前。

邵敏敏正在看当天的省报,见他走过去,放下报纸轻声说:"怎么没有一点动静?"

凌康胜把书还给她,低声说:"你那个东西早转到人家手里了,得另想办法。"

邵敏敏似乎不信,问道:"真的?"

凌康胜点点头说:"真的!"

凌康胜回到办公室,收到法院的一张传票,李爱娟要与他离婚。传票里还有诉讼请求,李爱娟要分割凌康两家共有的"镜花苑"的土地,传票要求他两个星期后到城区法院参加调解。

五十九

下班铃声刚响过,张阿珍就背着那只写着"为人民服务"字样的挎包走出车间,直奔传达室。最近这段时间,她一天去两次传达室,因为两个多月前,她给出版社寄出康丁贤的稿件,邮递员一天给他们厂上午和下午送两次信件。在这两个多月的时间里,她一共投寄了三家出版社,一家单位退了,再换一家新的出版单位。她牢记着那个美国作者的故事,抱定宁可碰过不可错过的死理,她觉得不是丁贤的稿子不好,而是出版社不识货。

她推着自行车向传达室门口走去,老远就看见传达室师傅手里拿着一只薄薄的信封,站在门口东张西望,等她走近,老师傅高举着手里薄薄的信封,大叫:"阿珍,有你的信,出版社的!"

张阿珍心里一阵惊喜,出版社的来信这么薄,一定是采用了。老伯把信交给张阿珍说:"快看看,你家丁贤的稿件是不是被出版社录用了?"

张阿珍接过信件,迫不及待地撕开信件,从信封里取出薄薄一张信笺。信笺里几行隽秀的钢笔字立即映入她的眼帘:"康丁贤同志,大作《希望》已经拜读,感谢你为读者创作了这样一部催人泪下、感人肺腑的作品,但根据出版需要,对作品的部分内容尚须作些修改。请接信后即来本社编辑部商量修改事宜。"

张阿珍拿着信笺的双手颤抖起来,泪水也不由自主地从她眼眶里涌出来。她目不转睛地看着信笺,以至于厂办的小吴走到跟前,她也没有发现。小吴从她手中接过信笺,仔细地看了一遍,高兴得喊叫起来:"阿珍姐,你家老公的稿子被出版社采用了……"

这时张阿珍才回过神来,点点头说:"出版社让我家丁贤去商量修改呢!"

小吴把信笺还给她说:"赶快回家告诉你老公,让他早点动身去出版社!"

张阿珍点头应允着,小心翼翼地将信笺装入信封,放入那只拎包,一抬腿跨上自行车,又一蹬腿,自行车就像离弦的箭飞驰而去。现在她最强烈的念头,就是赶快回家,把这个天大的喜讯告诉她丈夫,告诉她的兄弟凌康胜,还有疼她、爱她,为她劳累操持了一生的婆婆,和他们共同分享这一喜悦。"十年寒窗苦读书,一朝成名君王侧"。其实她对康丁贤的成名没有过多的企求,只要丁贤十年的辛苦、十年的心血,不要付诸东流就行。她飞快地蹬着自行车,一幕幕往事在她脑子里闪过……

深秋时节,大队部里,一群插队落户的知识青年欢天喜地地被农民们领走了,康丁贤孤苦伶仃地靠着墙蹲在地上。章月芬指着康丁贤对农民们说:"其他知青出身都不错,只有他是'黑五类'子弟,资本家的孝子贤孙,你们得好好地教育他、驯化他。"接着又说,"谁愿意对他进行再教育?"几位农民都摇摇头走了。张阿珍摇摇父亲的手臂,说:"爹爹,他挺可怜的……"

张阿珍父亲走近康丁贤,从他的怀里拎起铺盖说:"孩子,跟我走吧!"

城里来的"黑五类"子弟康丁贤就这样融入了她的生活。他们生活在一起、劳动在一起,小伙子就是动手能力差一点,但绝顶聪明,不但毛笔字写得好,还能写很好的文章。公社文书对她父亲说,他要不是"黑五类"子弟,真想把他调到公社里去。不知怎么的,她对他的好感却是越来越强烈,有事无事常常往他居住的小阁楼里跑,每次见到他,他不是在看书,就是低着头写文章。有时候,他还会把写的文章念给她听,她听得似是而非、似懂非懂。从他的身上感觉到了不低头不服输,一股不撞南墙不回头的韧劲……有一天,她从地里劳动回来,母亲告诉她,丁贤刚刚从城里回来,就哭着从家里跑出去了! 她走进小阁楼,只见小楼里烟雾腾腾,烟蒂丢了一地,他平时是不抽烟的,一定是遇到了伤心欲绝的事。她立即四处找寻,问了好几位村民都说没有看见,突然记起来他每次遇到不开心的事就会到附近的铁路沿线踯躅徘徊。她立即向铁路沿线跑去。这时候天色已暗,她呼喊着他的名字,但广阔无垠的旷野里,回答她的只是呼啸的风声。那个时候,她真是又着急又伤心,一边沿着铁路奔跑着,一边高声地呼喊着他的名字。这时,隆隆的火车声从远处传了过来,火车头探照灯的光柱也从远处照射过来。她发现康丁贤正静静地坐在铁轨上抽烟,飞驰而来的火车越来越近,他却像是全然不知。张阿珍不顾一切地冲上铁路,一把拽住他的衣领,将他从铁路上拉了下来。火车呼啸着,发出巨大的轰鸣从他们身边疾驰而过。张阿珍摇动着他的身体,呼喊着他的名字,他终于回过神来,悲伤地说:"我妈死了,被人逼死了……"她脱口而出:"妈死了,你还有我张阿珍呢!"康丁贤抱住她痛哭起来,哭得她也很伤心:"你让我好担心……"康丁贤突然说:"嫁给我吧,阿珍!"

傍晚,万道霞光把深秋的大地照得金光灿烂。不算怎么宽阔的乡村公路上,满地是被风吹落的枯枝败叶。虽然来往的车辆不多,因是下班时间,驾驶员们急着回家,飞快的车子把地上的落叶卷起来,扬到空中又落到地上。天色越来越暗,公路上来来往往的车辆飞驰着。一辆挂着巨大车斗的解放牌大卡车,从后面飞快地驰上来,为了避让对面开来的车辆,驶近了行道树,然后又迅速驶到公路中间,这样挂车就扫向了张阿珍。张阿珍连人带车被扫到地上,挂车的后轮从她的身上碾了过去。公路旁边一位中年妇女惊恐地大喊:"撞倒人啦! 撞倒人啦!"

中年妇女惊恐的喊声,惊动了公路两边的行人,他们将张阿珍团团地围起来。张阿珍躺在地上全身猛烈地抽搐着,那只写着"为人民服务"红色大字的挎包,被她紧紧地搂在胸前。她大口大口地喘着粗气,自行车倒在一旁。围观的人越来越多。

唐颖和陆钦铭骑着自行车从附近一家企业采访出来,他们远远看见前面围着许多人,感觉又有什么新闻可以采写了,飞快地骑到了围观的人群外围,放好自行车,钻进人群。两个人不由惊呼起来:"这不是丁贤嫂吗?"唐颖立即抱住张阿珍,对陆钦铭说:"快,拦一辆车把她送到医院!"她仔细地察看着张阿珍的伤口,发现卡车的轮子是从张阿珍左边的大腿骨上碾过的,可能碾断了大腿上的股动脉,鲜血像泉水一样冒出来,如果不将血止住就会危及生命。她在部队锻炼时,学习过战地救护,她知道对伤员该怎么做。她说:"这里有没有医务室? 拿纱布来!"

这时从外面挤进一位穿着白大褂的青年妇女,她拿来一瓶碘酒一卷纱布,那青年妇女将碘酒全部倒到张阿珍大腿受伤部位,又和唐颖一起用纱布把张阿珍的腹股沟部,绑了个扎扎实实,张阿珍流出的血明显减少了。

当唐颖和陆钦铭把张阿珍送到江湾市医院时,已经是晚上七点多了。到了急诊室,说要先交五千元的押金,唐颖和陆钦铭好说歹说,急诊室挂号的就是不肯接收。没有办法,他们只好把张阿珍抬到急诊室外的一张椅子上。张阿珍怀里还牢牢地抱着那只泛白的军用挎包。陆钦铭用外衣盖住张阿珍受伤的部位,唐颖也脱下上衣盖在她的身上。唐颖叫来护士简单地处理了一下伤口,陆钦铭说他去叫凌康胜,看看家里有多少钱,看来不交钱是不行的,说完马上就走了。不一会儿,凌康胜、康丁贤和凌婆婆就来了,凌康胜见张阿珍躺在医院的长椅子上,没有救治的迹象,火冒万丈,转身就去找医生。

凌婆婆一见张阿珍,眼泪就扑簌簌地掉了下来,抚摸着她的脸。张阿珍紧闭着双眼已经昏迷,凌婆婆凄惨地哭着:"阿珍,你睁开眼睛,我是婆婆啊! 你睁开眼睛啊!"

康丁贤捏住她一只手,她的手已经冰凉,他哭着说:"阿珍,你骑车这么不小心啊!"

凌康胜和一位医生模样的人,一边走一边激烈地争辩着,他们在张阿珍跟前站住了。

凌康胜说:"这样的危急病人,要先交五千元才给抢救,你们是怎么为人民服务的?"

医生说:"我们医院是为人民服务的,但这个服务不是无偿的,否则我们凭什么吃饭?"

凌康胜越说越气:"要先预交五千元钱,不交钱就不给治,要是人死了,谁负责?这种不合理的规定是谁定的?"

唐颖好言相求:"医生,你们先给抢救吧,五千元甚至更多的钱,我们分文不会少,只是眼前拿不出这么多的钱!"

医生理直气壮地说:"这是医院的规定,我也没有办法!"

凌婆婆见凌康胜和一位医生走过来,马上说:"阿珍忍一忍,医生救你来了!"

唐颖只感觉鼻子一酸说:"医生说要先付五千元钱……"

凌婆婆惊愕地说:"五千元钱,让我到哪里去弄五千元?"她热泪涟涟,一步一跛地走到医生面前,双腿一屈跪到医生面前,哀求地说:"医生,你行行好,救救我儿媳妇!"

"你跪在我面前也没有用,这是规定!"医生说完走进了旁边的急诊室。

凌康胜一把把母亲从地上拉起来说:"妈,你别这样,我去找院长!"

凌婆婆挣脱他的搀扶说:"阿康,照顾好嫂嫂,我去弄钱!"她颤巍巍地向医院外跑去。

唐颖对凌康胜说:"伯母说得没有错,你照顾好你嫂嫂,院长,我去找!"

凌康胜走近张阿珍,看着她苍白的毫无血色的脸庞,心里涌起一股酸楚。他工作了七八年,家里一切开支全靠他的工资收入,他要养活母亲和女儿小萌,李爱娟从来不把她的工资用于家庭开支,他的生活过得捉襟见肘,十分窘迫。原打算评个中级职称能增加十几元的工资,看来希望也要落空了。虽然康丁贤家要比他好一点,但也好不到哪里去。康丁贤做小学老师收入本来就不高,张阿珍在乡镇企业工作收入低得更是离谱。好在他们夫妻齐心协力,生活还能勉强过得去,但也没有什么积蓄。这五千元钱,让他到哪里去弄呢? 真是一分钱逼死英雄汉啊!

张阿珍紧闭着双眼和嘴唇躺在椅子上,她突然睁开了双眼看着他们兄弟俩。康丁贤扑到她面前,一把抓住她一只已经失去血色的手说:"阿珍,我在这里!"

张阿珍声音微弱地说:"丁贤,我痛……"

这时唐颖脸色凝重地走过来,她见张阿珍喊痛,快步走到她面前,附下身拍拍她肩膀安慰说:"丁贤嫂,你再坚持一下,医生马上就来!"唐颖看着她痛苦的表情,忍不住掉下热泪,她是不会说谎的,但这回却破天荒地说了谎,康丁贤也信以为真,高兴地问道:"唐记者,医生是不是马上就要来了?"

"我痛……"张阿珍轻轻地喊了一声,就不再出声了。

唐颖只是痛苦地摇摇头,她见张阿珍还牢牢地抱着那只挎包不放,便对康丁贤说:"丁贤嫂一直抱着这只挎包不放,挺累的,你把它拿下来吧!"

康丁贤伸手去拿张阿珍抱在怀中的挎包,但她怎么也不松手,而且越抱越紧,康丁贤无奈只好放弃了拿挎包的念头。张阿珍的嘴唇翕动着,嘴角露出一丝让人觉察不到的微笑,她像是进入了另一个世界,正在柔声细语地与亲人交谈,仿佛沉浸在甜蜜的记忆中。

唐颖忧心忡忡地对凌康胜说:"阿康,得赶快让医生来抢救,这样下去总不是办法!"

康丁贤说:"我去找王阿之。钱、钱,世道怎么变成这个样子……"

凌康胜也说:"我再去找一下院长,你照顾一下我嫂嫂!"

凌康胜也走了,张阿珍身边只留下了唐颖一个人。

六　十

　　这天下午,离下班时间还有十分钟,大楼的广播里便响起了优雅动听的音乐。这座二十几层的大楼,一共有四五个单位,每个单位都有自己独立的广播室。广播室的作用主要是早上上班和下午下班时播放音乐,告诉工作人员做好上下班的准备,有时单位也会在广播里播送一些通知。《江湾晚报》占了大楼的四至八层,四至六层是编辑部,七至八层是印刷厂。《江湾晚报》广播室由图书室邵敏敏的另一位同事兼管,邵敏敏有时也会去代替一下。这天快下班时,图书室里没有什么读者,邵敏敏的那位同事就早点去了广播室。

　　同样是稀疏平常播放下班前的音乐,也同样是和平常一样播放的流行歌曲,但这一回对于邵敏敏来说,心情却是十分异样,她坐在图书室里惴惴不安,她手里拿着一盘录音带,这盘录音带就是汪伟和莫娜娜在南通宾馆床上淫乱,和王阿之妻子揭发汪伟奸杀屈晓晓真相的录音合成。她想将这盒录音带放到单位的广播室去播放,让全社的同仁都听到,看穿汪伟这个道貌岸然、蛇蝎心肠的伪君子的真面目。她这样做也是不得已而为之,她曾经匿名举报汪伟就是奸杀屈晓晓的元凶,不但没有起什么效果,汪伟还怀疑是她举报的,把她调离了记者岗位;这次她又证据确凿地向有关单位作了举报,不但不查,反而将举报材料转到了汪伟手里;看来如果不弄出一个大动作,上级有关部门是绝对不会引起高度重视的。她为什么对屈晓晓的被害这么耿耿于怀? 对汪伟怀有如此深仇大恨? 原来那个屈晓晓正是她的表姐,表姐死时那副惨状还历历在目。当时村里就有人怀疑是汪伟作的案,因为汪伟一直在苦苦追求表姐,但表姐一直不同意,表姐死的那天晚上,据说最后接触的人就是汪伟,但唯一能证明这件事的王阿之却矢口否认,表姐的死成了悬案。邵敏敏一直锲而不舍地举报汪伟,但都没有什么效果。邵敏敏大学毕业被安排到《江湾晚报》,后来又发生了南坡村的哄抢事件,汪伟对王阿之包庇纵容,更加加深了她对汪伟的怀疑,认为王阿之掌握着能够致汪伟于死地的撒手锏,那就是他奸杀表姐的真相。随着调查的深入,果然真相大白,邵敏敏以为向有关部门写了举报信,一定会引起重视,但事实并非如此,今天她只有铤而走险,把录音公布于众了。这时邵敏敏那位同事进来了,广播室里肯定没有了人。这个同事经常是这样做的，放上一卷歌曲，她回到图书室里整理下班的东西，然后再去广播室关掉广播，下班回家。

邵敏敏熟门熟路溜进广播室，找到了播放音乐的录音机，手脚麻利地关掉录音机，退出录音带，放进自己带来的那卷磁带，按下放送键，然后马上离开了广播室，让录音带自行在那里放送。她在离开广播室时，没有忘记把门反锁。不一会儿，广播里就响起了汪伟和莫娜娜在宾馆里的对话。邵敏敏回到图书室，那位同事正要起身离开，突然脸色大变，惊慌失措地问她："敏敏，广播里怎么会有汪总和莫娜娜说话的声音？"

邵敏敏摇摇头，反问道："是啊，怎么会有汪总编和莫娜娜的声音？"

那位同事飞快地向广播室跑去，邵敏敏心里像有一只小兔一样跳个不停。她不知道最终的结局会怎样，但从目前的情况看，只能是走一步看一步了。广播还在继续播放着录音，汪伟和莫娜娜在床上的对话非常清晰，汪伟沉重的呼吸声和莫娜娜"哇哇"的叫喊声，听了让人心里发热，接下来是王阿之老婆揭露汪伟的话，再放五六分钟，整个录音也就结束了，邵敏敏对录音带做了处理，把一些没有用的部分全部删掉了。那位同事急急忙忙地跑进来，在自己的手提包里乱翻乱掏，嘴里自言自语地说着："我明明是开着门的，门怎么被锁上了呢？我的钥匙呢？"她手忙脚乱地寻找着钥匙，钥匙找到了，她又一阵风地跑了出去。

离下班还有几分钟，陆钦铭拎着手提包急匆匆地跑进来，心急火燎地说："敏敏，阿康的嫂嫂出了车祸，医院要先付五千元押金才给抢救，我只有一千多元钱，你有没有？"他从手提包里取出一叠存折在她面前晃了晃说，"一千五百元，但是是银行存折！"

邵敏敏愣了一下，立即从座位上站起来说："我也只有一千多元钱，我立即到家里去取！"她拿过手提包说，"我去一下广播室和她说一声，你在自行车棚等我！"

当邵敏敏来到广播室时，门口已经聚集了许多人，正在七嘴八舌地议论着。办公室主任蒋明诚手里拿着邵敏敏的那卷录音带，不知和众人在说什么。广播里已经换了录音带，播放的正是当时流行的歌曲。

邵敏敏走近人群，人们的议论声逐渐清晰起来。邵敏敏的那位同事站在蒋明诚的身边，一把鼻涕一把眼泪地诉说着："不知道是哪个缺德的放进去的，可把我给害苦了啊……"

邵敏敏听见新闻部的一位老记者说："这卷录音带说的都是汪总编的事，一部分是汪总编和莫娜娜在床上的对话；另一部分好像是一个女的在揭露十年前汪总编奸杀了一位女知青。"

总编室一位编辑说："应该把录音带交给有关部门,是真是假让有关部门查一下!"

有一位外单位的青年说："这个录音应该再放一遍,尤其是前面部分,哈哈……"

蒋明诚说："怎么处理? 还是交给汪总编吧!"

有人问："怎么不见汪总编,他哪里去了?"

蒋明诚说："汪总编到市里开会去了。"

这时人群中出现一阵骚动,莫娜娜突然冲进人群,冷不防从蒋明诚手中抢过磁带,声嘶力竭地喊道："把录音带给我,是谁造这么大的谣言……"

录音磁带已经到了莫娜娜手中,但蒋明诚也不示弱,他眼疾手快又一把把磁带夺了回来。

"把磁带给我!"莫娜娜命令道,她向蒋明诚扑过去想把磁带抢回来。

蒋明诚把磁带高高地举起来说："磁带不能给你,我得亲自交给汪总编!"

新闻部老记者说："前面部分对总编不会有什么大碍,后面部分查实了问题就大了!"

总编室的那位编辑说："没有关系,汪总编背后有靠山,这件事也能摆平的!"

莫娜娜抱住蒋明诚拿着磁带的手,撒起泼来："你把磁带给我! 把磁带给我!"

邵敏敏因要到家里取钱,不敢久留,对站在门口的同事说："我有点急事,要先走一步!"未等她回答就头也不回地走了,心里想道:世上的好事总不能全让汪伟占了,你们总得付出代价。

六 十 一

凌婆婆气喘吁吁地赶到陈阿毛家里时,陈阿毛正在吃饭,印萍萍抱着她的那只小狗,用小勺子给它喂食。印萍萍见凌婆婆走进来,露出一脸鄙夷的神色,把头别了过去。陈阿毛则头也不抬,自顾自地低头往嘴里扒着饭,没好气地问道："你找我什么事?"

凌婆婆乞求地说："阿毛哥,阿珍出了车祸,医院里要先付五千元钱才给抢救,你能不能做个好事借我五千元,救救我家阿珍……"

一听说是来借钱的,陈阿毛和印萍萍不约而同地用异样的目光看着凌婆婆。

凌婆婆怕陈阿毛夫妇没有听懂,又重复了一句说:"阿毛哥,你借我五千元钱……"

陈阿毛夫妇早已听懂了凌婆婆的话,印萍萍听说张阿珍出了车祸,凌婆婆借钱是为了去抢救她,心中不禁一喜,但她装作若无其事的样子给狗喂着食:"宝宝,快吃!"

陈阿毛停住手中的筷子,矜持地说:"凌婆婆,钱我有,但有一个条件……"

凌婆婆知道他会提出条件,说:"只要能救阿珍的命,不要说一件,十件我也答应你!"

陈阿毛欣喜地说:"那好,我再出五千元钱,你同意我造房子……"

凌婆婆吃了一惊问道:"什么再出五千元? 我没有拿过你的钱啊?"

陈阿毛笑起来说:"你是没有拿,但你媳妇已经拿了我五千元钱,这笔账总应该算的吧!"

凌婆婆这才恍然大悟,李爱娟是拿了陈阿毛的五千元才偷盖了她的印章。事已到此,只好打碎牙往肚子里咽了。她说:"行!"

印萍萍说:"原来的那块地皮怎么也不值一万元,要不,增加一倍的地皮!"

陈阿毛说:"再增加一倍的面积,也就是原来是两间,现在要四间!"

虽然陈阿毛夫妇乘人之危,坐地起价,但凌婆婆想钱物都是身外之物,总是救人的性命要紧,也只好硬着头皮答应了。她点点头说:"好,我同意!"

陈阿毛说:"你先去医院,我把钱准备好,马上就来!"

在医院的走廊里,凌康胜拽着一位穿着白大褂、打着橙色领带的中年男子的衣领,从院长室里走出来。那男子拼命地挣扎着,旁边好几个穿着白大褂的男女,有的在劝解,有的则想强行掰开凌康胜的手,凌康胜手劲大得不是一般人能比,怎么掰也掰不开。那男子已经给他勒得脸色红涨,只得被牵着走,一边近乎哀求地说:"凌记者,有话好好说嘛!"

凌康胜怒气冲天说:"你们是什么人民医院,人都快死了,还不给抢救!"

这位男子就是医院院长,姓苏,从另外一家医院调来不久,他的脸上呈现出痛苦的表情,说:"不是我不抢救,这也是没有办法的事!"

旁边一位医生模样的人说:"现在全国的医院都是这样的规定,我们医院前几年也是不交押金就抢救病人的,结果有的病人抢救完了家属就再不露面,你说这笔钱我们去向谁要?"

凌康胜说:"我们不是不付钱,钱我们一定会付的,你们赶快救人!"

苏院长虽然口气比较随和,但语气却软中带硬:"这个规矩不能破!"

在急诊室门口,张阿珍躺在长椅上,身上盖着康丁贤从家里拿来的被子,她的大腿还在往外渗血,唐颖蹲在旁边不停地用毛巾擦着流出来的鲜血,然后将沾满血液的毛巾在脸盆里洗干净,事情做得比对待自己的亲人还要仔细周到。她抬头去看张阿珍的脸,发现张阿珍又一次昏厥过去,于是她大声地喊起来:"丁贤嫂,你醒醒……"

康丁贤从一间办公室里跑出来,对她说:"唐记者,钱我有了,王阿之说他马上把钱送来!"原来他给王阿之打电话,去向他借钱了。

唐颖沮丧地说:"丁贤嫂又昏过去了!"

康丁贤俯身看着张阿珍,恐慌地喊着:"阿珍,阿珍……你醒醒……"

这时凌康胜和苏院长一大群人,吵吵嚷嚷地从外面走进来,苏院长看了一眼张阿珍,问凌康胜说:"你的病人就是这一位?"

凌康胜回答说:"是,可能大腿骨已经断了!"

唐颖说:"流了好多血,人已经昏厥过去了!"

康丁贤见苏院长是位领导,就哭着说:"医生,救救我妻子!"

苏院长伸出一只胳膊摸了一下张阿珍的脉搏,问刚才那位医生:"他们交钱没有?"

那位医生摇摇头说:"没有!"

唐颖说:"我是《江湾晚报》记者唐颖,钱我担保……"

六 十 二

就在张阿珍躺在医院病床上挣扎在死亡线时,在"镜花苑"大门口,一辆锃亮的奥迪轿车缓缓地停了下来。等轿车停稳,从副驾驶里钻出来一位西装笔挺的中年男子,他是市政府台办主任甄兴忠。他打开旁边的一扇车门,伸出一只手,用手掌护住即将从车内钻出来的客人的头部,说道:"康董事长、凌总经理,'镜花苑'到了!"

从轿车里钻出两个六十多岁的老人,两位老人一位微胖,一位瘦削,但都身材魁梧,精神饱满。微胖的那位老人穿着一套藏青色的西装,脚上的皮鞋擦得锃亮,面目清秀;瘦削的那一位却穿着一套灰色的中式服装,脚上穿一双老式布鞋。最后从轿车里钻出来的,是位二十多岁的青年人,他穿着一身灰白的西装,脚上穿的是一双三节花式牛皮鞋。身体微胖的这位老人就是"镜花苑"主人康华良,也就是康丁贤的父亲。而略显消瘦的这位,就是他忠实的仆人凌庚荣,也就是凌庚胜的父亲。两位老人互相搀扶着,年轻人则站在他们的身后,提着一只特大的手提包。这位年轻人是康丁贤的异母同父兄弟康丁德。

解放初期,康华良从大陆逃往香港,然后又由香港转道到了台湾,他用大陆带去的一部分资金在台湾创办了康氏纺织品有限公司,因经营得法,目前麾下已经拥有纺织、建材、房地产等十几家子公司,资产已达数百亿台币。在逃离大陆前,他已经和凌庚荣商量好,康华良离开大陆后,凌庚荣也以失踪的方法离开大陆,随即两人在香港会合,后又一起到了台湾。起初,凌庚荣只是给康华良当助手,后来康华良就让凌庚荣到一家子公司担任总经理的职务。随着两岸关系缓和,两位老人已年逾花甲,决定到大陆看望亲人,就与有关方面联系,大陆方面热情有加,告诉他们康华良的妻子已经亡故,凌庚荣的妻子还健在,两人的子女都已成家立业。大陆方面对康华良潜逃的事也不再追究,他们三人到了江湾市,台办主任甄兴忠要将他们接到市府的高级宾馆,说当晚市委市政府领导要亲自设宴招待,并说还有一位省领导也要来。但康华良和凌庚荣执意要先看望了亲人后再作决断,甄兴忠请示市委领导后,市委领导表态说主随客便,看过亲人后,也将他们的亲人一起请到市政府高级宾馆。

康华良和凌庚荣在"镜花苑"门口驻足观望。此时太阳已经西坠,大地一片昏暗,"镜花苑"三个字已经显得模模糊糊,大门由于风吹雨蚀已失去了本来面目,原来漆黑的大门油漆已经全部脱落,但门还是原来的那道门,身腐龙骨在。大门两边的墙体已成断垣残壁,摇摇欲坠。夜色来临,大门内各家各户星星点点地亮起了电灯,两位老人在门口沉思良久,感叹唏嘘。"镜花苑"内进进出出的人很多,人们用惊奇的目光看着这两位老人,这时纪耿直正好从"镜花苑"里出来,见两位老人在大门前伫立良久,上前询问道:"请问两位老大哥,你们是不是在找人?"

康华良上前一步说:"请问老哥,这里是不是住着康丁贤和凌康胜两家?"

纪耿直说:"是啊,他们就住在这里!"

康华良老泪纵横说:"他们真的还住在这里……"

甄兴忠对纪耿直说:"麻烦你领我们去见他们,市委市政府领导还等着他们呢!"

纪耿直一下子没有反应过来,惊诧地问道:"市委市政府领导等他们干什么?"

康华良抢着说:"我是康丁贤的生父,他是凌康胜的生父!我们从台湾探亲来了!"

纪耿直吃了一惊,呆呆地问道:"原来你们都没有死啊!"

甄兴忠斥责说:"你这人是怎么说话的?!"

康华良向甄兴忠摇摇手,和颜悦色地说:"你领我们去见康丁贤和凌康胜两个孩子吧!"

纪耿直说:"丁贤和阿康都去医院了,只有丁贤和阿康的两个孩子在家里做作业!"转身向"镜花苑"里高声喊道,"小斌、小萌,你们家来客人啦!"

凌庚荣吃惊地问道:"他们去医院干什么? 谁病了?"

康华良着急地说:"我们先进去看看吧!"

康华良和凌庚荣率先走进"镜花苑",康丁德和甄兴忠紧随其后。纪耿直一边喊,一边走进康丁贤家。小斌和小萌还有天生娘闻讯从屋内走出来,两个孩子惊讶地看着两位老人,两位老人也惊讶地看着两个孩子和天生娘。

天生娘问道:"你们是?"

甄兴忠介绍说:"这位是康华良先生,这位是凌庚荣先生,你是?"

天生娘说:"我是他们的邻居,小斌娘出了车祸在医院里抢救,丁贤、阿康还有凌婆婆都去了医院,刚才凌婆婆还从医院回来向陈阿毛借钱,现在又去医院了。我在他们家里督促两个孩子做作业!"

康华良急问:"他们在什么医院?"

天生娘说:"在市医院!"

康华良转身就走,边走边对甄兴忠说:"马上去医院! 请你告诉市委市政府领导,我们家里出了一些事不能赴宴了,请谅解!"

甄兴忠为难地说:"可是……"

康华良果断地说:"没有可是!"

六 十 三

急诊室门口人头攒动,苏院长已经同意把病人抬进急诊室,但在没有收到钱前,坚决不肯动手术抢救,就是唐颖表明自己是《江湾晚报》记者,钱由她负责也不行。

正在僵持不下,陆钦铭从急诊室外面拼命地挤进来,身后紧跟着邵敏敏。两人手里各举着一些单据,里面有活期储蓄,也有定期储蓄。陆钦铭边挤边喊着,"我们有钱,钱来了!"

陆钦铭喘着粗气,挤到苏院长跟前,他将邵敏敏手中的单据拿过来合在一起,在苏院长眼前挥了挥说:"这是我们的银行存折,近四千多元钱,银行现在已经下班关门,我们把这些银行存折做抵押,你们赶快救人!"

"银行存折?"苏院长看也不看一眼,摇摇头说,"不行!"

陆钦铭气愤地问道:"为什么不行? 银行存折也是钱,明天早上我们就把钱取出来!"

凌康胜说:"你这不是有意刁难人吗?"

苏院长说:"随你怎么说,不行就是不行!"

急诊室那位年轻医生说:"苏院长,既然他们把银行存折都拿来了,那就赶快抢救吧,否则来不及了!"

苏院长耸耸肩膀说:"四千元钱,够吗? 照她的情况,恐怕四万元钱也不一定够呢!"

凌康胜说:"敲竹杠啊! 刚才说预付款是五千,现在怎么要四万了? 岂有此理!"

苏院长耐心地说:"凌记者,你先别急,我给你算一笔账,"他扳起手指说,"她的一条腿已经全废了,必须截肢,手续费没有一万元钱是下不来的,再加上输血等其他费用,没有两万元钱,想都别想……"

陆钦铭说:"钱钱钱,你这个院长是怎么搞的,掉到钱眼里去了!"

有一位医生说:"你们报社不也是一样,到你们报上登一块豆腐块一样大的广告,也要好几千元钱。没有钱,你们报社的员工吃什么喝什么? 我们医院和你们报社一样,不然我们医生吃什么喝什么?"

这句话一说,大家都无话可说了。

这时,凌婆婆跌跌撞撞地挤进来,一边挤一边喊着:"医生,快救我儿媳妇,钱我有了!"

众人吃惊地看着凌婆婆,凌康胜问道:"妈,你哪来的钱?"

陈阿毛和王阿之各人都拎着一只大提包,从外面挤进来。凌康胜见到陈阿毛和王阿之已经什么都明白了,凄惨地喊了一声:"妈……"

凌婆婆说:"孩子,救你阿嫂的命要紧!"

王阿之从陈阿毛后面挤上来说:"凌婆婆,你不能一个姑娘许两家啊!"

陈阿毛又用胳膊肘挤开王阿之说:"我只是由原来的两间增加到四间,多了两间而已!"

苏院长看着凌婆婆问道："要救活她，至少要四万多元钱，你拿得出来吗？"

凌婆婆吃了一惊："怎么又坐地起价了？"她问陈阿毛和王阿之，"你们两个谁能拿出四万元钱？我就把整个后园都给他！"

陈阿毛摇摇头说："我哪里拿得出这么多钱！"

凌婆婆问王阿之说："你怎么样？"

王阿之思索了一会儿，讨价还价地说："你那个后园最多值两万元钱，另外两万算是我借给你的！"

凌婆婆很痛快说："行！"

王阿之拉开手提包的拉链，挤出人群走到一张桌子旁，将手提包倒过来，"哗哗"地倒出一扎一扎的十元的人民币。人民币在桌子上堆得像座小山，他说："这里是一万元现金，"他又从西装口袋里取出现金支票，"这是现金支票，要多少钱，我来开！"

张阿珍终于被推进了手术室。凌婆婆、康丁贤、凌康胜等人都被拦在手术室外面，苏院长一干人回到自己的办公室，王阿之达到目的踌躇满志地走了。陈阿毛在竞争中败下阵来，只好悻悻地走了。

邵敏敏把凌康胜、唐颖和陆钦铭叫到手术室外面的一个僻静处，看看四周没有其他人，就把在报社广播室播放录音以及播放后在广播室门口看到的情形简要地叙述了一番。对于邵敏敏这个出人意料的动作，凌康胜他们都吃了一惊，没有想到这么个柔弱的女子，会有这么大胆的举动。凌康胜问道："你怎么想到要到广播室去播放这个录音，你想过后果没有？"

唐颖也问道："是啊，你不知道这件事的后果吗？"

邵敏敏说："我怎么会不知道后果，你们知道不知道，我为什么由新闻记者被贬到图书室？我为什么非要参加你们调查王阿之的行动？"

凌康胜摇摇头说："不知道！"

陆钦铭自作聪明地说："是不是汪伟想占你的便宜，你不从？"

唐颖说："我也曾经这样想过，但又不像……"

邵敏敏说："不是，你们不是已经知道十多年前，南坡乡女知青屈晓晓被奸杀的事吗？"

凌康胜说："王阿之老婆已经承认凶手就是汪伟！"

邵敏敏哽咽起来，说："那个被害的屈晓晓是我的表姐……"

凌康胜轻轻地"唷"了一声："原来如此！"

陆钦铭说："怪不得你对汪伟这么恨之入骨！"

邵敏敏继续说："当时南坡村有人就认为汪伟是凶手，但王阿之做了汪伟不在现场的证明，我一直要求公安机关继续侦查，但都没有结果。后来汪伟到《江湾晚报》任总编，他对我说这件事不是他所为，警告我不要再举报，否则没有我的好果子吃……"

陆钦铭问道："但你一直没有停止举报？"

"是！"邵敏敏点点头说，"我表姐死不瞑目！我一定要让有关部门把案情弄个水落石出。王阿之老婆揭露了事情的真相，我给有关部门写了举报信，但举报信又落到汪伟手里。我忍无可忍，不能再忍了……"

唐颖说："这一下捅了马蜂窝了，单位里一定很热闹了。"

陆钦铭问道："敏敏，下一步你准备怎么办？"

邵敏敏摇摇头说："不知道，只好走一步算一步了！"

凌康胜一直沉默不语，他也在想下一步该怎么办。他说："小邵，你既然已经在广播室播放了录音，我们就来个一不做二不休！"

邵敏敏说："只要能把杀害我表姐的凶手绳之以法，我什么都不怕！"

凌康胜说："你多拷几盘录音带分别寄给市纪委、市检察院举报中心、市委办公室，也给省委办公厅、省纪委各一份，仍然要匿名的。"

邵敏敏说："好！"

凌康胜说："我再去单位看一看，不知道现在单位里是什么情况？"

唐颖说："这么晚了，单位里现在不一定会有人，你去找谁？"

凌康胜说："老蒋这个人是很敬业的，单位里出了这么大的事，他一定会在的！"

几个人点点头都说好，于是凌康胜回到凌婆婆那里，告诉母亲他有点事要去一趟报社，马上回来。唐颖、陆钦铭和邵敏敏也各自回家了。凌康胜他们离开医院后，手术室门口只留下了凌婆婆和康丁贤。这时手术室的门开了，一位护士手里拿着张阿珍那只被剪断了背带的挎包走出来，康丁贤一眼就认出这只挎包是他下乡支农时，城区知青办送给他的纪念品，张阿珍平时像宝贝似的随身带着，每天都不离身。康丁贤马上迎上去问道："护士，手术顺利吗？"

凌婆婆也立即从凳子上站起来，问道："阿珍怎么样了？"

那护士没有直接回答他们的问话，把挎包交给康丁贤说："这只挎包病人抱着不肯松手，为了手术方便，我们只好把挎包的背带剪断了。不知道挎包里有什么重要的东西，你看看。"

凌婆婆抓住护士的手急切地问道："姑娘，我儿媳妇怎么样了？"

那护士说："老婆婆,请你耐心等候,病人伤势严重,抢救稍微晚了一点,但我们会尽力的!"说毕,她又走进了手术室。

凌婆婆盯着护士的身影,可怜巴巴地说道:"你们一定要救活我儿媳妇啊!"

康丁贤抱着挎包正要打开来,这时冷冷清清的走廊上,一群人簇拥着康华良和凌庚荣焦急地走过来,走在前面的是纪耿直、天生娘,还有小斌和小萌两个孩子,台办主任甄兴忠紧跟着康华良和凌庚荣,他们身后是康丁德。

两个孩子首先看见了凌婆婆,边跑边喊:"奶奶……"

凌婆婆惊奇地看着两个孩子:"你们怎么来了?"

康丁贤问道:"你们作业做好啦?"

小萌指着身后的人群说:"爷爷从台湾回来了!"

凌婆婆呆呆地盯着正向她快步走来的人群,虽然老眼昏花,医院里的灯光又不是很明亮,但她还是一眼就认出了被人们簇拥着的凌庚荣和康华良。她突然感到一阵天旋地转、头晕目眩,慢慢地倒了下去。

康丁贤见状,立即一把将凌婆婆抱住,摁住她的人中,失神地喊道:"奶妈……"

凌婆婆慢慢睁开双眼,眼睁睁地看着凌庚荣,凌庚荣握着她的一只手,喊着:"云姑,云姑……"

凌婆婆不知是从哪里来的力气突然挣脱了康丁贤的怀抱,站直了身体,一把拉住凌庚荣的衣襟,老泪纵横地说道:"你们怎么才来啊! 你们怎么才来啊……"

六 十 四

凌康胜到办公室时,办公室里灯火通明,人头攒动,汪伟站在蒋明诚的座位上,他的周围站着许多人。汪伟雷霆震怒,把桌子拍得"砰砰"直响,大声喊叫着:"这录音带是谁播的? 说!"蒋明诚低着头站在他的面前,莫娜娜则紧挨汪伟站着,她的抽泣声音特别的夸张。邵敏敏的那位同事两只眼睛哭得红肿,脸上泪痕斑斑。凌康胜挤进人群,众人的目光立即投向了他,汪伟看到了凌康胜,大声说道:"凌康胜,你来得正好!"

凌康胜挤到汪伟面前说:"发生什么事了,汪总编发这么大的脾气?"

"你来得正好，你不来我还要去找你呢！"汪伟目光炯炯地盯着凌康胜，问道，"有人在广播室里偷放一卷非法的录音带，你不知道？"

蒋明诚替凌康胜回答说："今天下午我让阿康去办事了，他不知道。"

汪伟指着凌康胜说："你怎么会不知道？"

凌康胜也反问道："你怎么知道我会知道？"

一句话问得汪伟无言以对。汪伟心里明白，他和莫娜娜在南通宾馆的事，一定是唐颖和陆钦铭录制的，而王阿之妻子的话一定是凌康胜录制的，但他又不敢明说，明说等于承认了两件事的真实性。但他决不肯被凌康胜问住，火气冲天地说："这是栽赃陷害，用这种低劣的手段造事生非！"

莫娜娜哭喊着说："汪总编，你可要还我清白啊……"

汪伟显得很不耐烦："别哭了！"

蒋明诚说："这盘录音带明显编辑拼凑过，我去问一下广播电台有谁编辑过这个录音带。"

凌康胜说："只要请有关部门调查一下，录音带里反映的事是不是真的，就行了！"

"什么是不是真的？这完全是捏造！"汪伟心中有鬼，勃然大怒道，"眼前要查的，是谁把录音带放进广播室播放的？"

邵敏敏的那位同事又哭天抹泪地哭起来："我不知道啊……"

汪伟对凌康胜说："你说！你一定知道的！"

现在的汪伟完全失去了理智，他像一只疯狗，乱咬乱攻。他知道这卷录音是谁录制的，又是谁在广播里播放的。他知道凌康胜也一定知道，但如果明说，那就是不打自招，现在唯一的办法就是当面查出是谁在广播里播放的，然后再作打算。

凌康胜坚定地说："我已经对你说过了，我不在办公室，更没有进入过广播室！"

汪伟声嘶力竭地怒吼着："你没有进入过广播室，但你一定知道是谁进入广播室播放的！你说！"

凌康胜说："我不知道！你即使问我一万遍，我回答你的还是不知道！"

汪伟的两只眼睛像是要喷出烈焰来，他突然又一拍桌子，桌子上的茶杯和文具盒被震得都跳了起来。

邵敏敏的那位同事见汪伟把矛头对准了凌康胜，自己有了脱身的机会，连忙向凌康胜苦苦哀求说："阿康，你如果知道是谁把录音带放进去的，就说出来吧，总编不会为难你的。否则我吃不了也要兜着走了！"

莫娜娜哭泣着说:"查出是谁播放的,总编一定要好好处罚他呀!"

汪伟又一次严厉地问凌康胜道:"你到底说不说?"

凌康胜不动声色地说:"我不是已经和你说过了,你就是问我一万遍,我还是不知道!"

"你不说,好!"汪伟挥了挥手说,"你明天就不用来上班了!"

凌康胜的嘴角浮起一丝不易被人觉察的笑容,他不屑地说:"你别说笑话了,让我不来上班,没有那么容易!"说毕,他挤出人群走了。

蒋明诚见凌康胜已经离开,汪伟还"呼哧呼哧"地喘着粗气。他想你汪伟独断专行惯了,把话说过了头,想辞退或开除一个国家干部,恐怕并没有你说说那么简单;但那卷录音带既然在广播里广播了,想推托也不是你说说那么简单。录音带里揭露的强奸杀人案,可不是一个简单的案子。但他不动声色地劝说道:"汪总编,录音已经在广播里广播了,大楼里有许多人都听到了,市委有关部门很快就会来调查,我们怎么回答他们,你要想好了……"

这也是汪伟非常担心的事,虽然他现在口气非常强硬,好像录音带里说的事根本不存在似的,其实有关部门要是真的调查起来,他也真的是大祸临头了。虽然同样的问题以前有人也举报过,但因为王阿之夫妻没有反水,也可能有关部门碍于他丈人的关系,这件事也就不了了之了。但他万万没有想到,有人竟将原声录音带在广播里播放了出来。录音带在广播里一播放,影响这么大,就不是想摆平就能摆平的问题了,这一手真是狠毒得很。他怀疑在广播里播放这卷录音带的人,一个是凌康胜,另一个就是邵敏敏,他知道那个被他害死的女知青就是邵敏敏的表姐。凌康胜不在现场,可能性最大的就是邵敏敏,但他一时又拿不出证据。

汪伟左想右想,已经是无计可施了。

六 十 五

凌婆婆苏醒过来,泪流满面,号啕大哭:"庚荣……你们怎么才回来啊!"

凌庚荣也热泪涟涟说:"云姑,不是我们不想回来,条件不成熟啊,现在两岸的关系缓和了,我们就回来了啊!"

凌婆婆喊着说:"抢救阿珍要花四万多元钱,我没有钱啊,我把后园卖了啊……"

康丁贤也号哭起来说:"钱钱钱,因为没有钱,阿珍一直拖到现在才抢救啊……"

甄兴忠实在看不下去,对康华良说:"我去找他们院长!"说着,急步走了。

这时凌婆婆才记起来,还没有让康华良和康丁贤父子相认。她握住康丁贤的手拉到康华良面前说:"老爷,这是丁贤啊!你亲生的儿子。可是少奶奶,死了啊……"

康华良抱住康丁贤说:"丁贤,爸爸知道你受苦了,爸爸对不起你和你母亲……"

康丁贤却从康华良的拥抱中挣脱出来,他对这位从天而降的父亲还感觉很生疏,很惶惑,虽然母亲在世时多次说过他的生身父亲,奶妈也多次对他说过,他有一个生身父亲还在世上,但信息全无。现在他突然见到了父亲,脑子里却是一片空白。他凝视他的父亲,一句话也说不出来,只是呆呆地看着康华良,两行热泪一个劲地往下掉。突然他扑到康华良身上,大喊一声:"爸爸……"

康华良拍拍儿子的肩膀,再一次紧紧拥抱了他。

凌康胜来到手术室门口,见康丁贤抱着一位老人痛哭流涕,母亲则拽着另一位老人的衣襟,伤心地大哭,快步走到母亲跟前,一把扶住母亲,说:"妈,发生什么事情了?你别怕!儿子在这里!"

站在一旁的小萌马上喊道:"爸爸,爷爷回来啦!"

凌康胜这才仔细观察起眼前的这位老人,他几乎和凌康胜一样高大,只是因为年老背部已经佝偻,方方正正的脸部已经皱纹纵横。凌康胜感觉到自己和这位老人就是从一个模具里浇铸出来的。他在凝视凌庚荣,凌庚荣同样在凝视着他。凌庚荣感觉站在自己面前的这位年轻人,和自己年轻时活脱活像,不是自己的儿子还会是谁。

凌庚荣大声喊道:"阿康,我的儿!"一把抱住凌康胜,眼泪也止不住流了下来。

凌婆婆见儿子只是怔怔地看着凌庚荣,便催促儿子说:"阿康,快叫爸爸……"

凌康胜这才回过神来,喊道:"爸爸……"

康华良转过身来握住凌康胜的手说:"你就是阿康?"

凌康胜已经知道这位老人就是康丁贤的生父,答应说:"是,我是阿康,伯父,你好!"

康丁贤说:"奶妈对我像亲生的儿子,阿康兄弟也待我如亲兄弟一般,要是没有奶妈和阿康兄弟的照顾,我康丁贤早没有了啊!"

凌婆婆又哭起来:"我的好媳妇,出了车祸生命垂危啊!"

康华良问道:"手术动了多长时间了?伤势怎么样?"

康丁贤说:"手术已经动了两个多小时,还未见医生出来说明情况。"

凌康胜说:"嫂嫂伤得很重,还流了许多的血,可能一条大腿保不住了。"

康华良说:"能不能问一下医生,情况怎么样?"

这时手术室的门开了,一名护士和一名医生从里面走出来。人们一蜂窝地向医生护士涌去,凌婆婆挤在最前面,急切地问道:"我儿媳妇怎么样了?"

医生说:"病人伤势很严重,一条大腿是保不住了。"

康华良说:"医生,请一定保住病人的大腿!"

医生说:"能保住病人的生命已经很不错了……"他提高了声音说,"谁是病人的亲属?"

凌婆婆和康丁贤、康华良,还有凌康胜齐声说:"我是!"

医生说:"刚才你们交了两万,现在远远不够,恐怕要四五万以上了……"

康华良说:"钱不是问题,但请你们千万要保住病人的腿!"

医生又重复说了一句:"能保住病人的生命已经不错了,大腿是绝对保不住了。"

凌婆婆对着医生跪下来哀求说:"医生求求你,千万要保住我儿媳妇的一条腿啊!"

医生连忙扶起凌婆婆说:"老太太,不是我们不想保住病人那条腿,病人那条腿胫骨粉碎性骨折,像玻璃一样全碎了,实在是没有办法,只有截肢了……"

凌婆婆又哭起来,边哭边说:"阿珍是在乡镇企业工作的,上班要骑十几里路的自行车,没有大腿叫她怎么办啊?"

凌婆婆悲伤的哭泣,让康华良和凌庚荣心酸万分,也忍不住流下泪来。康华良安慰说:"云姑,你别担心,阿珍以后再也不用去乡镇企业上班了!"

小斌摇着凌婆婆的胳膊说:"奶奶你别哭了,爷爷说,他们在台湾有好大好大的企业,就让妈妈到台湾去上班吧!"

医生说:"如果你们同意截肢,就请到急诊室缴费去!"

这时,唐颖、陆钦铭和邵敏敏急急忙忙赶了过来,凌康胜吃惊地问道:"你们怎么又来了?"

陆钦铭走在最前面,因为走得急,已经气喘吁吁,唐颖和邵敏敏紧随其后。

陆钦铭从手提包里取一个大信封说,说:"我们估计抢救丁贤嫂两万元可能不够,就又筹集了一些钱,这里又有一万元钱,暂时可能够了……"

他把信封重新放进手提包,将手提包向凌康胜递过来。陆钦铭递过来的不是手提包,而是一颗跳动着的滚烫的心脏,凌康胜连连后退:"不、不,我不能要你们的钱,钱已经有了!"

陆钦铭满腹疑惑地问道:"你连生活都很困难,哪来的钱?"

凌康胜说:"我妈把'镜花苑'后园转让了。"

"啊?"陆钦铭吃了一惊说,"你妈把后园当作命根子,怎么会转让呢?"

凌康胜见他怎么说陆钦铭还是不信,只好作了让步,说:"你们先把这笔钱拿着,到时候如果需要我再向你们要。"

陆钦铭想想也只能如此,说道:"那好吧,你需要了随时向我要!"

这时长长的走廊上出现了一群西装革履的人群,走在前面的是市台办主任甄兴忠,苏院长夹在中间不断地和旁边的人说着话,态度十分恭谦。他们快步向凌康胜他们走来。唐颖和邵敏敏走到了凌康胜面前,对凌康胜说:"苏院长领着市委市政府领导来了,像是来看望你们的……"

邵敏敏奇怪地说:"一个普通市民发生车祸,怎么会引起市委市政府领导重视?"

陆钦铭盯着逐渐走近的人群说:"我听新闻部的人说,今天晚上市委市政府领导要设宴招待三位从台湾来的大老板,莫非这三位大老板就是阿康的亲戚?"

凌康胜、康丁贤和康华良、凌庚荣等人,也目不转睛地看着这群人快步向他们走来。凌康胜发现市委、市政府、人大、政协的主要领导都来了,把走廊挤得满满当当,汪伟的老丈人古月明也在其中。甄兴忠一步跨上前走到康华良面前,向他身旁一位瘦高个子中年人和另一位个子不高、微胖的中年男子介绍说:"这位就是台湾华裕信托集团股份有限公司董事长康华良先生。"他又把胡书记、屠市长等领导向康华良、凌庚荣作了介绍。

康华良和领导们一一握手,领导们显得很客气,也很恭谦。胡书记说:"我们市委市政府本来想在江湾饭店设宴款待两位老先生,接到苏主任的电话,才知道康老先生家中出了些事,便急忙赶来医院看望了!"

康华良说:"康某人失礼,打扰各位! 实在是人命关天,儿媳张阿珍出了车祸生命垂危,不敢怠慢,所以赶来医院看望,刚才医生说我儿媳妇的大腿保不住了,能不能想办法保住我媳妇的那条大腿,钱现在已经不是问题,要多少钱,我也支付得起。"

胡书记对苏院长说:"康老先生说得对,你马上去看一下,是谁在主刀,能不能根据康老先生的要求,把病人的腿保住?"

苏院长点点头说:"好好好!"立即转身向手术室走去。领导们问及张阿珍发生车祸的原因,唐颖和陆钦铭简要地叙述了张阿珍车祸的经过,唐颖发现康丁贤怀里还抱着那只军用挎包,说道:"丁贤嫂一直抱着这只挎包不肯松手,里面一定有非常重要的东西……"经唐颖提醒,康丁贤打开了挎包。挎包里没有其他什么东西,只有一封薄薄的信件。康丁贤打开信封,借着走廊昏暗的光线,看清楚了那信笺里的内容。他拿着信笺双眼定定地看着一个地方,一言不发。凌康胜见状,从他手中接过信笺,唐颖也伸过头去看。凌康胜看明白了信笺上的内容,也是一言不发,把信笺交给唐颖。唐颖看着信笺,脸色顿时大变,兴奋地说:"阿康,你兄弟的小说出版社准备出版了!"凌康胜却忧伤地说:"我兄弟的小说出版了,可我嫂嫂的腿却没有了……"陆钦铭说:"丁贤嫂一定是过于兴奋没有注意到身后的汽车,才出了车祸。"康丁贤突然一把从唐颖手中夺过信笺,一边撕着信笺,一边大声喊着:"我不要出书,我要阿珍的腿啊……"站在康丁贤身边的康华良,从康丁贤手中夺过已经被撕成纸片的信笺说:"孩子,事情已经成了这个样子,我们只能承认现实。你写部小说不容易,小说还是要出版的。"

市委胡书记也问道:"这是怎么回事?"

凌康胜说:"我兄弟写了一部长篇小说,投寄了好几家出版社都没有被采用,现在这家省级出版社同意出版,要我兄弟赶快到省城与他们商量修改事宜。"

胡书记说:"这应该是一件好事,康丁贤先生为什么要将这封信件撕毁?"

唐颖说:"可能康丁贤把张阿珍的车祸,迁怒于出版社的这封书信了。"

古月明问道:"你们看过这部小说吗?"

凌康胜、唐颖和陆钦铭齐声回答说:"看过!"

古月明又问道:"写得怎么样?"

唐颖说:"很不错,文笔很优美,故事很紧凑……"

古月明问道:"为什么不在《江湾晚报》连载?"

凌康胜回答说:"我和总编谈过,总编也看过这部稿子,认为稿子写得很不错,可以在《江湾晚报》上连载,但要五千元的赞助费。这么多钱,对于一个穷教书的来说怎么拿得出来。"

康华良自言自语地说:"怎么又是钱、钱……"

古月明说:"培养我们本地的作家,是我们报纸杂志的责任和义务,怎么还要收费?"他生气了,"真是岂有此理!"

凌康胜淡淡一笑说:"这个问题只有汪总编才能解释了!"

这时苏院长从手术室里走出来,人们的目光一起投向了他。

康华良急切地问道:"手术动得怎么样?"

苏院长说:"一条大腿已经被截肢,医生正在缝合伤口。康老先生,病人的伤势实在太重了,医生确实已经无法保留病人的大腿,非常对不起……"

康华良也显得很无奈说:"谢谢医生们的精心救治!"

甄兴忠说:"康老先生,市领导都还没有吃饭,他们听说康老先生的家属出了车祸马上就到医院来了!"

市委胡书记说:"这里就交给医院吧,请康老先生到宾馆休息吧!"

康华良感到非常过意不去,见胡书记非常诚恳也就答应了,他对康丁贤说:"丁贤,你看好阿珍,不要愁钱,一切费用我来承担。"

六 十 六

在古月明家的客厅里,汪伟焦虑万分地在沙发前走来走去。客厅里空荡荡的只有他一个人。因为时间已经不早,老岳母已经睡下,他没有让妻子古爱爱同来,因为他今天要同老丈人说的事,是不能让她知道的,虽然古爱爱迟早会知道这件事,但能迟一天就迟一天,能少知道就少知道,他烟瘾大,但在老丈人家里他不敢抽,老丈人最反对他抽烟,烟瘾一股一股地往喉咙上顶,他只得强忍着往肚子里咽。他是为录音带的事来找老丈人的,录音带里说的两件事,不管他如何抵赖,绝对是抹杀不了的,他与莫娜娜的奸情只是一个道德品德问题,一个婚外情的问题,只要把古爱爱安抚好,再有古月明的影响,解决这个问题不难。难的是那个强奸杀人案,这件事虽然已经过去了十多年,但十多年来一直如影相随,时时骚扰着他……

王阿之和汪伟的关系要追溯到汪伟在农村插队落户这段日子。汪伟是江湾一中的高才生,班里的团支部书记,品学兼优,本来是应该上大学的,但因为"文化大革命"而中断学业。1968年下半年,他到南坡乡南坡村插队落户,拜王阿之的父亲为师傅,劳动积极,思想进步,王阿之父亲对他这位徒弟称赞有加。因为表现突出,很快他就成了县里知识青年的学习标兵,后来工农兵推荐上大学,他被推荐到上海复旦大学新闻系学习。但就在收到录取通知书不久,这天早上,在离南坡村两里多路的一条小河里,发现了一具高度腐烂的尸体。经县公安局侦查,这具尸体就是南坡村插队女知青屈晓晓。这位女知青长得非常漂亮,家庭经济条件也很好,是和汪伟同时来插队落户的,但比汪伟低了一届。生产队里的社员和知青都知道,汪伟一直在追求屈晓晓。许多人都说,汪伟只是剃头担子一头热,单相思,屈晓晓早已名花有主。因为当时的侦查手段比较落后,一时还弄不清楚屈晓晓是他杀还是自杀,或是失足落水身亡。这个案子就成了悬案。

实际上这个案子与汪伟有直接关系。屈晓晓长得实在太美了,由于她的美貌,汪伟对她觊觎已久。那天夜里,他把屈晓晓骗到河边,强奸了她,屈晓晓大声喊叫,他把自己的短裤塞在她的嘴里,屈晓晓喊不出声,就拼命挣扎,下身流了很多血,慌乱之中他把短裤从屈晓晓嘴里拔出来,去堵下身的血,血堵住了,屈晓晓站起身,喊叫着冲过来要与他拼命,他一个巴掌把她打倒在河里,头几天下了雨,河面涨得很开阔。本来她倒在了河水中,她的身体却不往岸边靠,反而往河中央去了……他明明把那条粘着血和精液的短裤埋在了河边的荒地上,但尸体从河里漂起来的当天夜里,王阿之却找到汪伟,拿出用塑料纸包着的短裤,在他面前晃了晃:"这条裤衩是不是你的?"汪伟吓得魂飞魄散、六神无主,他不知道这条短裤怎么会在王阿之手里,既然短裤在王阿之的手里,那就说明他看到了那天夜里的事。他想否认,但又不敢。因为整整一个夏天,他都是穿了这条短裤在劳动,在村子里走来走去,村子里的人都认识的。如果这条短裤落到公安人员手里,他前途尽毁,必死无疑。他感到大祸临头一切都完了,他跪倒在王阿之脚下,连磕了好几个响头,说:"你不能把这条短裤交给公安局,否则我的前途全毁了!""不毁你的前途又怎么样呢?"王阿之坐在凳子上,跷着二郎腿得意地说。"等我大学毕业,你要我做什么,我就做什么!""好!"王阿之站起来,收起短裤,放进自己的手提包里说:"以后你要是敢调皮,我就去告发你!"说完大摇大摆地走了。汪伟跪在地上久久没有起来……之后,汪伟顺利地进入了大学,毕业后先是被分配在江湾一家企业做宣传工作,后来又被调到江湾市委宣传部,一直到现在的《江湾晚报》总编。他担任领导后,也曾经给王阿之许多的方便,特别是在疏通与政府部门的关系上,在产品销售和银行贷款等方面给予了很大的帮助……

虽然后来王阿之为他作了不在现场的伪证,但那条裤衩却再不肯还给他。王阿之抓住了他的七寸命门,常常对他威胁恐吓。另外,匿名举报信也一直跟随他,后来他发现匿名举报的就是邵敏敏,他将她调离了记者岗位,算是对她的一次警告。后来又发生了南坡村的哄抢事件,他一心想让王阿之银铛入狱,从此一了百了,没有想到事情却越闹越大,还与凌康胜结下了难以愈合的怨仇。王阿之老婆的录音,估计就是凌康胜所为,只有凌康胜有这个机会,也有这个心机。现在使他最着急的,就是王阿之老婆的这个录音。

这时客厅上方挂钟"喤喤……"响了八下,汪伟在客厅里来回走动着,像只热锅上的蚂蚁,坐立不安,不知所措。他在官场上混迹多年,难免有一些与他有过节的人,听到这个广播录音,说不定正在弹冠相庆,他们也可能捷足先登,把录音带的事向有关部门报告,所以,他必须把当天的事当天告诉老丈人,他必须自圆其说,造成一个先入为主的感觉。这时候门口响起了小轿车的鸣叫声,接着又响起大门开启的声音。汪伟知道老丈人回来了,三脚两步跑到门口,只见古月明被他的秘书搀扶着,从大门外走进来,一股酒气冲鼻而来。

汪伟从秘书手中接过古月明,秘书马上就走了。古月明满脸通红,浑身酒气,走路摇摇晃晃,神志却很清楚。他问道:"你这么晚了,还不回家啊?"

汪伟说:"我有点小事,向您汇报……"

汪伟搀扶着古月明走进家里,扶到沙发旁让他坐下来,又给他倒了一杯水。

古月明喝了一口水说:"今天晚上市委市政府宴请两位从台湾来的企业家,没有想到两位企业家的亲属出了车祸,市委市政府领导去了医院探望,宴会晚了一点……"

汪伟知道今天晚上有两位来自台湾的企业家回到江湾市探亲,市委在江湾饭店设宴招待,市里的四套班子主要成员都去了,报社也派了记者去采访。他只知道市委市政府领导对这两位企业家非常重视,但具体情况却不得而知。

古月明迷迷糊糊,似睡非睡,靠在沙发上说:"这么晚了还来找我,有什么事?"

汪伟感到有点难以启齿,但又不得不说:"今天下午下班时,不知是谁在我们报社的广播里播放了一段录音……"

"什么录音?"古月明突然睁开双眼,惊诧地盯着他问道。

"录音内容和上次的举报信基本相同……"

"还是那桩强奸杀人案?"

"有一桩是,有一桩不是……"

"说得具体一点。"

汪伟字斟句酌地说:"有一段录音,说我在宾馆里和我们单位的一个女记者搞婚外情,另一段录音则是王阿之老婆揭发我,说十多年前那个女知青是我谋杀的!"他端起茶杯喝了口水继续说,"很显然,那些录音是经过编辑拼凑出来的,是栽赃陷害……"

古月明脸色严肃起来:"你说录音带是栽赃陷害,你要拿得出栽赃陷害的证据!

既然已经是录音,事情就没有像你说得那么简单了!"

　　汪伟本来就做贼心虚,这一桩桩、一件件的事情本来就是事实,只是由于各种原因都被他巧妙地掩盖了过去,现在被古月明这么一说,内心的防线完全被击溃了,他感到大祸临头、在劫难逃了。他感到很沮丧,也很绝望,几近哀求地说:"爸爸,您说我该怎么办?"

　　他这么一问,古月明完全清醒了,他突然横眉冷对,暴怒道:"你问我该怎么办,应该问你自己该怎么办?"

　　汪伟毕竟是官场上的老手,临阵不乱,想好了一个转移方向的办法。他说:"我听我们报社的员工说,这个录音带只有广播电台的人会制作,广播电台的人会伪造、会造假,只要把这个人找出来,情况就明了了!"

　　古月明突然一拍沙发吼道:"你以为这个世界上只有你聪明,别人都是傻瓜啊!我老实告诉你,对于你的作风问题,我听得耳朵都快起茧了,都说你是个好色之徒,利用职权勾引女人的手段真是花样翻新,机关里早已传说纷纭,只是碍着我的面子没有人捅破而已。至于南坡乡的那起女知青奸杀案,过去有关部门看到的只是文字材料,有王阿之证明你不在现场,案子最后不了了之。但现在王阿之老婆说你就是奸杀那个女知青的凶手,虽然还没有证据,有关部门必然重启调查……"

　　重启调查?这就等于有可能推翻原来的结论,王阿之会不会翻供?汪伟的大脑像只轴承一样旋转着。今天老丈人在宴会上酒肯定是喝多了,已经醉得糊里糊涂的,但说到那个女知青的奸杀案,老丈人马上就清醒了,可见问题的严重性。他怎样才能说服他,让老丈人帮他化险为夷、渡过难关?但让他怎么帮这个忙?对他说真话,那是绝对不行的!说假话,老丈人久经世故,有这么好骗吗?他想移花接木、李代桃僵,请老丈人出面让有关部门转移调查的方向,他可以蒙骗过关,但老丈人却偏偏不干。

　　古月明越说越来劲:"你为什么事事迁就王阿之、处处护着王阿之,对王阿之言必听、计必从,不仅许多人对此抱有怀疑,连我也抱有怀疑。现在这个谜底终于揭穿了,王阿之掌握着能够置你于死地的把柄!"

　　古月明一语中的,汪伟大惊失色,他连忙否认:"不、不、不,爸爸……"

　　古月明拿起茶杯喝了口水,继续说:"你为什么随便调动凌康胜的工作岗位,人家记者工作干得好好的,你却让他到办公室当了名普通的办事员,还利用职权阻止他评职称,他向省报发稿又何错之有?你还不是屈服于王阿之的压力,要凌康胜停止对王阿之腐败案的调查……"他将手里的茶杯在茶几上重重地一放,吼道,"你在《江湾晚报》搞专制、搞独裁,是谁给你这么大的权力!"

汪伟不敢当面顶撞,又不敢当面承认,只得含糊其词地说:"我、我没有……"

"什么没有?"他这样一说不打紧,老丈人反而更加生气了。他怒斥道:"如果是凌康胜一个人说,我可能不信,一个党的新闻媒体的领导,怎么会这样没有水平,怎么会说出这样没有水平的话? 可惜这样的话,不止凌康胜一个人对我说,众口铄金,我不能不信!"

老丈人这番话确实点到汪伟的要害上了。这几年,他在女人问题上胆子确实越来越大,大得忘乎所以。他不仅和一些女人明铺暗盖,有时还出双成对,无所顾忌。但他毕竟久经沙场,应变能力极强,虽然如坐针毡,但他脸不红、心不跳,双眼瞪得大大的,盯着老丈人暴怒的脸。他认真地聆听着,不动声色地在等待老丈人给他指点迷津。

古月明说:"我知道,你这个人报复心极强,嫉妒心极强,气度极小。你们报社上一位办公室主任就是为一件小事得罪了你,你就处处给他穿小鞋,弄得他无法开展工作,只好一走了之。对于凌康胜,你知道自己水平和能力不如人家,凌康胜又是名牌大学毕业生,你也是处处刁难他,为他工作设置障碍,唯恐有一天他爬到你的头上,凌康胜兄弟康丁贤来连载长篇小说,你都要收取五千元赞助费! 胡闹!"

没想到老丈人连连载康丁贤长篇小说,要收取五千元赞助费的事都知道了,这一定是凌康胜告的密,但这也给了他一个辩护的机会。他说:"我也是为报社考虑嘛!"

没有想到又是一顿训斥。古月明说:"你这是设置障碍,抹杀人才!"

因为着急,汪伟脱口而出:"爸爸,您说现在我该怎么办啊?"

他这样一说,古月明火气更大了,说道:"你问我,我问谁去啊! 老实告诉你,摆在你面前只有一条路,老老实实把问题向组织说清楚!"

回到家里夜已经很深,妻子和孩子早已睡下,偌大的客厅里空荡荡。汪伟从老丈人家里出来,一路上慢悠悠地骑着自行车,心里琢磨着他说的每一句话。老丈人毕竟是他的至尊,这样严厉的批评,完全是出于对他的一种关心和保护。最严厉的批评他也能承受,他如果垮台了,对老丈人绝没有半点好处。但他冥思苦想、绞尽脑汁,怎么也想不出一个应对的办法。当把自行车推进车棚时,他想起了老丈人的最后一句话:"老老实实把问题向组织说清楚!"他想,在他向组织说明问题之前,如果王阿之老婆能和王阿之以前的口径一致,说录音是有人通过技术手段,曲解了王阿之老婆说话的原意,把责任推到录音的制作者身上,说这是栽赃陷害,岂不妙哉! 他走进客厅,拿起沙发旁的电话机,拨通了王阿之家的电话。

电话"嘟嘟"地响了好长时间,但一直没有人接。王阿之夫妇已经睡下。汪伟心急如焚,他要先问明那卷录音带是怎么回事?要是能让王阿之老婆大包大揽,把说的话全部承认下来,说是对他不替王阿之办事的一种报复。那个强奸杀人案公安局早有定论,不是你想翻供就可以翻供的。他要对王阿之说,如果你们敢推翻过去的证人证词,我被判刑,你们也罪责难逃,再说了当时他是强奸了女知青,但她是不是他杀的还不一定,他把她推倒在河里,她是可以自己爬上来的,她也许是因为被人强奸而自杀,最多他也就是过失杀人。如果王阿之不肯按他的话说,他汪伟也会拒不认账。一定要顶住,过了这一关什么事都好商量。反正他想好了,用多种方法来对抗组织的调查,破釜沉舟,生死在此一举。电话"嘟嘟"地响了很长时间,一直没有人接,他只好把电话放下了。

他像是热锅上的蚂蚁在电话机旁来回走动着。这时电话铃声却响起来,他拎起话筒。

话筒里传来王阿之睡意浓重的声音:"什么事,都几点了还打电话?"

他用手捂住话筒尽量压低声音说:"阿之,你老婆和谁说过十多年前的那件事?"

王阿之睡意蒙眬,没有听清楚他的话,反问道:"什么十多年前的事?"

汪伟只好说得明确一点:"那个女知青的事……"

王阿之终于明白了:"那件事怎么啦?"

汪伟问道:"你老婆最近有没有和人说过这件事?"

王阿之不作声了,大概在问睡在他旁边的老婆。不一会儿,话筒里传来了王阿之老婆同样睡意浓重的声音:"什么事? 深更半夜的!"

汪伟只好再重复一遍,没有想到王阿之老婆直言不讳地说:"我和阿康说过啊……"

这卷录音带果然是凌康胜录制的,他心里很懊恼,问道:"你怎么会同他说那件事?"

他有火气,王阿之老婆的火气比他还大。她说:"谁让你在省报上刊登阿之的材料?"

汪伟怎么也没有想到,他与凌康胜的矛盾起因是南坡乡哄抢事件,最终结束竟然还是南坡乡哄抢事件。他掩饰了这么多年的事,竟然因为南坡乡的事而败露,真是一失足成千古恨。如果当初他不让凌康胜去采访呢? 也许不会有今天这档子事,世界上的事是没有如果的,但又有谁能预测事物发展的最后结果呢? 王阿之和他老婆头脑都是很简单的人,凌康胜略施雕虫小技,他们就轻而易举地上当了。他急忙辩解说:"那篇文章不是我让他写的。"

他这么一说，王阿之老婆气恼地说："不是你让他写的？怎么写着你的名字！"

汪伟说："这是凌康胜的笔名，"他想他没有必要和她在这个问题上纠缠下去，必须赶快进入正题。他说，"十年前的事，你怎么能这么说？"

稍停片刻，话筒里传来了王阿之的声音，轻描淡写地说："月琴和凌康胜说过此事，怎么啦？"

一个非常严重的事件，王阿之却不当一回事。汪伟忧心忡忡地说："凌康胜把你老婆和他的谈话录了音，在广播里播放了……"

王阿之吃了一惊："什么？在广播里播放了？是不是在市电台播放了？"

"不是，在我们报社的广播里播放了。"

"吓我一跳！"

汪伟说："这件事很严重，你老婆说那个女知青是我谋杀的，你有我谋杀的证据。你老婆还说当时你向公安局作了伪证，为的是让我顺利地上大学……"

电话里传来了王阿之和他老婆对话的声音。

王阿之问："你对凌康胜说了那个女知青是汪伟谋杀的？"

王阿之老婆说："我是一时气不过才这样说的。"

王阿之又问道："你说我为了让汪伟上大学，才作了他不在现场的伪证？"

王阿之老婆说："事情本来就是这样，谁叫他不知恩图报，忘恩负义，处处与你作对！"

王阿之也生气了，斥责老婆说："你怎么能这么说呢？"他又对着话筒说，"录音里的话是她说的，你说怎么办？"

"怎么办？这还能怎么办？"汪伟说，"只能死不承认！"

"说出去的话就像泼出去的水。"王阿之感到很为难，说，"这该怎么办呢？"

是的，覆水难收。确实应该想个万全之策，否定这些已经说出去的话。解铃还须系铃人，这件事还得让王阿之老婆来做。他耐着性子循循善诱地说："如果有人来调查，让你老婆说这完全是她的气话，汪伟在报纸上敢胡说八道，你老婆也是胡说八道！"

"这怎么行？"王阿之犹豫着。

"如果你老婆承认她说的话是真的，按照法律，我得判刑，你是包庇窝藏罪，再加上你厂里的那些事，同样可以判你个无期甚至是死罪……"

可能是汪伟这番威吓的话起到了效果，王阿之又和老婆嘀嘀咕咕地议论了一番。女人往往是经不住恐吓的，尤其是那些特别喜欢张扬的女人，这种女人往往外强中干、色厉内荏，王阿之老婆就是这种人，刚才还张牙舞爪、气势汹汹的，听了王阿之的话,突然像得了抽风病似的尖叫起来:"这可怎么办啊?"

汪伟在电话里听到了王阿之老婆的尖叫声,心想他最后的一道防线有可能守住了。如果王阿之老婆坚持说是胡说八道,再让老丈人做些工作,这件事也就过去了。至于他和莫娜娜的奸情,也就是个生活作风问题,只要古爱爱不去控告,最多也就是党内警告。

王阿之也很着急地问道:"你的主意多一点,你说这件事该怎么办?"

汪伟说:"如果公安局来调查,不管公安局的人怎么问,你们只要按你原来说的,叫你老婆说是她胡说八道,是没有的事!"

王阿之说:"也只好这样说了!"

放下电话,汪伟长长地舒了一口气,他临门一脚,终于把事情办好了。

六 十 七

陈阿毛站在柜台里面,手里拿着一把大片刀,用力地砍着案板上的肥肉,一刀下去,砍下薄薄的一片肉。他拿下挂钩上的秤杆,钩起那片肉称起来。柜台外站着一位胖胖的中年妇女,正目不转睛地看着他称肉,他将那片肉掷到她面前说:"一斤四两,两元一角。"

中年妇女把肉装入篮子里,付了钱就走了,陈阿毛把钱收起来,掷入身旁的木箱里。深秋的太阳,明晃晃地照在眼前的电线杆上,电线的阴影已经越来越短,该回家做饭去了,印萍萍每天中午都要回家吃饭的。这时李爱娟拎着一只竹篮走来。

"阿毛,"李爱娟叫道。

"爱娟,你来了?"陈阿毛弯下腰,从柜台底拿出一只脚爪掷到李爱娟面前,李爱娟把脚爪放进自己的篮子里。陈阿毛把头伸过去,小声地说,"爱娟,我告诉你,你公公从台湾回来了!"

李爱娟吃了一惊,表示不信:"你别开玩笑了,阿康的父亲解放初期早死了!"

"信不信由你,昨天我还和他们打过照面呢!"

"张阿珍的伤势怎么样了?"

"唉!"陈阿毛叹了一口气说,"就是张阿珍这次受伤,那块地皮都给了王阿之!"

"什么,那块地皮都给了王阿之?"

"是啊! 医院抢救张阿珍需要好几万元钱,王阿之拿着支票全包了,你婆婆就把那个后园全给了他。"

"我把五千元钱还给你吧!"

"先别忙着还给我,"陈阿毛说,"你们离婚的官司什么时候开庭啊?"

"法庭说先要调解。"

"凌康胜应诉了吗?"

"他求之不得啊!"

"我劝你快撤诉了吧,阿康父亲可是台湾的千万富翁,富可敌国!"

陈阿毛这样一说,李爱娟像是相信了,非常沮丧地说:"我要离婚的事和阿康闹得挺凶的,我还到阿康单位去闹过,现在和他和好,他肯同意吗?"

"俗话说,一日夫妻百日恩,再加上你们已经有了小萌……"

不一会儿,李爱娟就走了。陈阿毛回到家里,印萍萍已经回来,她穿着一身露臂露腿,非常鲜艳的衣服,高跟鞋,跷着二郎腿,坐在木质沙发上,正拿着奶瓶给狗喂奶。见他走进屋里,喜滋滋地说:"阿毛,你猜,我给你带来什么好消息啦?"

"什么好消息?"

"你猜啊!"

陈阿毛猜了几个,印萍萍都摇摇头否定了,只得说:"猜不出来!"

印萍萍放下怀里的小狗,得意扬扬地说:"猜不出来吧! 告诉你吧,我们的地基已经正式批准了……"

"地基? 什么地方的地基?"陈阿毛丈二和尚摸不着头脑。阿康家的后园,昨天凌婆婆已经全数转让给了王阿之,哪里还有他家的份?

"当然是凌康胜家的那个后园啊!"印萍萍从身旁的小挎包里取出几页薄薄的纸,递给陈阿毛,扬扬得意地说,"你自己看吧!"

陈阿毛接过老婆递过来的薄薄的几张纸,一行鲜红的大字赫然在目。这是一份区城建局批准建房的文件,非常明确地规定了建房的地段、面积、出入的道路和一些具体的要求,盖着城建局鲜红的大印。陈阿毛一目十行地看完全文,惊得目瞪口呆。他一会儿看看手中那几张纸,一会儿又看看印萍萍那张标致的脸。昨天晚上,凌婆婆亲口答应把整个园子转让给王阿之,王阿之也将支票交到了医院财务处,她怎么还把批准文书拿来了呢？这是强盗手里夺铜锣，这个女人本事真大啊！他看着老婆涂满粉脂的脸，想着城区建设局鲁科长一双色迷迷的眼睛，似乎什么都明白了。

印萍萍见他拿着批准文书，露出将信将疑的神情，就娇滴滴地说道："还不相信啊？"

陈阿毛叹了一口气说："凌婆婆已经把整个后园转让给了王阿之，城建局这个批准文件有效吗？"

印萍萍"嗨嗨"地笑起来："凌婆婆和王阿之的口头协议有效吗？"

陈阿毛说："怎么没有效？"

印萍萍说："你没有听街道的章主任说，山林河流属于国有资产，批准的权力属于政府，"她把批准文书从陈阿毛手里拿过来说，"你就按照批准文书再去划定地基吧！"

陈阿毛像是被她说服了："好，我马上根据文件划定地基准备动工！"

下午，陈阿毛再没有去肉店里卖肉，直接去了"镜花苑"后园。后园的门虚掩着，陈阿毛一推就进去了。这个后园虽然几经折腾，但整个园子并没有受到大的损伤，还是生机勃勃的景象。绿油油的瓜果蔬菜，在秋日的阳光映射下，生机盎然。围绕在围墙内的那些高大挺拔的水杉树和树枝弯弯的柳树，在微风中摇摆着绿色的枝叶。这一派欣欣向荣的景象很快就要消失了，取而代之的将是一排排粉墙黑瓦，陈阿毛也为凌婆婆感到惋惜，但是水蛇要图饱，田鸡要性命，各取所需啊！在争夺这块地基的较量中，陈阿毛对"有钱能使鬼推磨"这个道理似乎有了新的理解，如果再加上权势呢？那么这个"钱"字就如虎添翼，增添了它神奇的力量。他走到上次城建局和街道给他划定的那块地皮跟前，这里虽然还堆放着一些砖块和黄沙，还有用石灰画过的线条，但早已被凌婆婆收拾干净，一些被踩踏的地方也早已被清理干净。如果不是救张阿珍的命，凌婆婆是绝对不会把这个后园转让出去的。

这时候，园门口响起了嘈杂的人声，陈阿毛转过脸去，见阿之嫂正和街道的章月芬还有两个小青年走进来。他估计阿之嫂带着章月芬来肯定也是来看地基的。阿之嫂一定是要街道重新审批他们的地基，因为凌婆婆已经答应把后园转让给了他们。

阿之嫂喊道："陈阿毛，你来干什么？这个后园已经是我家的了！"

陈阿毛假装吃惊地反问道："什么时候这个园子成了你们家的了？我们的地基章主任已经批准了的。章主任，你说是不是？"

章月芬不知道王阿之已经答应为张阿珍报销全部医药费，取得后园全部转让权的事，所以她说："是啊，阿毛的地基我已经批了，城建局里不会有什么问题。但阿之嫂非说凌婆婆已经将地基转让给了他家,一定要让我们重新丈量,重新填报审批材料……"

阿之嫂和章月芬走到陈阿毛跟前,两个小青年则拿着皮尺开始丈量土地。

陈阿毛责问阿之嫂:"凌婆婆答应把整个后园转让给你,你有证据吗?"他估计,凌婆婆把后园转让给王阿之,但不会立即和他签订合同,阿之嫂是拿不出证据来的。

没有想到,阿之嫂理直气壮地说:"证据当然有啊,你的城建局批准文书呢?我看看!"

这两个人的矛盾本来就根深蒂固,像是两只火药桶一点就爆,说话也是针尖对麦芒,互不相让。阿之嫂嘲笑他没有城建局的批准文件,这回她错了,陈阿毛从上衣口袋里取出文件,高高举过头顶,得意地扬了扬说:"这不是吗!"

章月芬向陈阿毛伸出一只手说:"陈阿毛,城建局的批准文件让我看看!"

陈阿毛想他家地基本来就是街道首先批准的,章主任要看文件,没有不给她看的道理,就将文件递给了章月芬,章月芬接过文件一看,笑起来说:"你阿毛本事很大啊,上次城建局批准的只有八十个平方,建两层楼,现在地基成一百二十个平方,建三层小楼!"

阿之嫂听说原来批准只有八十个平方的地基,现在成了一百二十个平方,心想一定是这对狗男女,施展什么不干不净的手法骗来的。她气不打一处来,突然蹿上来从章月芬手中一把夺过文件,嘴里说着"这个破文件是谁批的,不算数!"三下两下就把文件撕得粉碎,又随手将碎片往空中一扬,碎纸片从空中纷纷扬扬地落到地上,白花花地散了一地。陈阿毛和章月芬没有意料到阿之嫂会来这手,都大吃一惊。章月芬瞪大了双眼,呆立着;陈阿毛也蒙了,但他马上回过神来,蹿上来想夺文件,但文件早已被撕得粉碎。陈阿毛没有抢到文件,却抓住了她的一只手腕,又伸出一只手,"啪啪"地左右开弓,打了她两个耳光。阿之嫂被打得晕头转向。章月芬马上向前扑去,站到了他们两人中间,又推开陈阿毛,阿之嫂发疯似的向陈阿毛扑去,乱抓乱打,这时正在丈量地皮的两个小青年赶了过来,迅速地把陈阿毛和阿之嫂拉开了。阿之嫂被打了两个耳光,吃了亏,哪里还肯罢休,无奈中间隔着好几个人,不由破口大骂:"你这个活尸的囚徒,你敢打我,我不会放过你的……"

陈阿毛也不示弱,骂道:"你这个婊子养的,你怎么敢撕政府文件!"

章月芬没有料到事情会弄到这个地步,她想她已无力解决了,说:"金月琴撕文件在先,陈阿毛打人在后,你们两个人都有错,这两件事已经牵涉到民事纠纷,应该由公安局来解决了!"

阿之嫂本来就是个法盲,她根本不懂得撕政府文件会触犯法律,心里就慌了,态度立即软了下来,但嘴里强词夺理地说:"他那个文件来路不正,我撕了它有什么错?!"

陈阿毛也不服:"你撕文件就该打!"

章月芬说:"你们的事,我和城建局商量后再说吧,我们走了!"

六 十 八

邵敏敏播放录音带的第三天,也就是张阿珍出车祸的第三天。这天还未到上班时间,凌康胜就早早地来到了办公室。蒋明诚办公室的门敞开着,见到凌康胜叫住了他。蒋明诚先询问了张阿珍的伤势,接着说这两天你不在报社,社里发生了许多重大事件,第一件事,你又被调回社会部担任记者,今天就去社会部上班吧;第二件事是关于录音带的,邵敏敏承认是她播放的,市委调查组已经进驻报社,正在进行全面调查,今天可能来找你,你要有思想准备。蒋明诚和他说完,他就整理了自己的东西,拎着一只大包来到社会部办公室。

在社会部办公室里,席宏北和唐颖已经早早地在等候他了,阳光从窗户外照进来,把办公室照得亮堂堂的。

凌康胜刚踏进办公室的大门,唐颖就惊喜地喊道:"阿康,你来啦!"

凌康胜说:"嫂嫂伤势稳定了,我就来上班了!"

席宏北向凌康胜原来的座位努努嘴说:"你还坐在你原来的位置上!"

唐颖说:"听说你要回来了,陆钦铭很高兴,把你的桌子收拾得干干净净!"

凌康胜问道:"陆钦铭呢?他怎么还不来上班?"

席宏北说:"昨天两位台商和市委市政府领导洽谈在我市投资的问题,陆钦铭去采访了。据说洽谈会一直开到深夜,小陆在家里写报道。"

凌康胜把办公用品一件件地放进抽屉里,向莫娜娜的座位努努嘴,问道:"她呢?"

席宏北放下手里的报纸,抬起头来说:"自从放了那卷录音以后,她就没有来上班,调查组让她把问题说清楚,她也没有来,连声招呼也不打,真是丢人丢到家了!"

唐颖说:"丑闻暴露,她是感觉到无地自容?还是拒不承认呢?这就不得而知了。"

席宏北说:"阿康,今天调查组的同志要找你谈话,主要了解王阿之的问题,他们还要你详细说说王阿之老婆是在什么情况下和你说起汪伟的事情的,还有你的原始录音带也要交给他们。还有你和唐颖的职称问题,汪伟已经把你们的材料交给了评委会,评委会准备讨论,估计通过的问题不大……"

唐颖说:"邵敏敏已经向市调查组承认,是她播放的录音带,具体情况她会和你说的。南坡毛纺织厂的问题,调查组也和我谈过,我把了解的情况竹筒倒豆子一个不留地都说了。省报的那篇文章我也说是我和你共同参与调查,共同署名的。我说,发表这篇文章完全是出于一种正义感,出于一名记者的良心和职业道德!"

从录音带播放到今天,才三天的时间,报社里发生了这么多的事情,这完全出乎他的意料之外,但也是在他的意料之中。不仅沉眠了许久的南坡毛纺织厂的事引起了市委的高度重视,连那个沉冤多年的女知青奸杀案也被重新调查,他和唐颖的职称问题也是绝处逢生、峰回路转了。对于凌康胜来说,这些本来应该是高兴的事,但他却一点儿也高兴不起来。他,一位名牌大学毕业的新闻工作者,揭露了一家企业的腐败问题,却引起轩然大波,遭到千方百计的阻挠,不仅自己连连受挫,连与自己志趣相投的同事也受到牵连,不仅职称不能评,自己还被调离专业技术岗位。一个表面上道貌岸然、一本正经,其实是个鸡鸣狗盗、低级下流之徒,却让他混到一个地市级晚报总编的地位。虽然正义来得迟了一点,但毕竟还是来了。

这时陆钦铭肩膀上背着一只大包,急匆匆地走进来,看见凌康胜坐在他原来的位置上,高兴地说:"阿康,盼星星盼月亮,终于把你盼回来了!"

凌康胜说:"死了张屠夫,不吃混毛猪。其实在报社,多我一个不多,少我一个也不少。"

唐颖说:"阿康,你可不要这样说,自从你离开社会部以后,社会部登载一版的要文明显减少了,你的水平报社同仁有口皆碑。你别牵着胡子过河——瞎谦虚(牵须)了。"

陆钦铭从大包里取出一叠稿子,走过来交给席宏北:"我告诉你们一个特大新闻……"

席宏北接过稿子看起来,唐颖和凌康胜则竖起耳朵认真地听他说话。

陆钦铭说:"昨天市委市政府领导和康氏股份有限公司老板的洽谈会,一直开到深夜十二点多,我们记者一直在会议室外等消息,等到市委宣传部领导和康氏公司的代表康丁德出现在记者面前时,已经是深夜一点多了。"

唐颖问道:"是不是康丁贤的兄弟?"

　　陆钦铭说:"是啊,市委宣传部的领导说,康氏公司准备在我市投资兴建一座年产涤纶丝一万吨的大型企业……"

　　席宏北看着稿子说:"这真是一个特大新闻,是我市改革开放以来引进的最大的台资投资项目,我市出土地,康氏公司出资金出技术。"

　　凌康胜问道:"股权怎么分配?"

　　陆钦铭说:"我市征用一千亩土地作为企业用地,也是企业的股份,占整个股份的百分之四十九,康氏公司出资金出技术,占百分之五十一的股份。"

　　席宏北说:"现在国际国内对涤纶丝的需求量非常之大,原材料和产品的外销均有康氏公司负责,除了部分企业管理和技术人员由康氏公司负责外,百分之九十以上的职工将在我市招聘,这在很大程度上为我们解决了就业问题,这条消息对老百姓来说,也是一个福音。"

　　陆钦铭笑着说:"阿康,这家企业实际上是你们家开的,我说你新闻工作就别搞了,去涤纶厂工作吧,不管怎么说,你当个副总是一点问题也没有的。"

　　凌康胜说:"你别抬举我了! 不要说我没有这个能力,即使有我还得考虑考虑……"

　　席宏北看完稿子,在上面签了字,把稿子还给陆钦铭说:"稿子写得不错,把重点放到了市民的求业问题上,关注民生。这样与《江湾日报》和电视、广播新闻的角度就不会雷同,写出了读者对新闻的需求和我们晚报的特色……"

　　陆钦铭受到主任的表扬,高高兴兴地拿着稿子去总编室了。

　　陆钦铭一走,三个人沉默了片刻。席宏北说:"阿康,你如果想到涤纶厂工作,只要你愿意,一点问题也没有,但你别听小陆胡说八道,我劝你要谋定而动,三思而后行。"

　　凌康胜说:"我想听听席主任的高见!"

　　这是凌康胜的真心话,因为陆钦铭说这家新建的涤纶厂家,康氏公司占了百分之五十一的股份,在人事和资金的使用上,康氏有着很大的支配权,这几年他在《江湾晚报》虽然待得不怎么顺心,磕磕碰碰的事情挺多,但毕竟也搞了七八年新闻。对这份工作、这份事业,有着难以割舍的情感。父亲和父亲的东家从台湾归来,腰缠万贯,富可敌国,他也有这种预感,他的父亲和康丁贤的父亲是不会让他留在大陆的,也可能会让他去台湾继承他们的事业。现在他们在大陆投资也急需管理人员,他担任副总经理也是合情合理、顺理成章的事。

　　席宏北说:"你在新闻工作岗位上工作了近十年,从业务上来说,你已经驾轻就熟,臻于完善。如果换个行业,你得从头学起,八十岁学吹打是不是有点晚了?"

但唐颖对他的说法不是很赞成,说:"在一个单位,一个岗位待得不顺心,还不如换了的好,阿康说不定在那个岗位上,还能干出一番轰轰烈烈的事业来呢!"

席宏北又说:"新闻工作和管理工作都是一门学问,管理学就是管理人的学问,管理人要讲究灵活多变的艺术,从管理者的角度来说,处理问题时,要讲究他的柔软性和灵活度,依照阿康的性格,可能刚性有余而柔性不足,一条道走到黑,不会变通、不会转弯,这是管理工作者的大忌。所以我说句实话,管理工作并不适合阿康!"

"听君一席话,胜读十年书。"俗话说,人老成精,树老成材。席宏北已经接近退休年龄,在新闻工作岗位上摸爬滚打了一辈子,对社会现象和人生哲理的剖析鞭辟入里、入木三分,让他们得益匪浅,成了凌康胜的良师益友。凌康胜抱拳向他作了个揖说:"谢谢席主任指点!"

这时电话铃响了,席宏北拎起电话听了一会,说了声儿:"好!"就放下电话,对凌康胜说,"调查组让你去报社小会议室,有问题要你说清楚!"

凌康胜早有思想准备,因为唐颖、陆钦铭和邵敏敏已经接受了调查,调查他也在情理之中,毕竟他是这件事的主谋。而且有关南坡村调查的原始录音、王阿之老婆揭发汪伟奸杀女知青的原始录音,都在他这里,调查组不来找他他也会主动去举报。报社共有一大一小两个会议室。大会议室是召开全社职工大会的,可以容纳四五百人,小会议室平时用于召开中层干部会议和接待外来客人。小会议室的中间,除了放着一张会议桌和一排椅子外,靠墙壁和窗户的四周,还整整齐齐地放着沙发和茶几。这个小会议室还有另一个功能,党组织发展新党员时,就在这里举行新党员入党仪式,在会议室东面的墙壁上,悬挂着鲜红的中国共产党党旗,旁边是"入党誓词"全文,党旗上方悬挂着"马恩列斯"的画像,西侧墙上则高悬着"毛刘周朱"的画像。凌康胜既不是党员,也不是中层干部,这间会议室他很少光顾。

凌康胜走进报社小会议室,会议桌四周坐着七八个人都站了起来,目光齐刷刷地看着他。这七八个人当中有两个女性,还有几个穿警服的公安人员。一位梳着齐耳短发,穿着大翻领、白色短袖衬衫的青年女子,笑吟吟地向他走来,很热情地向他伸出一只手。

"阿康,你好!"那青年女子握着他的手说道。

凌康胜定睛细看,大吃一惊,此女子不是别人,正是他在北京求学时的同班同学、现任省委副书记兼纪委书记顾芬芳。顾芬芳握着他的手,一直拉着他在上首的位置上和她并排坐了下来。顾芬芳会到报社来,而且还要听取他的汇报,这是他万万没有想到的,所以脱口问道:"你怎么会来这里?"

"没有想到吧?"顾芬芳说,"我到你们市里检查工作,听说你们报社发生了一个案子,这个案子又与你有关,所以我就来了!"

几年未见,顾芬芳明显地成熟多了,过去是长发披肩,现在是齐耳短发,原来充满稚气的脸多了几分老成持重。凌康胜经常从报纸和电视里看到她到全省各地检查工作或参加会议的新闻。汪伟的案子竟然惊动这位"封疆大吏",可见这个案子已是大案要案了。

顾芬芳和凌康胜落座后,随行人员也依次坐了下来,顾芬芳对他说:"那四位穿着警服的是省市公安厅局的同志,其余的是省市纪委的同志,"她指着坐在会议桌另一端的一位青年女子说,"这位是我的秘书⋯⋯"

市纪委和市公安局的同志,他是认识的。省里的同志他一个也不认识。大多数随行的人员向他点点头,有个别同志还伸过手来与他握了握手。

顾芬芳看着凌康胜鼓鼓的提包说:"看来你已经知道了我们这次调查的意图。你已经有了思想准备,那请把你掌握的情况说说吧!"

凌康胜打开手提包,把提包里的采访本、录音带和几份报纸都拿了出来,放到桌子上,问顾芬芳:"你们是不是要调查南坡村毛纺织厂的情况,和王阿之老婆揭发汪伟奸杀女知青的事情?"

顾芬芳说:"是,你就畅所欲言吧!"

他叙述了南坡毛纺织厂因企业亏损,长期拖欠职工工资和村民集资款,职工发生哄抢集体财物事件。为查明企业亏损真相,他们对南坡毛纺织厂进行了跟踪报道,但都被汪伟拒绝与刁难,为此他与汪伟发生严重冲突。在调查王阿之的过程中,意外发现了汪伟与莫娜娜的奸情和汪伟奸杀知青屈晓晓的真相。他将如何被调离新闻岗位的过程以及自己的一些想法,说得清清楚楚、明明白白。

在凌康胜叙述的过程中,顾芬芳和调查组的人员都听得很认真、很仔细,还认真地作着记录,还不时地向他提出一些问题,他一一作了回答。凌康胜叙述完了,就将放在桌子上的录音带和采访笔记本,全部推到顾芬芳面前说:"所有的原始材料都在这里,你们可以再仔细查看⋯⋯"

顾芬芳让秘书把录音带和采访本收了起来。谈话结束,顾芬芳握着凌康胜的手说:"多年未见,你各方面进步都很大,就是顽固不化的精神不变,为别人勇于献身的精神不变⋯⋯"几句话说得在座的人都哈哈大笑起来。顾芬芳还告诉他说:"汪伟和王阿之已经被控制起来,省市联合调查组正在深入调查,用不了多长时间,这两个案件就会明朗化,给人民群众一个明确的合情合法的答复。"

从报社小会议室出来,凌康胜想应该去见一下邵敏敏,把情况互相交换一下。他走进报社图书室,才发现唐颖、陆钦铭,还有图书室的另一位同事都在。邵敏敏双眼红红的,几个人或坐或站地围着她,正在七嘴八舌地议论什么。见他进去,邵敏敏擦了擦眼泪说:"阿康哥,他们和你谈过了?"

凌康胜说:"谈过了。"

邵敏敏的同事说:"这么大的阵仗怪吓人的,还是省委副书记亲自带的队。"

凌康胜问道:"他们都问了你些什么?"

邵敏敏的同事说:"我进去吓得我话也不会说了。你的那位同学说,别紧张,你只要把你了解的事说清楚就行了,我才把心放松下来。我把录音带在广播里播放的情况说了一下,他们再三问我录音带是谁放的? 我说不是我放的,我不知道!"

凌康胜又问:"他们怎么说?"

邵敏敏的同事说:"你的那位同学点点头,相信我的说法,她平易近人,善解人意。他们要我说说我所了解的王阿之和汪伟的事,我说他们的事我一点也不知道,我只是报社一名图书室管理员,报社和社会上的事我从来是事不关己高高挂起的。"她停顿了一下,继续说,"他们又问我,录音带最有可能是谁放的? 我说,我真的一点也想不出来……"

邵敏敏说:"后来,我就进去了,我说那录音带是我放的,要杀要剐就冲着我来!你的那位同学和颜悦色地让我坐下来,我原来紧张的心情也放松了不少。"

陆钦铭问道:"那个带队的省委副书记是你大学同学?"

凌康胜说:"是!"

唐颖说:"她说你要是在江湾市没有家眷,当初她就想把你留在中央报刊。"

陆钦铭笑起来说:"老实交代,你们两个有没有谈过恋爱?"

凌康胜对他骂道:"不正经的东西,我吃了熊心豹子胆了,她是高干子女,"他又问邵敏敏,"你怎么和他们说的?"

邵敏敏说:"我把我知道的情况竹筒倒豆子,一股脑儿地说了出来……"

邵敏敏详细叙说了为什么一直在举报汪伟是谋害她表姐凶手的原因。她表姐在世时,曾经和她说过队里有个知青叫汪伟,比她高一届,经常主动接近她,和她搭讪,讨好她,但表姐对他并无好感。表姐天生丽质,是个美人坯子,而且那时已经有了心仪的人,那个男生也是表姐的同班同学,他们一起劳作、一起进出。汪伟忌妒成性,为此常常在表姐面前挑拨离间,有一次竟然赤裸裸地对表姐说他爱她,汪伟被拒绝后,常常无事找事,与那个男同学挑起事端,甚至大打出手。有一次夜里,表姐一个人在宿舍里,他就来和表姐闲聊,一直到深夜也不肯离开,后来表姐发了脾气,他才悻悻不乐地离去。过后不久表姐就出事了。当时表姐的那个男同学也怀疑是汪伟作的案,但王阿之却作了汪伟不在现场的证明,王阿之的父亲也证明这天夜里,汪伟和王阿之在一起。王阿之的父亲说话有相当的权威性,表姐这个案子就这样成了沉案冤案。过后不久,汪伟就顺利上了大学,和表姐要好的那个男同学,后来也被推荐上了大学,毕业后被分配到了外省,以后就没有了消息。邵敏敏涕流满面,一边说,一边哭,唐颖和她的那位同事也忍不住流下泪来。

邵敏敏擦干眼泪问道:"阿康,他们准备把汪伟怎么办?"

凌康胜说:"汪伟和王阿之已经被控制起来,估计已经罪责难逃,他在报社胡作非为的日子终于到头了!"他又问邵敏敏说,"你除了刚才说的那些事以外,还有其他物证吗?"

"有!"邵敏敏说,"我表姐在乡下插队时经常给我写信,有不少信都说到汪伟,特别是我表姐出事前一天,还写信对我说了汪伟那天晚上在她的住宿里赖着不肯走的事,我已经把这些信件交给了调查组。"

陆钦铭说:"这些可能是压倒汪伟的最后几根稻草。"

凌康胜问道:"唐颖、小陆,你们两位是怎么回答调查组的?"

唐颖说:"对南坡村的调查,我也如实向调查组作了说明。我的说法和阿康的说法完全一致。但我主要说了对汪伟包庇纵容王阿之的怀疑,我还对汪伟调离你的记者岗位和阻止我们评定职称表示了不服。阿康的那位女同学说,阿康不要说评个中级职称,就是评个副高也是名副其实。她还说,你大学的各门功课在全班同学中都是名列前茅的,能力和水平已经崭露头角。我说阿康很优秀,在我们报社无论人品和学识都要比汪伟强多了。"

邵敏敏说:"我也对顾书记说,既然你对阿康评价这么高,为什么不提拔他?"

凌康胜笑起来,好奇地问道:"顾芬芳怎么说?"

邵敏敏说:"顾书记笑起来,引用了一句诗词,'我劝天公重抖擞,不拘一格降人才',算是作了回答。"

唐颖说:"我也说,既然顾书记对阿康评价这么高,那为什么不使用他呢?还让他当了七八年的普通记者,连评职称的机会也不给? 你们说,顾书记怎么说?"

几个人都瞪大了眼睛看着唐颖,问道:"她怎么说?"

唐颖说:"顾书记反问我说,你看他担任什么职务比较合适?"

大家又齐声问道:"你怎么说?"

唐颖说:"我说,让他当个市委宣传部长也绰绰有余!"

凌康胜哈哈笑起来说:"你别逗了,我又不是共产党员,怎么做宣传部长?"

陆钦铭接着说:"我把我知道的部分也如实向他们作了说明。我还向他们说了,为了阻止我们对王阿之腐败案的调查,王阿之他们对阿康和小唐制造了绯闻,我要求他们对此进行调查,还阿康和小唐一个清白。"

邵敏敏的同事说:"其实这件事,大家都心知肚明,是王阿之耍的一个把戏。"

陆钦铭说:"可恨的是阿康的爱人也来趁火打劫,还到汪伟那里说阿康与小唐关系暧昧! 阿康,你们的离婚案法院有没有开过庭?"

凌康胜说:"开过一次,是调解。"

唐颖说:"我看她也不是真心要与你离婚,主要是为了那个后园。她想用这个办法迫使阿康母亲出让后园,还想在报社把阿康搞臭,不让报社的女性接近阿康。这就是爱之愈深、恨之愈切,实际是一种过度痴情的表现。"

唐颖一番话把大家说得哈哈大笑,凌康胜却说:"你就胡编乱造吧!"

六十九

张阿珍住进了分成里外两间的高级病房,里间是张阿珍的病房,摆满了各种仪器设备;外间是会客室,一溜的沙发地毯。医生和护士更是和蔼可亲,一脸微笑。凌婆婆让康丁贤和凌康胜上班去了,白天凌婆婆就坐在张阿珍身旁,看着她身旁的点滴。医生和护士查过病房后,病房里显得特别安静。康华良和凌庚荣在张阿珍刚住院时来过以后,再没有来过,康丁德天天都来,说父亲和凌叔叔正在和市政府洽谈一项重要项目,等项目处理好了,再来处理家里的事。康华良和凌庚荣出去几十年,一直杳无信息,突然出现,让人又惊又喜。听说他们已是亿万富翁。有钱什么事情都好办,他们的生活也许能得到一些改善。

凌婆婆正杂七杂八地想着,走廊上响起了人声。不一会儿,康华良、凌庚荣和康丁德三个人走进来,虽然已经接近深秋,但天气尚有点微热,三个人衣冠楚楚,西装革履。西装做工都很好,料子不是全毛华达呢,就是全毛哔叽,脖子下面都系着红色、黄色等不同色彩的领带,脚上的皮鞋也擦得油光锃亮。凌婆婆站起来,呆呆地看着他们慢慢地向她走近。虽然康华良和凌庚荣乡音未改,鬓毛已衰,模样和气质尚存,但总感觉她与他们仿佛有隔世之感,是那么的遥远,又是那么的陌生,似曾相识又不曾相识。

康华良走近张阿珍床前,看着她的脸容,说道:"这几天忙于和政府谈项目,我与庚荣一时抽不出身来,但我让丁德天天来看望的,阿珍的伤势我大致了解一些。"

凌婆婆问道:"项目谈好了?"

凌庚荣说:"还是一个意向,要实施还要做许多的工作。"

康华良对康丁德说:"你在这里看着你嫂嫂,我和你叔叔与奶妈说些事情。"

康丁德点点头说:"好的!"

康华良和凌庚荣走到外面的客厅,凌婆婆也跟了出去。

康华良和凌庚荣紧挨着在长沙发上坐了下来,凌婆婆在他们对面的沙发上坐下来,双眼定定地看着凌庚荣,嘴里喃喃地说着:"你们怎么现在才回来? 你们怎么现在才回来……"

凌庚荣说:"云姑,不是我们不想回来,只是形势不允许!"

凌婆婆说:"这我知道,阿康和我说了大陆和台湾刚刚实行'三通',政府才允许你们回大陆探亲,你们要是再晚些回来,阿珍不知会怎么样……"她又眼泪汪汪地擦起了眼睛。

康华良说:"现在好了,你就放心吧! 我们已经向医院付了足够的现金,王阿之垫付的现金我们也还给他了。"他摇摇头说,"真是难以想象,为了五千元钱,差点让阿珍丢了性命。"

凌婆婆抬起红肿的眼睛,看着康华良说:"你说得很轻巧五千元钱,丁贤和阿康做一年的工资也没有五千元,这三十年你们都干了些什么? 这么长时间信息不通,一下子冒出来,我还以为是哪里跑出来的鬼魂呢!"

康华良站起来向凌婆婆鞠了一个躬说:"谢谢你这几年的辛劳,你不仅处理好了素琴的后事,而且把丁贤抚养成人,让他娶妻生子,我这一辈子永远都感激不尽。这个现实实在太残酷、太悲哀了,我们确实做了三十多年的鬼魂。我们两个人先在香港打拼,赚了一些钱以后又到了台湾,这样打拼了好多年直到现在这个状况。"

凌婆婆说:"你们有这样一番事业也很不容易!"

凌庚荣说:"你含辛茹苦,把这两个家庭治理得像模像样,实属不易……"

凌婆婆擦着眼泪说:"这是我的责任,只是委屈了少奶奶,这么早就离世了,也委屈了这些孩子们和我受了这么多的罪!"

凌庚荣说:"现在一切都过去了,以后一切都会好起来的。"

康华良说:"我们先和你通个气,我们在台湾已经有十几家企业,这些企业涉及纺织机械、房地产和银行业,我们还准备在江湾市投资建造年产一万吨的大型涤纶丝厂……"

凌婆婆问道:"生意上的事我不懂,我只想我们今后的日子怎么过,阿珍怎么生活?"

凌庚荣说:"我们有这么多企业,这么多收入,你们和阿珍的生活不会再有困难。"

康华良说:"也就是说,我们不仅在台湾有企业,今后在江湾市也会有我们的企业,你们愿意到什么地方生活,只要你们愿意怎么都可以……"

凌庚荣说:"我看丁贤和阿康在大陆生活得不怎么顺心,到了海外可能会好一点。"

凌婆婆吃了一惊说:"你们要把他们带出去,去干什么?去做花花公子、去做阔少爷?"

康华良说:"让他们去干一番轰轰烈烈的事业。我看他们郁郁寡欢、愁眉苦脸,似乎有无数条绳索捆绑着他们,有一身的本事却又无处施展,他们的聪明才智得不到充分地发挥……"

凌婆婆被他说服了。她说:"你的话也有一定的道理,可是他们已经娶妻生子,他们走了那一对儿女怎么办?阿珍又怎么办?"

凌庚荣说:"这一切我们都会安排好的,只要丁贤和阿康同意。"

这时李爱娟拎着一篮水果推门进来,凌婆婆一见她立即站了起来,康华良和凌庚荣也目光一致地看李爱娟。李爱娟把水果篮放到茶几上,还未等凌婆婆说话,扑通一声跪到地上。

凌婆婆一阵惊愕,但她马上回过神来,弯腰扶着她说:"爱娟,有话慢慢说,快起来!"

康华良和凌庚荣也吃惊地站起来,看着李爱娟。

李爱娟跪在地上不起来,痛哭流涕说:"妈,我错了啊……"

凌婆婆拍拍她的肩膀很亲切地说:"爱娟,家无常理,别老惦记着过去的事,过去的事就让它过去吧,以后好好生活就行了!快站起来,认一认你的两位公爹,我们隔山隔海几十年,他们今天终于回来了!"

李爱娟早已从陈阿毛嘴里了解了所有的情况。她知道康丁贤的父亲和自己的公爹已经是台湾的富商巨贾,虽然她已经向法院递交了离婚诉状,但法院尚在调解中。如果离婚,她当然不值一分;不离婚,她也许价值千金。吃喝享受,荣华富贵,够她一辈子受用,连她的父母兄弟也会一起受益。虽然她过去常常把家里弄得鸡飞狗跳墙的,伤透了婆婆的心,但她深知婆婆心地善良、生性宽厚,只要她掉几滴眼泪,说几句好话也就过去了。至于凌康胜这里也好办,只要把婆婆的工作做通了,凌康胜是个孝顺的孩子,决不会固执己见、一意孤行,一定会和她和好如初。现在听了婆婆一番话,她转悲为喜,擦着眼泪站起来,笑模笑样地对着康华良和凌庚荣弯腰鞠了一个躬,嘴里说道:"两位公爹好!"

凌婆婆介绍说:"这是阿康的媳妇叫李爱娟!"

康华良点了点头回礼说:"你好!"

凌庚荣已经听说李爱娟经常寻死觅活、无事生非地与婆婆闹矛盾,还与凌康胜闹离婚。其实眼前这个女人就是一个恶媳妇,看她的相道就知道不是个善茬。她婆婆和她相处八九年一定被她气得够呛,但婆婆宽宏大量、不计前嫌,还好言好语地说了许多宽慰的话。作为长辈,他也有责任说几句告诫的话,他说:"孩子,身为人妻以贤为德、以孝为本啊!"

李爱娟垂着头,很恭谦地说:"公公教训得是!"

凌婆婆说:"坐在你嫂嫂旁边的那个年轻人是丁贤哥的弟弟,你进去见一见!"

她率先向里间走去,李爱娟紧随其后,她边走边说:"阿珍一条腿没有了,很伤心,你要好好劝劝她,这都是命里注定的,没有办法的事,但她今后的生活是不会有大问题的,她公公在台湾有许多企业,她这辈子已经不愁吃不愁穿了!"

李爱娟点点头说:"嫂嫂的腿没有了,我四肢齐全,年轻力壮,我会服侍她的!"

她们还未走到康丁德跟前,康丁德早迎了出来。

凌婆婆介绍说:"丁德,这是阿康哥的妻子,叫嫂嫂!"

康丁德向李爱娟鞠了一个躬说:"嫂嫂好!"

李爱娟正要弯腰回礼,凌康胜却从外面大步流星地走了进来,站到康丁德和李爱娟中间,怒气冲天地大喊:"你这个卑鄙无耻的女人,你给我滚!"

李爱娟脸色大变,刚才喜气洋洋的脸色,立即阴沉下来,变成了一张哭丧的脸。吼声惊动了康华良和凌庚荣,他们从外室跑进来,一脸惊讶地看着凌康胜。

凌婆婆拉住凌康胜的手臂,斥责道:"你这是干什么,不管怎么说,她是你的老婆!"

凌康胜怒气未消,更是提高了声音,指着李爱娟说:"爸爸,伯伯,你们不知道,这个女人什么丢脸的事都让她占了。过去她经常无事生非,弄得母亲哭哭啼啼,前几天她又把母亲的印鉴偷去,向陈阿毛索要了五千元钱……"

凌婆婆说:"这件事我已经知道了,我们把五千元钱还给陈阿毛不就行啦?"

凌庚荣说:"是啊!把钱还给陈阿毛,这就行啦!"

李爱娟诚恳地说:"阿康,妈,这件事我做错了,钱我已经还给陈阿毛了!"这是李爱娟明摆着的说假话,城建局已经批准了陈阿毛的建房报告,前两天城建局还来量过地皮,她怎么可能把钱还给陈阿毛呢?

凌康胜坚决地说:"你已经向法院起诉要和我离婚,离婚就离婚!"

李爱娟说:"离婚诉讼我已经撤销了!"

凌婆婆说:"撤了就好!"

凌康胜越说火气越大:"她到法院告我,这还不够,还到我们单位造我的谣,告我的状!说我与唐记者有不正常的关系,这种事对我还好说,我的脸皮厚着呢!可是人家唐记者还是黄花大闺女,人家受得了吗?"

康华良脸色严肃起来:"这可是真的?"

李爱娟双腿发软,真想跪下来。但她坚持着没有跪下来,编了一个动听又合理的谎言。她掩面大哭:"我还不是怕你阿康被那个唐记者夺走啊?"

凌康胜大声喝道:"胡扯!你给我滚!"

李爱娟终于双膝一软在凌婆婆面前跪了下来,眼泪汪汪地哭诉道:"妈啊,我过去是做了许多对不起你老人家,对不起这个家的事情,妈,我错了!你打我吧!骂我吧!我以后再也不敢了……"

凌婆婆宽厚地说:"爱娟,过去你是做了一些不该做的事,说了一些不该说的话,但那都是为了什么?"她看着跪在地上,饮泣着的李爱娟自问自答地继续说,"还不是因为一个'穷'字,俗话说,穷,穷在债里;冷,冷在风里。穷凶才会极恶,都是这个穷字逼的啊!"

凌康胜说:"妈,你别给她的花言巧语蒙骗了,这个人根本没有安什么好心!"他又气势汹汹地骂道,"滚,你给我滚得远远的,你不到法院告我,我还要到法院告你呢!"

凌婆婆把李爱娟从地上拉起来说:"爱娟,别怕,有我,你先回去吧!"

李爱娟几乎是被凌婆婆从地上拉起来的,她擦着眼泪饮泣着,双肩剧烈地起伏着。

凌庚荣也劝说道:"爱娟,你先回家去吧,你们毕竟夫妻一场,阿康的工作慢慢做!"

被凌庚荣和凌婆婆这么一说,李爱娟心里就踏实多了,但她仍然一副悲痛欲绝的样子,边哭边说:"公公、妈,我听你们的,我先回去了……"

凌婆婆亲切地拍拍她的肩膀说:"好,你先回去吧!"

李爱娟一走,凌婆婆就对凌康胜说道:"阿康,过去爱娟的所作所为是欠妥当,但她毕竟和我们一起生活了八九年,还为我们生育了小萌,不看僧面看佛面,你不该对她这种态度!"

康华良也说:"阿康,过去的事我不了解,但从你妈的话里,我基本上了解了一些,过去爱娟有许多的不是,做过许多出格的事,但正如你妈说的,那是因为穷,穷让人失去了一个做人的底线,现在好了,而且爱娟已经认识到自己的错误,相信她能改过来。"

凌康胜说:"伯伯、爸爸,这个女人不是你们想象的那样,她只想着她自己,为了自己的利益她可以不择手段,可以伤害别人,这种人不值得同情!"

康华良说:"阿康,你妻子的事暂时说到这里,我和你父亲正想和你谈谈,好吗?"

凌康胜说:"好!"

康华良和凌庚荣向外室走去,凌康胜紧随他们的后面。这时护士来换药水,察看病人,凌婆婆立即走到张阿珍的床前,张阿珍已经完全苏醒,见凌婆婆走近,伸出一只手,凌婆婆连忙将她的手捏住,在她旁边坐了下来。护士换好点滴,察看了一下张阿珍也就出去了。

走到外间,康华良示意凌康胜坐下来。康华良问道:"我们公司要与江湾市政府合作,在江湾市合股建造年产一万吨的涤纶丝厂,这件事你们《江湾晚报》已经作了报道,你知道吧?"

凌康胜点点头说:"我知道!"

康华良继续说:"我们在台湾有许多企业,在大陆我们还要投资大型的企业,除了媒体,我们的企业涉及各行各业……"

凌庚荣说:"企业管理需要各种人才,我和你康伯伯商量好了,只要你同意进入企业,职务你可以随意选,包括去台湾。"

凌康胜摇摇头说:"企业管理是一门学问,我在大学学的新闻传媒,企业管理我不熟悉,爱莫能助。"

康华良说:"企业管理和媒体都需要学问,但事在人为,像你阿康这样的人才,不是能不能学会的问题,重点是你愿不愿意做的问题。只要你愿意,'世上无难事,只要肯攀登'。"

凌康胜说:"说是这么说,但实践又是一回事。"

凌庚荣说:"我们虽然和你相处时间不长,但我们感觉到你和丁贤在大陆生活工作并不开心……"

康华良说:"你们胸怀大志,但难以一展才华……"

凌康胜似有所动,他点点头说:"伯伯,爸爸,你们让我考虑考虑!"

七 十

报社告示栏旁边人头攒动,里三层外三层挤满了人。凌康胜从外面挤进来,唐颖和陆钦铭已经看完了告示,正从人群中往外挤出来。陆钦铭看见凌康胜,扯着他的袖子把他拉出人群,唐颖也跟了过来。

陆钦铭说:"阿康,你和唐颖的中级批下来了。"

凌康胜惊讶地说:"真的?"

唐颖说:"这还能假吗?"她将嘴朝告示栏努了努说,"上面红纸黑字写得清清楚楚。"

凌康胜问唐颖说:"那你的呢?"

唐颖点点头说:"也一样。"

陆钦铭神秘兮兮地把嘴凑到他耳根说:"我还有一个消息……"

凌康胜问道:"什么消息? 搞得这么神秘兮兮的。"

唐颖说:"这有什么神秘的,报社的人都传开了。"

凌康胜说:"这事和我有关吗?"

陆钦铭说:"当然有关,你要升官了!"

"升什么官?"凌康胜问道。

"社会部副主任……"陆钦铭回答说。

"一个屁大的官!"凌康胜摇摇头说,推开陆钦铭直接向电梯门口走去。

陆钦铭看着他的背影,对唐颖说:"怎么,他还嫌官小啊?"

凌康胜走进社会部办公室,唐颖和陆钦铭随即也走了进来。

席宏北早已端坐在自己的位置上看报纸,见凌康胜、唐颖和陆钦铭相继跟着走进来,就放下手中的报纸说道:"今天的告示看见了吧?"

凌康胜坐下来说:"告示没有看,但告示上的内容,小陆已经告诉我了。"

席宏北说:"汪伟做的许多事确实不地道,我们单位也要来个拨乱反正,"他叹了一口气说,"做人一定要厚道,要与人为善,多行不义必自毙。"

陆钦铭笑笑说:"席主任,现在说这样的话,你过去对汪伟也是毕恭毕敬,言必听、计必从的。"

唐颖说:"此一时,彼一时也。"

凌康胜知道席宏北是个老实人,虽然比较迂腐,但他与人为善,不暗箭伤人。为了岔开话题,见莫娜娜的位置空着,便向她的位置努了努嘴问道:"她呢?"

席宏北说:"你请假这几天报社里发生了诸多事情。莫娜娜因和汪伟的丑事暴露,组织上认为她担任记者不合适,已撤销对她职称的评定,让她仍然回到办公室工作,那个祈娟因为是临时工,是汪伟通过不正当的手段招进来的,被解聘了。"

凌康胜问道:"现在报社的主要工作谁在负责?"

他知道,顾芬芳与他谈过话后的第三天,汪伟和王阿之就都成了阶下囚,和汪伟有牵连的人也同样受到了处理。报社第一把手空缺,有谁来担任呢?毕竟朝中不可一日无主。

席宏北说:"日常事务暂由副总编项行贵负责,你有事可以去找他。"

陆钦铭说:"他在我们报社担任副总编多年,为人处世也很正直,也有一定水平,过去汪伟摄威擅势,专横跋扈,他的聪明才智得不到充分发挥,他很有可能升格为第一把手。"

唐颖说:"谁来担任晚报一把手的事有好多版本,小陆说的仅仅是一种选项。"

席宏北说:"谁来担任晚报一把手是组织上的事。小陆,空穴来风的事不要瞎传!"

席宏北说上午报社有个全社职工大会。十点钟不到,凌康胜和社会部的几名同事,一起走进了报社的大会议室。会议室里已经坐满了人,吵吵嚷嚷的,很嘈杂。凌康胜这才发现,参加会议的不只有本社的同事,还有日报、电台和电视台的主要领导和他们的中层干部。日报、电台和电视台的主要领导坐在第一排,所以会场显得特别拥挤。会议室上方挂起横幅,写着"全市新闻传媒职工大会"几个字。陆钦铭和唐颖坐到了一起,陆钦铭追求唐颖的攻势一直没有停止过,陆钦铭也真有锲而不舍的精神,自从发生那张字条的事以后,他追求的方式已大有改进,唐颖对陆钦铭的态度也有所改善。这次搜集南坡毛纺织厂的材料,陆钦铭表现十分出色,虽然文章最后发表没有署上他的大名,但那是为了保护他。陆钦铭出色的表现、深厚的文字功底和高尚的人品,可能赢得了唐颖的芳心,但现在他们的关系进展到了哪一步,这就不得而知了。凌康胜挑了一个空座位坐了下来,他的前后左右都是晚报的同事,他们头碰着头交头接耳。他们的议论,不时传到了他的耳朵里。有一位同事说:"这次开会,听说是市委领导来宣布报社领导班子的名单。""报社第一把手会是谁呢?是那个项副总编?""不太像,如果是他,用不到这个阵势,会议也用不着开得这么隆重!""从外面派进来?从宣传部来的?""不知道。""保密工作做得真好!"蒋明诚正在调试扩音机的音量,喇叭里响起了"吱吱"的声音,不一会儿扩音机调试好了,他从主席台上走下来,见到凌康胜立即坐到了他的身旁。主席台上整整齐齐地放了八把椅子,桌面上已经铺上雪白的台布。平常社里开会,一般是不铺台布的,椅子也就放两三把。如果是社里开会,项副总编一般也会坐在第一排,等汪伟来了再坐到主席台上,这回凌康胜却没有找到他。

凌康胜问道:"今天怎么这么大的阵势?"

蒋明诚说:"据说市委领导要来,宣布市委的重要决定。"

凌康胜问道:"什么重要决定?透露透露。"

蒋明诚摇摇头说:"不知道。"

这时走廊上响起了喧哗的人声,听声音来了许多人。会议室第一排的领导纷纷站起来,后面的人也都齐刷刷地站了起来,一起朝门口看去。凌康胜也跟着站了起来。

蒋明诚站起来对凌康胜说:"领导们来了,我去接待一下。"

蒋明诚还没有走到门口,第一个从门外进来的就是项副总编,他站在门边,哈着腰做着请进的手势。紧跟在项副总编后面的那个人使凌康胜大吃一惊,此人正是他的同学顾芬芳,她的后面是市委副书记古月明,再后面则是市委组织部和宣传部的主要领导。蒋明诚走到主席台上给每位领导倒茶水,倒好茶水,他又回到凌康胜身旁。

项副总编高举起双手鼓着掌,大声说道:"欢迎省市委领导莅临本社!"

会场上立即响起"噼噼啪啪"的掌声。顾芬芳率先走到主席台的正中,做了个手势让掌声停了下来。古月明紧挨着她坐了下来,市委组织部和宣传部领导分别坐在他们两边。古月明把话筒往自己跟前移了移,对着话筒用手指敲了敲,话筒立即发出了"笃笃"的声音,看来他是会议的主持者。项副总编很自觉地坐到台下的第一排,凌康胜有点搞不懂了,如果市委要任命项副总编为晚报一把手,他应该也坐在主席台上,这是怎么回事?

古月明看着顾芬芳说:"想必大家应该认识了,她是我们省委副书记兼省纪委书记顾芬芳同志,欢迎顾书记莅临指导!"

古月明带头鼓起了掌,会场上响起热烈的掌声,等掌声停止后,古月明说:"今天我们在《江湾晚报》召开全市新闻媒体职工大会,市委有一项重要的人事任命宣布。在此项任命宣布之前,我个人有几句话对全市的媒体员工说……"

会场上顿时安静下来。

古月明说:"《江湾晚报》原总编辑汪伟曾经是我的女婿,可是这个人却作风霸道,罪恶累累。十多年前南坡村女知青屈晓晓被强奸死亡案已经告破,此案汪伟负有不可推卸的罪责,他必将受到法律的严惩,我女儿已和他彻底断绝了关系。过去,同志们因为我的面子,容忍这个衣冠兽禽利用职权和我的影响,胡作非为,我也负有一定的责任,为此我对受到伤害、受到委屈的同志表示歉意。我已请求组织上给予我应有的处理。"他站起来,向会场上所有的人深深地鞠了一躬,声音沉重地说道,"对不起大家,对不起组织!"

会场上议论声四起,大家没有想到古月明今天会在这样的大会上道歉。

稍过了一会儿,古月明提高了声音说:"下面请市委组织部部长耿生民同志宣布市委重要决定。"

耿生民西装革履,仪表堂堂,他打开桌子上的文件夹,高声宣布道:"经市委常委会研究决定,任命凌康胜同志为《江湾晚报》第一副社长兼总编辑……"

会场上像投下一枚强烈的震撼弹,整个会场炸了锅,与会的人员都交头接耳地议论起来。这个突如其来的任命,也让凌康胜目瞪口呆,一时之间没有了思维。但他很快就恢复了理智,他的思维飞速地旋转着,他何德何能,平地起官,这是不是与坐在主席台上的那位老同学有关。如果是这样,这个任命是绝对不能接受的,而且全社职工也一定不会心悦诚服。他想站起来,拒绝这一任命,但这样做太无礼了,他想等会议结束后,直接和顾芬芳谈一谈他不能接受这项任命的理由。

这时,端坐在主席台上的顾芬芳移过古月明面前的话筒,会场上顿时安静下来,顾芬芳说道:"我知道,大家对市委的这项任命,可能会感到突然,等一会儿我向大家说明市委这项任命的理由。如果大家对这项任命有意见,可以直接向组织部或宣传部反映,耿部长你继续说吧!"她隔着古月明朝耿部长点点头。

耿部长继续说:"《江湾晚报》的政务工作由凌康胜全权负责,党务工作由项行贵同志负责。市委的任命宣读完了。"

古月明说:"下面欢迎顾芬芳同志讲话。"

顾芬芳把话筒移到自己面前,轻轻咳嗽一声说:"今天这个全市新闻传媒工作人员的大会,本来是不需要我来的,是我征得市委领导同意后才来的。我有几个问题要向同志们说一说,"

"第一个问题,关于凌康胜同志的任命。凌康胜是晚报的一个普通记者,一下子擢升为晚报一把手,荣耀从天而降,这不要说大家会深感意外,连凌康胜也应该在意料之外。凌康胜这个同志,我了解,同志们肯定比我更了解。我和凌康胜同志在大学四年同窗,我了解的凌康胜学习成绩优秀,才智出众,为人仗义耿直,乐于助人。缺点是有时候脾气比较急躁,也比较固执。但瑕不掩瑜,应该说,他是新闻界一个难得的人才。大学毕业七八年了,在《江湾晚报》工作也七八年了,我们一些被分配在省市级新闻媒体的同学早成总编或副总编了。我倒不认为担任什么职务是衡量一个人成长的唯一标准,一个人成长到什么程度,衡量的标准有多种多样,各个方面。但我还是为他感到惋惜,我们在调查汪伟的过程中,报社的同仁一致反映,凌康胜的水平和能力都在汪伟之上,至于人品更不在话下。我询问过不少报社的同志,我说如果让他担任职务,你们看让他担任什么职务好? 不少人说部主任吧,也有不少同志直接说总编或副总编。我们再考察凌康胜同志在报社这几年的业绩,他采写了许多很有影响的新闻报道,有不少报道被省报乃至中央一级的报刊录用,所以业务素质更是没有问题。毛主席说,'我劝天公重抖擞,不拘一格降人才。'我们既然已经发现了人才,那就要人尽其才、物尽其用,让他在我们改革开放的大潮中充分发挥他的聪明才智。所以我向江湾市委提出自己个人的建议,你们市委经过认真考察和慎重研究,决定提拔凌康胜同志为《江湾晚报》副社长兼总编辑……"

"这是我要说的第一个问题,第二个问题是我也是新闻记者出身,也可以说,同志们是我的同行,现在和同行们说说我们新闻记者的社会职责和社会所赋予的权力……"

顾芬芳一直讲了十来分钟,凌康胜只听了个大概的意思。她说,我们党的新闻工作者除了要宣传党的方针政策以外,还要加强对我们党和政府工作的监督,不能报喜不报忧,还有其他的一些话他没有听进去。他心里很激动,也很乱,他一直在想这个职务他该不该接受。会议结束时许多人走过来,把他团团围住向他表示祝贺,他才醒悟过来会议结束了。蒋明诚告诉他，领导让他到小会议室去。他走进报社小会议室，顾芬芳和江湾市委的同志已经坐在那里。见他进去，项行贵站起来给他让座，顾芬芳却示意他坐到她身边，他就走过去坐了下来。

顾芬芳微笑着问道："凌康胜，你对今天的任命怎么看？"

凌康胜摇摇头说："很突然，毫无心理准备！"

古月明说："你现在担任的职务就是汪伟的职务，因为你不是党员，所以没有党内职务。如果你是党员，就是报社社长兼总编辑，那才是真正的一把手。"

宣传部长说："汪伟担任总编辑时，我就是这个报社的社长，但我这个社长是名义上的，没有精力过问报社的工作，我也是有责任的。凌康胜同志，以后你加入党组织了，这个社长就由你来担任，你写过入党申请没有？"

凌康胜说："入党申请基本年年写，还找汪伟和项书记谈过多次。"

项行贵说："是，阿康要求入党的愿望是比较迫切的，但每次讨论都被汪伟否定了。"

组织部耿部长说："凌康胜同志，顾芬芳同志认为你是个难得的人才。我们市委专门派出了调查组找了你们报社的员工谈话，还找了本市新闻媒体的许多同行了解情况，大家都认为你这个同志不错，可以提拔重用。过去得不到重用，是因为汪伟嫉贤妒能，搞任人唯亲……"

凌康胜说："感谢顾书记，感谢市委领导，让你们费心了……"

古月明说："凌康胜同志，你对这项任命表个态吧！"

顾芬芳也跟着说："凌康胜，你表个态吧，这个总编辑你准备怎么做？"

凌康胜本来想拒绝这个任命，他何德何能得到市委这样的信任，但他转头一想，要拒绝也得挑一个适当的时候、适当的方式。所以他说："我怕我做不好这个总编辑，怕辜负了党组织的期望……"

古月明说："你能不能做好这个总编辑，组织上有充分的考虑，你就放手大胆地干吧！"

"阿康，"顾芬芳突然换了一个称呼，笑着说："我知道你心里是怎么想的，你怕这个官是靠我的关系，也就是靠裙带关系上来的，是不是？你是个有学问的人，你总知道，'内荐不避亲，外荐不避仇'的典故吧？"

凌康胜点点头说："知道！"

顾芬芳严肃起来，说道："向国家推荐有用之才，这是我们每个公民的权利和职责！凌康胜同志，我推荐了你，这又有什么呢？不行吗？"

凌康胜说："行！"

七十一

　　张阿珍出院了，康丁贤扶着她从出租车里走出来，凌婆婆手里拿着一些东西也从出租车里走出来。康丁贤把一支拐杖交给她，她立即拄着拐杖走起来。他们的身后一辆奥迪轿车接踵而至，一阵"砰砰嘭嘭"的关门声以后，康华良、凌庚荣和康丁德从轿车里走出来。"镜花苑"门口站满了人，天生娘、纪耿直和许多邻居都在其中，见到他们让开了一条路。张阿珍抬头看看天空，清秀的脸容上露出一丝笑容。时值深秋，天色湛蓝，在阳光灿烂的天空中，飘着几朵白色的云彩。李爱娟听到人们的议论声，从屋里跑出来，见到凌婆婆立即高声喊道："妈，你们回来了！"

　　凌婆婆回答说："回来了，回来了！"

　　李爱娟从康丁贤手中接过张阿珍说："丁贤哥，我来扶嫂嫂吧！"又对凌婆婆说，"我知道你们今天回来，向单位请了假，已经把嫂嫂他们的屋里收拾干净了。"

　　凌婆婆说："好，这样好！"

　　康丁贤见李爱娟这么客气，就把张阿珍交给了她，从凌婆婆手中接过一些东西，就扶着凌婆婆往"镜花苑"内走去，康华良、凌庚荣、康丁德、台办主任甄兴忠和台办的一位工作人员，一起走进了"镜花苑"。刚刚跨进"镜花苑"大门槛，康丁贤低头一看，见地上散落着许多黄沙和石灰碎末，就问身旁的天生娘："谁家在修缮房子？"

　　天生娘说："这是陈阿毛在你们后园建房子，说是城建局批准了，凌婆婆也同意了！"

　　纪耿直说："王阿之被捕，在你们后园已经不能建房了，这个陈阿毛不知道哪来这么大的本事，城建局又给他批了建房的文件，现在正忙着建房呢！"

　　凌婆婆、康丁贤和张阿珍都吃了一惊，齐声问道："有这种事？"

　　凌婆婆疑惑地说："城建局是怎么批给陈阿毛的？"

　　张阿珍说："婆婆，我们先去后园看看吧？"

　　康丁贤也说："对，我们先去后园！"

　　李爱娟听说他们要去看后园，心里就慌了，因为陈阿毛建房与她有关。她说："蟹有蟹道，虾有虾路，各有神通，自找门路。政府批准了的事，要改也难。"

一听李爱娟的话，张阿珍心里就有气了。她斥责道："我们后园的主人都没有同意，他凭什么批准？走，我们去看看！"

凌婆婆说："阿珍，你身体不好，你就别去了，还是我们去吧！"她对李爱娟和天生娘说，"你们把阿珍扶到屋里去！"说毕她就率先往后园走去。

康华良感到莫名其妙，他问凌庚荣："他们在说什么？"

凌庚荣回答说："好像是那个后园的事。"

康华良说："那我们也去看看……"

凌庚荣说："好！"

他们几个人也跟着凌婆婆、康丁贤向后园走去，张阿珍被天生娘和李爱娟搀扶着，挣扎着也要去后园，天生娘和李爱娟没有办法，只好跟着一起去了后园。"镜花苑"内的邻居也闹哄哄地跟着一起向后园走去。

康华良和凌庚荣回到江湾市以后，在"镜花苑"也只是在门口看了一下，就急急忙忙地去了医院。现在他们从"镜花苑"的大门口，一直走进了后园门口，横穿了整座院子。原来整齐洁净的院子，现在显得破破烂烂，房前屋后堆放着各种杂物，每家的门口差不多都放着煤球炉子、锅盆瓢勺和一些废弃的竹椅板凳，甚至在公共场地还搭建了鸡棚狗窝，鸡粪狗屎到处都是，这些景象与康华良和凌庚荣心中的印象截然不同。后园的门敞开着，康华良和凌庚荣在门口站了片刻，看到的情景与他们印象中的场景也是大相径庭，决然迥异。那个草木扶疏、花团锦簇的后花园不见了，取而代之的是一畦畦、一垄垄的瓜果蔬菜，虽然后园还是后园，整理得也算整洁，但已是面目全非，他们难免一阵伤感。康华良听说他的爱人就是在这里上吊自杀的，现在后园又要落入别人之手，心里更是无限的悲凉。

后园一角已经成了一个小小的建筑工地。因为王阿之被捕法办，王阿之原来批准的地皮已经被撤销，这里成了陈阿毛一家独大。城建局批了他一百二十平方，他却占了三百多个平方，把周围的瓜果蔬菜全都薅了，堆满了砖头、水泥、黄沙和瓦片。陈阿毛赤着膊，满头大汗地和几个员工在一起挖掘地基，地基打得比较扎实，沟壑挖掘得足有半人多深、两米多宽。还有几个员工拉着手推车往园子里运黄沙砖块。陈阿毛见有这么多人进来，站在挖好的沟壑里，张大了双眼看着凌婆婆和康丁贤他们走近。

张阿珍被天生娘和李爱娟搀扶着，拄着拐棍一瘸一拐地走过来，她见陈阿毛站在地垄上看着他们，就大声喊道："陈阿毛，你在做什么？"

凌婆婆也大喊道："阿毛,你把我后园怎么弄成这个样子……我的天哪!"

康丁贤跑过去站在地垄跟前,喊道："陈阿毛,谁让你这样干的? 你给我住手!"他拿起地上的一把铁锨,把堆在垄上的泥土铲到垅里,大声喊道,"你们都给我听着,马上停止!"

正在掘土或搬运砖块的员工停了手中的活,呆呆地看着他们。

陈阿毛见状从沟壑里爬上来,争夺康丁贤手中的铁锨,康丁贤不让,两人扭打在一起。凌婆婆颤巍巍地冲上去,想推开陈阿毛,没有想到陈阿毛只是轻轻一推立即将她推倒在地。李爱娟马上把凌婆婆扶了起来。

凌婆婆大哭："我的后园怎么弄成这个样子了啊,我怎么对得起少奶奶啊!"

康丁德和台办工作人员一个箭步,冲到康丁贤和陈阿毛中间,将他们隔开。

康丁德问道："怎么回事?"

陈阿毛气势汹汹地说道："城建局批准我在这里建房子,他们来捣什么乱?"

康丁德问道："你经这家主人同意了吗?"

凌婆婆说："为救阿珍,我答应过你,后来不是把钱还给你了吗? 我现在不同意了!"

康丁德说："那你就不能建!"

此时甄兴忠也走过来问道："主人没有同意,城建局是怎么批准的?"

陈阿毛理直气壮地说道："早在阿珍生病前,这块地皮已经卖给我了,想反悔? 没门!"

康丁德又问道："谁卖给你的?"

陈阿毛指着凌婆婆说："她!"

凌婆婆说："是爱娟偷盖了我的印鉴,我根本不同意的。"

陈阿毛瓮声瓮气说："反正我是有你凌婆婆印鉴的。"

凌庚荣严厉地责问李爱娟："有这么回事?"

李爱娟痛苦地说："公公,儿媳知道错了,"她转身恳求陈阿毛,"阿毛兄弟,我把钱还给你,你别建了啊!"

陈阿毛背着牛头不认账,说："那不行!"

康丁德问道："一共收了他多少钱?"

李爱娟说："五千元钱。"

康丁德拉开手里的提包说："才五千元钱……我要是把钱还给你呢?"

陈阿毛得理不让人。他说："政府批准的事哪能还钱了事?"

甄兴忠掩住康丁德伸进包里的手,对陈阿毛说："你先把这个工停下来!"

陈阿毛反问道："凭什么？你是什么人？"

"我是谁不重要，但他们却很重要，"甄兴忠指着康华良说，"这个后园是他的吧？"

陈阿毛说："过去是，现在不是……"

甄兴忠问道："为什么？"

陈阿毛记得街道的章主任说过，山林、河流、土地都是国家的，政府有权重新分配，分配给谁就是谁的。所以他说："这地政府已经审批给我了，就是我的！"

甄兴忠气宇轩昂地说："即使政府批给你了，政府还是有权重新收回的！现在你是通过非法手段获取的，政府还要追究你的非法占有罪……"

李爱娟说："阿毛哥，你就别建了，否则你要害死我了！"

甄兴忠对康华良说："康先生，这件事我会处理好的。我们走吧！"他又回头对陈阿毛说，"我劝你停止施工，恢复原状！否则你会后悔的……"他拍拍康华良和凌庚荣的肩膀，和他们肩并肩地一起走了出去，康丁贤扶着凌婆婆也跟着他们走了，张阿珍则被天生娘搀扶着，强行地拽着走了，工地上留下了李爱娟和陈阿毛及干活的员工。陈阿毛看着这么多人一窝蜂地走了，不知道刚才那位说话的人是什么人，他的话有几分可信性。

李爱娟说："阿毛哥，你停工吧，我把钱还给你……"

陈阿毛看着一群人离去的身影，问道："刚才那个说话的人是谁？"

李爱娟说："是市委的同志……"

"啊……"陈阿毛吃了一惊，"他们怎么会到你们家里来？"

李爱娟："我公爹要在江湾市投资建厂，市委派他们处理我公爹在江湾市的日常事务，不要说这个后园要还给凌、康两家，整座房子都有可能要还给康家呢，你还是赶快停工吧！"

"把房子还给他们，我们住到哪里去？还有，"陈阿毛指着地上的砖块、黄沙说，"我的这些东西，我付出的这么多劳动，向谁赔？"

李爱娟哭丧着脸说："你别说这些了，房子政府一定会给你安排好的，至于这些东西我赔！"

陈阿毛表示不信："你？"

李爱娟着急地说："你快别闹了，赶快停工吧！你再闹下去，正好给阿康抓住把柄，我就要被逐出这个家门了，你也得不到好处……"她向陈阿毛鞠了个躬说，"你就放手吧！"

陈阿毛把铁锨往地上一扔,骂道:"他妈的!"

因为李爱娟留在后园没有跟上来,康丁贤立即代替了她,搀扶着张阿珍走出了后园。离开后园时,凌婆婆一直在哭哭啼啼地诉说着,张阿珍大骂陈阿毛不讲道理,强抢他们家后园。一群人吵吵闹闹地走出了后园,走到康丁贤家门口,甄兴忠和另一位同志就告辞了。

康华良走进儿子康丁贤的住处时,康丁贤和天生娘已经把张阿珍搀扶进了卧室。房间虽然不大,但已经被整理得干干净净、整整齐齐,李爱娟说这是她整理的。丁素琴的遗像就挂在西边的墙上,笑模笑样的,那双慈目善眉炯炯有神地看着他,仿佛对他说,你回来啦? 凌婆婆和凌庚荣也站在丁素琴的遗像前,一脸伤心。

凌婆婆双手合十拜了几拜,伤心欲绝地说:"少奶奶,你要是活到今天有多好啊,老爷回来了,庚荣也回来了,我们两家都团圆了!"

凌庚荣拜了一拜说:"少奶奶命太苦了!"

康华良向丁素琴遗像鞠了一个躬说:"她的心灵本来就很脆弱,她受不了那种折磨!"他对身旁的康丁德说,"这是你大娘,你拜一拜……"

康丁德跪到地上磕了几个头,站起来站到了一旁。

这时康丁贤从卧室走出来,对凌婆婆说:"阿珍有事和奶妈说!"

凌婆婆答应一声,擦着脸上的泪花进了卧室。

康丁贤也要跟着进去,康华良叫住他说:"丁贤,爸爸有话对你说。"

康华良拉过一把椅子,在丁素琴遗像前的小方桌旁坐了下来,也招呼凌庚荣、康丁德和康丁贤坐了下来。他说:"爸爸和你庚荣叔叔今天来,是来看看我们这个家,再和你谈谈爸爸对你前途的安排……没有想到你们在大陆的生活,比爸爸的想象还要差!"

康丁贤看着和自己有几分相像的康华良的脸,仔细听着他说话,他们是第一次这样面对面地坐在一起。二十多年了,他以为父亲已经不在人世,父亲离开的时候,他还年幼,印象是非常模糊的。现在面对面坐在一起,他感觉既陌生又熟悉,既生疏又亲近。

康华良说:"这里住进了这么多户人家,你奶妈千辛万苦从人民政府手里争取来的后园,也快要成人家的了。你们的生活过得很艰辛……"

康丁贤说:"我们已经习惯了!"

康丁德说:"哥哥,你们的苦日子熬出头了!"

凌庚荣:"是的,你们的苦日子该熬出头了! 你父亲在台湾有数十亿资产,我们还准备在江湾市投资建厂!"

康丁贤平静地说:"我知道!"

康华良说:"我看你和阿康不仅生活不好,心情也不痛快,我已经和阿康谈过了,我们想改变你们的生活方式……"

康丁贤问道:"阿康弟弟怎么说?"

康华良说:"他目前还没有回答我,但估计他是会同意的!"

康丁贤说:"恐怕他现在不会同意了。"

凌庚荣问道:"为什么?"

康丁贤:"阿康弟弟现在是《江湾晚报》总编辑了,他非常热爱自己那份工作。"

康丁德感到无法理解,他问道:"《江湾晚报》属于哪一级,是不是阿康哥哥个人的?"

康丁贤说:"报纸当然是公家的,阿康的级别是处一级。"

康丁德问道:"处一级是多大的官?"

康丁贤说:"也就是县长一级。"

康丁德说:"哥,我们家的资产在大陆为数不多,在台湾也是不多见的,爸爸和凌叔叔的意思,我们有这么大资产,有十几家公司,你们无论到哪家企业担任职务,都要比当个县长强,更比你当个老师强,爸和叔今天和你谈,就是让你们跟着我们一起走,到一个全新的地方开辟一番新的天地……爸,叔,我没有说错吧?"

康华良和凌庚荣说:"说得没错。"

康丁贤说:"爸、叔,我知道你们在台湾有数十亿的资产,我完全可以去做一个合法的继承人,我们大陆现在还很穷,但这几年发展还是很快的,中国有句很有名的话,'苦中自有乐,乐在吃苦中。'我虽然苦虽然穷,但我有我的乐处,有我的事业,我有孩子,有妻子,还有那些天真烂漫、活泼可爱的学生,他们是我生命的组成部分,他们是我的一切。爸,叔,我离不开这些……"

康华良说:"阿珍和小斌可以和你一起走……"

凌庚荣说:"包括你奶妈、阿康弟也可以和你一起走。"

康丁贤说:"可是我的那些学生怎么办?"

康华良说:"这也好办,我们在台湾开办一所学校,你来当校长……"

康丁贤摇摇头说:"这代替不了亲近和真情。你们不知道我的这些学生,为了五千元钱出版我的书,他们把父母给他们的零花钱省下来,捐出来……那份亲近,那份真情,是不能用金钱来衡量的啊!"

康丁贤突然哭了起来,说:"爸、叔,我离不开他们啊!"

尾　声

凌康胜端坐在办公室里,静静地思考问题。

这间办公室是蒋明诚临时给他腾出来的,原来是间档案室。蒋明诚说,原封不动地使用汪伟的办公室不吉利,重新装潢后再让他搬进去,凌康胜说没有关系,蒋明诚还是把档案室的柜子全搬了出去,做了一些简单的装潢和布置,在门口挂了一块"副社长总编辑"的牌子,就成了他暂时的办公室。

实事求是地说,凌康胜本来是想不接受这个任命的,但后来市委组织部和宣传部作了一次民意测验,绝大部分人认为他德才兼备,赞成提拔他,宣传部长以社长的名义告诉他这就是群众基础,这就是民意,请他一定要为他这个兼任社长当好这个家,把晚报工作做好。而且他也想到了另一个人,那就是席宏北,他像是有先见之明,早知道在事业上他会有一个抉择,会站在事业的十字路口。他说凌康胜对新闻事业的挚爱已经深入到了骨子里,学识也已很深,如果他去做企业管理,那就是换了一个行业。隔行如隔山,就是八十岁学吹打——晚了。凌康胜终于下了决心,决定先干起来,以后如果干不好再引咎辞职。

上阵伊始,他要做的是两件事,首先是人事安排,其次是报纸的版面改革。人事安排,眼前还只能小动不能大动,稳定是第一要素,但他也要让出类拔萃的优秀人才脱颖而出。他把各部门原来空缺的一把手或副手配齐了,其中唐颖担任了社会部的副主任,邵敏敏又回到新闻部当了记者。版面改革则是一个系统工程,也需要报社的全体成员群策群力、献计献策。他先让总编室拿出一个具体方案,让全报社职工参与讨论,特别是让中层干部来讨论。他想,要么不接受这个任命,既然接受了就要做好它,一个人最抹不开的情面就是信任,顾芬芳信任他,他就得对得起顾芬芳的这份信任,对得起市委对他的信任,对得起全体报社职工对他的信任……他又想到唐颖和陆钦铭的关系,陆钦铭虽然其貌不扬,但正直善良,又有能力,过去唐颖好像很讨厌他,但通过对南坡村的调查和揭露汪伟的罪恶,唐颖好像慢慢地接受了他,但似乎还缺点火候,"火到猪头烂,钱到公事办"。对,就是缺一把让猪头烂的火候……

凌康胜在部署《江湾晚报》工作的时候,康华良、凌庚荣,还有康丁德已经完成了在江湾市的任务。康华良和康丁德回到了台湾,凌庚荣则留在大陆,负责与当地政府接触筹建涤纶丝厂的工作。因南坡毛纺织厂已经负债累累,资不抵债,根据凌康胜的建议,市政府批准,原南坡毛纺织厂占有的土地作为股份转让给了涤纶丝厂,土地不足部分,又以市政府的名义进行征用,原南坡毛纺织厂的职工则被涤纶丝厂留用,涤纶丝厂升格为市属合资企业,南坡村的村民喜出望外,皆大欢喜,无不拍手称快。凌庚荣做事雷厉风行、果断干练,他吃住都在南坡毛纺织厂,一心扑在筹建工厂的工作里,李爱娟也被调到了他的身边,听从公公的调遣。凌康胜虽然对她不理不睬,但又不敢违抗父母的旨意,也不敢伤了女儿小萌的心,表面上还是接纳了她。李爱娟知道自己确实做错了事,心里愧疚,对凌婆婆也是唯唯诺诺,对凌庚荣的话更是唯命是从,不敢再像过去那样为所欲为,真是夹起尾巴做人了。

"镜花苑"后园的事也已经被摆平,城区建设局收回成命,鲁科长和章月芬受到了纪律处分,后园被糟蹋的地方也恢复了原状,又被凌婆婆种上了瓜果蔬菜。

康丁贤每天还要骑十多里的土路,风里来雨里去地到乡村小学去上班。他热爱教育工作,更热爱自己的学生。他想,如果要换工作,也要等这批学生毕业进入初中以后再考虑。他的长篇小说《希望》已在《江湾晚报》上连载,出版社也打算出版。张阿珍失去了一条腿,不能再去乡镇企业上班了,现在拄着一支拐杖帮助凌婆婆做家务,或到后园种菜,生活也很安逸……

凌婆婆想,只要有希望,总有实现的可能……